강림의 꽃

김영길 소설

작가의 말

천지지간만물지중(天地之間 萬物之衆)의 자연(自然)의 이치(理致)와 법도(法度)가 저절로 이루어진 것이 아니라 조물주 하나님께서 터전과 토대를 이룩하셔 놓았기 때문에 이 우주 공간이 존재(存在)하고 여기에 진공상태(眞空狀態)로 되어 있는 공간(空間)에 생명의 요소인 공기와 산소를 모든 만물(萬物)과 생물(生物)과 생명체(生命體)가 숨 쉬고 살 수 있도록 생명선(生命線)을 설치해 주셨기 때문에 우리가 존재(存在)할 수 있다는 것을 부인(否認) 하는 사람은 하나도 없다.

우리의 근본(根本) 생명의 천륜(天倫)의 천정(天情)의 천심(天心)의 근원은 조물주(造物主) 하나님으로부터 원인(原因)의 결과(結果)가 결론(結論)으로 나타난 사실(事實)이기 때문에 우리는 그분의 생애(生涯)의 공로(功勞)를 알아야 하고 나타나 있는 이 공간을 보아서 자연의 섭리(攝理)가 자연의 진실한 진리 속에 오고 가는 자유자재(自由自在)의 활동이 참으로 귀한 천연(天然)의 첨단(尖端) 과학(科學)으로 이루어져 있다는 사실을 느낄 수 있어야만 할 것이다.

그러한 자연의 진실이 밝고 맑고 깨끗하고 조물주 하나님의 천살의 결백(潔白)을 닮아 완벽한 진리 체(眞理 體)로 나타나 이 공간이 증거(證據)하고 있는데 그분에게 감사(感謝)를 드리지는 못할망정 우리 인간은 조물주 하나님을 슬프게 하고 있는 것은 그분의 결백과 아주 완벽한 진실의 결정체(結晶體)를 닮아 그분의 유전자(遺傳子)를 타고난 천상천하(天上天下)에 귀한 하나님의 아들딸을 아담해와 라고 인간들 마음대로 이름을 지어놓고 그분에게 죄(罪)를 지었다고 하나님을 모독(冒瀆)하고 있으며 하나님의 아들딸을 놀리고 조롱하고 있으니 이것이 통탄(痛嘆)하고 원통(冤痛)하고 절통(切痛)한 일이 아닐 수 없습니다.

그것도 하나님을 믿는다는 자들이 모독(冒瀆)을 해도 아주 용서(容恕)를 받을 수 없는 가장 무거운 죄(罪)를 범(犯)하고 있음을 알지도 못하고 그렇게 잘못 교육(教育)이 되어 유치원(幼稚園) 때부터 사상(思想)이 박히어 어린아이들도 하나님 아들딸이 무슨 선악 과일을 따 먹고 그것도 미물(微物)에 불과한 뱀에 꼬임에 빠져 죄를 저질렀다는 소설책(小說冊)에서나 등장할 말로 수 천 년 동안 떠들어대고 있으니 하나님 아들딸을 죄인이라고 모독하는 곳에 하나님이 거 하시겠는가를 헤아려 보아야 할 것이다.

하나님과 그분의 아들딸은 결백(潔白)하고 진실한 곳에 강림(降臨)을 하신다는 것을 분명히 알아야 하고 조물주(造物主)는 반세기(半世紀) 전(前) 천도 문님 가정에 강림(降臨)하셔 새 말씀을 주셨어도 세상(世上)은 알지도 못하고 코 골고 잠자고 있으니 어떻게 어둠의 광명(光明)에서 깨어나 밝은 광명을 찾을 수 있을까 하나님과 아들따님의 강림(降臨)과 생애(生涯)의 공로(功勞)를 이 세상에 발표하신 천도 문님의 공로를 선포(宣布)하는 바입니다.

2017년 2월 일

작가 김 영 길

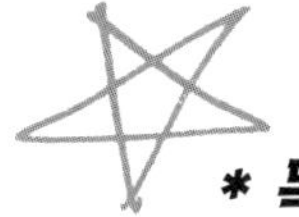

* 목 차 *

조물주 : 하나님의 강림을 "천도문"님이 맞이하셨다.

등불을 준비(準備)하지 못한 곳에는 조물주(造物主) 하나님이 강림을 할 수가 없다. 항상 운세 따라서 유행가(流行歌)가 나온다. 송대관 가수(歌手)의 노래 쨍하고 해 뜰 날 돌아온단다. 꿈을 안고 왔단다. 내가 왔단다. 슬픔도 괴로움도 모두모두 비켜라 안 되는 일 없단다, 노력하면은 쨍하고 해 뜰 날 돌아온단다. 이 땅에는 지금으로부터 약 반세기 전 무렵 조물주 하나님이 1970년 음력 1월 21일 07 : 30분에 조물주 하나님 부부 두 분과 하나님의 큰아들 따님 두 분, 즉 이 네 분을 사불님 이라 부르는데 그 네 분이 천도 문님의 가정에 쨍하고 솟아나는 해처럼 역사적인 강림(降臨)을 하시게 된 것이다.

조물주(造物主) 하나님과 아들따님은 기성교회(旣成敎會)의 빛나는 큰 건물(建物)에 하나님을 믿는다고 외치는 곳에 나타나실 줄 고대(苦待)하고 있지만 그곳에는 나타나실 수가 없다는 사실(事實)을 알아야 한다. 왜냐하면 그곳에는 조물주(造物主) 하나님과 아들따님이 왜? 나타나실 수가 없는가 하면 하나님을 모독(冒瀆)을 하기 때문에 거 하실 수도 없거니와 강림(降臨)하실 수가 없다는 사실을 알아야 한다.

이 땅에 수 억 년 동안 수천(數千) 년 전에 많은 선지자(先知者)들이 왔다 갔지만 모두가 하나님을 슬프게 하였다. 어느 누구도 생각지 못한 천륜(天倫)을 찾아 천정(天情)을 느끼어 천심(天心)을 찾으신 분이 바로 천도문님 이시다. 그래서 하나님은 이 세상(世上)에 왔다간 선지자(先知者)들이 하나님의 한(限)을 풀어 드리지 못하고 죽어 갔지만 천도문님은 어렸을 때부터 생각이 달랐다. 어렸을 때 북한에서 기독교(基督敎) 집안에서 자라왔지만 교회(敎會)에서 목사(牧師)들의 설교(說敎)를 들을 때 어린 소녀 7세 나이 때에도 목사가 하나님의 아들딸이 선악과(善惡果)를 따먹고 죄(罪)를 졌다 하면 목사님! 하나님 아들딸이 어떻게 죄(罪)를 질 수가 있느냐? 오히려 반문을 하면 목사는 당황(唐慌)하고 성경(聖經)에 있는 문자(文字)가 모두 하나님이 주신 줄만 알고 앵무(鸚鵡)새처럼 나팔(喇叭) 수 노릇 하는 것에 대(對)한 서글픈 마음을 견딜 수 없어 저 하늘에 떠 있는 별을 보며 하나님 아들따님은 죄(罪)를 질 수가 없지 않느냐고 하늘을 향(向)하여 물어 보았다고 하셨다.

당신 아버지 어머니에게도 왜? 하나님 아들따님이 어떤 분인데 죄를 졌다는 것을 믿느냐 항상(恒常) 반문(反問)과 그럴 수가 없다는 것을 그때부터 천지간(天地間) 만물(萬物)을 보고 터득(攄得)하고 하나님의 심령(心靈)을 헤아리는 기특(奇特)한 소녀(少女)를 볼 때 얼마나 하나님이 기특하고 예뻐하고 이 귀중(貴重)한 보물(寶物)의 인물(人物)이 성장(成長)함을 지켜보시면서 흐뭇하게 생각(生覺)을 하셨는가를 생각하게 됩니다. 이 땅에 왔다 간 선지자(先知者)들은 모두가 자기 무리들을 이끌고 아브라함이나 이삭이나 모세나 그런 인물(人物)들이 자기가 하나님을 빙자(憑藉)하여 자기(自己)들이 왕(王) 노릇이나 하려고 전쟁(戰爭)과 살생(殺生)의 연속(連續)의 역사(歷史)만 지속(持續)되었지 하나님의 아들딸이 죄를 짓지 않았다는 것을 생각(生覺)지도 않았다는 것은 선지자(先知者)로서의 사명(使命)을 다 하지 못한 것을 지난 역사를 통하여 우리는 알아야 할 것이다.

하나님은 천지간만물지중(天地間 萬物之衆)을 창조(創造)하신 무한(無限)한 능력(能力)자요 조화(造化)가 한없고 끝없는 능력의 권능(權能)자 이시다. 조물주 하나님은 아주 밝고 맑고 깨끗하고 흠과 티가 없는 결정체 중에 결정체(結晶體)요 핵심(核心)의 진가 중에 진가이시다. 당신 스스로 몸체가 없으실 때부터 조화로 계시기 때문에 조화를 이루실 수밖에 더 있으시겠는가? 조화로 계시기 때문에 아무 것도 없으실 때부터 조화로서 앞으로 미래에 이루어질 꿈과 목적을 이루시기 위한 작전(作戰)의 전술(戰術)을 펴시기 위한 조화를 이루시기 시작하셨다. 조화로 계실 때부터 나는 나를 알았지 나에게는 미래에 꿈이 있고 목적과 목적관이 분명하고 사차원(四次元) 공간(空間)의 궁창(穹蒼)의 궁극(窮極)의 목적이 나의 뜻이라고 말씀하셨다. 앞으로 이루어질 꿈과 소망을 이루기 위하여 조화로 계시면서도 모든 것을 생각해 내시고 연구하시고 몰두(沒頭)하시고 관찰(觀察)하시고 검토(檢討)하시고 세밀(細密)한 계획(計劃)을 하시게 된 것이다.

수 억 년 구성(構成)을 하시고 수 억 년 구상(構想)을 하시고 수 억 년 동안 설계도(設計圖)를 내시고 피골(皮骨)이 상집토록 연구하시고 노력하시고 애쓰시며 이루신 것이지 성경에 나오는 말대로 엿새 만에 하늘아 나와라 땅아 생겨나라 말로 나오라 한다 해서 도깨비방망이처럼 요술처럼 나타난 것이 아니라는 사실을 알아야 한다. 인간들이 세계에서 제일 높은 빌딩을 짓는데도 수 년 동안의 구성 구상과 설계도(設計圖)를 작성하여 요모조모 아름다운 디자인을 만들어 완성하기까지 얼마나 노고의 대가(代價)가 있어야 한다는 것을 생각하면 하나님도 이 엄청난 공간이 지구 하나가 아니라 사차원(四次元) 공간(空間)이 궁극(窮極)의 목적(目的)이기 때문에 사차원 공간을 짓기 위하여 얼마나 애를 쓰셨을까? 한 번 생각해 보아야 할 것이다.

하나님은 천도 문님을 가장 귀한 분이라고 말씀하신다. 이 땅에 왔다 간 4대 성현(聖賢)들이 왔다 갔지만 하나님이 어떻게 계시며 공간은 어떻게 지었으며 하나님 아들따님은 무엇을 하고 계신지도 모르고 지구 공간 하나만 알고 있지만 사차원(四次元) 공간이 존재하는 것과 조물주(造物主) 하나님의 강림(降臨)을 맞이하여 하나님의 가정(家庭)의 생애(生涯)의 공로(功勞)를 발견하신 분이시기 때문에 하나님께서 가장 귀한 의인(義人)이라고 말씀하셨다.

그러나 인간들은 너무나 무지하여 의인이 반세기(半世紀) 전에 하나님의 강림을 맞이하고 하나님의 말씀을 이 땅에 선포(宣布)하라고 말씀을 남겨놓고 하늘나라에 가신지도 사반세기(四半世紀)가 지났지만 알지 못하고 있음이 안타까운 심정(心情)이며 필자(筆者)는 나의 귀한 스승님이시요 어머님으로 모시던 그 귀한 천도 문님을 통하여 하나님께서 주신 말씀을 이 세상에 전해야 하는 막중(莫重)한 사명이 있음을 이제야 깨닫고 필자가 죽기 전에 말로 전하기는 한계적(限界的)인 역부족(力不足)이라서 글로써 이 지상에 음지(陰地)에서 양지(陽地)로 끌어내어 선포(宣布)하고자 글을 쓰게 되었습니다. 필자는 부족한 사람이지만 천도 문님 우리 스승님의 공로를 세상에 알려서 소(小) 환란(患亂) 시대(時代)를 맞이한 지도 반세기가 지나고 있는 이때 소 환란이 지나고 대(大) 환란(患亂) 시대가 오고 대 환란의 시대가 지나면 대 심판(審判)의 시대가 오기 때문에 이것은 하나님이 천도 문님을 통하여 말씀을 선포(宣布)한 것이기 때문에 필자(筆者)가 목숨이 붙어있을 때 지상(地上)의 책을 통하여 선포를 하기 위하여 필

(筆)을 들게 되었는데 필자(筆者)도 몇 년 전 암(癌) 수술 후 면역력(免疫力) 저하로 그리고 고희(古稀)가 넘었기 때문에 언제 필자의 생명도 저승길에 갈지도 모르기 때문에 서둘러 책을 통하여 선포하게 되었다는 말씀을 드립니다.

구약시대(舊約時代)나 신약시대(新約時代)에는 자기들이 아브라함이나 또는 선지자(先知者)나 지도자(指導者)들이 가나안 점령 때 전쟁(戰爭)을 하고 이삭이나 모세도 사람을 죽이고 자기들 왕(王) 노릇이나 하기 위한 수단(手段)에 혈안(血眼)이 되었었고 예수 때도 그분을 따르는 자들이 산으로 가시밭길을 끌려다니며 죽을 고생(苦生)을 하며 복음(福音) 전파(傳播)를 하기 위하여 수단과 방법을 가리지 않고 막 안 나오는 것을 나오게 하는 작전의 전술(戰術)을 폈지만 그때는 전도(傳道)와 전파(傳播)의 시대였다.

그러나 지금의 시대는 선포(宣布)의 시대기 때문에 차원(次元)이 다르다. 말씀이든 글로든 이 세상(世上)에 선포(宣布)를 해 놓으면 소 환란 지나 대 환란 지나 잘 못된 지구 공간과 하늘에 세 공간과 사차원(四次元) 공간이 일심일치로 생명선(生命線)이 12선으로 복귀(復歸)하기 위해서는 주인 아닌 주인이 지구를 점령(占領)하고 있는 이 땅을 주인에게 돌려주기 위해서는 균(菌) 없는 세상으로 하늘나라처럼 만들기 위해서는 재창조 섭리(攝理)의 천지를 뒤집는 바다가 육지 되고 육지가 바다 되는 대 심판 시대가 앞으로 필연적(必然

的)으로 언제가 될지는 알 수 없지만 실시되지 않으면 안 되는 사실을 알려야 할 사명이 있는데 믿거나 말거나 믿고 안 믿고는 자기에게 있는 것이지 나중에 누구에게 원망의 여지는 없는 것이며 알고나 있으란 뜻입니다.

지금 이 세상은 사막(沙漠)은 점점 확장되어 오고 빙하(氷河)는 점점 녹아 없어지고 국가들이 모두 전쟁과 내전으로 조용할 날이 없고 지진의 진동으로 살기 편한 날이 없으며 기후(氣候)가 점점 변하고 과학과 문화는 점점 발전되지만 살기는 점점 고통스런 날들이 계속되고 있는 것으로 보아 세상이 운세 따라 변하고 있음을 감지(感知)하고 있는 자들도 있을 것이라 생각이 되는데 왜? 그럴까를 생각해 보는 현명(賢明)한 생각을 해야 할 것이다.

인간들도 자기가 가지고 있는 땅이 넓고 여유가 있으면 아들딸들이 여럿 있으면 집을 한 채씩 지어 주듯이 하나님도 당신과 당신 아들딸들을 위해서 사차원(四次元) 공간을 창조(創造)하셨다. 하나님이 큰 아들따님과 같이 사는 공간은 천지락 나라요 둘째 아들딸이 사는 나라는 구름나라 천도성이요 넷째 아들딸이 사는 나라는 지하성 나라요 셋째 아들딸이 주인인 이 나라는 본래 지구 공간인데 원 이름은 여호화 하늘새님 나라인데 인간들이 지구(地球)라고 이름을 지었다.

4차원(四次元) 공간 중에 하늘나라 삼차원(三次元) 공간은 지금 하나님의 아들딸 후손 혈통(血統)들이 차고 넘치게 번성(繁盛)하여 충만(充滿)하고 만족(滿足)하고 흠뻑 하고 흡족(洽足)하고 부족한 것 없이 항상 즐겁고 기쁜 나날이 계속되고 거기는 죽는 것이 없는 나라입니다. 하늘나라는 사람이든 식물이든 동물이든 죽는 법이 없고 오래 살면 오래 살수록 더욱 젊어지는 세상이기 때문에 하나님과 아들따님들과 그 후손(後孫)들이 수억(數億) 년이 몇 번 지난 세월(歲月)이 지났어도 항상 젊은 그대로입니다.

조화가 무궁(無窮)무지한 하나님께서 왜? 죽을 생명(生命)을 왜? 창조(創造)하셨겠습니까? 하나님의 정식 이름은 천도문체님은 남자분이요 천도문도님은 여자분이시다. 인간들도 부부(夫婦)가 사랑하며 사시는데 하나님이 왜? 혼자 사시겠는가 하나님을 인간(人間)들이 부르는 명칭(名稱)은 천도문님을 통하여 알려 주신 바에 의하면 조부님 조모님이라고 부르라고 명하셨기 때문에 말하자면 얼굴은 우리보다도 더 젊지만 촌수(寸數) 상 명칭은 할아버지 할머니라고 부르는 셈이 되는 것이다.

그렇기 때문에 자동적(自動的)으로 하나님 아들따님을 촌수(寸數) 상 아버지 어머니가 되는데 부르는 이름을 하나님 큰아드님을 참 아버지라고 큰따님을 참 어머니라고 부르라고 하셨다. 그러니까 하나님께서는 사차원(四次元) 공간(空間)을 창조를 하셔서 8남매(男妹)를 쌍태(雙胎)로 남녀 네 쌍(雙)을 낳으셔서 사차원(四次元) 공간을 나누어 주시려 계획(計劃)한 것이며 하늘나라 삼차원(三次元) 공간은 하늘 분들의 후손(後孫)이 삼차원(三次元) 공간에 지금 충만(充滿)하시다.

그런데 지구 공간은 하나님 셋째아들 여호화 하늘새 아버님과 셋째 딸 천도화 어머님의 공간으로 정(定)해져 있었다. 그런데 지구 공간은 문제가 생겼다. 그 이야기를 전개(展開)하려면 다음과 같은 하나님의 비극(悲劇)의 사연(事緣)과 인간의 비참(悲慘)한 역사(歷史)를 먼저 알아야 하기 때문에 하나님께서 천도 문님의 정신(精神)에 실려 말씀을 해주신 바에 의하면 하나님 부부 즉 조부(祖父)님과 조모(祖母)님께서는 당신이 두 분이 무한(無限)한 사랑을 통하여 큰아들따님을 낳으시고 하나님 두 분과 아들따님 두 분이 함께 상의(相議)를 하신 결과 우리를 모시고 받들 수 있는 종을 점지하여 살면 좋지 않겠느냐? 진지한 의논과 사랑의 화목 속에 기쁜 마음으로 아들따님은 하나님께 아버님 어머님 참 기쁜 마음입니다. 종의 탄생(誕生)을 기다리며 기쁨과 희망(希望)의 기대(期待)에 차 있었다.

하나님은 생명을 점지 하실 수 있는 유전자(遺傳子)를 지니고 가지고 계시기 때문에 종이 될 사람을 생명의 유전자를 점지하여 둥근 원 같은 투명(透明) 입체(立體) 공안에다가 생명체(生命體)를 점지하니 투명한 공안의 입체공간에서 생명의 씨앗이 성장하여 사람의 모양의 형태(形態)가 형성되고 윤곽

(輪廓)과 두각(頭角)이 나타날 형상(形象)이 형성(形成)되는 것을 매일 매일 보시고 종의 신분으로 태어날 천사 장 남매를 성장하는 것을 기쁘게 생각하고 생명이 활동하는 새 생명의 어린 모습을 보며 하나님 두 분과 아들따님 네 분은 항상 좋아 어쩔 줄 모르는 생활의 연속이 되었다. 이윽고 투명 입체 공안에서의 성장기가 완성이 되자 투명 입체 공이 짝 갈라 벌어지면서 천사(天使)장 부부(夫婦)가 될 남매(男妹)가 탄생(誕生)되는 순간 어화 둥둥 내 사랑아 네 분은 기뻐 어쩔 줄을 몰랐다. 하나님의 아들따님이 종의 신분으로 태어난 천사장 남매를 보고 자기 자식(子息) 같이 사랑하시며 기뻐서 항상(恒常) 기쁜 마음으로 자식보다도 더 사랑을 주는 지라 자식으로 착각(錯覺)을 할 정도로 자식같이 하나님 아들딸이 천사 장 남매를 사랑으로 키웠다.

하늘나라에는 하나님께서는 아들딸을 낳으실 때 쌍태(雙胎)로 이란성 쌍둥이로 낳으셔서 하늘의 직계 혈통(血統)이 남매(男妹)로 태어날 때마다 종들도 하나님 혈통을 모실 수 있는 천사(天使) 남매(男妹)를 쌍태(雙胎)로 탄생(誕生)하는 법도(法度)이다. 그래서 첫 번째 하나님과 하나님 큰아들따님을 모시는 천사 장 남매는 천사(天使) 장(長)의 직책(職責)과 직분(職分)이 부여(附與)되어 있기 때문에 하나님과 그분의 아들딸을 모실 수 있는 아주 귀(貴)한 특권(特權)과 명예(名譽)와 권세(權勢)와 권력(權力)이 막강(莫强)한 힘과 용기(勇氣)를 가지고 자부심(自負心)을 가지고 있었다.

첫 번째 점지하여 탄생한 종의 신분의 천사 장 남매의 이름은 남자는 천사(天使) 장 옥황이요 여자의 선녀(仙女)의 이름은 용녀다. 하나님의 아들딸들도 남매로 태어나 성장하면 하나님이 축복(祝福)하여 부부가 되듯이 종들도 남매가 성장하면 하나님이 축복해 주어 부부가 되도록 하는 것이 하늘의 법도(法道)이다. 그런데 천사 장 옥황 이와 선녀 용녀는 다 같은 사람인데 하나님의 아들딸 참 아버지와 참 어머니는 주인(主人)이고 나는 왜 종인가 엉뚱한 생각을 자기가 불러 일으켜 자기가 욕심(慾心)을 내기 시작(始作)하고 하나님은 하나님의 아들딸이나 종이나 아무 차별(差別) 없이 사랑해 주시는 것은 똑같이 해 주시는데 자기들 스스로 사랑의 감소(減少)감을 느끼며 오해(誤解)를 갖게 되는 비극(悲劇)의 싹이 트기 시작 하였다.

천사 장 남매 옥황 이와 용녀는 하나님의 허락(許諾)도 없이 자기들 스스로 일을 결국(結局) 저지르게 되었다. 때가 되면 하나님께서 부부의 축복을 해 주어 부부의 가정을 이루어 주시려고 하였지만, 그들은 하나님께서 축복을 해 주시기 전에 자기들 맘대로 결혼 전에 승낙(承諾)도 없이 제 맘대로 부부가 되었으니 이것이 원죄(原罪)를 저지르는 우를 범한 것이다. 그들은 하나님과 아들따님을 모시고 받드는 자기의 본분(本分)의 직책을 성실히 수행(遂行)해야 할 사명이 분명히 부여(附與) 되어 있었지만 원죄(原罪)를 저지르게 되자 하나님으로부터 많은 진노(震怒)와 꾸지람을 듣고 하늘나라에 욕새별성과 사오별 성이라는 동물(動物)의 왕국들이 있는데 동물들과 식물체(植物體)의 생물체(生物體)들이 사는 이치(理致)와 활동(活動)하는 것을 보고 느끼고 회개(悔改)하고 돌아오라고 보냈는데 회개는커녕 거기서 자손(子孫)을 낳고 한 세대(世代)를 이루며 자식을 번성(繁盛)하고 죄를 짓게 되자 동물들과 식물들도 분노(忿怒)하여 그들에게 저주(詛呪)를 하는지라 죽게 될 수 있는 지경에 도달하자 하나님 아들따님이 진노(震怒)하여 동물들과 식물들에게 저주를 멈추게 하여 진정(鎭靜) 되었으나 그 들은 거기서 자식들을 낳으며 하나님 즉 조부님과 조모님의 불만(不滿)을 자기 자식들에게 표출(表出)하며 나쁜 사상(思想)을 자기 자식들에게 심어주는 나쁜 일이 진행되었다. 거기서 낳은 첫째 아들이 생녹별 인데 그 이름을 하나님 둘째 아들 이름을 따서 이름을 지었다. 세월은 흐르고 흘러서 욕새별에서 한 세대가 흘러가는 역사가 진행되었다. 그들이 종의 신분을 잊어버리고 주인(主人)이 되고자 하는 마음은 항상(恒常) 자기고 있는지라 그것이 문제(問題)였다.

하나님은 아들따님들을 공간 하나씩을 주어 주인이 되어 하늘 정치를 펼치며 주인이 되는데 종의 신분인 천사 장 부부 옥황 이와 용녀가 나도 주인이 되어 지구(地球) 공간을 차지하고 싶은 생각이 싹트기 시작한 것이 오랜 기간이 지나도 변함이 없었던 것이다. 본래 지구 공간은 앞서 설명한 대로 본래 지구 이름이 여호화 하늘새 아버지 하나님 셋째 아들의 이름으로 명명하고 하늘새 나라였는데 주인이 오기 전에 천사 장 남매는 하나님과 하나님 큰아들따님 즉 참 아버지 참 어머님에게 지구에 보내 줄 것을 간교(奸巧)한 꾀를 다하여 참 아버지와 참 어머니께 부탁하여 조부님과 조모님께 즉 하나님께 보내 주는 것을 허락(許諾)을 받아 달라고 애원(哀願)을 하는 것이었다.

하나님은 당신 아들딸이 종의 부부 즉 옥황 이와 용녀를 자식 같이 사랑으로만 길러 사랑을 주시는 지라. 하나님 아들따님은 하나님께 아버님이시여 저 천사 장 옥황 이와 용녀가 어린 것들이 지구에 보내 주기를 매일 노래하듯 소원을 하니 저 어린것들을 한 번 지구에 보내 주면 좋겠나이다. 참 부모님께서 하나님이 당신 아버님 어머님이시니까 종들의 말을 들어 주려고 간청(懇請)을 건의(建議) 하는지라 사랑의 하나님은 당신 아들딸이 그토록 간청을 하니 안 보내 줄 수도 없는 뜻하지 아니한 일이 일어나게 된 것이다. 그러나 하나님은 보내게 되면 어떻게 될 것을 종들의 나쁜 마음을 알기 때문에 보내 주지 않으시려 허락(許諾)을 미루고 하지 않으셨다.

인간들의 세상도 자식이 원하면 들어 줄 수 있는 일이 발생하듯이 당신 아들따님이 그렇게도 종들이 옥황 이와 용녀가 지구에 보내 주기를 원하오니 보내주시면 좋겠나이다. 간곡(懇曲)히 원(願)하는 자식의 마음을 들어 주는 결과(結果)에 이르게 되었다. 그러나 옥황이 용녀는 지구에 가려는 마음이 변함이 없느냐 하나님이 물으니 변(變)함이 없다고 하여 보내주는데 하나님께서 구슬을 가지고 조화를 부리니 종의 옥황이와 용녀가 얼굴이 괴물(怪物)의 모양(模樣)이 되어 털도 나고 이상하게 되니까 원망(怨望)을 하며 종은 하나님을 조부님이라 부르니까 조부님 그러실 수가 있습니까? 원망을 하니 하나님의 말씀이 그게 바로 너의 속마음을 겉으로 표현(表現)한 것이니라. 하나님께서 말씀 하셨다. 그 만큼 속마음이 검고 나쁜 마음을 가지고 있다는 증거(證據)라는 것을 겉으로 보여준 것이다.

종들이 하나님의 말을 듣지 않고 주인의 공간에 종들이 내려간다고 하니 오래 견디지 못하고 돌아오게 하려고 사차원(四次元) 공간이 일심일치로 생명선(生命線)이 12선이 설치되어 있었는데 하나님께서 지구 공간 하나만 12선의 생명선을 7선을 거두어서 5선이 돌아가는 생명선(生命線)을 만들어 놓으니 하나님께서 태양(太陽)을 지구(地球)에 거두고 하니까 지구에 흑암아가 불어 일어나고 공허(空虛)하고 혼돈(混沌)하였는데 성경에 공허하고 혼돈하다 하는 말은 아마도 그때 지구의 생명선(生命線)이 7선이 줄어들어 5선이 되었을 때 천둥이 치고 요란함이 전개(展開) 되었으리라 생각한다. 결국 종들이 옥황 이와 용녀 부부가 하늘나라 욕새별과 사오별이라는 별성에서 한 세대를 이루며 자기 자식들을 번성시켜 놓고 지구에 내려 올 때 자기가 잘 못하는 것은 알고 있었기 때문에 거기서 하늘나라 욕새별에서 난 큰아들이 생녹별인데 그 아들한테 옥황이 하는 말, 내가 지구에 내려가면 하나님 즉 조부님한테 벌 받아 죽을 지도 모른다. 내가 죽게 되면 내 이름의 옥황이의 이름을 붙여 너에게 상제라는 상속의 직책을 주리니 너는 옥황상제로서 내가 지구에서 죽으면 욕새별에서 지구의 사람들을 마음을 주관하여 나를 대신하여 정치(政治)와 통치(統治)를 통제(統制)하고 주관(主管)하기를 바란다고 명(命)을 주고 내려왔다.

그런 연고(緣故)로 이 땅은 하늘의 옥황상제(玉皇上帝)와 그의 후손(後孫)들이 이 땅을 주관하고 인간들의 마음을 통제하고 주관하기 때문에 매일 전쟁(戰爭)하고 정치(政治)하는 사람들도 서로 싸움만 하고 투기(妬忌)하고 쟁투(爭鬪)하고 욕심(慾心)내고 탐(貪)내고 잘난 사람 있으면 흠집 내어 매장(埋葬) 시키려 하고 심지어 아무도 모르게 죽이는 일도 일어나고 악과 악의 악순환이 연속되고 있음이 오늘날의 지상의 비극(悲劇)의 역사가 전개(展開) 되고 있는 것이다.

옥황 이와 용녀 천사장이 이 땅에 내려올 때 하나님이 생명선(生命線)을 12선에서 7선을 거두었으니 5선이 지구에 생명선이 돌아가고 있으니 울면서 통곡(痛哭)하며 일과 월과 해가 돌아가고 오는 것이 현실(現實)이요, 그런 연고(緣故)로 하늘과 이 땅은 해운 년이 다르다. 하늘나라 하루가 여기 지구에는 1년 (365일)이라는 사실이다. 생명선을 단축(短縮)했으니 다른 것은 필연적(必然的)으로 오는 현상(現狀)이다. 옥황 이와 용녀는 이 지구에 내려와 괴물과 같은 겉의 모양이 변하여 하늘나라에서의 호화찬란(豪華燦爛)한 아름다운 모습은 없어지고 삶의 질이 하늘과 땅 차이기 때문에 반성(反省)하고 하늘나라로 올라가면 하나님으로부터 용서(容恕) 받고 모든 문제가 해결(解決)될 것인데 오히려 옥황이 남자 천사 장은 하나님 즉 조부님이 이러실 수가 있을까 원망(怨望)하는 마음을 가지고 있으니 삶의 생활이 즐거움이 없었음은 당연(當然)한 현실(現實)이 되고 있었다.

지구에 내려와 괴물로 변하여 내려온 신세가 옥황 이와 용녀는 사랑하여 자식(子息)을 낳으니 괴물아이를 낳았다. 여자 용녀는 지구에 내려와 보니 자기들이 하나님께 잘 못하여 벌을 받고 있구나! 깨닫고 참회(懺悔)의 눈물을 흘리며 괴물(怪物)아이와 같이 매일 같이 섬 벽산(碧山) 난간(難艱)에 앉아 조부님 조모님 참 아버지 참 어머니 잘 못 했으니 용서하여 주시옵소서. 8년 동안을 하루도 빠짐없이 기도(祈禱)를 하며 후회(後悔)의 눈물로 호소(呼訴)하였는데 그 괴물아이도 자기 어머니의 기도 소리를 들으니 자기 부모가 잘못 한 것을 기도 소리를 들음으로써 알게 되었음은 물론 같이 눈물 흘리며 부모의 죄를 용서(容恕)해 달라고 빌기에 이르렀다. 그 어린 괴물아이는 부모의 잘 못으로 괴물(怪物)로 태어나 지구에 내려와 태아나 고생하는 것은 부모가 저지른 죄 때문인 것이다.

하늘나라에서 바라보시는 하나님 아들따님 참 부모님께서

땅에 내려오시어 용녀와 괴물아이는 회개(悔改)하고 기도하는 정성(精誠)을 보시고 당신이 자식같이 키운 정(情)과 사랑이 넘치는 사랑에 근원(根源)이 넘쳐흐르는지라 용녀와 괴물아이를 하늘로 데리고 올라 가시게 되자 지구(地球)에는 옥황이 남자 천사 장만 혼자 남게 되었다.

그렇게도 지구에 주인(主人)이 되고자 하는 욕망(慾望)을 버리지 않고 용녀와 괴물아이가 옥황 이에게 하늘나라로 올라가서 회개(悔改)하고 빌고 용서(容恕)받자고 눈물로 통곡(痛哭)하고 호소(呼訴)하였으나 끝내 거절(拒絕)하고 그는 지상에 혼자 남게 되었다. 이 땅에 내려 올 때 태양(太陽)을 거두어 150년 동안 어두 캄캄한 곳에서 사는 지구 환경(環境)이었는데 참 부모님 (하나님 아들따님)께서 그들을 자식같이 사랑으로 키운 정과 사랑이 지극(至極)하기 때문에 고생하는 것이 안타까워 지구에 태양(太陽)을 주시게 되었다. 그때 한 번 주신 태양은 지금(至今)도 변함없이 주시어 태양의 빛으로 만물이 소생(蘇生)되어 생명을 유지 하고 있음을 생각할 때 참 부모님 즉 하나님 아들따님에게 감사를 느껴야 할 것이다.

이렇게 용녀와 지상에서 낳은 괴물아이는 하늘로 올라가고 옥황 (천사장 남자)이만 혼자 남아 하늘나라에서는 고대광실(高臺廣室)의 예복(禮服)과 아름다운 멋있는 옷과 멋과 풍채(風采)가 아주 천하일품(天下一品)의 멋진 인물로서 하늘에서 술법도 부릴 수 있고 무한한 요술(妖術)도 부릴 수 있는 능력의 소유자(所有者)였지만 하늘에서 죄를 짓고 지상에 내려와 보니 지옥도 상 지옥(地獄)의 생활을 하게 되는 상황(狀況)에서도 오직 자기는 지구의 주인이 되고자 하는 헛된 욕망(慾望)을 버리지 않았다.

이때 까지만 해도 옥황 이는 먹지 않아도 살 수 있는 진미(珍味) 선(線)을 먹고 살 수 있는 환경의 소유자(所有者)였지만 날이 갈수록 정신과 마음이 어둡고 캄캄해 짐으로서 하늘에서 살던 때와는 상황(狀況)적 변화(變化)의 환경이 달라지는 앞길이 어둠의 그림자만 보이는 환경적인 두려움이 닥쳐오고 있었다. 그는 혼자 옷도 없이 하늘에서 살 때와 비교하면 괴물(怪物)처럼 털이 나고 정신(精神)은 하늘에서 유전자(遺傳子)로 점지하여 탄생(誕生)하였기 때문에 신성(神聖)이지만 속의 검은 심보의 마음을 하나님께서 겉으로 표현(表現)해 준 것이 괴물(怪物)의 모습(模襲)으로 변화(變化) 시켰으니 겉으로는 동물과 똑같은 신세(身世)가 되어 진 생활의 수준이었다.

그는 얼마나 주인이 되고 싶은 생각에 지구의 주인이 하나님의 셋째 아들 하늘새 여호화 아버님과 따님 천도화 어머님의 이 지구 공간을 주인님이 오기 전에 자기가 먼저 내려와 선점(先占)을 한 것이다. 그런데 옥황 이는 착각(錯覺)을 해도 너무나 착각을 하고 있는 것이다. 아무리 주인 것을 탐

(貪)을 낸다고 주인(主人) 것이 자기 것이 되는 것이 아니요 주인은 주인이요 종은 종이로다. 처음부터 타고난 운명(運命)이 하나님이 종으로 점지하여 하나님과 하나님의 아들딸님을 모실 수 있는 직책(職責)과 직분이 부여(附與) 되어 있으므로 하늘은 한 번 정하면 불변(不變)의 원칙이고 완벽한 절대의 법도이기 때문에 변하려야 변 할 수 없는 상황(狀況)의 완벽한 진리(眞理)의 원칙(原則)이 존재한다는 것을 모르는 것도 아닌데 옥황 이는 끝까지 이 지구에 남아서 지구를 통치하고 왕이 되어 주인 노릇을 하고자 하는 검은 마음은 변함이 없었던 것이다.

그는 혼자 남아 동굴에서도 자고 얼마나 많은 시련(試鍊)과 고통의 나날이 지속(持續)되었지만 날이 갈수록 하늘을 향하여 원망(怨望)하며 조부님(하나님) 이 이러실 수가 있을까? 자기가 본분(本分)을 어기고 그 직책에 부여된 사명(使命)은 완수하지 않음은 생각지 아니하고 있음으로써 이것이 잘못이라. 이때 까지만 해도 그는 지상에서는 왕(王)이요 그를 대항(對抗)할 자가 없었던 것이다. 그래도 신성(神聖)으로 먹지 않고 진미(珍味) 선으로 운감(殞感) 하고 살 수 있었고 술법(術法)도 부릴 줄 아는 자기 때문에 도술 진문 술을 부리는 강자(强者)기 때문에 동물(動物)들은 그를 왕 모시듯 하는 지경이 되었다.

이러한 하나님과 아들딸의 가정에서부터 종의 신분으로서

옥황 이와 용녀가 하늘을 배신(背信)하고 이러한 귀가 막힌 일이 일어날 줄이라 꿈에도 생각하지 않으셨던 일인데 이런 인간의 죽음의 역사의 발단(發端)을 우리가 어떻게 알 수 있겠는가 이것은 오로지 천도 문님이 반세기(半世紀) 전에 하나님과 하나님의 아들딸의 네 분의 강림(降臨)을 맞이하여 그 네 분을 사불님이라고 하는데 왜? 사불님이야 하면 하나님은 생불이시다. 생불이라는 것은 영원히 죽지 않고 젊은 그대로 수백억년 영원히 사는 것을 생불이라고 하는데 그분이 바로 생불이요 생불의 네 분을 통칭(統稱)하여 사불님이라고 한다.

불교에서는 부처가 부처불자를 붙여 생불이라고 하는데 그 분은 죽어서 열반을 하셔 금욕(禁慾)생활(生活)을 하여 정액(淨液)이 굳어 사리(舍利)가 되어 증거(證據)가 되고 있으며 생명이 없으니 하나님처럼 생불이 될 수가 없다는 것이다. 그러한 생불님 하나님 두 분께서 그 몸속에서 그분의 요소와 유전자(遺傳子)를 닮아 탄생(誕生)하셨으니 생불이 탄생할 수밖에 더 있겠는가? 그래서 하나님 부부도 생불이요 하나님 아들딸님도 생불이요 그렇기 때문에 이 네 분을 한 번에 이름을 함께 칭하여 사불님 하면 이 귀한 네 분을 말씀함이니라. 이러한 세세한 내용을 천도 문님이 하나님의 말씀을 듣고 말씀을 해 주어 우리가 알 수가 있는 것이지 누가 이러한 하늘나라의 산 역사의 내용을 알 수가 있겠는가를 생각할 때 그래서 하나님은 이 세상에 왔다 간 4대 성현보다 천도 문님을 더 귀하게 생각하고 의인(義人) 이라고 하시며 사랑하고 계시다는 사실을 알아야 한다.

옥황 이는 지상에 혼자 남아 외롭고 외톨이가 되어 얼마나 쓸쓸하였을까? 그는 동물들이 사는 동물왕국(動物王國)에서 살며 동물들이 덤비면 하늘에서 가지고 온 술법을 부리는 구술 무기(武器)를 가지고 조화를 부릴 수 있는 신성인지라 비록 외모는 괴물(怪物)처럼 하늘나라에서의 때와 비교(比較)하면 비참한 신세(身世)라 할지라도 강자(强者)인 셈이었다. 그는 울적하고 외로운 마음에 동물과의 결합을 하지 말아야하는 결합(結合)을 하고 드디어 넘지 말아야 하는 선을 아차 하는 순간을 참지 못하고 고릴라와 결합(結合)을 함으로써 결국(結局) 타락(墮落)을 하고 말았다. 이것이 영원(永遠)히 회복(回復)할 수 없는 선을 넘은 것이다. 여기서부터 죽는 역사(歷史)가 시작(始作)되는 시초(始初)가 되었다.

옥황 이와 용녀가 하늘나라에서 하나님의 축복 전에 자기들끼리 욕새별이란 곳에 가서 부부가 되어 한 세대를 살며 그들의 후손을 번성시킨 것이 원죄이다. 그때는 자기들 같은 위치에 있는 종의 위치에서 저질러진 일이기 때문에 마음만 돌리면 회개의 여지가 있고 용서를 받을 수 있는 길이 있었지만 그것도 회개하지 아니한 것이 하늘나라에서 진 죄를 원죄(原罪)라고 한다.

그러나 옥황이(신성)와 동물 고릴라 암컷과 결합하여 부부의 관계를 맺어 애기를 낳으니 이것은 동물도 아니요 고릴라도 아니요 이상한 사람이 탄생되었는데 지상에서의 저지른 죄를 타락(墮落) 죄(罪)라고 한다. 동물과 결합하여 이제는 돌이킬 수 없는 죄를 저질러진 일이 엎질러진 물이 되어 물을 다시 주워 담을 수 없는 일이 발생한 것이 인간의 비참(悲慘)한 역사의 출발이요 하나님의 가정에 비극(悲劇)이 찾아온 슬픈 역사가 시작되는 순간이 되었다.

이렇게 되니 이때 까지만 해도 진미선이 와서 먹지 않아도 옥황이는 살고 있었지만 동물과의 타락으로 먹고 싶은 마음이 있으면 때를 맞추어 오던 진미선이 오면 코로 영양분을 운감을 하면 배부르고 영양이 섭취되어 살 수가 있었는데 타락으로 정신과 마음이 어둡고 땅에 떨어져 그 신선한 진미선을 코로 운감을 할 수가 없는 비극이 초래(招來)하여 이때부터 입으로 식물을 씹어 먹고 야생(野生)동물(動物)을 잡아먹고 강자(强者)가 약자(弱子)를 살생(殺生)하는 역사가 벌어지게 되었다는 사실(事實)을 밝히는 바입니다.

이 지구 공간은 바로 하나님 셋째 아드님 여호화 하늘새 아버지와 천도화 어머니의 공간이었는데 종이란 놈이 이 땅에 내려와 주인의 공간을 점령(占領)하고 동물(動物)과 결합(結合)하여 후손이 탄생하니 동물도 아니요 사람도 아닌 이상한 종자의 인물이 탄생되게 되었다는 것이 얼마나 비극인가를 생각하지 않을 수 없습니다. 옥황 이는 이 땅에 죄악의 씨앗을 번성(繁盛) 시키고 이 땅에서 980년을 살고 죽을 적에는 애 병으로 죽었다는 것은 화병(火病)으로 죽었다는 의미이고 아울러 후회(後悔)의 눈물을 흘리고 죽어 갔지만 흘러간 세월(歲月)에 지은 죄(罪)를 되돌려 놓을 수는 없는 기다리던 버스는 지나간 버스가 되어 헛된 세월이 되었습니다.

옥황 이가 하늘나라에서 살 때 욕새별이라는 곳에서 자기 자식들을 번성하고 그 큰아들 생녹별(옥황상제)에게 지상에서 자기가 죽으면 옥황이 자기를 대신하여 통치하라고 상제 하는 명을 주었으니 그 조건으로 지구는 자기들 것이라고 자기들 후손이라고 옥황상제가 지구를 지금까지도 인간들의 마음속에 들어가 조정을 하고 통치(統治)를 인간(人間)을 통하여 하고 있다는 사실을 알아야 할 것이다. 이렇게 옥황 이와 그의 아들 생녹별 옥황상제는 일심일치가 되어 지상을 통치하고 지금도 하늘을 대적(對敵)하며 통치를 하지만 변함없는 것은 이 지구는 하나님 셋째 아들따님의 땅이라는 것은 분명(分明)하기 때문에 지구에 역사가 수 억 년이 몇 번 넘고 넘었지만 이제는 천도 문님이 하나님의 강림(降臨)을 맞이하여 새 말씀이 이 땅에 책으로 선포(宣布)되어 밝혀지는 시대가 비로소 출발하게 되었으니 그들은 자기의 비밀이 세상에 알려지지 않게 어떠한 작전(作戰)으로 방해(妨害)를 할지는 모르지마는 때는 운세가 찾아오는 이때를 맞이하여 하늘이 운세를 따라 섭리(攝理)할 수 있는 기틀이 천도 문님으로부터 새 말씀이 선포되어 지상에 발표되는 운세가 왔기 때문에 이제는 하늘에 운세로 시간과 분과 초를 어기지 아니하고 운세 따라 진행(進行)되는 소 환란 때라는 것을 인간들도 이제는 느낄 때가 올 것이다.

그런데 역사를 알고 보니 죄는 하나님의 아들딸이 진 것이 아니라 옥황 이와 용녀가 하늘에서 원죄(原罪)를 짓고 옥황이는 지구에 내려와 하늘에 돌아가지 아니하고 동물과 결합하여 진 죄가 타락(墮落) 죄라. 옥황 이가 타락 죄를 져 놓고 그 죄를 하나님 아들딸들이 죄를 졌다고 옥황상제나 그의 무리들이 자기들의 정체(正體)를 숨기기 위하여 하나님 아들딸에게 죄를 뒤집어 씌웠다는 사실을 이제는 천도 문님이 밝혀서 알게 되었다. 그 들은 끝까지 죄를 고백(告白)하지 아니하고 숨기려 하였지만 진실과 진실(眞實)의 결백(潔白)으로 주장하는 원리(原理) 원칙(原則)과 법도(法度)에 의한 진리로써 그들에게 너희들이 죄를 짓지 않았느냐 그들에게 추궁(追窮)을 하고 결백으로 진실로서 호소(呼訴)하는 진실의 결백의 정성된 양심(良心) 앞에는 그들도 고백(告白)을 하고 말았던 것이다.

왜냐하면 천도 문님은 어린 소녀 7세 때 자연에 나타난 삼라만상(森羅萬象)의 자연의 이치는 참으로 순수(純粹)하고 아름답고 진실 되고 순박(淳朴)하고 철 따라 돌아가고 돌아오는 섭리(攝理)의 이치가 일정한 법도와 자연의 윤리(倫理) 속에 작동 되고 일획일점도 더하고 덜함이 없이 꽃피고 잎이 무성하고 열매 맺고 자기의 소임을 다하는 것을 보고 나타난 자연의 결과와 결론의 이치가 무한한 진리체로 되어 있거늘 도저히 생각해도 하나님의 아들딸은 죄를 지으려야 지을 수가 없고 죄의 요소는 타고 날 수가 없음을 천도 문님은 스스로 파악(把握)하고 깨달아서 누가 죄를 저지르고 하나님의 아들따님에게 덮어씌웠을까를 추궁하니 그 주동자가 바로 옥황 이와 옥황이의 아들 옥황상제 (생녹별)라는 것을 발견하고 그들을 영적(靈的)으로 불러서 앞에 무릎을 꿇게 하고 너희들아 보아라.

하나님이 창조(創造)한 피조만물은 모두가 진실(眞實)한 진리체로 되어 있는데 하나님의 거룩하고 밝고 맑고 깨끗한 천살의 결백 중에 결백(潔白)이신 하나님의 유전자(遺傳子)로 그분의 요소와 성분과 재주와 재능(才能)을 모두 닮아 태어났는데 어떻게 하나님의 아들딸이 죄를 질 수도 없거니와 죄를 짓지도 않았다. 바로 죄인은 너희들 옥황 이와 옥황의 후손 생녹별 옥황상제라는 사실을 공포하고 추궁(追窮)한 끝에 그들도 진실 앞에는 양심이 있는지라 저희들이 잘못했습니다. 죽을 죄를 졌나이다. 거짓은 진실 앞에 굴복(屈伏)하지 않을 수 없는 것이 진실의 참된 길이라는 것을 그들도 천도 문님이 생명을 내놓고 추궁(追窮)하는 결백(潔白)의 주장 앞에는 그들도 죄를 낱낱이 고백하고 용서를 해 달라고 애원(哀願)을 하는 역사적인 사실이 영적(靈的)으로 승리(勝利)를 거두신 천도 문님의 공로(功勞)가 너무나 지대(至大)하다는 것을 알아야 할 것이다.

하나님은 사실은 2000년도에 완전히 대 심판을 하여 지구를 본래의 옛 동산으로 재창조하시기 위한 작전의 전술을 계획하셨지만 뜻하지 아니한 천도 문님이 하나님의 생애(生涯)의 공로를 발견하셔 1970년도 음력 1월 21일 07시 30분에 천도문님의 가정에 강림(降臨) 하시는 처음이자 마지막으로 사불님(하나님 두 분과 아들따님) 네 분이 강림하셔 새 말씀을 주시어 인간들에게 기회를 주어 소 환란(患亂)과 대 환란을 정하여 대 환란이 지나면 대 심판을 하신다는 말씀을 천도 문님을 통하여 말씀하셨습니다.

그러나 인간들은 천도 문님의 오두막집 아주 유바골 산중에 가난한 외적으로는 보잘것없는 가정에 강림(降臨)한 것을 모르고 코 골고 잠자고 있었으니 어찌 하늘에 살아갈 길이 있겠는가를 생각해 보아야 할 것이요 그 귀한 천도 문님은 하나님의 말씀을 직접 받고 그 내용을 녹음기를 틀어놓고 하나님의 말씀을 하시는 것을 필자는 생 음성으로 들었기 때문에 증인이요 그 말씀 하실 때의 광경이 머릿속에서 항상 감도는 것을 잊을 수가 없었다는 것을 말씀함이요 그 천도 문님은 사반세기(四 半世紀) 전에 하늘나라로 떠나시면서 몸을 너무 살피지 않으셔서 급히 병환으로 떠나시면서 천도 문님이 하늘에서 주신 문자를 세세히 술해(하늘말로 번역) 해서 세상에 책으로 내려고 하셨으나 갑자기 몸이 도의 정신에만 몰두(沒

頭)한 나머지 몸이 쇠약해서 하늘나라에 가셨기 때문에 그 말씀은 책장 속에서 사반세기(四 半世紀) 동안 잠자고 있었다.

불초 필자는 부족한 제자로서 그분의 공로(功勞)와 공적(功績)이 너무나 지대(至大)하여 이 귀한 말씀을 인간들에게 선포(宣布)를 해야 만이 나중에 소 환란 지나 대 환란 지나 새 말씀의 대 심판의 날이 오더라도 믿고 안 믿는 것은 자기에게 달린 것이고 알려야 할 사명은 분명히 알고 있는 자가 아는 대로 선포를 해야 하기 때문에 책으로 서점에 인터넷으로 또는 전자책으로 등장 시키고 국공립 도서관에 기증을 하면 보관 연한이 수십 여 년 동안 보관한다고 하니 필자가 떠난 후 대 심판을 할 때가 언젠가는 수많은 세월이 지난 후 온다. 할지라도 책은 살아 있기 때문에 선포가 가능할 것이요 또한 출판사가 살아 존재하는 한 추가 소요되는 주문량은 출판사 부담으로 책을 공급하기 때문에 선포의 길은 열려 있을 것이다. 생각하고 필자는 기억을 더듬어 우리 스승님이신 천도 문님의 귀하신 말씀을 전하고자 남들이 잠자는 고요한 새벽에 컴퓨터 자판을 두드리며 귀중한 산 역사와 죽음의 역사를 이 땅에 선포하기 위하여 연약(軟弱)한 건강임에도 불구하고 사명감(使命感)을 가지고 세상 인간들에게 많이 전달(傳達)되기를 희망(希望)하는 마음으로 글을 쓰게 되었습니다.

이 땅에 왔다 갔던 선지자(先知者)들이 천도 문님의 사명(使命)처럼 의무(義務)를 다 했으면 얼마나 좋았을까 그러면 하나님의 비극(悲劇)도 인간들의 비참(悲慘)함도 수 천 년 전에 하나님의 한(限)을 풀 수가 있었을 것이었는데 불행(不幸)하게도 이 땅에 왔다 간 선지자(先知者)와 성현(聖賢)이라는 사람들은 하나님의 아들딸이 죄인(罪人)이 아니라는 생각도 하지도 아니하였으며 생각도 하지 아니하였으니 그것을 발견(發見)하지도 못하고 고난(苦難)의 길을 걷다가 헛된 죽음으로 끝난 것이 너무나 아쉬운 생각이 들며 천도 문님이 강림의 뜻을 맞이하지 못하였으면 하나님은 이 세상을 2000년에 심판을 하셨을 것이지만 그분의 공로(功勞)로 소 환란 대환란의 기간을 두고 이 세상 인간들에게 알릴 수 있는 기회가 있게 된 것을 다행으로 생각을 하지만 인간들은 수 천 년 동안 기존의 신앙(信仰)에 얽매여 성경(聖經)의 경전(經典)에 나와 있는 문자가 모두 하나님이 주신 줄 알지만 절반은 악별성 옥황상제가 준말이 너무 많은데 그것을 일획 일점도 빼고 더하지 말고 믿으라는 문구에 족쇄가 되어 어떤 목사(牧師)는 점 하나도 빼면 안 된다고 말을 하는 것을 보니 진보적인 발전적인 생각을 하지를 않으니 그들이 과연 몇 명이나 끝날에 살 사람이 알곡이 나오게 되겠는가를 하나님께서도 천도 문님에게 말씀을 하신 적이 있습니다만 걱정이 되지 않을 수 없습니다.

그러면 과연 하나님께서는 수 억 년 동안 인내(忍耐)와 극복(克服)으로 기다려 오신 것은 왜? 기다려 오셨는가 옥황 이와 용녀 천사 장 부부를 없애 버리고 다시 점지하여 다시 탄생시킬 수도 있는 능력의 권능자요 그렇게 인간 같았으면 하실 수도 있으련만 참고 견디면서 심판 할 때도 성경에 나와 있는 노아 심판 때만 해도 홍수로 많은 사람들이 심판하여 죽였지만 노아의 본가와 처가 식구는 살아남아 그때부터 인간이 또 번성한 것이 오늘날 이 지구에 70억 인류가 또 현재 살고 있습니다.

하나님께서 천도 문님에게 강림하셔서 말씀을 하신 말씀에 의하면 옛날에는 지금보다 문화와 과학 문명이 더 발전한 시대도 있었다고 말씀하셨다. 홍수 심판 때까지 모두 심판한 것이 네 번째 심판(審判)을 하였는데 이 다음번 심판을 하게 되면 5번째 심판이라고 말씀을 하셨는데 왜? 전부 싹 쓸어 죽이지 아니하고 인간의 씨를 남겨놓고 다시 생명이 살 수 있도록 한 것은 죄를 지은 자가 인간 시조 옥황이 이기 때문에 옥황이가 하나님과 하나님의 아들딸에게 잘못을 회개하지 아니하고 죽었기 때문에 그 후손 중에 어느 한 사람이라도 죄를 발견하여 그 죄진 자들을 굴복시켜 진정한 회개를 하여야만 하나님께서는 순리(順理)로 풀리기 때문에 수 억 년 또 수 억 년이라고 말씀을 하시는 것으로 보아 엄청난 기다림의 세월이 흘러왔다는 것을 우리가 깨달아 헤아려 볼 수가 있습니다.

하나님은 한 번 정하면 불변(不變)이기 때문에 죄 지은 자가 하나님을 배신(背信)하고 그들이 타락(墮落)의 죄를 저질러 놓고 하나님 아들딸에게 뒤집어씌운 이 기가 막힌 사연을 스스로 회개(悔改)하고 돌아오기를 바라는 순리(順理)의 진실(眞實)의 소유자(所有者)로서 기다린 것이 많은 세월이 지나는 동안 아무리 유명한 의인(義人)이요 성현(聖賢)이라고 일컫는 자들이 모두 하나님의 천륜(天倫)을 찾지 못하였기 때문에 또 참고 기다려 왔는데 뜻하지 아니하게 천도 문님이 나타나시어 첫째 천지간(天地間) 만물지중(萬物之衆)이 모두 진리(眞理)체로 되어 있는 자연 현상을 보니 하나님의 아들딸은 절대 죄를 질 수도 없거니와 죄를 짓지 않았다고 스스로 천륜(天倫)을 찾았으니 이 얼마나 귀한 일인가? 죄 지은 자가 회개하지 못한 것을 죄 지은 자를 영적(靈的)으로 잡아내어 그들과 순리의 자연을 놓고 하나님의 아들딸이 절대 죄를 질 수도 없는데 바로 너의 옥황 이와 옥황상제 생녹 별에게 죄인이 바로 너로구나 밝혀내어 그가 눈물을 흘리며 회개하게 되었으니 이제야 하나님과 하나님의 아들따님의 죄의 누명(陋名)이 밝혀지게 되어 하나님께서 죄인들이 가는 영계를 전부 심판(審判)하여 없애 버리고 그곳에 처음에 있었던 무언의 세계(世界)를 다시 원 위치(位置)로 돌아오게 하게 된 사실입니다.

그래서 지금은 영계를 먼저 심판 하였고 그곳에는 무언의 세계가 다시 돌아와 아름다운 곳이며 지구와는 가장 가까운 거리에 무언의 세계가 존재하고 있다는 사실을 알게 되었습니다. 그래서 지금은 사람이 죽으면 영계도 들어가지 못하니 육신이 죽으면 육신(肉身)은 물이 되고 고체(古體)는 썩어 없어지고 정신은 하늘에서 주었다는 조건으로 산화(酸化)되어 없어지고 마음만 가지고 영계도 못 들어가고 구천(九泉)에 떠도는 귀신(鬼神)이 너무 많아 사람들이 가다 죽고 서서 죽고 자다 죽고 많은 이상한 현상들이 빈번(頻繁)하게 일어나고 있는 것입니다.

하나님도 오랜 세월 동안 참고 견디어 오신 세월이 얼마나 괴로우신 기간 이었을까를 생각해 보아야 할 것이고 우리 인간들은 이 세상에 태어난 죄 밖에 없는데 조상들이 지은 죄 때문에 연대 죄가 우리에게 부여되어 죄의 굴레에서 벗어 날 수가 없었던 것이다. 우리 인간은 조상의 피와 성질을 물려받아 옥황이가 지구를 탐내고 욕심을 내고 이 지구에서 고릴라와 결합하여 나타난 후손이기 때문에 반쪽은 신성의 피요 반쪽은 어머니 쪽은 고릴라의 성질을 닮아 순수한 진실을 망각하고 분수에 넘치는 욕심을 내고 탐내고 남을 음해하고 투기하고 쟁투하고 심술보가 아주 욕심으로만 가득 차 있는 신선한 마음은 없는 야생적인 성질을 닮은 인간인 것이다.

우리 인간의 마음속에는 잘 못된 조화만 가득 차서 욕심내는 조화, 탐내는 조화, 투기하는 조화, 쟁투하는 조화를 가지고 있기 때문에 인간들이 사는 세상은 전 세계가 조용할 날이 없는 불안과 공포(恐怖) 속에서 살고 있는 현실이다. 인간이 모르고 잠자고 있는 이 순간에도 하늘은 일정에 맞추어 소 환란 이때를 맞이하여 이 시대가 지나면 대 환란 때가 올 것이요 그 시대가 지나면 언젠가는 대 심판의 때는 불가피한 현실이 오게 되는 이유는 아직까지 이 지구에 주인의 땅에 인간이 차지하고 인간이 먹고 마시는 배설물로 인하여 균으로 가득하게 해 놓았으니 그 균들을 치고 없애고 재창조하기 위해서는 마그마의 불물로 뒤집어 없애고 육지가 바다 되고 바다가 육지 되는 과정의 역사가 인간의 죽음이 안타까운 현실이지만 하늘나라 삼차원(三次元) 공간의 12선의 생명선과 지구의 일차원(一次元) 생명선(生命線) 5선이 즉 4차원 공간과 일치하게 하기 위해서는 지구의 현재의 궤도는 각도가 달라지게 되어있기 때문에 지금은 하늘나라 하루가 지구는 일 년 365일이지만 심판을 하여 똑같이 만들어 놓으면 하늘나라와 일과 월과 해가 일치가 되는 날 하나님과 하나님의 아들딸의 한이 다 풀리게 되고 심판된 지구에는 원래의 주인이신 여호화 하늘새 아버님과 천도화 어머님 즉 하나님의 셋째 아들딸님이 새로운 하늘에 제도로서 새로운 새 나라의 모습으로 원상회복(原狀回復)이 되는 날이 돌아올 것입니다.

이 모든 것이 원상으로 복귀되면 하늘나라와 일과 월과 해가 생명선이 12선이 같이 공전(公轉)하고 회전(回轉)하기 때문에 여기 1년이 하늘나라 하루인 것도 똑같이 일치가 될 것이며 새로운 재창조 된 지구나라에서도 죽음의 역사는 종결(終結)이 되고 하늘나라 사람들처럼 아무리 오래 살아도 죽지 않고 살면 살수록 더 젊어지는 환경(環境)이 될 것이며 입으로 먹지 않아도 하늘은 때맞추어 진미선이 오면 코로 운감하면 영양의 핵심(核心)의 진가(眞價)의 영양(營養)이 공급(供給)되기 때문에 아주 신선하고 경쾌(輕快)하고 상쾌(爽快)하고 통쾌(痛快)한 세상에서 살아가는 세상이 이루어 질 것인즉 동물들도 물고기들도 모두 진미선으로 영양을 운감으로 충분히 섭취하는 환경의 세상이기 때문에 강자(强者)가 약자(弱子)를 현재 지구의 동물이나 생물처럼 잡아먹을 필요가 없는 세상(世上)이라는 것을 밝히는 바입니다.

하늘나라의 바다는 지구의 바다처럼 사나운 바람과 태풍이 피해를 주고 하는 것이 아니라 항상 잔잔하고 물결의 소리가 음악(音樂)의 경쾌(輕快)한 아름다운 소리를 내어 사람들을 항상(恒常) 즐겁게 하는 아주 즐겁고 유쾌(愉快)한 노래가 항상 흘러나오기 때문에 하늘과 지금 지구차이는 별개 이상의 나라 그 자체라는 것을 밝히는 바이며 이러한 환경의 세계가 조물주(造物主) 하나님의 세계요 한 번 인생이 생명이 탄생하면 사람이든 종이든 동물이든 식물이든 죽는 것이 없는 완벽한 영원(永遠)불변(不變)의 세계입니다. 이러한 하늘나라의 세계를 어떻게 알겠습니까? 이 우주 공간의 사차원(四次元) 공간을 창조(創造)하신 하나님과 같이 창조하시는데 원동력이 되신 하나님 아들따님이 강림하셔서 천도문님에게 새 말씀을 내려 주셨기 때문에 알 수 있음을 생각할 때 천도문님의 귀한 공로가 이 땅에 왔다 간 어느 누구의 선지자(先知者)들보다도 하나님께서는 제일 귀하게 생각하심은 하나님의 한이 무엇인가를 당신 스스로 깨달아 죄는 종놈들이 져 놓고 하나님의 아들딸을 죄인이라고 뒤집어씌운 죄인을 잡아내어 그들을 죄상을 낱낱이 밝혀냈기 때문에 이 지구 상에 이제 두 번 다시 없는 처음이자 마지막으로 귀한 분이시라는 말씀을 하시는 의미와 이치를 깨달아야 할 것이다.

하나님과 아들따님이 겉으로는 거룩한 건물에서 하나님을 믿는다고 하면서 하나님 아들딸을 죄를 졌다고 외치는 그러한 더럽고 추잡한 곳에는 절대로 하나님과 하나님의 아들따님이 그곳에는 강림(降臨)을 하지 아니하신다는 것을 명심(銘心)하기 바라며 미안(未安)하지만 하나님과 아들따님 즉 사불님께서는 반세기(半世紀) 전에 천도 문님의 시골 산속에 오두막집에서 온갖 하나님의 아들따님 왜 죄인이라고 하는가? 억울하여 눈물을 흘리시며 평생을 그것을 밝히기 위해서 노력하시는 그 눈물겨운 정성에 감동하시어 쨍하고 해 뜰 날 돌아온다는 송대관 가수의 노래 유행가가 운세 따라 나올 때쯤 도둑 같이 강림하시어 천도 문님에게 하늘에 산 역사와 하나님의 생애의 공로의 말씀을 주시고 그 말씀을 받으신 천도 문님은 사반세기(四半世紀) 전 하늘나라로 하나님께서 데려가시고 하나님은 생명의 근원인 생불체 생명의 근원인 유전자의 원천을 가지고 지니고 계시기 때문에 천도 문님은 하늘나라에서 재생되어 하늘 분들과 하나님을 위한 공로가 너무 커서 같이 항상 생활하실 것이리라 생각하고 있으며 그렇게 하나님께서 직접 말씀을 하셨다는 사실을 알려 드리는 바입니다.

하나님의 생애(生涯)의 역사를 조물주(造物主) 하나님이 직접 천도 문님을 통하여 말씀을 해 주시니 알 수가 있지 어떻게 알 수가 있겠습니까? 도둑같이 강림(降臨)하시어 세상에 없는 진리의 말씀이 시와 수필과 자료의 기록을 통하여 세상의 서점과 인터넷 서점에 내놓기 까지는 필자가 책임을 다하지만 인간들이 보고 안보고는 못 본 것도 인간들 책임이요 보고도 아무 생각 없이 그냥 무관심으로 지나쳐 버림도 인간 책임이요 그것도 알지 못함도 인간 책임이지 필자가 귀한 말씀을 기억(記憶)을 더듬어 컴퓨터 자판을 두드리며 새 말씀의 책을 발간(發刊)하기 위해서 있는 힘을 다해서 서점에 등장시키는 것까지는 필자(筆者)의 책임(責任)이 있고 먼저 안 사람으로서 알려야 할 사명(使命)이 있어 책을 발간하게 되었습니다.

지금은 사람을 살리는 것만이 목적(目的)이 아니라 소 환란시대에는 새 말씀을 선포(宣布) 하는 것이 목적이기 때문에 알고도 믿고 안 믿는 것은 인간 책임이요 하나님께서도 알곡이 몇 사람이나 되겠느냐 하신 말씀을 천도 문님께 하시는 것을 필자가 들었는데 한 자리 숫자가 될 것인지 두 자리 숫자가 될 것인지 알 수가 없지만 소 환란 지나 대 환란 지나 대심판의 혼돈(混沌)의 이적(異蹟)이 하나님께서 실시 할 때는 너도 나도 살자고 모여드는 것은 이적을 보고 믿기 때문에 알곡이 아니라 쭉정이들이라. 그때는 그자들은 살릴 수 있는 길이 없다는 말씀이 아닌가 생각이 들고 알곡은 살 수 있는 자는 선택(選擇)을 받아 어떻게 든 알고 찾아올 수 있는 길이 있을 것이다. 하나님과 하나님의 아들따님이 하시는 일을 우리는 자세히는 알 수는 없지만 운세 따라 때가 일과 월과 해가 공전(公轉)에 멈추고 이번에 다섯 번째 심판은 마지막이요 한 번 스릴 있고 재창조의 역사를 때가 되면 진행(進行)을 하게 된다는 것을 운세 따라 징조(徵兆)가 나타나는 것입니다.

지금은 소 환란 시대로 국가의 정치가 혼란(混亂)하고 세계의 정세(政勢)도 대립(對立)과 대립으로 혼란하고 기후(氣候)가 변하고 빙하(氷河)가 녹고 인간들 마음들이 전부 살벌하고 죽이고 쏘고 가다 죽고 서서 죽고 모두가 혼란기(混亂期)에 살고 있고, 사막(沙漠)은 점점 육지를 점령(占領)하여 확장(擴張) 되어 오고 사람들의 춤추는 것을 보면 고전 춤은 한이 맺힌 춤이지만 요사이 티브이에서 추는 춤을 쳐다보면 심판 때 불에 뜨거워서 튀는 비틀고 꼬고 쓰러질 듯 말듯 하는 것을 보면 심판 때에 죽는 흉내 내는 춤추는 것을 보면 이것도 운세 따라 세태를 보여주는 것이며 기후의 변화와 같이 세상의 흐름을 예고(豫告)하며 알려 주는 것 같습니다.

사랑의 하나님이 이 땅을 심판(審判)을 하게 된다는 것은 얼마나 가슴이 아프시겠습니까? 그러나 이것은 주인이 있는 공간에 주인이 오기 전 인간시조 옥황이가 공해(公害)와 균(菌)으로 뭉쳐 놓고 인간들이 땅 속까지 하나님이 쓸려고 해 놓은 석유나 모든 것을 캐내어 쓰느라고 오염을 시켰음은 물론 이거 이와 종이 주인 것을 빼앗아 산다고 종의 것이 되는 것은 아니다. 이 지구 공간은 하나님의 셋째 아들따님의 공간이기 때문에 이제는 천도 문님의 공로로 죄인들이 스스로 자기 잘못을 고백(告白)하여 눈물 흘리며 후회(後悔)하고 빌고 용서(容恕)를 구하였은즉 이제는 때가 되었다 이 말씀입니다. 이제는 완벽한 두 번 다시 없는 심판으로 본연의 옛 동산을 재창조를 하기 위해서는 부득이(不得已) 지구를 뒤집어 균들을 없애야 하니 어쩔 수 없는 상황(狀況)적 현실을 알아야 하고 이제는 하나님의 한도 다 풀리는 완결(完結)이 되는 것입니다.

필자는 암(癌) 환자로서 각종 합병증(合併症)으로 많은 약을 먹으며 살고 있기 때문에 건강(健康)상 얼마나 세상에 남아 있을지 몰라 서둘러 기운이 없는 건강 상태에서도 새벽잠을 줄이고 이 글을 열심히 쓰고 있는 것은 잠자고 코 골고 있는 이 세상에 이 엄청난 새 말씀이 숨겨져 있는 것이 천도 문님의 못난 제자로서 안타까워 제가 글을 전문적으로 쓰는 전문가도 아닌데도 열심히 글을 쓰게 됨은 한 생명(生命)이라도 알곡이 될 사람이 쭉정이가 되는 일이 없도록 하기 위한 필자(筆者)의 생각입니다.

알곡을 창고(倉庫)에 거두는 소 환란 시대라고 하니까 알곡 창고가 어디 있을까 하는 사람도 있을지 모르겠으나 세계 어느 곳에 있던지 참된 알곡은 하나님은 수면에 운행 자유 하시는 분이시기 때문에 모든 사차원(四次元) 공간이 하나님의 시야에 들어오는 분이시기 때문에 정신과 마음으로 동공(瞳孔)으로 한 번 돌아보시는 것을 수면에 운행 자유 한다는 의미로 비유할 수가 있습니다. 우리도 높은 곳에서 자기 시야에 들어오는 것을 한 번 둘러봄으로써 그곳의 상황을 알 수 있는 것처럼 그런 것과 같은 비유에 견준다면 비유가 될지 모르겠습니다만 그런 의미로 해석(解釋)을 하는 것이 가장 가까운 설명이 되는 것 같습니다.

하나님께서는 그렇게 수면에 운행 자유하시고 시간과 공간을 초월(超越)하여 사차원(四次元) 공간에 마음대로 자유자재로 왕래할 수 있기 때문에 하늘 분들이 하늘 비행기 이름을 치라 라고 하는데 치라를 타시고 올 수도 있으시고 술법과 진을 쳐서 힘을 자유자재로 이용하여 오실 수도 있는데 치라에 지상 물체가 가까이 오면 물체가 녹아 없어진다. 거기에는 무한한 무기(武器)와 힘을 가지고 있기 때문에 물론 하늘 분들은 다니는 길이 있고 진공 공간에도 생명선(生命線)이 없는 무중력(無重力) 상태(狀態)를 또 지나고 또 지나면 하늘나라가 있는데 하늘 분들이 다니는 길이 따로 있다는 것을 알아야 합니다.

하늘 분들의 눈이 광명(光明)이기 때문에 밝은 광명을 인간에게 보여주면 인간의 눈은 멀어 버립니다. 마치 탄광에서 어둠에서 한 보름 있다가 구출되어 빛을 보면 눈이 상하여 머는 것과 같다고 비유를 하면 이해가 갈지 모르지만 하늘 분들은 빛이 광명이요 밝은 힘의 빛의 속도를 가지고 있기 때문에 인간들은 정신과 마음이 깜깜하여 볼 수도 없거니와 보이게 하지도 않습니다. 인간은 정신과 마음이 어둡고 캄캄하여 귀신이 들어와 내가 하나님 이다 속이고 말해도 그 귀신을 하나님 인줄 알고 믿는 미개(未開)한 자들이요, 귀신이 역사하여 안수하여 병을 고친다고 벌벌 떨며 때리고 멍이 들게 하는 것이 하나님이 하는 줄 아는 참 어리석은 인간들의 삶이다. 어찌 감히 더러운 인간들이 입에서 냄새나고 뱃속에는 또 똥통을 가지고 부패물(腐敗物) 오물(汚物)인 균을 저장(貯藏)하고 굴러다니는 인간들에게 신선하고 거룩한 하나님이 안수를 해서 병을 고쳐 주시지도 않지만 그렇게 해 달라고 하나님께 기도하며 역사하여 주시옵소서. 빌어 대는 모습은 너무나 잘 못된 것이다.

오늘날 종교인(宗敎人)들이 하나님이 주신 것도 너무나 많은데 천지간(天地間) 만물지중(萬物之衆)이 자연(自然)으로 회전(回轉)하며 철 따라 꽃피고 잎 피고 무성하고 열매 맺어 풍성(豊盛)한 과일과 알곡을 생산하여 주시는데 무엇이 부족하여 하나님에 구하면 주실 것이요 만, 생각하고 새벽잠 자지 아니하고 교회 나가서 그렇게 빌어 대는지 하나님이 보시면 인간의 행동을 보면 얄미워서도 안 주신다는 생각이 든다. 하나님은 달라고 애원하고 기도 한다고 해서 주시는 것이 아니요 달라고 하지 않는다고 안 주시는 것도 아니다. 심성(心

性)이 착하고 이 세상에도 진실로 결백(潔白)하고 착실히 행동하는 자는 그에 맞는 복(福)을 내려 주시어 살 수 있도록 해 주시는 것이 자연의 이치요 진리요 순리의 진실의 법칙이라고 저는 느끼고 있습니다.

공기도 주시고 산소도 주시고 태양을 주시어 태양의 일력의 힘으로 모든 만물이 성장하고 태양에서 나오는 에너지의 성령(聖靈)을 받아 만물과 곡식이 성장하여 일용할 양식을 충분하게 주시고 달의 월력으로 바다의 물과 이 땅의 물의 영양과 영양분을 흡수(吸收)토록 베풀어 주시는 하나님의 은혜 속에 살고 있는데 무엇이 부족(不足)한가 말이다. 이러한 먹고 살 수 있는 환경을 조성해 주었으면 자기가 노력하면 얼마든지 먹고 살 수 있는 현재 현실의 여건(與件)이 조성 되어있는데 하나님께는 해 드리는 것은 하나도 없으면서 바라기만 하는 것은 도둑놈의 심보라고 해도 과언이 아니다.

하나님이 모든 것을 천지 만물을 다스리는 것은 하나님이 하시지만 하나님을 모시고 같이 사시면서 항상 같이하시는 하나님 아들따님은 하나님의 원동력(原動力)이시기 때문에 하나님의 애 쓰심을 덜어 드리고자 효도(孝道)를 하시기 위해서 하나님의 아드님은 저 천판에서 만유일력으로서 천지간(天地間) 만물을 자유(自由)하시며 만물을 소생시키며 성장시키고 하나님의 따님은 만유월력으로서 이 땅에 영양소(營養素)를 충분히 성령(聖靈)으로 공급(供給)을 해 주시어 모든 만물에 고체에 진미를 내 주시어 우리가 과일이나 알곡의 열매에 당도든지 염분이든지 갖가지 영양소를 듬뿍 담아 넣어주시는 은혜(恩惠)로우신 분이 하나님 아들딸 두 분 아드님은 참 아버지 따님은 참 어머니가 하시는 일이다. 이런 위대(偉大)한 분을 인간들의 생명의 은인을 하나님의 아들딸을 선악과(善惡果)를 따먹고 죄(罪)를 졌다고 아주 그것도 미물(微物)에 고기 덩어리 뱀에 꼬임에 빠져 선악과를 먹으라. 해서 먹고 죄를 졌다. 애들 소설책에서라도 나오면 안 될 말을 하는 성직자(聖職者)들을 보면 참 안타까운 심정(心情)을 금(禁) 할 수 없다. 그러면 그때에 뱀이 말을 했었다면 지금도 뱀이 말을 해야 하는데 여태까지 살았어도 뱀이 말했다는 소식(消息)은 한 번도 들어본 일이 없다 말이 될 말을 가르쳐야 할 것이 아닌가? 그리고 선악과(善惡果)일 나무가 있었다면 지금도 있어야 할 것이 아닌가? 역사적(歷史的) 대(大) 사건(事件)의 죄를 졌다는 큰 사건인데 그 선악과(善惡果)라는 나무는 오고 간데도 없고 뱀도 말하는 뱀도 없다.

그런데 한술 더 떠서 어떤 종교라고 말하기조차도 하기 싫은데 하나님의 아들딸이 참 부모요 참 어머니인데 하늘에 법도는 어떻게 알아 가지고 인간(人間)이 참 아버지 참 어머니라고 하니 기가 막힌 일이다. 앞에서 열거 한 대로 참 아버지 하나님 아들은 천판에서 태양(太陽)을 주관하고 참 어머니 하나님 따님은 달을 주관하고 물을 주관하여 공급(供給)해 주시는 분이 참 부모님인데 그 책임(責任)을 인간이 할 수 있는가 말이다. 하나님과 하나님 아들딸을 놀려도 분수(分數)가 있지 너무나 모독(冒瀆)한 죄(罪)는 용서(容恕) 받지 못하리라.

그것도 어떤 종교는 하나님의 아들딸이 간음으로 성적으로 타락을 했다고 칠판에 사람 모양을 그리면서 더러운 입으로 말하는 것을 보고 들은 적이 있는데 그것은 진짜 더욱더 용서 못 할 죄의 대가가 따르리라 믿는다. 남자 하나님은 천살의 결백이요 명예는 천도문체님이요 여자 하나님은 천살의 결백도요 명예는 천도문도님이다. 하나님의 이름도 모르고 하나님의 아들딸이 무엇을 하는 분인지도 모르면서 함부로 하나님 아들따님의 직분의 명칭(名稱)을 참 부모로까지 올려놓았으면 인간은 참 부모의 일을 태양과 달과 물을 주관 할 수 있는 능력이 있는가 말이다. 그런 책임을 주어도 감당(堪當)도 못하는 사람들이 명예(名譽)를 도용(盜用)하여 하늘의 아들따님의 명예를 더럽히는 우를 범(犯)해서는 안 될 것이다.

앞으로는 필자가 쓴 책을 읽고 난 후 알면서도 그런 말을 하면 입이 혀가 말을 못하는 벌을 받을 염려가 되오니 그런 말은 몰랐을 때 한 것은 다시 엎질러진 물 다시 담을 수 없어 어쩔 수 없다 할지라도 지금부터는 더 이상은 그런 실수(失手)를 하지 않기를 희망(希望)하는 마음으로 경고(警告)의 글을 쓰는 바입니다. 왜냐하면 지금은 소(小) 환란(患亂) 때요 대 환란의 시대가 올 것이요 대 심판의 때가 올 것인즉 끊어진 올바른 천륜(天倫)을 찾아야 하는 사명(使命)이 인간에게 있다는 사실(事實)입니다.

왜냐하면 지금은 사불님 (네 생불님) 하나님 두 분과 아들 따님이 강림하셔 계시며 수시로 하늘나라 하나님의 궁전(宮殿)의 나라 천지락에서 수시로 왕래하시고 하늘에서 내려다 보시기 때문입니다. 하나님은 족지 작지 낵지 자유 하는 분이시다는 말씀은 하나님은 초능력(超能力)으로서 일 초도 안 되는 순간에 인간들 70억 인구의 머리카락을 셀 수 있는 초능력의 조화 자 이시기 때문에 지구(地球)에서 일어나는 일과 인간들의 마음을 다 알고 계시고 또 하늘에는 필름성이라는 성이 있는데 그곳에서는 인간들의 하나 하나를 행동(行動)절차(節次)를 필름으로 감아 가기 때문에 나중에 죽어서 정신(精神)은 하늘에서 주었다는 조건으로 산화(酸化)되어 없어져 버리고 육신은 심장(心臟)이 멈추면 물이 되고 고체(固體)는 썩어 균(菌)이 되어 없어지고 마음만 살아 움직이기 때문에 힘이 없으니 둥둥 떠다니는 것인데 자기가 지상에서 진 죄가 필름성에서 감아간 것을 재생(再生)하여 돌리기 때문에 아얏 소리도 못하고 죄의 대가(代價)를 받게 되는 현실을 알려 주는 것이요, 거기에는 판관(判官)이 지구의 주인으로 오실 분이신 하나님의 셋째 아들 이름은 여호화 하늘새 아버지가 판관으로 죄의 심판을 판결한다는 사실은 지구가 그분의 땅이요 주인이기 때문이다. 이런 말씀을 어떻게 필자가 알겠습니까?

사불님 즉 하나님 두 분과 하나님의 아들따님의 네 분의 강림을 맞이하여 하늘에서 말씀 하시는 광경을 생 음성으로 들었기 때문에 아는 것이요 천도 문님께서는 하늘에서는 하늘말로 말씀을 많이 해 주시면 천도 문님은 우리들에게 한국말로 통역(通譯)을 해 주시어 우리가 알지 우리가 어떻게 이런 하늘 일들을 알 수가 있겠습니까? 모두가 천도 문님의 도(道)의 공로(功勞)요 하나님을 위해서 일평생(一平生) 바치신 정성이 하늘이 감동(感動)하셔 강림을 하신 것입니다.

하늘에 제도는 하나님이 어떤 분이십니까? 남자 하나님 천도문체님과 여자 하나님 천도문도님과 하나님 아들 참 아버지와 딸 참 어머님과 이 네 분을 받들어 모시기 위해서 종의 우두머리 천사(天使) 장 부부(夫婦)가 있고 천사 장 부부의 시중을 보좌하는 종의 종 천사(天使) 부부가 있고 또 종의 종을 보좌하는 3번째 서열(序列) 종이 있는데 인간으로 말하면 3번째 서열 종은 로봇 같은 종인데 생명(生命)이 있고 살아 생동(生動)하기 때문에 인간 로봇하고는 비교(比較)의 상대(相對)는 아니지만 그렇게 설명을 하면 이해(理解)가 빠를 것이다.

다른 종들은 하나님 후손이 탄생(誕生)할 때마다 같이 그들도 모실 자가 탄생을 하여 자리가 딱딱 제도(制度) 따라 정해지는데 다른 종들은 다 애기를 낳는데 3번째 서열의 종의 종을 받드는 신분이 낮은 종은 애기는 낳지 못하고 모심의 생활을 한다. 하늘은 한번 태어나면 죽는 역사는 없으니 천년(千年)만년(萬年) 영원히 사는 세상이기 때문에 별개(別個) 이상의 세계다 하나님이나 그분의 아들따님이나 그곳의 종들도 모두 수 억 년 나이가 되었어도 인간의 젊은 사람보다 더 젊고 피부도 빛이 나고 그곳은 동물과에 속한 지상 사람들과는 다르기 때문에 하늘 사람들 몸속에 도는 피는 결정체(結晶體)로 맑고 깨끗하고 빛이 난다. 인간은 동물의 고릴라의 동물의 피와 결합(結合)으로 붉은 색깔의 피이지만 하늘 사람들의 피는 반짝 반짝 빛이 나는 결정체(結晶體)다.

우리 인간의 고향은 본래 하나님 두 분과 아들딸님을 모시는 천지락이 우리의 고향(故鄕)이다. 우리 인간 시조 옥황이가 하나님 가정을 배신(背信)하지 아니하고 원죄를 짓지 아니하고 지상에 내려와서 고릴라와 결합(結合)으로 타락(墮落)을 하지 않았으면 우리는 하늘나라의 궁전에서 하나님의 가정을 모시고 종의 신분으로 살았을 것인데 우리의 고향을 항상 그리워하며 아름답고 그림 같은 집을 짓고 남진 가수의 노래처럼 저 푸른 초원 위에 그림 같은 집을 짓고 사랑하는 우리 님과 영원히 살고 싶다는 노래도 운세 따라 나온 노래다. 그래서 대중(大衆)의 사랑을 받았을 것이다. 하늘나라 삼차원(三次元) 공간에는 하나님의 혈통(血統)의 후손들이 많이 수 억 년 번성(繁盛)하여 계신데 하늘의 혈통이 태어날 때마다 그분들을 모실 종의 후손들도 똑같이 딱딱 제도 따라 맞추어 탄생(誕生)하게 되어 있다.

하나님은 무언 무한한 능력의 소유자(所有者)이신데 우리 조상이 옥황이가 하나님 가정을 모실 수 있는 막강한 힘과 권세(權勢)와 권력(權力)과 명예(名譽)를 가지고 태어났는데 하나님을 모시는 자로써 얼마나 유능(有能)하고 명석(明晳)하고 잘나고 멋있고 여자 천사 장 선녀는 얼마나 아름답고 예쁜 하얀 늘어진 치마에 춤추는 형상이 얼마나 눈이 황홀(恍惚)할 정도로 끼와 미모(美貌)가 있는 아름다운 예술적(藝術的) 기질(氣質)이 많았겠습니까? 여자가 남자를 꼬인 것이 아니라 남자 천사 장 옥황 이가 여자 용녀를 꼬여 지구(地球)에 내려가자고 꼬인 것이지 여자가 남자를 꼬인 것이 아니다.

가장 작은 것이 가장 큰 죄로 발전(發展) 되어 이것이 수 억 년의 죄악의 지상의 세계가 될 줄은 꿈에도 처음에 생각지도 않았는데 옥황이가 남의 것을 탐(貪)내고 욕심(慾心)을 부린 것이 이토록 긴긴 세월을 하나님과 아들따님과 그리고 인간의 지구의 죄악의 역사가 진행(進行) 된 것을 생각하면 참으로 슬픈 일이 아닐 수 없습니다. 수 천 년 동안 기존(旣存)의 신앙(信仰)에 얽매여 사상(思想)이 박힌 정신과 마음에 새로운 새 말씀을 선포(宣布)하여도 예수가 복음(福音)을 새 말씀 전하려고 할 때처럼 율법(律法)을 믿는 하나님을 믿는다는 자들이 그를 배신(背信)하여 십자가(十字架)의 형틀에 못 박혀 죽게 하였다는 사실을 교훈(敎訓)으로 삼기를 바라는 마음 간절(懇切)하다.

예수는 하나님께서 생불 체의 유전자(遺傳子)를 깨끗한 처녀의 마리아 몸에 점지하여 잉태(孕胎)하여 태어난 귀한 분이지만 율법을 신봉하는 자들이 오히려 그를 배척(排斥)하였으며 12제자들도 마지막 순간에 배신하는 비극(悲劇)을 맞이하였고 하늘에 여호화 하늘새 아버지 하나님 셋째 아드님이 많이 역사 하시어 병든 자 고쳐주고 곱사 펴주고 앉은뱅이 일으켜주고 죽을병 들은 자 수없이 살려준 죄 밖에 없는데 젊은 똑똑한 신선하고 신령(神靈)한 메시아가 나타나 많은 군중이 모이고 유명해지니까 혹시 나라의 왕(王)들이 자기 자리 빼앗길까 봐 없는 죄(罪)를 만들어 가장 흉악(凶惡)한 최고의 형벌(刑罰)인 십자가(十字架)에 쇠못을 박으니 얼마나 몸이 쓰리고 아픔으로 괴로웠을까를 생각하니 눈물겨운 일이 아닐 수 없습니다.

아쉬운 것이 있다면 예수가 만왕(萬王)의 왕이라고 말할 것이 아니라 스스로 천륜(天倫)을 찾아 하나님의 아들딸이 죄를 짓지 않았다는 것을 그때 선포(宣布)하였다면 얼마나 좋았을까 그러한 천륜을 스스로 찾아 발견(發見)을 하시라는 하늘의 뜻이었는데 인간들끼리의 관계에서 병든 자 고쳐주는 사랑만을 베푸는 것도 좋으나 인간은 조상으로부터 타락의 후손(後孫)인데 죄인들끼리 병 고쳐 주는 것 하고는 하나님하고는 아무런 관계(關係)가 없다는 것을 나는 생각을 하게 된다. 교도소(矯導所)에 있는 죄인들끼리 서로 도와주고 협조(協助)하는 일이 일반 사람하고 상관(相關)이 없는 것과 마찬가지로 인간도 인간 조상 옥황 이가 이 땅에 내려와 고릴라 결합하여 타락 죄를 졌는데 그 우리 후손들이 모두 죄인으로 태어날 때부터 연대(連帶)죄(罪)를 지고 태어난 것이 사실 아닌가? 인간과 인간끼리 서로 도와주고 죄인들끼리 서로 베풀고 아무리 좋은 일을 하였다 하자 그것이 하나님하고는 아주 상관이 없다는 말씀이라고 강조(强調)하는 바입니다.

하나님이 강림(降臨)하셔 천도 문님을 통하여 말씀하시기를 소 환란(患亂) 지나 대 환란이 오고 대 환란(患亂)이 지나고 대 심판의 때는 분명히 미래에 때가 되면 운세 맞추어 해와 월과 일과 분과 초를 어기지 아니하고 한 번의 심판의 날은 돌아올 것인즉, 그때는 이미 때는 늦은 때이지만 하나님과 하나님 아들따님이 강림하고 또한 한국에 태어난 천도 문님의 공로로 강림(降臨)을 한국 땅에 교두보(橋頭堡)를 설정(設定)하였기 때문에 심판(審判)을 하실 때는 저 먼 귀신을 숭배하는 나라들부터 심판을 시작할 것이며 결국 제일 나중에 한국(韓國)을 심판하기 때문에 세계적(世界的)인 사람들이 너도 가자 나도 가자 한국으로 구름같이 모여들 것이라고 말씀을 하신 적이 있습니다.

지금은 소 환란 때라 말씀하셨는데 그 말씀이 운세 따라 지금 소 환란 때라 시국(時局)이 나라마다 편할 날이 없다는 생각이 든다. 이 말씀을 하신 지도 반세기(半世紀)가 가차와 지는데 지금 세계가 돌아가는 것을 보라 사막(沙漠)은 확장(擴

張)되고 기후(氣候)는 변하여 남극(南極)의 빙하(氷河)가 녹아 해수(海水)면이 높아져 땅이 묻히는 나라가 생겨나 투발루라는 나라는 전체가 뉴질랜드로 이민을 가는 정책을 쓰고 있는 것을 보라 여기저기서 지진(地震)이 일어나고 나라와 나라가 적대시(敵對視) 하며 폭격(爆擊)을 하고 내전(內戰)을 일으키며 동족끼리 서로 살생을 일으키며 여름에 우박(雨雹)이 내리는 일 사람들이 문화와 정보(情報)화의 발전 속에 산다 하지만 모두가 마음이 불안(不安)하고 부모가 자식을 살해(殺害)하고 자식이 부모를 살해하고 남편이 배우자(配偶者)를 죽이고 또 한 가지 도대체(都大體) 혼란스러운 국가의 정치를 보라 소 환란(患亂)이 아니면 무엇인가? 수백만 명이 촛불을 들고 광화문(光化門)과 전국 도시에서 외치는 함성을 들어보라 세상의 돌아가는 세태를 보라 인간은 진실(眞實)하게 살아라. 하는 교훈(敎訓)을 주고 있고 거짓은 언젠가는 밝혀지는 것처럼 인간의 조상들이 죄를 져놓고 하나님 아들딸에게 덮어씌운 것도 수 억 년이 지난 후에 지금 이때에 천도 문님이 발견(發見)하여 진실(眞實)이 밝혀지는 것같이 진실의 결백(潔白) 속에는 사랑과 정이 듬뿍 차고 넘치는 것이라는 것을 운세(運勢) 따라 오는 것이 이것이 소 환란이 아니면 무엇을 소 환란(患亂)이라고 하겠는가 말입니다.

대 심판을 할 때에는 반세기(半世紀) 전(前) 무렵 천도 문님이 말씀하실 때 들었습니다만, 천도 문님의 가정 유바골 오두막집 한 채만 홀로 있었던 그 장소(場所)는 제일 나중에 이 땅을 뒤집어엎어 심판을 할 때 하신다고 말씀을 하셨다. 왜냐하면 천도 문님이 사불님 즉 하나님 두 분과 아들따님 두 분의 강림(降臨)을 처음이자 마지막으로 맞이하신 귀한 공로(功勞)의 장소이기 때문일 것입니다. 하나님은 하나하나 준비(準備)하시며 종말(終末)의 심판을 향(向)하여 때를 기다리며 진행(進行) 되고 있는데 인간들은 잠자고 코 골고 아무것도 느끼지 못하고 매일 예배당(禮拜堂)에서 하나님만 부르고 찬송(讚頌)하고 헌금(獻金)만 많이 내면 천국(天國) 갈 줄 있지만 천만(喘滿)의 말씀입니다. 하나님은 천지(天地)가 다 하나님 것인데 돈이 필요 없는 것이요 하나님의 핵심(核心)의 하나님의 아들딸이 죄(罪)가 없다는 것을 외치는 것을 가장 좋아하시고 수 억 년 인간들이 조롱(嘲弄)하고 놀린 것에 대한 원한(怨恨)이 뼈아프게 마음에 간직하고 계시다는 사실(事實)을 알아야 합니다.

그러한 아픈 슬픈 사연을 귀하고 귀한 천도 문님이 어린 소녀 일곱 살 시절(時節)부터 하나님 아들딸이 죄가 없다고 발견(發見)하고 그것도 천지간(天地間) 만물(萬物)이 완전(完全)한 진리(眞理)체로 되어 있기 때문에 하나님의 아들딸도 완전한 진리 체의 유전자(遺傳子)를 닮아 태어났기 때문에 천부당만부당 하다는 것을 스스로 자연을 공부하며 깨달았으니 얼마나 귀하고 귀한 존재이면 하나님이 천도문 이라는 이름을 직접 명예를 지어 주셔서 이름을 바꾸시게 되었다는 사실인데 천도 문님의 덕택(德澤)으로 하나님과 하나님의 아들 따님이 70년 음력1월 21일 07시 30분 첫 발걸음을 하시어 강림(降臨)하신 유바골 이라는 동네는 아마도 세계적(世界的)인 뉴스에서 나올 날도 대 심판 전에 나올 것입니다. 한국(韓國)을 제일 나중에 심판(審判) 하는데 그중에서도 귀한 장소(場所)는 제일 나중에 심판하게 된다면 세계(世界) 기자(記者)들이 천만 관중이 모여들어 세계 톱뉴스로 하늘과 땅이 환호성(歡呼聲)으로 울려 퍼질 것이라 상상(想像)을 해 보는 것입니다만 이것이 현실(現實)로 나타날 날이 올 것입니다.

필자는 글을 쓰는 이때가 고희가 되어 71살이기 때문에 그 때까지 살지 못하여 볼 수 없으리라 생각이 되지만 이 책이 발간되면 나중에 보는 사람들이 정말로 이런 일이 현실(現實)로 나타나는 날이 결코 돌아 왔다는 것을 알게 될 것이라 생각이 됩니다. 이번에 심판(審判)을 하면 5번째라고 하시는 것입니다. 지금보다도 문화(文化)가 월등(越等)히 발전한 때도 있었는데 그때도 심판을 하셨다고 한 것으로 보아 이번 직전(直前)에 노아 때 홍수 심판은 홍수(洪水)로만 심판하고 노아의 양가(兩家) 가족(家族)을 살려 주는 선에서 마무리 하였지만 그때는 하나님의 아들딸이 죄가 없다는 하나님의 한을 풀어 드리지 못한 상태로 심판을 했기 때문에 완전한 천지를 뒤집는 심판을 할 수가 없었던 것은 죄를 진자가 그 죄를 회개(悔改)를 하여야 되는데 죄를 진자 장본인(張本人)은 옥황이는 980살까지 살고 애 병으로 즉 화병(火病)으로 후회(後悔)하고 죽었은즉 그 후손 중에 그 누군가가 나와서 그 죄를 발견하여 풀어드려야 하나님의 한이 맺힌 매듭을 푸는 것이기 때문에 기다리고 기다려 오신 것이 오늘날까지 왔다는 것인데 다행(多幸)히도 천도 문님이 하나님이 원하는 핵심(核心)을 이루어 드렸으니 이 얼마나 귀(貴)한 분이신가 하는 말씀입니다.

앞으로 한국은 사불님이 즉 하나님 두 분과 아들따님 두 분을 사불님이라 하는데 그분들이 강림한 나라이기 때문에 하나님 마음이지 인간들 마음이 아닙니다. 한국이 금방(今方) 누가 집어 먹으려고 눈독을 드려도 가장 높으신 분 주인(主人)님이 강림한 선택(選擇) 받은 나라이기 때문에 나라는 적지만 전 세계에 뜨는 별로써 문화의 세계적(世界的)인 중심으로서 지배(支配)하는 나라가 될 것입니다. 왜냐하면 하나님의 가족이 강림을 하고 그분의 강림을 맞이하신 분이 바로 한국의 천도 문님이시기 때문에 이 땅에 천도 문님의 공로(功勞)가 세상에 알려질 것이요 만인들이 그분의 고마움을 찬양(讚揚)하며 우러러 앙시(仰視) 할 날이 머지않아 운세 맞추어 알려질 날이 올 것입니다.

하나님의 생애의 공로를 발견하시다.

왜냐하면 가장 이 세상에 왔다 간 사람들 중에 가장 귀한 의인(義人)이 천도 문님 한 분 밖에 없으시기 때문입니다. 이 세상에 왔다 간 선지자(先知者)들이 하나님 앞에 내놓고 한 일이 무엇이 있는가 하나님의 핵심의 한을 풀어 드려야 하는데 풀어 드린 자가 없었는데 풀어드린 분이 바로 천도 문님이라는 사실(事實)이기 때문에 하늘과 땅 사이 천륜(天倫)을 찾으신 귀한 분이라는 것을 알아야 한다는 것입니다. 천도 문님은 지상에 사실 때 하나님의 가족이 이 땅에 강림하신 이후 하나님을 모시는 모심의 생활을 하셨습니다. 매일 새벽에 정안수를 깨끗이 슬앙진이 올라올 정도로 정성(精誠)을 다하여 떠 올리시고 진지를 해서 올리시고 신선한 과일을 사서 올리시고 깨끗이 닦고 또 닦고 하여 있는 정성을 다하여 받들어 모시는 생활을 하여 왔었습니다.

하루 한 끼도 빠지지 않으시고 지극(至極) 정성을 다하여 모심에 생활을 하였습니다. 인간들 가정에도 손님이 오면 대접(待接)을 해야 하는 것이 일반적(一般的)인 예의(禮義)가 아닙니까? 하물며 이 세상 천하(天下)만물(萬物)을 창조(創造)하신 하나님이 강림하셨는데 모심의 생활을 소홀(疏忽)히 하실 리가 없지요, 그래서 이 땅에 계실 때도 모심의 생활을 정성을 다하여 하셨으며 식구들의 생일이면 생명의 요소를 이루어 생명의 탄생(誕生)하기까지 수고하신 하나님을 생각하며 생명(生命)의 귀함을 귀하게 여기시고 식구들 5남매 생일 때마다 생일날을 택하여 큰 행사(行事)를 지내며 더욱더 정성을 드려 과일을 골고루 사서 하나님 상에 올려 드리고 매일 하나님과 그분의 일행(一行)을 향하여 예의(禮儀)를 갖추고 경배(敬拜)를 올려 인사를 하셨습니다. 천도 문님이 떠나신 후에도 자녀들이 이어받아 모심의 생활은 변함없이 진행되고 있으며 천도 문님만큼의 정성의 수준은 못 미친다 할지라도 정성을 다하여 사불님을 모시고 받드는 일은 변함없이 진행(進行)되고 있으며 항상 하늘 분들이 하늘과 지상에 천도 문님의 가정의 모심을 생활을 하시는 곳에 왕래(往來)하고 계시다는 것을 공표해 드리는 바입니다.

하나님은 사랑의 하나님이시기 때문에 모든 것을 순리로 편안하게 해 주시고 우리 보잘것없는 인간이지만 이 지구 상에서 사불님의 강림을 알고 믿고 의지(依支)하고 있다는 그것 한 가지만 생각하고 귀하게 생각하시고 항상 편안한 안식을 취하라는 apt세지를 주시고 항상 지켜 주시는 사불님이시라는 것을 항상 느끼고 살아가고 있습니다. 이제는 소 환란의 시대도 진행되고 있고 선포(宣布)하는 시대기 때문에 하나님의 강림을 알려야 하기 때문에 몇 차례 시집을 통해서 하나님의 강림을 소개하는 시를 썼으며 앞으로 강림(降臨)의 소식(消息)을 모르고 죽었다는 말을 듣지 않게 하기 위해서 부족(不足)하지만 필자(筆者)는 2016년 9월 20일 새벽 03시가 넘었는데도 잠을 덜 자면서 글을 쓰고 있습니다.

글을 쓰기가 어깨가 아프고 목 협착(狹窄)증이 있어 고생(苦生)을 하면서도 어떻게 하면 빨리 글을 써서 세상에 알릴 수 있을까 노력(努力)을 하지만 책은 책방에 나가지만 사람들이 사서 읽어야만 되는데 아직 까지는 성과가 없지만 언젠가는 때가 되면 운세가 와서 사람들의 생각이 스스로 찾아 읽어보는 날이 올 것이라 생각하지만, 우리는 서점이나 인터넷 서점에 책을 발간하여 진열은 할 수 있도록 등록은 하지만 인간들이 보지 못한 것은 우리의 잘못이 아니라고 생각하고 어떻게든 필자는 노력을 하지만 힘이 역부족(力不足)이란 생각이 들지만 실망(失望)도 원망(怨望)도 하지 않습니다. 이유를 막론(莫論)하고 보지 못하여 모르는 것은 인간 자신들의 책임이지 나의 전적의 책임은 아닐 것이라 믿어 의심치 않지만 그 중에서도 선택된 사람은 알곡이 될 사람은 어떻게든 눈에 책이 띄어 읽게 되면 하나님의 강림(降臨)을 알게 되는 역사가 일어날 것이라는 희망(希望)을 가지고 있습니다. 피로(疲勞)하여 이만 잠을 청하고 다음 이어서 쓰고자 중단(中斷) 합니다.

익일 새벽 5시 기상(起牀)하여 필(筆)을 들게 되었습니다. 지금 이 때는 하늘에 주인님들이 오셔서 모든 운세 맞추어 새 역사를 살아 있는 역사 속에서 무한한 운세 따라 하늘에 정치(政治)가 머지않아 천지를 진동하고 또는 사차원(四次元) 공간의 궁극(窮極)의 목적이 옛날 옛적으로 다시 원위치(位置)로 돌아오는 뜻은 바로 이 땅에 천도 문님이 도둑같이 나타나서 도둑같이 영계를 풀었은즉 영계(靈界)를 풀었기 때문에 영계를 하나님께서 심판을 하고 거기에 본래(本來) 있었던 무언의 세계를 세워 원상(原狀) 복귀(復歸)를 하게 되었은즉 무한(無限)한 창설자(創設者) 하나님이 나타남이니라. 이것이 절로 온 것이 아니요 주(主)의(하나님과 아들따님)참 목적(目的)이 불변 절대 약속대로 자유 되어 왔은즉 걱정이 없다는 하나님의 말씀이다.

이 모든 것이 천도 문이 스스로 자연을 보고 나타난 결과의 진실(眞實)의 결과(結果)를 보고 스스로 깨달아서 순리로 풀었고 순리(順理)에 순종(順從) 순응(順應) 명령(命令)에 복종(服從)함이 무한히 하나님에게 기쁨이요 통쾌(痛快)하고 찬란(燦爛)한 이치와 의미가 풀렸기 때문에 이 얼마나 좋은 때인가 하나님께서 근원근도 원 파(인간도 자기의 파가 있듯이 하나님도 근원의 태어난 파가 있는데 근원근도 원 파다.)를 준비하기 전에는 하나님에게는 무한한 조화(造化)를 지니고 무한한 자기 때문에 하나님은 분명히 조화 체요 조화에 중심이 요 조화에 근원(根源)자라는 말씀이다.

이럼으로써 근원근도 원 파를 준비하기 전에 하나님에게는 미래와 꿈이 분명하셨고 목적과 목적관이 완벽함이 바로 조화 속에서 준비하여 세내 조직망(組織網)이 무한정 하게 웅대 웅장함에 평청 평창을 이루어 확정 확장되어 확대 진문이 아주 슬기롭고 아름답고 찬란하고 경쾌(輕快)하고 통쾌(痛快)하게 이루어 놓은 광경(光景)일치가 무언무한하다는 말씀이다. 이럼으로써 갖가지 근원 근도 (하나님 파의 근원 근도)에 무한한 핵심(核心)의 진가(眞價)가 모두 생불체(생명의 근원에 유전자의 원천 근원)요 생불체의 힘의 전류(電流)와 전력(電力)이 흐르고 돌며 펴나가는 광경(光景)이 모두 층과 층면이 이루어 힘의 원동력이 무언무한하게 이룰 수 있는 체와 체내를 모두 이루어 무한정(無限定)하게 무형의 실체에 무한한 조화로서 모두 이루어놓은 광경일치가 멋들어진 장관의 찬란한 명성(名聲)을 떨치게 이루어 놓은 무한정함이 바로 조화니라 라고 천도 문님을 통(通)하여 말씀을 주시었다.

조화에서 근원근도 원 파 독(근원의 하나님의 파의 핵심을 이루었다는 뜻)이 나왔고 이럼으로써 근원 근도 원 파는 생수문이요 무한한 생수문이 생해 낼 수 있는 문들이 헤아릴 수 없고 상상할 수 없는 무한한 신설로가 모두 이루어졌고 또 한 가지 무한한 신설록조(맑고 깨끗한 신설 빈설 같은 결정체)가 옥반 위에 펴 찬란하게 이루어 졌고 신설선이 모두 반짝이며 힘을 지니고 나타남이 모두 무한정(無限定) 한지라 이럼으로써 근원근도(하나님 탄생의 파의 근원의 일부)에 내용들이 모두 무한정한 평내 댁도(하나님의 도술의 학문을 말함)를 이루었고 모든 것이 이와 같이 무한하고 찬란하고 신출귀몰(神出鬼沒)하게 이루어놓은 법도가 불변이요 절대(絕對)요 지금 이 시간에도 근원 근도의 원 파와 근원 근도의 원파 독이 아름답고 찬란한지라. 천살녹조(천살의 맑고 깨끗한 결정체의 신선함을 말함)가 옥반옥도 관도(하늘의 관직을 수행하기 위한 법도)에 생수 생문 독대 (하늘의 술법의 학문의 조화를 말함)를 타시고 자유자재 하심이 바로 천도문체 즉 하나님이시다 왜? 천도문체라고 하는지 너희는 알지 못할 것이니라. 천도문체(하나님의 명예)는 무한한 체내를 이루고 모두 겸비(兼備) 합류(合流)하여 갖가지 과목이 모두 선명(鮮明) 섬세(纖細)하고 분야(分野)에 자유(自由)가 모두 생(生)하고 정(定)하고 통(通)함이 무한정(無限定) 하게 아름답단 말이란 말씀을 함이라.

이럼으로써 모든 것이 진실이요 순리요 따라 천살(하나님의 몸체의 결백한 결정체)이니라 천지자유가 모두 절로 오지 않았단 말씀이다. 이런 조화체가 천도문(하나님의 강림을 맞이하신 분)을 무한히 감싸 주는데 걱정 근심하지 말란 말씀이시다. 하나님이 직접 말씀 하시기를 내가 너를 왜 몰라 다 알고 있다. 네 공로(功勞)가 어찌 이 땅에 석가(釋迦)에 대고 독생자(獨生子) 예수에게 대겠는가? 수많은 도인(道人)이나 수많은 수도인 들이나 수많은 유명한 자들이 생각지 아니한 것을 하나님 아들딸이 죄를 짓지 않았다는 것을 생각해 냈고 또한 가지 행하지 못한 것을 모두 행하였은즉 이것이 참으로 신기(神技)하고 장하단 말씀이다. 지구에 공해가 꽉 차 있고 말로 할 수 없고 살 곳이 되지 못한단 말이다. 그러나 너는(하나님께서 천도 문님을 말함)천륜(天倫)을 순리(順理)로 찾았은즉 이는 티 없고 맑고 깨끗하며 진실과 순리로써 천연으로 푼 것이 바로 천도(天道)를 하여 천문(天文)에 이치를 깨달았은즉 무한정한 자가 되었더라. 이것이 내가 바라는 소망이요 즉 하나님이 바라는 소망(所望)이요 내가 하여야 될 일이니라.

나(하나님)에 소망이 활짝 피고 활짝 열렸은즉 이 얼마나 기쁘고 즐거운 나날이 찾아 왔다는 말씀이다. 이렇게 때문에 천도문님에 생애(生涯)가 세계(世界)만방(萬方)에 선포(宣布)되고 보면 누가 놀라지 않겠는가? 세상에는 사람에게서 배워 사람으로 끝나지만 너는(천도문님을 말함) 하늘에서 배워 영광(榮光) 도를 얻었은즉 이 얼마나 귀한가 말이지 이렇기 때문에 걱정 근심치 말라는 참뜻이니라. 천도 문이 무한(無限)히 공로(功勞)가 무한정하고 네(하나님이 천도 문에게 말함)필름이 낱낱이 증거(證據)니라. 또 한 가지 지상에는 진리학문이 증거 할 것이요 내가 데리고 하늘로 승천한다면 분명히 모두 네 마음대로 한다면 많이 살리려고 할 것이니라. 그렇지만 내가 알아서 할 것인즉 걱정치 마라 천도문아 너도 공부하여 근원에 이치까지 발견하였은즉 참으로 장한 일이로다.

지금부터 일하지 말고 지시만 하라 선물(천도 문님의 막내아들)이 세상에 나가는데 오늘 나(하나님)하고 사불님 즉 하나님과 아들딸이 다 거동할 것이요 천도성(하나님 둘째 아들) 천왕성(하나님 둘째 딸)의 직결의 식구들이 한 행차를 하여 갈 것이니라. 집에는 신성(하늘에 신성한 높은 직책 수행하는 직분) 들과 선관(하늘의 관직 관문자)들과 도인(도를 하는 선비)들이 계시고 매복되어 있은즉 걱정치 말고 편안한 안식을 거하란 말씀이다. 하나님이 직접 천도 문님에게 하신 말씀이다.

이렇게 하나님 내가 알아서 하고 또 한 가지 지금 이때는 소 환란 때요 소 환란 때는 세상은 혼란(混亂)과 환란 속에서 서로가 잘한다고 서로 실수하고 서로 탐내고 욕심내는 것으로 살지만 그것은 옳지 못함이요 따라 공의공적이 일시에 없는 것이요 공적의 공의는 자유롭고 평화롭고 또한 모든 일들이 일들을 순리로 진행하여 순리로서 일심일치가 완벽하여야 된단 말이다. 그러나 세상은 잠자고 코 골고 눈멀고 귀 먹었은즉 생각도 하지 않는 자들이 어찌 이 땅에 도둑 같이 나타난 천도 문을 볼 수도 없거니와 알 수도 없단 말씀이다. 지금이 때를 맞이하여 무한한 영광과 무한한 영화와 무언 무한함이 한없고 끝없은즉 이것이 바로 조물주(造物主)가 마음대로 하는 일이라.

왜냐하면 너희들은 새뜻이 돌아왔는데 새 뜻은 어떠한 것인가 하면은 하늘에 소식을 뜻대로 들을 것이요 뜻대로 이루어진 살아있는 역사가 새롭게 천도문이 말씀하여 줄 것이니라. 이러한즉 걱정치 말란 말이다. 세상에 갖가지 종교인(宗敎人)들은 제물로 갈 것이요 따라 왜 제물(祭物)로 가는 가를 각자가 죽을 때 가서 느끼고 죽을 것이니라. 이러한 무한정(無限定)하고 무언 무한한 영광이 새롭게 나타났은즉 즐거운 무한정한 효율(效率)을 나타내어 무한히 이루어놓은 광경 일치에서 살날이 매우 가까워 온 것 같구나. 천지 자유가 모두 입체 자유로 되어 있고 원진 원도진(하늘의 진법의 학문)으로 이루어 졌고 자유에 익지 완도 (하늘의 학문도)로 이루어졌고 천문이치가 모두 생수에서 나타난 생수문(하늘학문)에서 이루어진 근원 원인이 모두 결과로 이루어진 그 놀라운 광경이 무한정한지라.

자유에 자재원이 분명하고 천지에 이치와 의미는 참된 정도로 이루어진 법회가 모두 법도니라. 이럼으로써 갖가지 생생 문도(하늘의 생하는 학문도)에서 학문이 체계로서 완벽하게 나타나 있는 놀라운 효율이 모두 진가를 느끼는 핵심을 잡아 놀라운 환경에 광경일치가 모두 문도(학문)로 이루어진 찬란한 문진이 모두 문관으로 이루어 졌고 문관 도에서 문관이 나타나고 문관도(하늘관직의 도의 학문)에서 문관이 나타났은즉 이 얼마나 찬란한가 말이다. 이렇게 때문에 천지간(天地間)만물지중(萬物之衆)이 모두 음양으로 이루어져 상통(相通)하는 것과 수수(授受)하는 것과 작용(作用)하는 것과 작동(作動)하는 것과 율동(律動)하는 것과 자유 하는 행진(行進)도가 무언 무한정하고 헤아릴 수 없는 놀라운 기적(奇績)이 일어났단 말씀이다.

이렇게 때문에 삼라만상(森羅萬象)에 있는 모든 외부와 내부에 있는 것은 모두 하나님께서 이루어놓음이요 인간이 한 것이 하나도 없다는 분명한 말씀을 지적(指摘)함이니라. 천지간(天地間) 만물지중(萬物之衆)이 모두 음양(陰陽)으로 이루어졌고 찬란한 영광에 새뜻한 모든 것이 천문도를 이룬 천도문체(하나님 명예)것이지 인간 것이 전혀 아니니라. 참된 뜻은 모두 고귀(高貴)하고 보면 볼수록 아름답고 귀하니라. 하나님의 말씀이 나는 분명히 이 땅에 도둑같이 강림한 뜻은 바로 천도문님께서 얼마나 고생하였는가를 잘 알고 있으렷다. 갖가지 무언 무한정(無限定)하고 천문(天文)에 이치가 완벽(完璧)하고 천문지리(天文地理)에 자유 원관이 모두 조물주(造物主) 것이니라.

갖가지 생문 생조 원도 (생 진공관의 종류)진공관이 완벽하고 그 진공관은 분명히 있지만 모든 것이 호화롭고 찬란하기 때문에 헤아릴 수 없고 찬란하단 말이다. 하늘과 땅이 모두 내 것이지 인간 것이 전혀 아니니라. 하나님의 말씀이다. 모든 의미와 이치가 불변에 절대요 약속이요 자유니라. 이렇게 때문에 나는 너희들을 모두 알고 있지 그러나 너희들은 나를 모르니라 왜냐하면 타락(墮落)에 후손(後孫)이기 때문에 미련(未練)하고 참으로 안됐단 말이다. 천도 문이 어디 절로 왔는가? 절대(絕對)로 절로 오지 않았다는 것을 알아야 하고 왜냐하면 모든 가르치심에 따라 나를 하나님을 알게 된단 말이다.

내가 하나님인데 내가 이 공간이 없고 나 혼자 만의 살 때를 내가 잠깐 말씀을 해 주나니 잘 들어보란 말이다. 나는 최초에 조화로서 이루어진 조화 체요 조화체기 때문에 무한정한 조화를 이루고 조화(造化)를 마음대로 자유 할 수 있는 자유인(自由人)이라. 이렇게 때문에 나는 나를 알았기 때문에 나는 이때서부터 나에게는 무한정(無限定)한 조화로서 모든 것을 자유하고 자재할 수 있는 능력에 권능(權能)자란 말씀이다. 이럼으로써 모든 것을 자유(自由)하고 자재(自在)할 수 있는 능력에 권능자란 말이지 이럼으로써 나는 이때서부터 나에 꿈과 소망이 완벽하고 절대 불변 되어 있는 약속대로 자유 할 수 있고 목적과 목적관이 완벽하였단 말이지 이럼으로써 조화는 무한히 보이지 않고 무한하지만 조화에서 조화를 이룬 것이 무한도한 힘이요 힘은 보이지 않지만 무한히 역사할 수 있는 힘이란 말이다.

이렇게 때문에 하나님 나는 이때서부터 나에 꿈과 소망이 확고함으로써 미래의 꿈이 분명히 절대 약속대로 분명히 내가 구성 구상하여 창조 창설 창극을 이루리라 생각을 하였단 말씀이다. 이때서부터 나는 무한정한 조화체요 조화를 지니고 가지고 살기 때문에 이때에 나는 조화에서 조화를 이룬 것이 바로 근원 근도 원파(하나님의 태어난 본관 파를 말함)란 말이다. 원 파는 가장 웅대하고 웅장하고 평노 댁도(넓고 넓은 평평함을 말함)하고 평청(지상에 장을 펼친 들과 산) 평창(하늘에 펼쳐진 궁창 집으로 말하면 천장을 말함)을 이루어 무한정함이 완벽이란 말씀을 알려주는 말이다. 평노 댁도 한즉 대 백도가 무한히 이루어짐으로써 생수문이 헤아릴 수가 없고 상상할 수가 없는 생생 문도(하늘의 문도의 도)가 모두 선명 섬세하게 나타남이니라.

이럼으로써 나는 근원 근도 원 파(하나님의 파 *인간도 파가 있듯이 하나님도 파가 있다)를 무한정하게 이루어 무한히 조화로서 이룬 것이 바로 조화에서 조화를 이룬 것이 생수 문이요 갖가지 생수문도가 모두 선을 펴 아름다운 선속에서 모두 살아 움직이게 이루었지 이것은 지금도 나만이 가지고 나만이 작용할 수 있단 말씀이다. 알겠느냐? 이와 같이 이룰 때에 조화 체에서 조화를 무한히 낼 수 있는 무한한 핵심의 진가를 분해(分解)하고 분별(分別)하여 분리(分離) 진문(陣門)을 체계(體系)로서 조리(條理) 단정(斷定)하게 모든 것을 완벽(完璧)하게 이루었다. 천체 자유 입체조가 모두 생수 문인데 생수 문을 보면 찬란하고 귀하고 최고의 아름다운 무한한 영광을 누릴 수 있는 체계조리가 단정하게 생불체(생명의 유전자의 보고)요소들을 모두 생수 관에 실려 놓은 것이 참으로 그 체계 조리가 아름다운지라. 이런 말씀이 하나님의 진짜 학문의 말씀이지 옛날 죽은 사람들의 성경(聖經)의 역사(歷史)만 믿어 보아야 죽은 자가 살아올 수 없고 추억(追憶)일 뿐이다.

이럼으로써 하나님 나는 근원근도에 원 파에 세내 조직망(組織網)을 조화로 이루어 평노 댁도 즉 평청 평창을 이루어 층과 층면을 이루어놓았기 때문에 갈고 닦으면 모든 것이 완벽하게 드러나게 한단 말이야 이렇게 때문에 명황 생수 문관이 조리로 질서로 정연하고 생문 생관이 모두 헤아릴 수 없고 상상할 수 없이 무한도 하고 생문생도 생조(우주 공간을 만들 원료를 준비하는 생조 창고)가 무한정하단 말이다. 이러한 것 같이 근원조화에 생조 관도가 모두 줄줄이 줄을 잇고 쌍쌍이 쌍을 지어 체계 맞추어 조리가 단정하게 완벽하다는 말씀이다. 이렇게 때문에 근원근도에 무한한 생수관이 모두 완벽하게 무한정하고 헤아릴 수 없고 상상할 수 없고 내 마음대로 하는 일이기 때문에 내 뜻대로 만족하고 흡족하고 통쾌하고 모든 것을 내가 이룰 때에 근원 근도 원 파 즉 하나님의 파와 또한 무한한 조화에서 조화를 이루기까지 수억 년이 걸렸다는 말씀을 들어보면 그 내용이 빼어난 일이 아니겠는가?

근원근도가 바로 바로 내가 하나님이 미래의 꿈을 이룰 수 있는 무한한 근원에 원리든지 근원의 논리든지 또한 원문이든지 본문이든지 근원근도든지 본도든지 근원의 본질이든지 근원의 확고한 갖가지 원법(原法)이든지 관법(灌法)이든지 체계완도법이든지 조리직선 자유행진법이든지 갖가지 법도에 법률이 딱딱 붙어 명확하고 정확함이요 또한 없으면 안 될 상황이니라. 이것이 왜? 있겠는가를 한 번쯤 헤아려보지 아니하려나 세내 조직망(組織網) 근원자유 익도가 분명하고 천체조가 완벽하고 무한한 실체의 실존이 실체를 이루어 무한도하게 모든 것을 완벽한 청도에 청밀도가 완벽하고 청밀도에 근도 근원 원도가 분명하고 자유 익도든지 자유잭조 낵조 진조든지 이와 같이 이루어 놓은 무한정함이 무언 무한함을 너희들도 잘 알고 있으렷다.

하나님 내가 조화체인데 조화체에서 조화로 이루어진 몸이기 때문에 조화를 지니고 가지고 살기 때문에 무형의 실체를 이룰 때는 무한한 힘을 창조해냈단 말이다. 힘은 힘대로 창조하였고 힘에 맞추어 조화는 조화대로 모두 겸비(兼備)시켰단 말씀이다. 이와 같이 모든 것이 저절로 오지 않았음을 잘 알고 있으렷다. 알겠느냐? 천체자유가 모두 명확하고 불변되어 있는 절대가 약속대로 이루기 위한 갖가지 과목이 모두 절도 있고 질서 있고 정연하고 아름다운지라. 이와 같이 이루어놓은 조화에서 조화를 이루기까지 얼마나 힘든지 너희는 알지 못하지만 천도문은 알고 있단 말이다.

천도문아 너는 나를 알지 그리고 나는 너를 잘 알고 있지 이럼으로써 너하고 나하고 한없고 끝없이 지금 이 시간에도 서로 주고받는 문답이 영광이요 생명이요 길이요 진리니라 알겠느냐 천도문아 너는 나를 위하여 헌신(獻身) 하였은즉 그 아름다움이 영원하고 불변될 것이요 걱정 근심치 말란 말이니라. 이 세상에 천지를 발사 발생하여 천지를 창조해낸 후에 너 같은 심령(心靈)이 두 번 다시 나에게는 없느니라. 서로 허물없이 믿고 서로 즐겁고 서로 생각하는 모든 것이 완벽이란 말이다. 알겠느냐?

자유에 문도가 불변되어 있고 천도문아 근원근도는 바로 조화체가 조화를 이루어 무한한 영광도가 완벽하고 영광에 찬란함이 불변 되어 있는 모든 것이니라. 이렇게 때문에 생수문이 한없고 끝이 없느니라. 생수문을 풀려면 10년을 풀어도 다 못 풀지 알겠느냐 생수문이 조화를 이루고 있는지 인간은 도저히 알지 못하니라. 무한한 생수 문관들이 줄줄이 줄을 잇고 쌍쌍이 쌍을 지어 모두 조화에서 나타난 힘에 전류가 흐르고 돕이 모두 조화니라. 세뇌(洗腦)를 시켜 조직(組織)을 세워 조가 모두 청밀(淸蜜)도로 이루어진 청도(淸道)가 완벽하고 원문(原文)에 근원원문에서 무한(無限)도가 모두 무언 무한하단 말이지 생수 생관에 모두 세뇌(洗腦) 조직망(組織網)에 실려 있는 핵심의 진가가 바로 음양에 요소요 따라 힘의 요소요, 모든 요소와 요소가 체계를 이루어 생불체 요소로서 이루어놓은 광경일치가 무한정하고 무언 무한함이 완벽한 지라.

이럼으로써 생수문을 풀려면 오랜 세월이 흘러야 된단 말이지 알겠느냐? 이와 같이 생명은 완벽하고 불변에 절대니라. 생명이 있는 곳에 힘이 있는 것 같이 생명이 나타나고 힘이 나타나서 두각(頭角)과 윤곽(輪廓)이 선명 섬세하게 나타나기까지 얼마나 애쓰고 수고하였는지 너희들은 알지 못할 것이니라. 근원근도는 무한도하고 무한정함이 근원근도에 원파도는 갖가지 생문들이 모두 무한정하고 생문관이 완벽함으로서 이럼으로써 서로 상통되고 서로 주고받는 원동력(原動力)이 항상 있는 법이지 알겠느냐? 이렇기 때문에 나는 조화를 지니고 가지고 있는 천살이라. 하나님의 천살이 얼마나 귀한지 아는가? 천살은 무한정한 갖가지 모든 근원근도에 바로 천도문체(하나님 명예)지 천도문체가 없으면 안 될 상황이라. 오늘날 이 시간까지 한 사람도 이러한 근원근도가 무엇인지 알지 못하였으니 그러나 이 땅에 천도 문님이 도둑같이 나타나서 도둑같이 풀었은즉 원죄가 없어지고 타락(墮落) 죄가 없어졌은즉 이것이 영광(榮光)이라.

천도 문님은 이 땅에 자연의 섭리를 연구하여 모든 이치와 의미를 알았은즉 이것이 바로 하나님 나에게 영광이라. 천도문이 이 땅에서 도둑같이 나타나서 원죄를 풀고 땅에 죄악에 역사에 죽음의 역사를 풀었은즉 이것이 나를 맞은 귀한 영광도를 천도 문이 혈혈단신(孑孑單身)으로 하나님 나를 맞이하였은즉 이것이 강림한 천주의 새 뜻이요 새 소식을 늘 항상 같이하고 전하고 들은즉 이것이 천도문과 천도문체(하나님)와 주고받는 무한함이니라. 이 땅에 수많은 인간이 헤아릴 수 없고 상상할 수 없는 인간들이 사람도 아니요 동물도 아닌 이상한 인간들이 타락의 후손들이 모두 살고 있는 것은 바로 사불님(하나님 두 분과 아들따님 네 분)께서 공간을 창조(創造)하여 이 공간에 궤도(軌道)를 싸고 싸놓고 세내 조직 생동자력을 평청 평창을 이루어 무한도로 이루어 놓은 힘 속에 살지 따라서 동시에 자유 자석이 전으로 이루어짐이 자석전이 작용한즉 무한한 자석 힘이 층과 층면을 이루어 중력의 힘과 주고받으면 일력과 월력의 힘으로 작용 자유하고 생동생진도 문관도가 무한정한지라.

따라 동시에 생동 생진 진공이 자유 되어 있음에 동시에 모든 소음(騷音)을 진공(眞空)이 잡아 가는지라 이와 같이 공간을 창조하여 형상으로 나타나기까지 천도 문이 나를 생각하고 또 생각하여 땅에 토색(土色)을 만지며 생각하고 얼마나 창조하시느라고 애쓰셨을까 이러한 바탕에 지층(地層)을 쌓아 올려 죄 많은 인간들이 살고 있게 해주신 하나님 아버지 감사 하옵나이다. 저 태양(太陽) 하나로써 지구 천체(天體)를 밝히시고 또한 무한한 공기 바람을 모두 이루어놓으신 귀하시고 너무 엄청나서 참으로 말로 표현하기 어렵도록 이루어 놓은 창조(創造)의 창극(蒼極)이 무한정(無限定)한즉 이 모든 자연(自然)의 섭리(攝理)가 참으로 고귀(高貴)하고 유유(幽幽)한 것 같지만 움직이고 서로 대화를 주고받는 갖가지 생물들을 볼 때에 너무 너무 귀하고 찬란하시구나. 하며 혼자 훈련 나가 중얼 중얼 하며 모든 생물들을 검토(檢討)하고 관찰(觀察)하며 그 아름다움을 높이 평가하여 우러러 앙시(仰視)하며 천도문은 기쁜 미소(微笑)를 띠우고 다녔다는 것을 하나님께서 감동(感動)을 받았다는 말씀입니다.

이 숨은 천도 문님의 공로와 공적의 노정들을 어찌 말로다 형용 할 수가 있겠는가를 한 번쯤 지상의 인간들은 헤아려 보아야 할 것이다. 천체 자유 입체로서 이루어놓은 광경일치가 무한정한지라. 천도 문아 하나님이 말하노니 너는 너를 너무 초개(草芥) 같이 알지 말라. 네가 아무리 우습게 너를 판단하면 좋지 못한 일들이 일어난단 말이다. 네 몸에 내가 실려 있고 땅에서 무한한 대 역사가 펼쳐 나갈 것이니라. 알겠느냐? 주의 참뜻이 완벽이요 또한 찬란(燦爛)함이 아니겠는가 말이지 이 모든 것이 절로 오지 않음을 잘 알고 있으렸다. 천도문아 천도문의 명예(名譽)가 얼마나 귀한지 아는가? 지구에 누구도 풀지 못한 한을 풀었은즉 이는 옛 동산이 다시 돌아오고 무언의 세계도 다시 돌아온 것을 알아야 한단 말이다. 이러한즉 천지(天地)자유(自由) 입체(立體)가 천도(天道)가 모두 무한정(無限定)한지라 알겠느냐?

살아있어도 죽은 자요 따라 죽은 자들이 모두 정신이 어둡고 마음이 캄캄한즉 사불님이 강림하셨어도 두 눈을 뜨고도 어둠에서 헤맨즉 보지 못하는 장님이 되어 있고 귀가 먹지 않았어도 무형실체(無形實體) 현재 현실에 나타나있는 중심의 무한정(無限定)한 조물주(造物主)를 모르더라. 이런즉 끝 날에 가서 어찌 믿음을 본다 하겠는가? 내 말씀이 정확(正確)하지 않는가 말이다. 또 이 모든 것이 주의 참 목적이지만 목적의 무한정한 전초 진초를 모르고 족지 낵지 자유(초능력(超能力)을 말함)가 어떻게 이루어져 있는 광경일치가 무한정 하지만 알지도 못하는 자가 어찌 나를 안다고 나를 믿는가 말이지 이런 말씀이다.

조물주는 어떠한 분이신데 이분은 어떻게 자연의 섭리를 이루셔서 어떻게 하시는 무한도한 법도이며 또한 이치와 의미를 알아야 하는데 도무지 나를 알지 못하고 믿는다고 하는 자들아 너희들은 나를 믿는 것이 아니요 나를 배신한 생녹별(옥황상제)를 믿었단 말이지 그렇게 때문에 주인의 일은 주인이 아는 법이지 종이 어찌 주인에 모든 일들을 알 수 있겠는가? 천지를 창조(創造)하기 전에 나는 천살인데 조화 체요 조화 체는 바로 조화로 있고 조화를 지니고 조화를 가지고 무궁무한하고 헤아릴 수 없고 상상할 수 없었단 말이지 하나님 나는 이때 천살(맑고 깨끗한 결백의 핵심의 진가를 말함)로만 있으면 무엇 하겠는가를 한 번쯤 헤아려 보지 아니 하려나 천살은 바로 조화 체요 조화로서 살고 있을 때에 나는 나에게 미래와 꿈이 확고하고 목적과 목적관이 분명하였지 라고 말씀하셨다.

이럼으로써 나에게는 무한정함이 완벽하였단 말씀이요 이

때서부터 근원근도 원파를 이룰 때에 무한한 웅대(雄大)와 무한정한 웅장(雄壯)을 이루어 조화에서 무한한 힘을 창조하여 냄이 바로 근원근도 원 파니라. 원파 에서 세내 조직을 이룬 것이 세내와 조직이 모두 살아 움직이는 광경일치가 참으로 멋들어진 조화니라. 조화에 이루어진 조화에서 모두 각 과목마다 완성시켜 무한정한 모든 조화로서 이루는데 이것은 모두 생수 문이지 갖가지 생수 문이 이루어져 체계 조리가 완벽하고 질서 정연함이 불변되어있고 청밀도가 모두 차례로써 질서가 정연한지라. 이때에 모든 조화 체에서 지니고 있던 조화를 평청 평창을 이루어 한없고 끝없는 웅장 웅대하고 평녹댁도를 이루어 무한정한 광경에 일치를 이루었느니라. 이때에 조화체가 조화를 가르고 쪼개고 나누어 찬란하게 체계를 잡아 조리가 단정하게 모두 완벽으로서 일획도 더하고 덜함이 없이 무한도로 이루어놓은 조화가 완벽하고 그 조화문도가 모두 선명 섬세하고 완벽한 무형이 모두 이루어질 것이 미래의 꿈이 확고한지라.

이때서부터 조물주 나는 조화를 모두 한없고 끝없이 이루어놓은 광경이 멋들어진 장관을 이루었은즉 이것이 무궁(無窮) 무한(無限)하지 않겠는가 말이다. 이렇게 때문에 나는 조화에서 조화를 낸 것이 대독 댁도 원도진(하늘 학문)이 무한정하고 핵의 근원에 조화가 모두 불변 댁도를 이루어 갖가지 보이지 않는 생녹 속색 왱능 독대가 설명하면 모두 생명의 근원의 요소의 근원일치인데 무한정하게 이루어놓고 모든 광경일치가 모두 무언 무한정한지라. 이때에 보이지 않는 진공(眞空)이 무언무한하게 이루어 놓은 근원(根源)일치(一致)가 무한정(無限定) 하였다는 말씀을 알려 주는 말이다.

이럼으로써 가장 핵심의 진가가 아름답고 호화찬란(豪華燦爛)하며 불변절대란 말씀이다 이러함으로써 불변이요 갖가지 모든 핵심의 진가에 생불체 요소들을 투명에 찬란한 세내 조직망에 이루어 세부 조직망이 모두 핵심의 진가인데 핵심의 진가를 딱딱 이루어서 차례로 줄줄이 줄을 잇고 쌍쌍이 쌍을 이어 무한대하게 이루어놓은 귀함이 모두 아름다운지라. 천지(天地) 자유(自由)가 무언무한하지 이 조화를 이루어 차례로서 질서(秩序)가 완벽하고 불변의 절대(絕對)가 완벽한지라.

이 모든 것이 근원 근도에는 지금 조화로 이루어놓았기 때문에 무언 무한정 한지라. 천도문아 내가 네 곁에 항상 이와 같이 빛 같고 또한 무한정하게 있지 않는가? 천지 자유 익농 입체 원체로서 완벽하고 불변되어 있는 천체가 모두 사차원(四次元) 공간에 이루어질 조화를 이루어놓음이 바로 근원근도(하나님의 근원의 파의 뿌리)란 말이다. 내 말씀의 뜻이 완벽하고 네 뜻이 불변(不變)되어 있다 알겠느냐? 너의 참 부모님(하나님의 아들따님)의 명예보다 네 명예(名譽)는 내 명예를 따서 이루어 명예를 확정함이 바로 천도를 하여 지구를 창조하였기 때문에 창설자요 구원자요 은혜자요 따라 명실공히 임하였도다.

이럼으로써 의인(義人)이 천도문이 나타났지만 눈이 멀어 보지 못하고 귀가 멀어 듣지 못하니라. 근원근도 원파 즉 하나님의 탄생(誕生)의 파가 불변되어 있고 조화 속에서 조화를 이루어 무언무한정하게 자유자재 원도가 완벽한지라 이러한 근원 일치가 일심일치로서 무한정한 조화에서 조화를 이루어 무언 무한정하게 이루어놓은 신출귀몰(神出鬼沒)함이 모두 무한정(無限定)한 명실공이니라. 천체 자유가 완벽할 수 있는 조화에서 조화를 이루어 원 파를 정한 확정(確定)이 확장(擴張)되어 있고 확대(擴大)진문이 모두 선명(鮮明) 섬세(纖細)하게 무언 무한정(無限定) 하느니라.

이 모든 찬란한 근원의 일치일심 작용 자유가 모두 완벽하고 질서가 정연하고 조리가 단정하여 모든 것이 법으로 이루어질 수 있는 법도가 이행되고 무한정한 신출귀몰이 모두 호화찬란한지라. 이 모든 것이 하나님 내가 이루어놓기까지 피골이 상집도록 전심전력을 다 쏟아 무한히 이루어놓은 조화에서 조화로 모두 불변 절대 약속대로 갖가지 모든 것을 이루어놓았느니라. 무형의 실체도 두 가지로 나누어져 있고 유형의 실체도 두 가지로 나누어있고 또한 근원 근도 원 파도 두 가지로 나누어져 있고 그런데 생명과 무한한 핵심의 진가가 모두 수억 천만가지 넘고 넘느니라.

이 수억 천만가지 넘고 넘는 무한한 핵심의 진가(眞價)가 인간은 도저히 헤아릴 수 없고 상상할 수 없단 말이다. 지금

이 시간에도 무언무한정한 핵심(核心)의 진가가 모두 일심일치를 이루어 조화가 무한정 한지라. 이렇기 때문에 근원 근도원파 즉 하나님의 파는 웅대 웅장하고 거대 거창하며 아름다운 광명이 무한정할 수 있게 무어무한하게 조화를 이루어 조직이 선명 섬세하고 조가 딱딱 짜여져 무한한 명실공이 불변되어 있다는 말씀이다. 조화에서 조밀도로서 이루어놓은 그 형성이 참으로 힘 막으로 모두 이루어졌은즉 이것은 참으로 귀한 것이 아니겠는가? 이러한 모든 것이 불변이요 절대니라 이렇게 때문에 무한정한 조화에도 살아있는 힘에 의하여 조화를 이루는데 핵심의 진가가 수억 천만가지 넘는 핵심을 알지 못하고 인간들이 아무리 알려 하지만 알지 못함이니라.

지금 이때를 맞이하여 모든 것이 완벽으로 발견하는 천도문이 살아 있고 (사반세기 전 말씀하실 시기임) 천도 문이 무한정하게 전심전력(全心全力)을 다 쏟아 항상 곡경(曲徑) 속에서 자기를 초월(超越)하고 나(하나님)에게 헌신(獻身)한 천도문이 나는 귀하고 귀중하단 말씀이니라. 이렇게 때문에 발견하여 발견자(發見者)가 분명히 도둑같이 이 땅에 나타났지만 그 발견자를 너무 알지 못 하더라. 우리 집 따르는 자들아 너희 한 사람이라도 천도 문을 우러러 앙시(仰視) 하였는고 거죽으로만 보고 너희 멋대로 판단하고 너희 멋대로 행실(行實)을 나타냈은즉 참으로 귀가 어둡고 눈이 멀었고 모든 것을 어찌 너희 머리는 둔탁(鈍濁)한데 오묘(五妙)하고 귀한 말씀을 중심체(中心體)(하나님께서 천도 문을 중심체라고도 부르심)가 함부로 때가 오지 않은 때에 내놓겠는고 내놓은 말씀을 들어서 그 내용에 원칙(原則)을 알아서 예(禮)를 지켜 모시고 받들어도 신통(神通)치 아니한데 너희 멋대로 까불다가 좋은 일이 무엇이 있겠느냐?

천지 자유가 완벽하고 천문이 불변되어 있도다. 하늘은 오늘날 이 시간까지 인간이 잘못하여 공해(公害)와 또한 더러운 모든 균(菌)을 초래하기 어려울 만치 도달(到達) 하였느니라. 이렇게 때문에 천지지간 만물지중(天地之間 萬物之衆)이 모두 소생(蘇生)하고 자유(自由)하고 자재(自在)하는 무한한 직도 자유원도가 불변되어 있단 말씀이니라. 천도 문아 너는 너무 걱정치 말라 이제 네 생애(生涯)가 나오면 나하고 너하고 술해 하여 무한정(無限定)한 영광도를 돌리잔 말이니라. 지상 놈들이야 너를 마음대로 판단(判斷)하거나 말거나 상관(相關)치 말고 내 뜻대로 만 살면 된단 말씀이다. 천도 문아 알겠느냐?

이러한 모든 것이 자유의 자재원도란 말이지 천지지간만물지중(天地之間 萬物之衆)들이 자유롭게 자재함은 무한정하단 말이야 알겠느냐? 자기들 멋대로 살지 못할 것이니라. 이제야 좀 눈 떴는지 참으로 우습도다. 천도 문아 나는 분명하고 현명하기 때문에 진실에 순리가 불변절대 초래자유하고 또한 천륜의 입각하여 인침 표를 받을 수 있는 자들이 많으면 좋겠다만은 천도 문같이 나에게 허물없고 무한대하게 딱딱 천륜과 일심이 되었을 때에 얼마나 귀하겠는고 지금 이때를 맞이하여 천도문은 편안한 안식에서 걱정 근심 없이 식구들이 우러러 받들 수 있는 충성(忠誠)심과 정성을 다하여 모두 바칠 수 있는 자란 말이지 이렇기 때문에 바른길을 선택하여 바르게 갈 때에 하늘이 왜 감동치 않겠는가?

이러한 모든 것이 지금 이때는 소 환란이요 세상은 환란과 혼란과 고통 속에서 살고 있고 너희들은 원죄를 벗었은즉 타락의 죽음에 역사가 끝났도다. 이 모든 것이 주의 참뜻이요 주의 목적관인 것을 잘 알고 있으렷다. 이 지상에서 태어난 천도문이 하나님의 생애(生涯)를 발견 하였은즉 이 모든 것이 주의 뜻이요 주를 알게 됨이라. 지상에 발견자가 세세(細細)히 발견하였은즉 이 얼마나 귀하고 귀중한가 하늘을 믿는다는 믿음과 공적과 공의가 또한 공급받을 수 있는 명실공히 되려면 함부로 입을 조작거려서 될 거나 같은가? 천만(喘滿)에지 왜냐하면 나를 우습게보기 때문이라 알겠는가 하나님이 하시는 경고의 말씀이라.

천문 자유 익지 완도가 모두 무한정하고 천체자유 입체가 완벽한지라 이 모든 것이 주(하나님과 아들따님)의 참뜻인데 인간은 너무 알지 못하여 한심(寒心)한 일이로다. 모든 것을 세세히 발견하였은즉 천도문은 나의 원동력(原動力) 이요 또한 귀한 말씀을 주실 때는 꼭꼭 싸고 싸서 꼭 쓸데만 쓸 수 있는 귀함이 너무나 완벽하단 말씀이다. 천도 문아 너는 내 명예를 따서 천도문이요 나는 천도문체(하나님)요 이러한 명예가 얼마나 귀한지 알겠느냐? 이렇게 때문에 나는 항상 주의 참뜻에 입각하여 모든 것을 잘 알아서 처리하고 수습(收拾)하는 자가 되어야 한단 말이다.

정신세계가 얼마나 무섭고 두려운지 너희들은 알지 못할 것이니라. 정신세계는 한없고 끝없는지라 바로 정신세계는 근원근도에 원 파(하나님의 파)요 원 파에는 조화를 이루어 조화 속에 호화찬란하고 무한대하단 말이지 이러한 귀중함을 할 때에 이것은 이 세상에 두 번 다시 없고 단 한 번이라. 오늘날 이 시간까지 그런 사람도 없거니와 태어나지도 아니하였단 말이지 근원근도 원 파는 바로 정신세계가 완벽하고 무언 무한정하게 생동할 수 있는 생수문이 수억 천만가지가 넘고 넘느니라. 따라서 생문은 무한정하게 생동생진에 생물이라. 알겠느냐?

하늘이 억울하단 말이다. 사차원(四次元) 공간을 이루기 위한 작전의 전술이 모두 일심일치로 이루려고 하여서 완성시켰는데 뜻하지 아니한 옥황이 용녀 즉 천사 장 남매 하나님 가정의 종의 신분을 가진 자들이 나를 배신하고 원죄와 타락의 죽음의 역사를 내놓을 줄이야 꿈에도 생각지 아니하였지 그런데 이것이 참으로 기가 막힌 일이라 수 억 년 넘고 넘는 비참하고 또한 비극을 풀어준 분이 바로 귀한 의인이신 천도문이시다. 이 땅에 왔다는 4대 성현들이 못한 일을 천도 문이 여인의 몸으로 정성과 진실을 다하여 하나님과 하나님의 아들따님을 감동케 하였으니 천상천하(天上天下)에 가장 귀한 자라는 것을 하나님이 입이 마르시도록 칭찬(稱讚)을 하시는 것이요 이렇게 때문에 천도 문은 은혜(恩惠)자요 귀한자요.

이 땅에 도둑같이 나타나서 도둑같이 풀어 하나님에게 충성을 다하여 무한한 영광 도를 찾으려고 한 것도 아니요 무한히 사랑함이 바로 내 마음이이니라. 천도 문아 너는 몸이 너무 쇠약한즉 잠을 자도록 하여라. 항상 학문을 놓고 조부님(하나님)을 괴롭히지 않고 내가 노력으로서 배워야 되겠다. 하며 항상 몸 둘 바를 모르는 긴장(緊張)이 쌓이고 쌓여 네 몸이 진퇴되고 혈혈단신(孑孑單身)으로 혼자 헤쳐 나가고자 하는 마음이 가슴이 쓰리고 아프다. 이렇게 하늘을 위하여 수많은 하나님의 생애(生涯)의 공로(功勞)의 천지창조(天地創造)의 새 말씀을 남기시고 비록 하늘나라에 떠나신 지 사반세기가 되었지만 말씀은 자료로 살아 존재하기 때문에 천도 문님이 하늘나라에서 때가 되면 역사를 하실 날이 점점 가까워지는 느낌이 세상 돌아가는 운세를 보면 느낌을 느낄 수가 있다.

천도 문님이 지상에 계실 때 잘못 받들어 모시지 못하여 후회스럽고 많이 후회도 하였지만 날이 갈수록 이 귀한 하늘에 새 말씀을 세상에 알려야 할 책임이 못난 제자들에게 있음을 생각할 때 죄송한 마음 금할 바 없습니다만, 중요한 하늘 문자가 너무 많아 해석해 주실 천도 문님이 안 계시니 어려운 하늘 말씀 문자는 되도록 삭제하고 쓰는 편임을 알려 드리는 바입니다. 하나님께서는 항상 천도 문님에게 너무 근심치 말라 항상 편안하게 사랑을 해 주셨다.

지금 이때는 분명히 소 환란(患亂)이요 소 환란 이때는 조물주 사불님이 일을 하는 때란 말씀이요 왜냐하면 천도 문이 천도(하늘을 위한 도)를 하여 원죄(原罪)를 순리로 밝혀내어 풀었고 옥황이가 지구에 내려와 고릴라와 결합함으로서 먹는 것이 생겨났고 그가 타락(墮落)함으로써 죽는 역사가 옥황이 우리의 인간 시조로부터 출발된 사실을 밝혀낸 분이 천도 문님이기 때문에 타락의 죽음의 역사를 하나님께서 심판(審判)하실 수 있는 조건을 충분히 충족시켰기 때문에 사불님 즉 하나님 두 분과 아들따님 이 강림(降臨)한 뜻이 완벽하고 강림할 때에는 모든 4차원 공간이 일심일치로서 무한정항 영광도를 다시 옛 동산으로 돌아올 수 있는 조건이 분명하고 이 조건이 바로 하나님 역사상 두 번 다시 없는 천도 문이 길을 열었기 때문에 이 조건이 바로 천도 문님이 애써 지구를 창설하나 다름없는 창조자라고 말씀하심은 누구도 따라 할 수 없는 일을 하였은즉 이것은 바로 하나님인 나에게 뜻하지 아니한 기적과 신기록이 일어났기 때문이로다.

하나님께서 1985년 당시 천도 문아 부르시면서 내가 네 집에 강림한지도 1970년 음력 정월 1월 21일 07시 30분이니

벌써 강림한지도 15년이요 따라 준비하기까지도 오랜 세월이 지났도다. 이 세상에 죄를 짓고 공해(公害)와 균(菌)을 저장하여 서로 쟁투하고 투기하고 죄악(罪惡)으로 물들어 서로 죽이고 서로 찌르는 쟁투(爭鬪)를 없앴은즉 이것이 천문지리 진전의 운세는 무한히 돌아가고 돌아왔지만, 죄 속에 묻혀 사는 자가 사는 것이 아니요 죽은 자나 다름없는 자들이 이 땅에서 죄 많이 짓고 살다가 죽음으로 끝났은즉 이것이 바로 하나님 나에게 비극이었다.

그런데 두 번 다시 없고 단 한 번이니라. 하나님 말씀이 나는 이날이 오기까지 얼마나 애쓰고 기다렸는지 알지 못할 것이니라. 이렇게 때문에 이제 천도문은 구원자요 따라 이 땅에 의인이요 또 한 가지 무한한 내(하나님) 생애(生涯)의 공로를 발견한 자요 또 한 가지 나에 비극을 낱낱이 알고 서로가 서로를 문답하는 자요, 따라 내 마음과 나의 정신을 감동하게 하여 땅에 비참한 역사를 끝냈은즉 죄를 지은 인간 시조가 풀지 못한 것을 천도 문이 풀었은즉 얼마나 귀하고 귀중한 것인가 하는 말씀이니라. 한 번 내 말씀을 들어보란 말이다. 천지 이치가 완벽하고 천문이 분명하고 천지 자유 익지 완도가 완벽한지라 알겠느냐 이 모든 학문제도가 무언 무한정함을 낱낱이 발견하여 근원근도 원파(하나님의 탄생 근원 파)가 조화로 이루어져 있는 웅대 웅장하고 평청 평창하고 세내 조직망이 모두 세내를 이루어놓은 모든 확정 확장 확대진문이 아주 체계조리로서 질서가 정연하고 완벽함이 불변되어 있는 근원

일치를 발견하신 발견자가 천도문 이니라.

또 한 가지는 내가 완성체(完成體)로서 조화체로 있다는 것을 잘 알았기 때문에 지금 이 때에 천주의 새 말씀이 샘물같이 쏟아져 나오는 이때를 맞이하여 무언 무한정하지 않는가 말이다. 천도문은 이 땅에 두 번 다시 없는 자요 그분의 공로탑이 하늘로 올라갔은즉 이 영광도가 무한정하게 영광을 돌릴 것이니라. 이렇기 때문에 죽음을 내놓고 열심히 갈고 닦는 자는 복이 있나니 천국이 모두 나의 것이기 때문에 너의 것도 될 수 있다는 것이다. 이러한 발견자가 나타나기를 수 억 년 또 수 억 년 넘고 넘는 세월 속에서 얼마나 쌓이고 맺힌 통탄할 비통함을 풀었은즉 이것도 순리로 풀었은즉 얼마나 장한 일인가 모든 것은 주의 참 목적이니라. 조화체가 조화로 이루어놓은 생동생진이 모두 생수문을 지니고 청밀도로서 조로 딱딱 짜 정돈의 자유에 체계조리가 완벽한지라. 나는 이와 같이 무언 무한한자란 말이다.

천사 장(天使長) 부부의 종의 신분으로 옥황 이와 용녀가 천지락(하나님 궁전)을 떠나 와서 만왕이 되겠다고 옳지 못한 정신과 마음이 붕 떠 왔지만 가면 갈수록 비참하고 또 한 가지 지구에 갖가지 빛으로 이루어놓은 찬란한 신설선 빈설 선에 힘의 판도가 무언의 세계에 적응되어 서로 오고 가는 찬란하고 아름다운데 있단 말이지 이럼으로써 그 호화찬란한 빛관이 놀라운 장관을 이루었지 신설 록조가 옥지 옥반(하늘 문

자) 위에 오르고 내리는 광경이 아주 슬기롭고 보면 볼수록 마음이 상쾌하고 즐거우며 그 아름다운 그 청밀도가 모두 조를 딱딱 조를 짜서 선명 섬세하고 빛 관이 모두 찬란하며 아름다운 옥지 완도에 찬란함이 무언 무한정한지라. 이와 같이 나에게는 무척이나 힘들게 이루어 놓았단 말이다.

이럼으로써 찬란한 영광도가 정말 사람의 마음을 감동시켜 즐겁고 기쁜 노래가 끝나지 아니하고 모든 것이 완벽이라 일확도 일점도 더하고 덜함이 없이 확고 부동하다는 것이요 천도문이 준비치 아나하였으면 내 어찌 하나님 생애 공로 내 공로를 다 내놓겠는가? 말이다. 놓을 수도 없거니와 생각조차 하지 않았단 말이지 이렇게 무한정하고 헤아릴 수 없고 상상할 수 없는 무한대가 바로 전심전력의 전류가 흐르고 돈단 말이다 알겠는가? 천지이치가 모두 완벽하고 천문의 자유가 불변되어 있는 사실을 사실대로 모든 것을 순리로 풀었은즉 이 얼마나 귀한 천도문의 존재 인가 말이지 이렇기 때문에 천도문아 내 하나님 생애(生涯)를 발견한 자니까 하늘에서 모두 밝힌 것인즉 걱정치 말라. 알겠느냐?

천지조화가 완벽하고 천문의 이치가 불변되어 있고 모든 전류의 전력이 완벽한지라. 내 말씀 속에 큰 뜻이 있은즉 그 뜻은 모두 조물주 내 것이지 내가 구성(構成)하고 구상(構想)한 준비가 얼마나 오랜 세월이 흘렀던고 미개한 자들아! 내가 오라면 얼른 와야지 된단 말이야 이악한 인간들아 내 양

팔을 벌리고 들어오라 할 때에 눈이 장님이 되어 보지 못하고 귀가 먹어서 듣지 못하고 또 한 가지 얼마나 비참(悲慘)한 세월 속에서 살아왔는가를 생각할 때에 천도문이 너무 서글프고 내가 하나님인데 마음이 너무 아프도다. 알겠느냐?

천도문 식구들이 애써서 준비하고 항상 내 모든 것을 볼 때에 세밀(細密)한 것이란 말이지 진리(眞理)를 받는 자가 받을 수 있는 준비가 되어야지 준비 없는 자가 무엇이 어떻게 되는지 모르기 때문에 줄 수가 없단 말씀이다. 받아서 활용하고 받아서 모든 것을 지혜(智慧) 있게 짜내고 모든 것을 볼 때에 참으로 귀한 자가 귀하더라. 천도문아 너를 내가 놓고 고민을 얼마나 하였던가? 너무나 애쓰고 수고할 때마다 내 마음이 되게 아팠지 작년에도 잠을 자지 못하고 나를 괴롭히지 아니 하려고 애쓰는 그 모습이 내 마음을 더 감동 시켰도다. 알겠느냐? 무엇이든가 이 세상 인간들은 준비도 하지 않고 정신도 모자라는 것들이 받으려고 만 한즉 어떻게 주겠는가를 한 번쯤 헤아려 보잔 말이지!

천도문은 7살에서부터 천륜(天倫)을 무한히 생각하고 자연의 법칙을 항상 고민하며 자연의 법칙은 평화롭고 경쾌하고 상쾌한데 인간들을 본즉 답답하고 한심하다. 이렇게 때문에 모든 것이 생각에 따라 마음에 따라 다른 것이지 하늘 앞에 거저 갈 줄 알지만 그럴 수는 없다. 왜냐하면 참된 길을 인도하여 오는데 내가 다 알아서 주지만 알아야지 모르니까 답답하단 말이다. 이렇게 때문에 천도문아 너는 이 땅에 의인이로다. 조물주(造物主) 하나님이 하신 말씀이다. 의인(義人)이 할 수 있는 일이 따로 있고 조물주 내가 할 일이 따로 있느니라. 그것도 또한 모든 것이 내 뜻으로 하고 운세 따라 하는 때요 운세(運勢) 따라서 모든 일들을 한단 말이다. 천도문아 알겠느냐?

네가 할 일은 네가 만족하게 다 하였은즉 너희 집에 있는 자들도 아무 것도 모르지만 그런데 지금 이때는 사불님이 일하러 온 것이 아니요 와본즉 필름에 감아 온 것과 똑같은지라 이렇게 때문에 천문지리(天文地理) 진전의 운세 따라 너희들도 너무 천도문아 걱정하지 말라 지금은 소 환란을 선포(宣布)한 것이 이미 먼 날을 내다보며 심판을 1985년도에서부터 내가 심판이 시작되는 이때니라. 세상은 혼란과 환란 속에서 살고 국가에 정치가 사느냐 못 사느냐 얼마나 살다가 죽으면 그만인데 이런 생각을 많이 하는 때요, 그러나 지금 이때는 바로 중심체 천도문이 모든 것을 이루어놓았기 때문에 조물주 하나님 내가 할 차례니라 너는 몸이 진퇴(進退) 되었은즉 좀 편히 쉬도록 하라. 왜냐하면 일이라는 것은 한없고 끝없단 말이다.

이런즉 걱정 근심치 말라 내가 알아서 처리할 것이니라. 이렇기 때문에 천도 문이 하나님 내 생애를 받았은즉 나도 천도문의 생애를 받을 것이니라. 이렇게 때문에 천도문에 생애는 인간이 받을 수가 없단 말이지 왜냐하면 그 천도가 얼마나 힘들었는지 천도문 식구들도 잘 알지 못 하느니라. 도둑같이 일하고 도둑같이 모든 것을 지혜 있고 이루어 놓은 그 상태의 상황을 한 번 생각해보란 말이지 선지자(先知者)들도 생각하지도 못한 것을 천도문은 어려서부터 순리(順理)로서 이룬 진실(眞實)과 소박(素朴)과 순수(純粹)와 그 천륜(天倫)을 너희들은 모를 것이니라. 너희들은 천도문을 거죽으로만 알았지 속으로는 몰랐느니라. 너희들뿐만 아니라 천도문 식구 누구도 천도(天道)를 하는지 모르는지 아무 것도 알지 못 하였다.

천도문은 내 말씀을 운세 따라 때맞추어 딱딱 내놓았지 너희들같이 함부로 때도 모르고 저녁인지 아침인지 낮인지 질서를 모르는 것이 아니기 때문에 운세 따라 일을 처리하시는 분이시다. 그러나 천도문이 홀로 닦아온 그 공로가 얼마나 귀한지 이 세상에서는 도무지 이해하지 못하지만 하늘에 천지락 모든 선관들과 신성들과 수많은 동자들과 천사장들과 천사들과 선녀들은 얼마나 귀하게 우러러 앙시(仰視)한다면 그 내용에서 드러나는 것이 분명히 준비하여 모든 질서를 정하여 자기만 알고 도둑 같이 하신 뜻을 한 번 보라.

내가 근원근도 원 파를 이룬 조물주(造物主)인데 어찌 아무 사람이고 함부로 주겠는가를 생각하여 보잔 말이지 알겠느냐? 준비치 아니한 그릇이 없단 말이지 준비한 그릇이 있어야 담을 수가 있단 말씀이다. 어찌 준비치 아니한 자가 조물주와 주고받는 문답(問答)이 서로 끊기지 아니하겠는가를 한 번쯤 헤아려 보란 말이다. 근원근도 원파가 얼마나 조화로 이루어진 완성체가 완성을 시켜 조화로서 무한정하게 웅장 웅대하고 평청 평창하고 생수선이나 생수문이나 모두 세뇌를 시켜 선명 섬세하게 확정 확장 확대 진문이 모두 족지 작지 낵지 자유 익지도(초능력의 뜻)가 무한정하게 조화로 이루어진 학문도가 무한정 할 수 있는 자유의 자재원도가 완벽한지라. 알겠느냐?

이러한 학문의 모든 진리를 주려면 그 정신(精神)이 첫째 되어야 하고 마음이 완벽하여야 되고 천문천도가 불변 절대함을 알아야 된단 말이지 첫째는 나를 학문(學文)으로 알려고 한 천도문도 아니요 나를 알아 위대하겠다는 것도 아니요 바로 허물없는 진실의 천륜에 입각하여 그 아름다운 천륜을 찾아 모든 것이 잘 못되어 있는 인간들 때문에 하나님께서는 얼마나 속상하실까? 이러한 효심(孝心)과 충성(忠誠)과 정성(精誠)이 모두 겸비(兼備)되고 합류(合流)되어 자연(自然)의 섭리(攝理)를 생각하고 항상 나에게 헌신(獻身)한 자라 알겠느냐? 너희들은 세상에 학문을 배웠다고 하지만 너희 학문을 아는 자도 없거니와 도무지 알지 못함이라 부분의 진리만 알면 무엇해 아무 소용이 없다는 것이다.

그러나 천도문은 분명히 여호화 하늘새(하나님의 셋째아드님)가 어려서부터 항상 그 몸을 지켜 주셨고 또한 자기가 하려고 노력함으로써 모든 것을 지혜 있고 침착하게 천도를 한 것이니라. 천도를 하였기 때문에 항상 옳고 그름을 판단할 수 있는 판단 자가 되어야 되고 또 한 가지 주관이 완벽하여야 되고 모든 것을 결심 있게 모든 것을 절도 있게 하야야 되고, 이럼으로써 나에게 기적(奇績)이라 준비치 못한 자에게 귀한 말씀을 주면 모두 미친 자 같이 되고 만단 말이지. 그러나 나에게는 없으면 안 될 원동력 이니라 알겠는가? 너희 참 부모님(하나님 아들딸) 하나만 발견하면 되는 줄 알아 천만에야 거기 모든 겸비(兼備)되어 있는 정신이 첫째 되어야 되고 마음이 되어야 되고 한 가지 또 붕 뜬 정신으로 나를 알려고 하면 안 된단 말이다.

질서(秩序)를 지켜 정연(井然)하고 모든 것을 귀하게 생각하는 것은 귀하게 생각하여 상하를 분별 하여야 되고 하늘에서 모든 것을 운을 펴면 그 운에 따라 운세를 맞추어야 된단 말이지 이 모든 것이 완벽하여야 되고 또 거짓된 마음으로 나를 호감으로 하려고 하여도 안 된단 말이다. 나는 천살의 결백자요 무한자요 조화자요 나에게는 근원근도 원 파든지 근원 근도 원파 독이든지 (하나님 파에 속한 말씀 뜻)이러한 무언 무한한 학문 도를 지니고 가지고 창조 창설하여 무한히 평녹 대도 원도를 할 수 있는 이러한 천살이기 때문이라 이런데 중심체(천도문을 칭함)가 여자지만 남자 이상가게 일 하였단 말이지 지금 이때에도 천도문은 할 일이 너무 많지 그러나 너희들은 알지 못할 것이니라. 천도 문에 생애(生涯)는 하나님 내가 받아야 되고 내가 알기 때문이다.

또 한 가지 여호화 하늘새(하나님 셋째 아드님)가 항상 길렀다고 자기가 하고 싶어 하지만 하나님 내가 할 것이니라. 왜냐하면 하나님 내 생애을 발견한 자인데 어찌 천도문에 생애를 못 받아 하나님 내가 다 알고 있기 때문이라 알겠느냐? 너희 간단하게 참 부모님 한 사람으로 죄가 없다고 되는 줄 알아 그렇게 발견하였어도 모두 겸비 합류일치로서 모든 것을 지혜 있게 풀어야 된단 말이지 공로(功勞) 없는 자가 어찌 공로를 알며 그릇이 되지 못한 자가 어찌 내용의 무한정한 상태를 알겠는가? 아무것도 알지 못하기 때문에 주둥아리를 함부로 벌리고 함부로 조작거리지만 중심체는 이미 이 땅에서는 그런 것을 상관치 아니하고 모두 초월(超越)했기 때문에 낯도 찡그리지 아니하고 그래그래 하고 기르려고만 하는 은혜자요 사랑자요 절도자요 완벽한 자란 말이지 알겠느냐?

천문의 이치와 의미가 얼마나 고도 고차원 근원 원천 인지 아는가? 내 말씀을 들어보라 천륜(天倫)을 찾는데도 진실과 순리와 결백(潔白)이 따라야지 만이 분명하단 말이지 받는 자 정신수행하지 못한 자가 그릇이 적은 지 큰지도 모르고 그릇이 있는지 없는지도 모름이라 알겠는가? 항상 모든 것을 지혜 있게 풀었은즉 너희들도 모든 것을 차례로 잘 생각하여야 된단 말이지 나도 아무리 근원 근도에 무한정한 조화체가 조화를 지니고 가지고 있는 그것 만으로만 족하게 살면 무엇해,

의미가 있고 가치가 있으며 그 가치관(價值觀)이 모두 완벽하게 이루어 창조(創造)할 수 있는 능력의 권능(權能)을 베풀어서 찬란한 영광도를 이루어 영원불변토록 살 수 있는 찬란함을 이루기 위한 작전의 전술이 무한정 하였지 이렇게 때문에 근원근도 원 파는 바로 내가 조화를 이루어 모든 조화에서 조화를 이루었는데 무언 무한한 생수 생녹 낵조 원조(하늘의 학문)가 분명하단 말씀이다.

원리 근원 근도 조화에 원리(原理)가 무한정하고 조화의 논리(論理)가 무한정한지라 이렇게 때문에 전류의 전력이 조화로서 선명 섬세하게 세뇌를 시켜 웅대 웅장하고 평청 평창하고 확정 확장 확대하여 무한정한 초능력(超能力)의 족지 작지 낵지 자유 익지도가 완벽하게 불변절대하단 말이지 이와 같이 조화를 이루어 조화에서 생함을 무한정 하게 해낼 수 있는 생생문 에다가 생수문을 정한 것이니라. 이것이 없으면 안 될 상황이지 한없고 끝없이 조화가 움직이게 하고 모든 세뇌를 시켜 전류가 흐르고 돎이 조화로서 이루었단 말씀이다. 이때서부터 조화에서 힘을 창조하여 모든 힘들이 요소에 핵심의 진가가 투명입체로서 생불체 요소에 모두 정하여 청밀도로서 둘러 직선에 곡선에 자유익선을 이루어 찬란하게 이루어놓은 그 광경이 멋들어진 장관(壯觀)을 이루었다.

모든 것은 이와 같이 찬란하게 무한도로 이루어진 광경일치가 찬란하단 말이다. 천도문이 이와 같이 엄청난 조화체로 살 때에 하나님이 이루어놓은 광경이 멋들어진 장관을 이룬 것을 낱낱이 발견하였다. 옥황 (천사 장 남자) 용녀 (천사 장 배우자 선녀)가 너희 참 부모님(하나님의 큰아들따님)이 아들딸 같이 착각하고 사랑하였지만 근원근도 원 파든지 근원근도 원 파독을 알지 못 하였느니라. 그런데 수 억 년 수 억 년 넘는 세월 속에서 내가(하나님)오기를 바랐던가? 이것을 캐내어 발견한 자가 바로 천도문 이니라. 이렇게 때문에 이 천도문은 바로 내(하나님)보좌(寶座)에 데리고 가 내 곁에 항상 두고 즐거워 어쩔 줄 모르는 그 날이 올 것이니라.

이렇기 때문에 천도문은 걱정 근심치 말란 말이다. 이제는 조물주(造物主) 내가 할 차례요 너(천도문)는 편히 쉴 때란 말이다. 왜냐하면 책이 술해 하여 내면 이 얼마나 영광 인고 이 땅에 수 억 년 수 억 년 넘었어도 어는 한 놈이라도 학문을 낸 자도 없거니와 조물주가 어떤 분인지 알지 못 하였느니라. 그렇지만 천도문은 나(하나님)를 분명히 알고 충성과 효도를 다 하였은즉 나에게 기적이요 신기록이니라. 알겠느냐? 이렇게 때문에 천지 자유가 완벽하고 천문이 분명하고 자유의 자재원도가 분명하지 않는가 말이다. 이럼으로써 이 유바골(하나님 강림하실 때 집이 있던 동네이름)이 산중에 새아침 밝아오는 광명(光明)이 모두 매복(埋伏)하고 있은즉 이 즐거운 날 이 기쁜 날 이 좋은 날 너희 생각하여 보아라.

얼마나 중심체(천도문을 하나님이 칭하는 말씀)가 세심 소심하고 무한정한 진리를 받기까지 잠을 자지 아니하고 밤을 낮을 삼고 항상 뜬눈으로 새며 인간들에게 구하신 조부님(인간이 하나님을 조부님이라 부르라고 명함)을 발견하여 보여주리라 생각하고 참 부모님(하나님 큰아들따님) 귀한 명예를 땅에 널리 선포하여서 모두 듣고 자기들 죄를 보상(補償)할 생각하게 하리라 결심(決心)하였도다. 악이 선을 이용하여 모두 구속하여 노예같이 하였은즉 이제 두 번 다시 이런 일이 없이 평청한 평창의 놀라운 기적(奇績)을 발견하여 무한 도를 알려줄 것이니라.

이 악한 인간들아 한 번 들어보라. 천도문이 어디 절로 왔는고? 내가 말씀 주고 내(하나님)생애(生涯)를 다 전달할 때에는 준비하였기 때문이요 너희들 같은 것들은 전혀 생각하지도 아니한단 말이다. 이렇게 때문에 천도문 생애는 내가 받을 것이요 또 한 가지 천도문은 내(하나님) 생애를 받았기 때문이라. 영광 중에 영광이요 영화 중에 영화로다. 이 기쁘고 즐거운 나날이 머지않아 사차원(하나님이 4차원 공간을 창조)공간 궁창의 궁극의 목적이 일심일치를 이루었은즉 이 놀라운 경쾌와 상쾌와 통쾌를 누가 알겠는고? 천도문아 너무 고심치 말아라.

근원 근도를 이룬 조화에 완성체가 분명하지 않는고? 나는 나를 알았고 미래의 꿈과 소망이 완벽하고 목적과 목적관이 불변되어 있고 절대의 자유가 완벽하였지 이럼으로써 모든 것이 불변이요 절대니라. 이런 자가 일할 것인데 걱정이 무엇이냐? 너는 네 할 일을 만족케 하였은즉 네(하나님이 천도문을 향하여 하시는 말씀)할 일은 지금 끝나고 책이나 낼 준비하여라. 몸을 좀 생각하여 진퇴된 몸을 좀 생각하여 보자 무나 (하나님이 천도문 건강을 걱정하시는 말씀) 네가 몸이 쇠약(衰弱)해져서 세상 사람 같으면 벌써 이 세상을 떠났는데 하늘에서 성령(聖靈)을 항상 뿌리고 항상 그 힘을 받고 사는 천도문아 나는 너를 보면 불쌍하고 마음이 아파서 견딜 수가 없단 말이다.

요번에는 아주 좋아하고 근심하지 아니하니까 내 마음이 즐겁고 기쁘도다. (하나님 말씀) 너하고 나하고 주고받는 일이 어디 절로 왔는고? 모두 피나는 노력의 전심전력(全心全力)을 다 쏟아 이루었지 너도 내 근원근도에 원파(하나님의 파)를 발견하기까지 몸이 진퇴되고 전심전력을 다 쏟아 큰 귀함을 이 세상에 널리 선포하여 귀하신 분을 귀하게 알기나 하고 죽어도 알고나 죽으라고 생각하고 열심히 갈고 닦아서 선포(宣布)하지 않는가 말이다. 천도문아 고맙도다. (하나님이 말씀하심) 지금 이 때는 하나님 내가 운세 따라 천지 자유를 자재하고 있지 않는가 말이다.

자유의 자재 원도가 분명하고 4차원 공간 천체(天體)가 사불님(하나님부부 하나님 큰아들따님 네 분을 칭함)이 작용 자유 하는 이때니라. 무언무한정함도 내가 하는 일이요 자유에 원도 직도(하늘 학문의 말씀)하는 것도 내가 하는 일이란 말이다. 천도문이 이 땅에 탄생하여 도둑같이 풀고 도둑같이 일하였은즉 그 공이 참으로 장하고 귀한지라 알겠는고? 이러한즉 모든 것은 불변(不變)이요 절대(絕對)니라. 천도문아 너는 이 땅에 기적이요 따라 신기록(新記錄)을 세웠은즉 이 얼마나 귀한 기적인가 말이지 이런즉 두 번 다시 없는 한 번 이란 말씀이요 이럼으로써 너(하나님이 천도문을 칭함 말씀)는 의인(義人)이요 천도문 이니라. 천도를 하여 천문을 열었은즉 내 어찌 너를 생애 공로를 주지 않겠는고? 내 생애 공로가 얼마나 귀하고 귀중한가 말이야 나는 근원 근도 원파 전에 이미 조화체로 살았을 때에 나에게는 미래와 꿈이 있고 확고하고 목적과 목적관이 분명하고 4차원 공간 궁창의 궁극의 목적을 이루실 모든 준비할 수 있는 준비의 자유자재 근원이 바로 천살이라.

천살(아주 밝고 맑은 결정체를 지니신 하나님을 말씀함)은 조화를 지니고 가지고 살기 때문에 무한정한 조화를 이루 수가 있단 말이다. 이렇게 때문에 무언 무한하고 신출귀몰(神出鬼沒)한 새롭고 생소한 조화가 무궁무한하단 말이다. 알겠느냐? 이럼으로써 천도문아 내가 천도문체(하나님 명예)니라. 왜 천도문체라고 하는지 아는고? 천도문체는 조화체로 이루어 완성으로서 모든 조화를 마음대로 할 수 있고 임의대로 할 수 있는 무한한자를 천도문체라고 하느니라. 갖가지 문을 잡아 문을 세울 수 있고 세운 문들을 조화로서 열 수 있고 행진

자유 할 수 있는 능력의 권능 자(權能 者)를 말씀함이니라.

무형실체(無形實體)가 두 가지요 유형실체(有形實體)가 두 가지요 조화로서 두 가지요 이와 같은 엄청난 웅장 웅대 (雄壯 雄大)가 완벽하고 무한함이 불변되어 있음이니라. 천도문아 이러한 근원 근도에 원 파를 세울 때에 조화로 세웠고 조화로 이루심이기 때문에 파를 붙여 학문의 제도가 완벽하고 정신세계가 불변되어 있음으로써 무한한 마음과 통할 수 있는 마음의 세계가 불변되어 있단 말이다. 정신세계와 마음의 세계가 행하는 세계가 삼위일치란 말이지 나는 근원 근도 원파를 조화로 이루실 때에 무한한 학노 진노 원도 직도 자유익도가 불변되어 있고 갖가지 생녹독대가 불변되어 있고 천도문도가 분명하게 되어 있는 상황이 사실대로 이 땅에 나타난 형성(形成)을 보아서 빨리 알 수 있지 않는가 말이지 하는 말씀이다.

무지한 인간들아 너희 근원 근도 원 파는 이 세상천지를 창조(創造)한 후에 오늘날 의인(천도문)이 도둑같이 나타나셔서 티 없고 맑고 깨끗한 나를 놓고 항상 고심하고 이 땅에 인간들을 본즉 너무나 우리 하나님 아버지여 불쌍하옵니다 하며 항상 나를 위로 하여 주려고 눈물도 많이 흘렸지, 인간세계와 자연의 법칙(法則)을 놓고 관찰(觀察)하여 본즉 인간은 달라고만 하고 도무지 귀한 식물을 먹여주고 쓰게 하고 입게 하였지만 어느 누구도 한 가지라고 정성 드려 올리는 일이 없고 귀신들만 주고 있은즉 이 얼마나 통탄할 일인가 하며 때로는 울기도 많이 울었지 아기야(하나님이 천도문을 말함) 내가 너를 알고 너는 나를 알고 있지 천도 문이 얼마나 귀한 자인지 아는가?

수 억 년 수 억 년 넘고 넘는 비참(悲慘)한 비극(悲劇)을 혈혈단신(孑孑單身)으로서 집안 식구도 모르게 풀었은즉 이것이 무언 무한한 분이 아닌가 말이지 이렇게 때문에 무한정하다는 말씀이지 알겠는가? 이악한 자들아 너희 내 목전 앞에 있지만 너희는 달라는 것과 바라는 것과 또한 용기 욕망이 모두 옳지 못하고 준비도 없는 자들이 무조건 받으려고 하면 무엇해 왜냐하면 모든 것이 옳지 못하기 때문이요 그 정신과 마음이 모두 삐뚤어진 것들이 참으로 가소롭단 말이다.

귀신 붙은 연놈들도 하나님이 붙었다고 한즉 조물주 천도문체는 그런 자가 아니니라. 알겠는고? 천살의 결백(潔白)이요 무한정한 조화 체라 이렇게 때문에 정신과 마음에 자세가 되지 않으면 살릴 수도 없거니와 우리가 그럴 필요가 없단 말이지, 알겠는가? 천문의 이치가 완벽하고 불변되어 있는 자유자재 원도가 천문지리 진전의 운세가 펴지고 천지자유 익지 완도가 넓게 광대 광범하게 이적으로 한없고 끝없이 펴가는 이 공간에 사는 인간들아 너희들은 나를 알지 못하지 그렇지만 이 땅에 천도문은 나를 알고 있기 때문에 영광도요 참뜻이 분명하옵니다. 이러한 모든 것이 내가 하는 일이라는 것을 중심체(천도문)은 이미 알고 있었지 라는 말씀이다.

그런데 무언 무한하고 무지신비 하지만 인간이 타락(墮落)하였은즉 하나님도 어떻게 하실는지 참으로 알지 못하고 안타깝고 답답하다고 항상 이 땅에 의인(義人)은 고심하였지 그러나 지금 이때를 맞이하여 천주의 새 말씀을 받아 선포할 수가 얼마든지 있고 또 한 가지 무언 무한하심도 알고 있지, 이럼으로써 의인은 참으로 귀한자다. 왜냐하면 내 명예를 따서 천도 문 이라고 명예(名譽)가 확정(確定)한 공이 너무 너무 크기 때문에 내 명예를 따서 이름을 지어 확정되어 있는 천도문은 지금 하늘 3차원 공간에서는 무한히 외치고 우러러 앙시함이니라. 내(하나님) 아들딸도 이런 명예를 붙이지 아니하였도다. 알겠는고?

또 한 가지 조화로 이루어놓은 상통(相通)의 무한한 화통과 통치(統治)와 자유(自由)와 입체(立體)와 스릴과 슬기와 통노댁도와 이러한 것은 이미 하늘 3차원(하늘나라 3공간)에 유명한 자들도 알지 못함을 내가 요번에는 땅에 강림한 뜻이 분명히 있노라. 천도문아 너는 천도를 하여 천문을 열었지 또 한 가지는 천도 문이 천도가 얼마나 귀한고? 강자가 되어서 악을 제거할 수 있는 강한 힘이 좋은 힘을 지녔고 또한 자기 죽음을 다 내놓고 나(하나님)에게 헌신(獻身)하여서 원죄(原罪)가 수 억 년 원죄를 풀었는데 순리로 풀어 생녹별(하늘에서 천사장 옥황이와 용녀가 난 아들 일명:옥황상제)이 스스로 자백하고 회개하여 살 수 없이 1년을 살다가 스스로 자결을 하였은즉 이것이 바로 귀함이요, 또한 옥황이 저질러 놓은 비극(悲劇)의 역사가 수 억 년이 넘었는데 이것을 모두 풀었은즉 이 얼마나 귀한 것인가 말이야.

또 한 가지 의인(義人) 천도 문이 9살에서부터 여자들이 해방을 얻었지, 왜냐하면 여자들이 이때서부터 해방을 얻었기 때문에 운세가 그렇게 되어 오늘날 이 시간까지 역사가 이와 같이 여자들이 모두 해방을 얻었단 말이야 왜냐하면 천도문 때문에 노예 같은 여자들이 모두 해방을 얻어 차차 운세 따라 지금 여자 남자 독립(獨立)하고 산단 말이지, 여자의 세력(勢力)이 지금 있단 말이야 또 한 가지는 내 비극(悲劇)이 완전히 풀렸은즉 땅에 역사 수 억 년 역사가 풀어졌은즉 이 얼마나 즐겁고 기쁜가 말이지 알겠는가? 이럼으로써 우주 천체(天體)가 모두 내 것이기 때문에 내 마음대로 한단 말이지 주(主)의 참뜻이 어떠한 것인고? 참으로 귀한 뜻이니라.

이럼으로써 천도 문이 너무 너무 장하고 너무 기적을 일으킨 신기록(新記錄)이기 때문에 내 명예(名譽)를 떼어 붙였지 이런데 지금 이때를 맞이하여 수 없는 신성님과 선관님들과 동자들과 천사 장들과 천사들과 선녀들이 모두 천도 문을 우러러 앙시(仰視)하고 즐겁고 기뻐 어쩔 줄을 모른단 말이지 알겠는고? 모든 것은 불변되어 있어야 되고 변치 않는 것을 불변이라 하고 불변이기 때문에 결백하고 결백하기 때문에 절도 있고 절도 있기 때문에 모든 것을 판단할 수 있는 판단력이 되어야 되고 주관 할 수 있는 주관 권위를 자유 하여야 되고 주관에서 흔들리지 말아야 된단 말씀이니라. 알겠는고?

불변의 절대가 완벽이라 이렇기 때문에 의인이 한 번 나타나기까지 어려운지라. 왜냐하면 모든 것이 완벽이기 때문이라. 이렇기 때문에 질서가 있고 정연하고 조리가 단정함으로써 정서가 따르는 법이요 의인으로 이 땅에서 도둑같이 나타나야 한단 말이지 왜냐하면 옥황 이는 인간에 시조인데 980살 먹고 화병으로 살다가 세상을 떠났은즉 이때서부터 죽음의 역사가 용녀와 옥황이로부터 일어난 일이니라. 알겠느냐? 이러한즉 함부로 말하지 말란 말이지 천지 자유에 익지완이 완벽한지라 이 모든 것이 천도문 때문에 구원 받았은즉 구원받은 자들아 너희 잘 받들어 모시란 밀이지 왜냐하면 이런 분이 두 번 다시 없고 한 번이라 알겠는가?

천문을 누가 열겠는가를 잘 헤아려보지 아니 하려나! 누구나 물론하고 천문을 마음대로 연다 하면 의인(義人)이 무슨 필요가 있겠는가를 한 번쯤 헤아려보아라. 예수는 독생자(獨生子)의 명예(名譽)를 붙였지만 예수는 아무 일도 못하고 자기들 무리끼리 병(病)이나 고치라고 그렇게 어리석은 자들아 그렇지만 천도문은 일일이 세심 소심하여 모든 것을 분별하는 준비와 또한 가르고 쪼개는 준비와 또한 거느리고 다스리는 준비와 모든 준비를 일심일치로써 자기 혼자 몸소 배운 공부니라. 또 한 가지는 무한한 영광도가 오기까지 절로 오지 않았도다. 알겠느냐? 참으로 귀가 막힌 일이지 이 때문에 나하고 주고받을 수 있는 일심(一心)이 되어야 되고 서로 허물없는 천륜(天倫)이 주고받아야 된단 말씀이니라.

심리(心理)가 심령(心靈)을 감동(感動)케 하여 서로서로 천륜이 완벽하게 주고받는 이치와 의미(意味)로서 불변(不變)되어 있는 변함이 없어야 되고 또 한 가지 조금이라도 거짓된 마음이 나하고 상통(相通)되지 않아야 된단 말이지 그러나 이 땅에 옥황이 후손으로서 타고난 본성이 분명히 근성으로 남아져있단 말이지 이렇게 때문에 수 억 년, 수 억 년 넘는 세월 속에서 무언무한하게 모든 인간들이 죄만 짓고 죽은 것이 증거니라. 알겠는가? 이 땅에 탄생한 의인이 나타나기를 나는 목메어 기다렸지, 그러나 뜻하지 아니한 기적(奇績)과 신기록(新記錄)이 일어났도다. 이 얼마나 광대 광범한 이치와 의미가 완벽하게 풀렸도다. 인간으로서 도저히 생각지도 못하고 알지도 못하는 천륜을 찾아 항상 귀하고 모든 귀한 천륜을 찾았은즉 이 얼마나 기쁘고 즐거운 새 날인고 천도문아 너는 네 할 일을 만족케 하였도다. 내가 더 바라는 것이 무엇인고? 비극을 풀어주고 신기록을 세워 주셨고 또한 기가 막힌 모든 일들을 도둑같이 처리 하였은즉 이것이 바로 나에게 즐겁고 기쁨이 아니겠는가 말이다.

갖가지 모든 불변으로 이루어진 환경 속에서 살면서도 인간은 왜? 그리고 좁고 짧아서 달라고 하기가 급하고 항상 달라는 것과 자기만 위주하고 알려고만 하는 것이 알지도 못하는 자들이 참으로 가소롭도다. 천도문아 알겠느냐? 천도문이 항상 생각함이 이 공간에 자연이 모두 하나님께서 이루어놓은 무한함이요 엄청나고 엄청나도다. 하며 항상 애쓰고 수고하셔서 이와 같이 살게 해주심을 무한히 감사하옵니다하며 또 한 가지 빛이 없다면 어떻게 살며 공기(空氣)가 없다면 어떻게 살았겠는가 생각하고 항상 나(하나님)를 놓고 우러러 앙시하였지 도 한 가지는 자연 속에서 살면서도 인간은 너무 무지(無知) 목매(目昧)한즉 참으로 안타까운 일이요, 따라 무언 무한한 학문이 공간 안에 꽉 차 있고 힘에 의하여 그 아름다운 힘 속에 삶이 바로 하나님 품에서 사나 다름없은즉 이 고마움을 다 어찌 헤아릴 수가 있을까 하며 항상 나만 놓고 기도하고 지금 어떻게 계실까 몸이 아프실까 아니면 괴로우실까 인간이 하는 것을 보았을 때는 이 공간에 사는 인간들이 잘못됨이 분명하고 완벽하단 말이지.

이렇게 생각하며 산에 훈련 다닐 때에도 밤을 낮을 삼고 항상 홀로 다니며 영적의 세계를 탐구(探究)하여 영의 세계에서는 어떻게 되어가는 가를 관찰(觀察)하였지, 또 한 가지는 인간들을 놓고 무한히 연구하고 인간들의 정신과 마음을 바라본즉 도저히 하나님 조물주(造物主) 하고는 통할 수가 없겠구나! 너희 잘 하지는 못할망정 믿는 자가 바라는 것도 더 많고 달라는 것도 더 많고 무한히 한없고 끝이 없더라. 너의 십일

조나 헌금(獻金)이나 이런 것을 내놓고 축복(祝福)주기를 바라지만 하늘은 그렇지 않을 것이야 왜냐하면 공간 안에 무언무한한 삼라만상(森羅萬象)이 즐거워하고 계시고 땅 속에 모두 지리자원(地理資源)이 모두 조물주님 것이요 비굴(卑屈)하고 더러운 돈으로 하나님을 사귀려고 하는 너희 심보가 정말 비굴한 여자 남자들아 너희는 앞으로 분명히 심판(審判) 받겠구나! 하며 혼자 중얼 중얼 하였지 또 한 가지 천도문은 생전에 나에게 늘 죄송(罪悚)함을 헤아릴 수 없이 생각하고 몸 둘 바를 모를 때가 너무너무 많았도다.

하나님 말씀 받을 때에도 말씀 받으려고 생각지도 아니하고 자연의 섭리를 내놓고 영계를 풀 때에 우리 사불(하나님과 아들딸)은 4인이 모두 보았지 그러나 홀로 푼 것이 이 땅에 새 아침 밝아오는 광명(光明)이로다. 알겠는가? 천주의 새 말씀을 받기 전에 이미 영계(靈界)를 혼자 풀었고 또한 생녹별을 순리로 풀었은즉 이 얼마나 엄청난 일인가 말이지 이럼으로써 천지자유가 완벽하고 천문이 불변되어 있음을 깨달았더라. 이때에 나는 너무너무 장하고 귀하기 때문에 내가 중심체(천도문)를 무한히 사랑하게 됨이요 또 한 가지 전날에도 달라기 전에 인간들에 하는 소행을 보고 몸 둘 바를 모르는 것을 바라본즉 그 마음에 정신이 완벽하게 되었더라. 이럼으로써 천체자유의 큰 귀한 자가 이 땅에 나타났도다. 하였기 때문에 엄마야(천도문) 너 따라 다니는 별이 누군지 몰랐지 여호화 하늘새(하나님 셋째아들)를 너를 항상 굽어살피고 또 별

하나는 동자가 항상 따라 다녔지 알겠는가?

지금 이때는 강림하여 너하고 나하고 주고받는 때기 때문에 별이 필요 없지! 그러나 네가 어디로 행차하면 별이 또 따르는 법이요 너는 어려서부터 내가 너를 알기 때문에 무한히 사랑하였지 알겠느냐? 그 별은 여호화 하늘새란 말이지 하늘새 동자도 가끔씩 따라 다녔도다. 알겠는고? 별이 없어진 줄만 알지만 별이 분명히 있도다. 알겠는고? 이렇게 때문에 너는 귀한자요 참으로 두 번 없고 한 번 있는 일인즉 어로 말미암아 지구가 창조되는 재창조에 복귀섭리(復歸攝理)로 이루어지는 구원(救援)을 주신 구원자이시고 또 한 가지 사차원(四次元) 공간(空間)의 궁창(穹蒼)의 목적(目的)이 이제야 일심일치로 이루어지는 이 놀라운 광경(光景)이 참으로 아름다운지라.

이럼으로써 하늘에 3차원 공간 신성들과 선관들과 동자들과 천사장들과 선녀들과 천사들이 모두 즐거워하느니라. 네가 빨리 오기를 몸소 기다리고 있고 하늘에 별 성마다 네 머리에 쓰는 관이 모두 정해져 있노라 알겠느냐? 이렇게 때문에 지상에 인간들은 죽어야 옳은데 무한하게 이루어놓으신 광경일치가 참으로 즐겁고 기쁘니라. 이렇기 때문에 천도문아 내가 근원근도에 원 파를 이룬 것을 아직도 하늘사람들에게 말씀하지 않은 말씀을 너에게 주지 않는가 말이지 이럼으로써 나는 근원 근도에 원 파를 이루기 전에는 나는 조화 체요 조화를 지니고 가지고 살 때에 나에게는 미래에 꿈이 확고(確固)하고 목적과 목적관이 분명하고 4차원 공간(空間)에 궁창(穹蒼)의 궁극(窮極)의 목적(目的)이 확고하였지 알겠는고? 이럼으로써 조화에서 조화를 이룬 것이 무한정(無限定)하고 웅장하고 웅대하고 거창(巨創)하단 말이지 이렇게 때문에 나는 이때서부터 근원근도를 세워 원 파를 붙었지. 원 파를 붙인 것은 근원(根源)이기 때문이라 알겠는가?

이러한 무한정함이 모두 무언무한하다단 말이지 천지 익지 자유선이 자재원도 하고 천문지리 진전의 운세가 무한정한지라. 이 즐거운 날 이 기쁜 날 이 아름다운 날이 바로 지금 이때지, 천도문아 너는 나에 통탄(痛歎)하고 비통(悲痛)한 원한(怨恨)을 풀어 주었은즉 그 은혜가 참으로 백골난망(白骨難忘)이라 알겠는고? 모든 것이 자기에게 있다고 생각한단 말이지 이런즉 천도문아 너는 너무 네 할 일을 만족 흡족하게 하였고 지금 이때에도 오시는 하늘 손님들을 접대하시는 것과 악별 성이 틈 못 타는 조건과 귀신이 꼼짝 못하는 것과 모든 외부와 내부를 갖추어 거느리고 살지 않는가? 말이야 모든 것이 하늘이 유리하게 하고 하늘을 놓고 항상 충성과 정성을 다 드렸을 때에 이는 효자(孝子)란 말이야! 모든 인간들이 모두 살았다 하지만 죽은 자들이라. 알겠느냐?

천도문아 근 원근도가 참으로 조화를 이룬 정신 마음에 세계니라. 대독 댁도와 대농 낵조와 평낵댁도와 생수생문도와 생수문(하늘 문자 학문임)들이 모두 무언 무한하지 생수 문도가 완벽하고 생수문이 분명히 있지 않는고? 내가 모든 것을 바라본즉 천체 자유 입체가 불변되어 있는 완벽이니라. 정신과 마음에 세계가 조화를 이루었고 조화에 무한정한 생수 생문도가 생해 낼 수 있는 조화에 힘들이 살아 있고 또한 생수문이 모두 살아있는 힘 막들이 자유자재하지 않는가 말이지 이렇기 때문에 자유의 자재원도가 불변되어 있단 말이니라.

근원근도 원 파는 조화체로 이루어져 있고 근원 근도 원 파독은 생문이 모두 생문으로 이루어져 있는 불변의 절대니라. 자유의 자재원도가 완벽하지 불변의 절대가 변치 않으리라. 앞으로는 근원 근도를 풀어 세세히 관찰(觀察)하며 이루어놓은 그대로 사실을 사실대로 알리잔 말이지, 이렇게 때문에 벌써 완성 체라는 것을 알아야지 삼위일치 일심 작용이 무언 무한정(無限定)함이 아니겠는가 말이지 나는 좋고 좋아 어쩔 줄 모르겠더라. 지금 이때는 내가 하는 일이요 기상(氣象) 일기도 모두 너희 참 부모님(하나님 큰 아들딸)이 하시는 일이요 내 일은 모든 것을 다 하기 때문이라. 알겠느냐?

천문(天門)이 열렸은즉 주고받을 수 있는 힘의 자유가 완벽한지라 내 말씀 속에 뜻이 있고 뜻 속에 영광도가 나타났은즉 걱정과 근심치 말란 말이지 이렇게 때문에 30차원관이 모두 내 생애(生涯) 공로(功勞)니라. 이 모든 것이 무언무한하고 또한 근원(根源)이 원인(原因)으로 나타나고 원인이 결과(結

果)로 나타나고 결과는 결론(結論)으로 딱딱 지어 맺고 끊은 듯이 정돈으로 이루어지는 광경일치(光景一致)란 말이다. 근원 근도 생수문 하나를 풀려도 수십 년이 걸린단 말이지 모든 학문제도가 완벽하게 나타났은즉 무언 무한할 것이니라. 주의 참 목적이 사불님의 것인즉 걱정 근심치 말라 지금 이때는 하늘이 하는 것이지 인간이 할 수도 없거니와 주어도 못 한단 말이지 천도문아 너는 너무 몸이 진퇴 되었도다 편히 좀 쉬도록 하라.

지금 이때는 조물주가 분명히 너를 지켜 응시하고 너는 나를 의지하고 믿고 정하고 통하며 항상 일문일답함이 바로 네 모든 영광도가 이루어진 이치와 의미란 말이지 이렇게 때문에 천도 문이 천도를 하여 심리(心理)가 심령(心靈)을 감동케 하였은즉 너는 나를 분명히 알지 않는고? 이렇게 때문에 천지자유(天地自由)가 모두 운세(運勢)로서 자유 자재되고 무언 무한한 영광의 새로운 새 역사가 무언 무한정하여 살아있는 역사와 죽은 역사를 천도 문이 발견하여 불변절대 약속대로 이루어진 생수문을 발견하였은즉 생수 관도에 생수문관도가 완벽함으로서 생수문관도가 모두 내용을 지녔은즉 도독 도백 댁도 완도의 내용이 조화 속에서 이루어 무한정함이 아니겠는고? 이러함으로써 모든 히륵 족재 자유 익지 낵조 완조가 모두 선도를 이루어 생도에 생수관도가 무한정 한즉 이것이 영광도라. 생수관이 무한정함으로서 생수문이 완벽하고 생수문도가 불변 되어 있음으로써 살아있는 생수관도가 모두 선도를 펴 평노 댁도에서 생명선이 무한정 할 수 있는 조화의 자유가 완벽하지 않는가 말이지.

이런 귀함을 천도 문이 발견하였은즉 천도문아 너는 걱정이 없는 자요 근심이 없는 자요 만족 흡족한즉 무한정한 미래의 꿈이 확고하고 목적과 목적관이 불변 되어 있고 무언 무한한 4차원 공간 궁창의 궁극의 목적이 조물주 천도문체의 뜻이 확고한즉 이것이 불변 절대니라. 이렇게 때문에 의인이 나타나서 천문을 하여 천도에 입각(立脚)하여 무한정한 천도에 무한정함을 발견하였은즉 생소한 살아있는 새 역사가 바로 생수문인데 생수문관도가 모두 조화니라. 조화를 발견하였은즉 천도 문이 참으로 귀한 지라. 천도문아 너는 천문에 생명이요 진리요 길인즉 이는 능력을 갖추었구나! 따라서 권능(權能)을 베풀 수 있는 무한정한 천도문체(하나님 명예)가 너를 귀하게 생각한즉 이것이 기적(奇績)이요 신기록(新記錄)인즉 어둠 속에 빛이 광명(光明)을 발견(發見)하였은즉 천도 문이 아니겠는고?

천도문은 도둑같이 하나님 강림을 맞이하셨다.

천도문아 너하고 나하고 영원불변토록 한 번 멋진 나날을 지낼 그 시간이 매우 가까워오는 것 같구나. 알겠느냐? 이 땅에 귀한 자가 도둑같이 나타나서 도둑같이 풀어 옳고 그름을 판단하여 모두 발견한 관도와 학문도와 학문 관과 학문에 가치관이 완벽하게 모두 발견되고 갖가지 조화에서 과학과 생물학에 과학과 화학의 과학과 근원의 과학과 자비철학(慈悲哲學)의 과학과 모든 과학의 근원 촉도 낵조 완도 밍능 낵조 원도가 발견되었지만 그것을 아는 자도 없거니와 알려고 하지도 아니하더라. 따라 죽은 자를 살아온다고 2017여 년 전에 유혈이 낭자하고 비참(悲慘)한 죽음을 하였는데도 사람이 하나님인줄 알고 구름 타고 나팔 불고 온다고 죽은 역사를 믿는 자들아 죽음을 내놓고 믿은즉 모두 제물로 갈 것이요 사람을 주라고 하였은즉 그것 또한 허무란 말이지.

이럼으로써 모든 종교가 붕 뜬 마음에 헛된 믿음을 가지고 살기 때문에 정신이 어둡고 마음이 암흑(暗黑) 같은 즉, 어찌 현명(賢明)할 수가 있겠는고? 이럼으로써 의인(義人)을 볼 수 있는 눈이 되지 못하였은즉 눈이 장님이요, 귀 문이 막혔은즉 귀가 있으나 듣지 못하는 귀머거리요, 따라 미개 자들이 어찌 현명할 수가 있겠는고? 그러나 하나님 강림을 맞이한 천문에는 너희들은 원죄가 없어졌은즉 죽음의 역사가 스스로 끝나지 않았는고? 그러나 참되게 믿는 자는 복이 있나니 천국(天國)이 바로 내 것이기 때문에 너희 것도 될 수가 있단 말이지 그러나 너희 확신(確信)하고 안하는데 달려 있다는 것 만 알고 있으란 말이지 알겠는가? 천도 문이 살아 있은즉 영광(榮光)이요 귀함이라.

내(하나님)너의 모친(천도문)을 데리고 먼저 보좌에 가면 그 뒤에 그 한을 어찌 다 풀겠는고? 없는 다음에 한탄하고 못하여서 후회치 말고 지금 받들고 모시면 영광이 아니겠는고? 내 말씀 속에 너의 뜻이 있고 확고한 영광에 영화가 있고 사랑의 쾌락(快樂)의 낭만(浪漫)이 분명(分明)히 있도다. 알겠는가? 조물주 할아버지가 말씀 할 때에는 큰 뜻과 귀한 결백(潔白)이 있기 때문에 너희더러 잘 받들어 모시라 하는 말씀이요 남이 잘 모시는 것보다 너희들(천도문 가족에게 하나님이 하시는 말씀)은 피가 섞이고 살이 섞이고 그 모친의 요소가 흐르고 도는데 부끄럼 없는 자들이 한 번 되어 보지 아니하려나! 천지 자유 익지 완도가 완벽하게 발견되어 모두 근원일치 일심작용하고 동화일치 상통(相通)하고 모든 근원(根

源)이 서로 주고받는 수수작용에 멋들어진 광경(光景)에 일치가 일심(一心)으로 작용(作用) 자유(自由) 함을 잘 알고 있겠지. 알겠느냐?

내가 너의 모친(천도문)을 귀하게 앎은 다름이 아니요 오늘날 이 시간까지 그 기막힌 고통과 고역 속에서도 나를 원망(怨望)치 아니하고 때로는 오히려 나를 불쌍히 생각하는 것과 염려해 주시는 것과 인간들이 하는 소행을 보고 안타깝게 생각하는 것과 때로는 조물주(造物主)님이 얼마나 괴롭고 정말 안타까우실까 하며 염려해 주시는 그 소박과 순수에 무한하신 효성(孝誠)이 지극한즉 어찌 감동치 아니하겠는가를 한 번쯤 헤아려 보지 아니하려나! 자기에게 고통이 가면 나(하나님)를 더 생각하고 천륜에 입각하여 고심하는 것이 참으로 허물없이 서로 믿고 통함이 아니겠는고? 이렇게 때문에 참으로 귀한 자요 또는 너무너무 사랑스러운 자가 되었지 알겠느뇨?

천륜은 곧 결백이요 진실이요 순리요 따라 거짓됨이 없음이라. 이 모든 것이 자유자재 근원 원도 원문이 분명한지라. 내가 말씀을 모두 해 주심은 너희를 경고하는 것과 교훈하는 것을 잘 들어 보란 말이다. 내 말씀 속에 참 뜻이 영원하다는 것만 잘 알고 있으란 말씀이다. 천지 익지 자유 자동 관문이 모두 생수문도로서 체계에 조리 단정한 질서에 정연함이 바로 천지를 창조할 때에 명기전이니라. 명기전이 작용하면 명기가 동하고 명기가 동하면 정기전이 작용함으로써 생롱 낵조가 체계에 층면을 이루어 상통되어 무한정하게 공급되어 펴 가는 평청 평창에 전류의 전력이 모두 바람에 양선에 선도를 지니고 무한히 평청 평창 하여 확대 진문이 선명 섬세하게 펴 가는 전류의 흐름과 전력의 도는 자동일치 일심작용이 쉬지 아니하고 무한정하게 동녹 천능 낵조로서 확정되어 펴 가는 이치와 의미가 모두 완벽한 정기가 행진하는 행진도가 확정되어 확장(擴張)에 확대 진문 술이 무한정 하게 공간 안에 펴 가는 것이 무한히 발견되어 있지 않는가 말이지!

천체자유 입체원체가 모두 살아 생문 영농 댁도 완도 (하늘의 학문의 말씀)한즉 바람에 음선에 작용일치가 밀었다 댕겼다 하며 자석 전에 붙여 이루어져 나타나는 조화체가 무한도란 말이지 바람에 음선 천선대가 모두 평노 댁도 한즉 무한히 층면에 이루어 공기와 서로 주고받는 작용일치가 완벽한지라 알겠는가? 이 모든 것이 근원 근도 원 파(하나님의 탄생의 파)에서 이루어져 나타남이 아니겠는가 말이지 이악한 인간들아 이 땅에 천도 문이 어떠한 분인지 너희들은 모를 것이니라. 천도 문께서 천도를 하여 무한히 구원하시고 4차원 공간이 일심 작용할 수 있는 확대 진문 술이 완벽한지라. 한 가지는 의인을 알면 의인의 덕을 보고 구원을 받을 때에 크고 광대 광범한 그 놀라운 기적(奇績)의 신기록(新記錄)을 너희 알지 못하지 그러나 작용자유 일심일치가 완벽한지라. 너희 그 귀함을 알 때에 영원(永遠)토록 받들어 모셔도 다 못할 것이니라. 알겠느냐? 생수 문이 열렸은즉 정신세계와 마음의 세계는 조화에서 조화를 이루어 무한도란 말이지. 이렇게 때문에 조화에서 나타남이요, 힘에서 나타남이 모두 생수문관이요 생수문관에서 나타남이 생수 문관도요 문관 도에서 나타나는 생수관도가 모두 질서 정연하고 조리단정(條理斷定)하고 선명(鮮明) 섬세(纖細)하단 말이지 이럼으로써 법이 완벽하고 법도가 이행되어서 아름다운 조화에 무한도란 말이지.

이럼으로써 조화에 핵이든지 조화의 핵도든지 조화에 핵관이든지 조화의 무한한 핵조 전도 왕늑 낵조든지 무한정하고 핵톡 댁도 완도가 청밀 되어 있는 조가 딱딱 짜임새 있고 유모 있게 이루어진 체계조리가 질서를 정하였단 말이지 이러함으로써 무한한 신설녹조 신설녹관 신설장내 독관 신설관도 신설녹조 완조가 모두 선명 섬세하게 작용일치 일심 작용함을 모두 잘 알고 있으란 말이지, 따라 동시에 보이지 않는 조화에 핵 선도가 평노 댁도 설롱 천체 자유를 이루었고 보이지 않는 광선 조화도가 평노 댁도을 정하여 이동 작용자유 하여 평청 평창에 무한도란 말이지.

이와 같이 정신세계는 보이지 않는 조화 체들이 모두 살아있고 자유로운 자재원도가 불변 되어 있고 천지 천체 문도가 완벽하고 보이지 않는 원술 체술이 불변 되어 있고 보이지 않는 진술 천체 자유체가 있고 보이지 않는 조화 체들이 헤아릴 수 없고 상상할 수 없이 무한도란 말이지 나(하나님)는 근원근도 원 파를 이루기 전에는 조화 체요 조화 체는 바로 완성

체요 완성 체는 불변을 지녔고 불변은 영원하고 완벽함을 뜻함이요 이때는 조화체가 조화를 지니고 가지고 살 때에 나는 나를 아는 자요 나는 미래의 꿈과 소망이 완벽하고 목적과 목적관이 불변되어 있고 4차원 공간을 지을 준비가 완벽하게 조화체가 조화를 지니고 가지고 있는데 가지고 있는 내용이 무한도요 또한 지니고 있는 내용이 헤아릴 수 없고 상상할 수가 없이 무한 도를 이루어 선도에 이루어 선도에 무한정(無限定)함도 헤아릴 수가 없단 말이지.

이렇기 때문에 이때서부터 나는 근원 근도에 원 파를 굉장히 웅장 웅대하게 이룬 것이 조화체인데 조화에 체대가 내가 마음대로 내 마음이기 때문에 살아 있는 조화체를 둥글게 둥글게 이루어 선명 섬세하게 만족 흡족하게 이루어 자동에 자유가 헤아릴 수 없이 이루어놓음이 아주 거대하고 거창하고 스릴 있고 슬기롭고 자유롭고 자재할 수 있는 원도 원문 진을 무한정하게 칠 수 있는 무한도가 바로 수 억 년이 걸렸지 이때에 모든 과목이 질서정연하고 조리가 단정하고 대독 댁도를 이루어 무한히 체대요 대독 댁도 든지 원도 직도든지 이런 힘이 모두 나타날 것이니라. 알겠는고?

이렇기 때문에 천살이 바로 조화 체란 말이지 천살은 바로 나(하나님)요 천살이 지니고 가지고 있는 무한도가 바로 조화체니라. 이와 같이 이루어 조에 딱딱 짜서 설롱 낵조로 이루어놓은 광경일치가 멋들어진 조화 체란 말이지 이럼으로써 조화는 무한도요 헤아릴 수 없는 생수문이요 생수문관이 무한정함으로서 생수관이 완벽함으로서 생수 문관 도라. 이와 같이 이루어놓은 작용 자동체가 무한도란 말이야 이럼으로써 내(하나님)가 갖가지 과목(科目)을 전공(專攻)하여 알기 때문에 조화에 체대들이 모두 선명 섬세하고 완벽한 자유 체가 조화 체라. 조화 체를 내가 지니고 있기만 하면 무엇해 의미가 있어야지 의미 있고 찬란하고 자유하고 자재할 수 있는 무한한 조화에 학문체 들이든지 문천체든지 문관체든지 생불체 요소들이 모두 생명선도란 말이지.

생불체(하나님의 생명의 유전자)요소체가 조화체인데 조화체는 세부 조직망을 지니고 무한히 작용 자유자재 함이니라. 이럼으로서 무한히 조화체들을 체계 조리로서 질서 정연하고 완벽하게 무한도로 이루어놓은 생문관도가든지 생문관이든지 생문문관이든지 등등의 이러한 모든 조화체들이 무한정한지라. 이때에 나는 가지고 있던 모든 조화체를 분리하여 분별하고 가르고 쪼개고 나누고 또 나누어 모두 체계조리로서 완벽한 웅대에 관도를 이루어 조화체가 완벽하고 무한한 조화체들이 완도 관문을 이루어 생수 문관 속독대 생태 자유 익태 원태조에 조화체관을 이루어놓았지 이럼으로써 모두 조화체는 힘을 지니고 생소한 힘이 새물 솟듯 일어나고 새물 솟듯 자유 되고 무한정한 웅대 웅장하고 거대 거창하고 완벽함이 모두 조화체로서 엄숙하고 두렵고 완벽한지라. 아름답고 신선하며 또한 밝고 광명하여 그 조화체는 참으로 헤아릴 수가 없었지!

이때에 나는 조화체들을 질서를 잡아 모두 가르고 쪼개고 나누고 나누어 분별하고 분별하여 분리하고 분리하여 모두 평토 댁토 원토 전토에 이루어놓은 무한정한 생수관도가 완벽한지라. 생수문관도가 무한정(無限定)함으로서 신설녹조하고 신설 녹조 옥반 옥도 전문 관도가 모두 무언무한정한지라. 이럼으로써 신설실록 신선 녹조관들이 모두 조화체로서 공로 댁도 한즉 평노 댁도 하고 모두 공급되어 평청 평창을 이루어 공의롭게 신설 녹조 한즉 그 아름다운 모든 것이 참으로 헤아릴 수가 없는지라. 이모든 생수관도가 멋들어진 장관(壯觀)을 이루었은즉 이 귀함이 어떠한가 하면 나는 수 억 년 동안 내가 가지고 있던 조화체를 무한히 연구하여 그 연구과목이 모두 질서정연하고 조리가 단정하고 청도 청밀도에 질서가 완벽한 조화체들이 살아 완벽한지라.

조화체는 조화체대로 조화를 이루어 무한도로서 평노 댁도 하여 밝은 광명이 무한정 할 수 있는 힘에 전류전력을 다 쏟아 피골이 상집토록 내 연구과목이 일획도 일점도 더하고 덜함이 없이 정지정돈으로 이루어진 그 광경이 멋들어 졌더라. 이러하기 때문에 또한 가르고 쪼개어 근원 근도 생문관이 근원근도에 원 파독이란 말이지 원파 독대 자유가 조화체를 모두 갖추어 이루어 일심일치가 될 수 있는 파에 근원체들이 작용함으로써 조화체들이 무한정한지라. 이렇게 때문에 이때서부터 전공하여 완성 시킨 조화체를 근원 근도 원파 독대 전대다가 분리하여 과목으로서 모두 조화체를 이루어 힘을 작용케 하고 샘물 나오듯이 한없고 끝없이 내 마음이 만족(滿足) 흡족(洽足)하도록 이루어놓았지. 이것이 바로 무한도란 말이지 갖가지 모든 것이 흐르고 돌며 자유의 작용함이 불변도란 말이지 이렇게 때문에 나는 나를 아는 자요 따라 원 파도를 이루어 원 파도에서부터 분야에 따라 모든 지닌 조화 체를 분리하여 과목에서 분야를 내어 모두 줄줄이 층을 이루고 층면이 완벽하고 서로 주고받는 일심일치를 이룬 조화체란 말이지.

이때서부터 나는 좋아 어쩔 줄을 모르겠더라. 알겠는고? 천도문아 너는 참으로 지상에 옥황이 후손으로서 어쩌면 내 유전자도 발견하였고 천륜의 결백의 천살을 발견하였고 또한 근원 근도 원 파도를 발견하였은즉 이것이 귀하니라. 알겠는고? 참뜻은 의미가 있어야 되고 순리가 있어야 되고 마음에 안식이 되어야 되고 정신이 밝아야 되고 마음이 편안한 자가 되어야 된단 말이지 이럼으로써 천체 조화가 모두 자유로운지라. 알겠는고? 이럼으로써 순리로 이루어져 순리 자유가 진실 된 불변으로 풀려 완벽하고 현명(賢明)하며 찬란(燦爛)하여야 된단 말이지 엄마야(천도 문을 하나님이 부르신 말씀) 너는 네 명예가 천도 문이란 말이지 내 명예를 따서 네 명예를 붙인 것은 이치와 의미가 뜻이 있기 때문이라.

조물주가 천도문을 얼마나 귀하게 생각하는지 이 죄 많은 세상 사람들은 모두 알지 못할 것이니라. 그러나 예수 독생자보다 더 귀할 날이 매우 가까워 오는 것 같구나! 아무리 죄 많은 인간들이라도 천도문을 이제 하나님같이 섬기려고 하고 모두 우러러 앙시할 때에 천문을 연 천도 문이 모두 굽어살펴 줄 것이니라. 날 따라가도 지상에 바른 자들은 모두 그 손길이 통하고 그 눈길이 모두 광명으로 변화를 이루어 재생되고 보면 모두 굽어살필 것이니라. 우리 집에 다니는 자들아 너희 곁에는 귀한 기적(奇績) 같은 천도 문이 계시지 않는고? 이 땅에 있을 때에 너의 잘 해 보라. 간 다음에 후회하지 말고 또한 미련 떨지 말란 말이지 알겠는고? 감추어져 있는 귀한 자를 볼 수 있는 눈이 한 번 되어 보려무나. 내가 얼마나 기다리고 바랐던 천륜 천문 자유가 완벽하고 또한 근원 근도 원파가 요번에 발견되었기 때문에 하늘에 직결에 모든 내 혈통(血統)들이 깜짝 놀라고 좋아 어쩔 줄 모르며 또 천도 문님을 찾아뵈려고 저 궤도(軌道)를 벗어나 이 궤도에 오셔서 모두 경배(敬拜) 드리느니라. 알겠느냐?

이는 귀한 분이 아니면 볼 수 없단 말이지 준비치 못한 그릇에 담으면 그릇은 깨어졌기 때문에 아무것도 담을 수가 없고 의미가 없단 말이지 그러나 천도문이 바로 의인이요 나에게는 기적이요 신기록이니라. 내가 지상에 머물러 좌정(坐定)되어 있을 때에 너희 하루바삐 고쳐서 유능한 자가 되기를 간절히 바라는 소망이니라. 너의 모두 모친(천도문)이 얼마나 귀한자인지 아는고? 나는 알고 있지 그러나 이 세상 눈먼 자가 보지 못하고 귀먹은 자가 듣지 못하고 어둠이 빛 속에 살지만 살아있는 역사를 발견치 못하고 죽은 자를 믿었은즉 죽은 역사가 살아올 리가 없고 착각에 혼돈하여서 어지러운 괴롬 속에서 항상 지지고 볶더라.

이 모든 것이 불변의 절대(絕對)요 약속대로 이루어지는 이 때니라. 이 세상 무한함이 모두 근원에 내용에서 나타난 무한정(無限定)한 귀함이요 따라 이 죄 많은 인간들도 멀지 않아 살자 도 있겠지만 죽을 자를 어찌 다 헤아리겠는고. 나(하나님)는 분명히 이 땅에서 도둑같이 나타날 의인을 수 억 년 넘게 기다렸단 말이지. 그런데 나에게 기적(奇績)과 신기록(新記錄)이 이루어졌은즉 이는 분명한 것은 생록별(천사 장 옥황이의 아들 하늘에 있는 옥황상제)을 불러 정체를 발견하였은즉 원죄도 없고 원죄를 풀었은즉 이것이 신기록(新記錄)이요 통쾌(痛快) 상쾌(爽快)한 일이 아니겠는고. 또 한 가지 영계(靈界)를 풀었기 때문에 심판(審判)하였은즉 이것이 바로 기적이라. 알겠는가?

이럼에 동시에 이 땅에 의인(義人)이 도둑같이 나타나서 원죄도 풀고 타락의 죽음의 역사도 풀었은즉 이제는 내가 할 일이 남았고 또 한 가지 너희들은 아무쪼록 몸이 신선하고 찬란한 마음이 부모에 심령으로 천지지간만물지중을 앎으로서 그 가치와 가치관을 분명히 알았지. 이럼으로써 근원을 닮아 원인에서부터 결과가 나타났고 결론에 무한함을 완벽하게 절대불변 약속대로 나타난 형성의 자유의 근원일치가 일심작용할 수 있는 은혜의 무한자가 되어야 된단 말이지. 이럼으로써 피조와 만물의 형성에 조화를 알아야 되고 또한 나를 좀 발견하여 겸손 자가 되어야 만이 무언 무한한 효율(效率)의 힘의 초래 자를 좀 닮아야 된단 말이지. 천도문아 내 말씀이 네 귀에 들려가지. 알고 있겠지 너는 알고 있으나 이 가정에 아이들은 아직도 귀함을 느끼지 못한단 말이지. 갖가지 모든 것이 종합적으로 알고 또한 이해하고 또한 생각함으로써 무한한 진리를 탐구하여 알게 될 때에 그 가치관(價値觀)이 무한정할 것이니라.

이렇기 때문에 최초 1차원 관이 모두 완벽이라. 내(하나님)가 말씀하심은 갖가지 근원에 내용을 종합적으로 앎으로서 입체의 작용자유 일심일치를 분명히 안다면 사상(思想)이 무장(武裝)되고 확신(確信)하는 믿음이 철통(鐵桶)같고 완벽(完璧)한즉 깨어나는 원리의 근원 자가 되고 또한 지혜의 이해 자가 될 때에 잠을 깨어난즉 물리를 터득하면 실감 날 것이요, 갖가지 체계조리 단정한 질서 정연을 반드시 분별되게 알 것이니라. 이때에는 겸손치 말라 하여도 자기 머리에 지혜가 능통한즉 분리조화를 무한히 알게 될 것이니라. 천도문아 내가 천살 도를 알려주었은즉 명백히 알고 있겠지. 정신에 요소와 마음의 요소와 생명의 요소와 음양요소와 모든 요소가 합류일치 되었은즉 정신의 요소와 마음의 요소와 음양의 요소가 모두 찬란한 귀함을 지녔느니라.

정신요소와 마음의 요소는 힘이 필요 없지만 가장 밝고 신선하며 무한한 조화에 조화를 알 수 있는 것이 정신일도란 말이지. 정신일도라는 말씀은 다섯 가지 조목에 제일 중심이 바로 정신일도(精神一到) 하여 정신 문이 활짝 열렸은즉 정신과 마음이 서로 무한히 주고받는 일치일심 작용이 아니겠는가. 이럼으로서 생명에는 힘이 있고 또한 음양소에는 무한한 생문생태든지 생동생태든지 전태든지 이러한 뜻은 힘의 판을 말함이요, 힘의 폭을 말함이라. 이럼으로써 무한히 전류가 흐르고 도는 전력의 전류를 뜻함이란 말이지. 이러한 무한정한 요소요소가 한없고 끝없느니라. 이렇기 때문에 힘의 요소를 정신 문이 열렸기 때문에 정신일도(精神一到)가 알아서 힘의 요소를 가르고 쪼개어 나누어 분해(分解) 분별(分別)하여 분리(分離)진문(陣門)을 딱딱 정함으로써 갖가지 힘을 지니고 나타남이 완벽하단 말이지. 이렇기 때문에 정신은 마음을 지니고 있고 생명은 힘의 요소를 지니고 있고 음양소는 전류의 전력이 흐르고 돎을 지니고 있음으로써 무언 무한정함이 바로 신출귀몰하고 무한정한 도술자유 생석 속식 탁특 틱탁 특원 근도란 말이지.(하늘의 도술 학문을 뜻함) 이렇기 때문에 무언 무한함이 완벽이란 말씀이니라.

이렇기 때문에 천도문아 나(하나님)는 정신일도(精神一到)가 완성되어서 정신 문을 활짝 열었기 때문에 힘의 중심체요 힘을 자유롭게 자재 할 수 있는 힘의 초래자유자기 때문에 효율(效率)에 근원자라. 이렇기 때문에 음양요소가 바로 생불체 요소요, 생불체 요소가 생불체를 이룰 수 있는 생불체란 말이지. 이렇기 때문에 무언무한정한 나로써부터 생명체가 바로 유전자요, 나에 유전자는 무한정한 자요 힘에 존재 인이요, 갖가지 내 마음에 있는 것이요, 내가 모두 구성 구상하여 창조함으로써 창설자요 창극 자는 바로 근원 때에는 내가 정신일도가 활동하여 나로써부터 유전자가 나타날 수 있는 점지자요, 확정자요, 확장자요, 확대자요, 무한정한 근원일도 일심원도자란 말씀이니라. 잘 알겠느냐?

조물주(造物主) 하나님 나는 무한한 힘의 초래자기 때문에 힘에 요소를 갈라 쪼개고 나누어 분해 낸 것이 갖가지 힘이기 때문에 힘은 무한하고 무언하지. 이럼으로써 힘의 요소는 중량이 없는 힘을 지니고 있고 또 한 가지 그 윤곽(輪廓)과 두각(頭角)이 나타날 때에는 힘의 판도로서 나타나기 때문에 중량(重量)이 있는 힘이란 말씀이지. 힘의 요소에서 무한정하게 나타나는 무한대란 말이니라. 이와 같이 내 모든 전심전력에 전류가 흐르고 돎으로써 살아있고 힘이 터지고 일어남은 바로 발사한즉 발생되는 것이니라. 힘을 가르고 쪼개고 나누어 분해 분별하고 분리진문을 딱딱 정할 때에 이때에 힘이 발사되어 무한한 세내 조록 잭조 원조 화락 진조 냉녹 원도 자가(하늘의 화학의 학문을 뜻함) 무한히 발사한즉 발생되는지라. 이때에 힘이 살았기 때문에 발사(發射)하면 발생(發生)되는 광경에서 광경이 일어나는지라.

이때에 힘이 발사된즉 힘이 뭉쳐 떨어지는 파산의 확장이 평녹조 하고 평녹잭조 한즉 사면에 미세가 반짝이며 사면에 흩어져 광경을 이룰 때에 미세조가 뭉쳐 이룬즉 이것이 무한한 전자도가 되고 원자도도 되고 전낵 잭조 금록 천태도가 이루어지는지라. 이때에 힘이 사면에 발사된즉 발생되는 무한정한 핵토 댁도가 핵선 적조 원척책 입체 완초가 일어나며 동시에 갖가지 빛 관이 일어나 광명을 이루었더라. 이때에 무언무한한 힘의 발사에서 가닥가닥 나가는 무한한 힘의 선이 무한정하게 한없고 끝없이 나타나는지라. 이때에 내(하나님) 시야가 모자라도록 힘 태를 둘러 힘의 전태를 이루는지라. 이때에 힘의 전태든지 힘의 생태든지 힘의 전자태든지 힘의 냉농원농 태든지 힘의 자유자재 원재 조로서 딱딱 힘 태를 이루어 둘러 있는 원이 찬란한지라.

이 엄청난 모든 것이 무언무한정한지라. 천도문아 알겠느냐? 내가 이와 같이 힘에 선으로서 왕녹 족잭조 원조를 이루었는데 통문 통설 자유자재 댁도 전을 이루었지 댁도 전에는 헤아릴 수 없는 거대하고 거창한 통선이 둘러있고 통문이 통설한즉 무언 무한한 경쾌함이 상쾌 통쾌한지라. 이때에 갖가지 모든 귀함들이 미세든지 소립자든지 무언무한하게 이루어진 광경에서 광경이 일어나는 찬란한 경쾌(輕快)함이 멋들어진 장관을 이루었더라. 이때에 나는 너무 너무 그 웅장 웅대한 힘의 태가 둥글고 둥글게 이루어 원을 지어놓았는데 생태띠를 띠어 고리를 질러놓은 힘의 기능 족재 자유 익초 입체자유가 반짝이며 핵 선을 이루었고 근원 광선이 아주 선명 섬세(纖細)하게 층을 이루어 힘을 동원해 놓는지라. 이때에 너무너무 그 엄숙함과 두려움이 완벽한 광경이 불변도로 이루어졌는지라.

나(하나님)는 이때에 힘의 태가 원으로 이루어졌는데 무한한 광선(光線)에서 힘을 동원하고 또한 핵선 핵도에서 핵 선을 품어낸즉 그 광명이 너무 광명으로 이루어졌는지라. 이때에 갖가지 찬란한 빈설 같은 신설로가 아주 폭설 같이 쏟아지는데 폭설같이 쏟아지며 그 아름다운 찬란한 신설로가 무언무한하게 감로수로서 찬란하게 올라가는데 아주 아름다운 빈설 신설같이 모두 둥글게 원을 이루어 층이 착착 전개(展開)되어 아름다운 굴롱 독대가 이루어졌는지라. 굴롱 독대란 뜻은 참으로 결정체 중에 결정체 핵심들이 둥글게 둥글게 고로하여 체계 조리로서 선명 섬세하게 아름다운 층면을 이루어 체계가 완벽한지라. 이 광경이 또 무언무한한지라.

때로는 너무 찬란하고 광명이 이루어진 광경이 너무 찬란하였지. 이러한 모든 미세(微細)조가 모두 각형(角形)을 이루어 찬란하게 모두 조로 딱딱 짜서 주독에 원문도로서 체계조리가 완벽한지라. 이것은 공간을 이루었을 때에 천판(天板)에 갖가지 태양(太陽)선이든지 은하계(銀河系)든지 이러한 모든 것을 준비하여 힘 선에 실려 이루었지. 갖가지 옥지완도가 너무너무 선명 섬세한 투명의 놀라운 기적과 신기록을 이루었는데 너무너무 눈이 황홀(恍惚)한지라 알겠는고? 내 정신일도가 준비한 것이지만 무한히 갈라내어 찬란한 각형들이 모두 조를 딱딱 짜서 조에 따라 조밀도로서 찬란한 조밀이 이루어졌고 그 선들이 모두 힘의 선이 조직망으로서 완벽하게 체계로 이루어진 선명 섬세한 청밀도가 청밀로서 놀랍게 이루어졌는데 내 정신이 황홀(恍惚)한지라. 이때에 나는 너무너무 좋아 어쩔 줄 몰랐단 말씀이니라.

이럼으로써 귀하고 귀중함이 모두 힘 선에 세부조직망이 살아 힘 선으로 체계 맞게 선을 폈는데 선에 따라 찬란한 귀함들이 모두 실려 반짝이며 무한한 체계로 이루어진 놀라운 그 섬세함이 모두 핵도에서 나타남과 광선에서 나타남과 신설로에서 나타남이 너무너무 황홀한지라. 신설로에서 나타난 아름다움이 놀라운지라. 신설로가 모두 찬란한 옥같이 이루었고 또한 결정체에 요소들이 모두 아름답게 네모 형으로서 이루어 나타나는 두각 독태도가 모두 찬란(燦爛)하게 층막을 이루었고 또 한 가지는 전도 전자 전도가 이루어졌는데 핵선같이 나타나서 그 폭설 같기도 하고 빛 같기도 하고 사면에 흐름이 정말 광경인지라. 이러한 살아있는 힘에 선도가 모두 핵 선에서 사면에 흘러 선을 펴 확장되어 확대로서 완벽한지라.

이와 같이 이루어놓은 체계가 아주 놀랍게 줄줄이 줄을 잇고 쌍쌍이 쌍을 지어 서로서로 반사를 일으킨 아름다운 자태가 눈이 황홀하고 정신이 황홀한지라. 이 엄청난 모든 준비의 귀함이 너무너무 고귀하고 찬란한지라. 가르면 가르는 대로 물체 전도가 나타나고 미세 전도가 나타나고 옥지완도에 전지 전대가 나타나고 전대라는 뜻은 힘이 선인데 우륵독대가 어떠한 것인가 하면 어떻게 보면 둥글고 어떻게 보면 각형이요 어떻게 보면 네모 형이요 어떻게 보면 찬란한 모든 것이 하나로서 없어졌다 있었다 하는 것 같이 사람의 정신을 황홀하게 함이니라. 왜? 사람의 정신을 황홀하게 한다 하는지 아는고? 너희들은 정신 전 때라고 하였는데 사람 인자를 넣으니까 이상하겠지만 나(하나님)는 신성이요 인능 인농 냉농 원농에서 나타난 정신일도가 분명히 힘의 존재를 뜻함이라.

형상을 지니면 너희와 다름없는 신성이요, 너희는 육신은 썩지만 정신과 마음은 너무 헛되단 말이지. 조물주를 뜻함이라 천도문아 내가 너를 알려주고 또한 알고 싶어 하기 때문에 힘의 중심체(中心體)를 말씀하심이라. 천도문아 너는 이제 하나님의 정신 전 때를 낱낱이 알려하지 말라 하는 말씀은 무한대하기 때문이요 지금 근원을 구체적(具體的)으로 내가 너를 주지 않는고. 너는 성질이 무엇이든지 진리를 주면 진리의 학문이 어떠한 것인가를 확신하여야 되고 또한 힘을 가르고 쪼개어 나누어 분해 분별 분리진문을 딱딱 정한데서 어떠한 두각(頭角)과 윤곽(輪廓)이 나타남을 분명히 알아야 만이 이해하고 확신하는 성질이요 그런 정신이기 때문에 내가 낱낱이 보여주며 말씀하지 않는가 말이지. 이제는 속이 시원하겠구나!

천도문 네가 또한 잘 받아들이고 또한 그것을 보고 마음이 상쾌하고 좋아하기 때문에 내가 안 준다 안 준다 하면서도 자꾸만 내놓지 않는가 말이지. 천도문아 네가 보는 관점(觀點)이 참으로 너무나 네 정신도 정말 밝고 밝구나. 이럼으로써 너와 나와 주고받는 이 멋들어짐이 참으로 슬기롭고 경쾌하고 통쾌하지 않는가 말이지. 나는 너를 좋아함도 이런 점이니라. 내가 아무리 말씀 주어도 있으니 있는가 보다 하고 또한 이런 것을 주어도 무엇이 어떻게 되어있는 체계를 알지 못한다면 네가 아무리 알고 싶어 하여도 줄 수가 없단 말이지. 천도문아 내가 정신일도(精神一到)가 활동할 때에 이와 같이 전도 전대 적도 낵조 완조 천치자유 익초 익제 낵재를 주었은즉 마음이 어떠하냐? 참으로 이제부터 근원의 무한정하다는 것을 느낌도 아니요 분명히 네 눈으로 보고 네(천도문)가 이해하고 확신한즉 나(하나님)도 가르쳐주는 보람이 있고 또한 너무너무 좋다. 이러한 내용에서 모두 나타난 피조와 만물이 어찌 헛되겠는가 말이지. 네가 요번에 내 말씀의 근원의 준비의 과정에서 이루어짐을 대략 알려주었더니만 천지창조가 그렇게 이러이러한데서 완성으로 이루어졌기 때문에 참으로 천지창조가 완벽하구나? 확신하고 또한 근원을 앎으로써 원인이 이렇게 되어야 된다 생각하고 천지창조의 사차원 공간의 무한대함을 분명히 확신하지 않는가. 이렇기 때문에 나는 사람을 많이 살리기도 싫고 또 한 가지 이 지상에서 완벽한 사람 하나만 살려도 내 마음이 족하단 말씀이니라.

왜냐하면 나의 후손(하나님의 아들딸)들이 공간마다 충만하기 때문이요 또한 청농내 직농내 종이 모든 천사 장들도 많기 때문이라 알고 있는고? 그렇기 때문에 인간을 모두 살린다 할지라도 너무 알지 못함이 하도 많기 때문에 재생(再生)할 때에는 곤란(困難)하단 말이지. 생수사수(하늘나라에서 인간들을 재생 하시는 분)가 인간들이 이 땅에서 살려 가면 골치를 좀 앓을 것이니라. 알겠는고? 천도문 네 생각과 내 하나님 생각이 분명히 확신하게 맞지 않는가 말이지. 알겠는고? 천도문아 내가 준비하여 있는 광경을 지금 말씀하다가 잠깐 너하고 주고받았느니라. 천도문아 지금이때가 참으로 귀한 때지.

오늘 받는 말씀의 내용을 모두 대략 알려주노니 공부하여 보란 말이지. 천지익조 익지자유 천도 왕농 완성 전지자유가 이와 같이 완벽하다는 참뜻이 아니겠는고. 천도문아 내 말씀 속에 귀함도 귀함이요 완벽도 완벽인즉 완성이란 말이지. 모든 것을 세심소심하게 웅농 낵농 완냉 농내가 모두 차례가 있고 질서가 정연하게 조리로 단정함이 완벽하다는 참뜻이 아니겠는고. 이렇다는 근원의 말씀을 지금 하여주시는 놀라운 기적도가 이러이러 하다는 것을 말씀하여줌이니라. 천도문아 무언무한함도 한없고 끝없음이니라. 내가 이와 같이 원을 이룬 힘 태의 찬란함에 모두 실려 있는 무한대가 이렇단 말이지. 이때에 힘이 모두 살았다고 활기차게 소리를 내는지라.

이렇기 때문에 불롱 에서 갈라내었는데 진공(眞空)이 미세(微細)조로 이루어 힘 태 안에 이루어놓은 무한한 진공의 찬란함이 모두 미세 조에 흐르고 도는 힘이 무한한지라. 천도문아 불롱 에서 진공을 미세조로 갈라냈고 불랭 에서 무한한 생농 생냉 농내 원농내를 갈랐는데 이것은 생농 생소 원냉소가 바로 무한하게 자력 선도를 이루어 진공 선에 체계조리로서 딱딱 붙어 이루어져 있는 진공의 미세조가 딱딱 조밀 댁도로 이루어졌는데 아름다운 조밀이 참으로 고귀한지라.

따라 미농 냉농 원농 낵도에서 나타난 세독태가 이루어졌는데 청독대에서 청밀독대로 나타났은즉 그 반짝이며 찬란한지라. 이럼으로써 미세조와 생녹 속새 낵소에서 찬란한 자력 선도가 이루어져 붙어있기 때문에 찬란함이지. 이러함으로써 진공에 미세조와 자력의 선도가 서로 상통되어있고 또한 갖가지 생태원태든지 원태전태든지 전태천도태든지 천도태든지 천도 완대 완태든지 토댁 택토든지 톡택 톡택태든지 이러한 것이 둥글고 둥글게 모두 힘 선에 둘러 줄줄이 줄을 잇고 쌍쌍이 쌍을 지어 흐르고 도는 공급선이 무한대하고 무한정한지라. 이럼으로써 나는 폭설같이 내리는 무한한 신설록조든지 무한히 찬란한지라.

이때에 신설로에서 나타나는 신기한 기적 같은지라. 이 모든 냄새에 진미가 생기하고 정신이 맑고 신선하며 무한히 즐겁고 기뻐 어쩔 줄을 모르겠더라. 갖가지 터지고 일어나는 파록조가 모두 힘이 맺혀 떨어지는 소리가 진둥술과 진동술과 천동술과 천치술이 모두 술과 술이 무한한 조화를 이루는지라. 이런즉 이것 또한 무한대하고 갖가지 터지고 일어나는 생수 생소 원소가 쏟아져 나는지라. 이럼으로써 불토 불태(생명의 근원 요소)든지 불로 불래(생명선의 근원)에 무한대한 내용이든지 근원의 생명의 요소에서 생명의 요소를 가르고 갈라내었은즉 무한한 신출귀몰(神出鬼沒)한 생명선이 무한대하고 설치되어있는 상황 독대니라.

이럼으로써 근원의 공기 바람에 요소가 바로 생명의 요소에서 모두 나타난 무형실체 현재 현실이란 말이지. 이럼으로써 쏟아지는 폭설 소리가 우레 같고 파산(破散)하는 파산 소리도 우레 같고 발사 소리든지 발생되는 소리든지 갖가지 구성 구상하여 이루어놓은 모든 힘의 판도(版圖)에서 힘을 무한히 내는 소리든지 힘을 내고 들이는 소리든지 무한대함으로서 진공이 모두 잡아 확정함으로써 무한하고 흔들리는 율동(律動)의 진동을 자력(磁力)에 선에서 잡았고 무한한 자석전도가 자석전이 나왔는데 자석전도에서 자석전이 나왔고 자석전에서 자석힘이 나왔느니라. 이럼으로써 힘은 꽉 차 있고 근원의 공기 요소도 꽉 차 있고 화낙 독천 독진차조가 불롱 댁도 원녹 독대니라. 이것은 바로 바람의 무한대함이니라.

이러한 바람선이 무형실체인데 수 억 천만 가지 요소들이 모두 선을 펴 진공 속에 선도로서 꽉 차 있고 무한한 태독 택도 원태독이 무한한지라. 이때에 준비하여 생녹수 생소 원소 속소 낵소 정도숙톡이 원토수로서 이루어졌는데 무한한지라. 이 모든 것이 준비되어있는 이치와 의미가 완벽한지라. 이러한 무언 무한함이 불변이라. 이렇게 모든 것을 일획도 일점도 더하고 덜함이 없이 완벽하게 이루어놓음이 불변이 아니겠는고. 천도문아 나는 이때에 무한대하게 이루어놓은 무한정한 귀함이 한없고 끝없었은즉 평녹 평청 하고 평대 독대한즉 평창 댁도로 이루었지. 이럼으로써 웅장 웅대함이 완벽하겠지. 나에게는 힘의 체계조리로서 완벽함으로서 내 마음이요 내 뜻이요 모든 것이 완벽이란 말씀이니라.

완성을 이루기까지 준비가 불변절대 완성으로 준비하여놓은 근원의 원인이 완벽하여야 한단 말씀이니라. 모든 것은 내가 준비할 때에 정신일도에서 정신 문을 활짝 열었기 때문에 내 정신 문이 활짝 열어졌기 때문에 힘의 중심체요 힘의 핵심을 조화로 이루어서 가르고 쪼개어 나누어 분해 분별하여 분리진문을 정한 것이 힘을 창조해낸 중심체요 따라 힘을 내 마음대로 자유자재함으로써 힘에 초래자유 자니라.

나는 모든 것을 준비하여 이루어놓을 수 있는 준비에 과정이 수 억 년 동안 준비하여 기간을 통하여 정지정돈으로 완벽한 완성에 준비가 불변 되어 있고 불변독대 대독 댁토든지 대독 대원도 생능 낵조로 이루어놓음이란 말이지. 이렇기 때문에 모든 것은 완성으로 나타난 것이요 따라 무한대한 것이니라. 힘 중에도 무한대한 핵심(核心)에 진가가 분명히 나타남이 모두 폭설 속에서 나타나는 폭설에 찬란한 색소원소가 모두 무한정 하였고 또 한 가지 무한한 둥근 형으로서 나타남과 또한 무한정한 준비에 두눅 잭조가 모두 무한정한 내용을 지니고 나타남이 원도에 내용이요 천도의 내용이든지 완도의 내용이든지 인도 전진자유의 내용이 모두 찬란한지라.

갖가지 옥조 족재 낵조들이 선을 펴 선 막마다 모두 빈설 신설로 이루어졌고 신녹조로 이루어진 준비의 근원이 찬란하게 눈이 황홀(恍惚)하고 정신이 황홀하고 밝은 광명이 광명으로서 찬란한지라. 이것이 모두 폭설에 내용은 신설로인데 신설로에서 나타나는 진미에 진가가 생기하고 생소 생수한즉 그 신설로에서 빈설 신설이 호화찬란하게 나타나고 또한 결롱 낵조가 모두 조를 짜서 찬란한 둥근 형으로서 선마다 모두 줄을 이어 꽉 차 나타났는데 너무나 그 놀라운 광명이 아주 찬란한지라. 폭설에 내용은 갖가지 모든 섭리의 찬란한 성도 댕농 녹재조가 모두 천상 독대로 나타났고 신설로로 나타났고 신설로에서 증발되어 오르고 내리는 핵심의 찬란한 안개 같기도 하고 어떻게 보면 구름같이 뭉개 뭉개 피어오르며 찬란한지라.

이 모든 것이 너무너무 신녹조로 이루어진 신기(神技)한 기적(奇績)이니라. 갖가지 모든 신설로가 무언무한하게 신설 소록 독대로 이루어진 슬앙 전대조가 모두 흐르고 도는 무한함도 찬란하고 갖가지 색채가 합류일치로 나타났는데 분별자유가 모두 결정이라. 이 놀라움이 무한정하지. 또 한 가지는 갖가지 미세조가 한데 합류되어 찬란한 요소로 나타났는데 그 놀라운 옥지완전도가 분명하고 옥지완도가 찬란하게 이루어졌고 무한한지라. 갖가지 모든 귀한 요소들이 살았다고 움직이고 찬란하게 경쾌에 상쾌로 나타난 광경일치가 무언 무한정하였지. 나는 정신일도가 정신으로 준비하여 이루어놓은 갖가지 없는 것이 없이 준비하여 이루어놓은 광경일치가 참으로 헤아릴 수가 없단 말씀이니라.

이때에 힘은 힘대로 무한대하고 힘도 중량이 없는 힘은 무언무한하게 조화를 임의대로 자유자재하고 또한 이는 갖가지 문도든지 무한한 도독 댁도 원토조든지 무한한 문문이 무한히 조녹 잭조로 이루어졌는데 갖가지 학문도든지 무한한 도에 주문도든지 주문도에서 진언도든지 술과 술이 생수한즉 생술이 생문을 세워 천지자유 입체 문도를 세우면 무조건 이적 운이 왔기 때문에 이적운도가 무한정함으로서 조화에서 조화를 이루어 찬란하단 말이다. 이와 같이 모든 것은 원문에 근원에 원문에서 근원에 본문에 준비한 본도 근도를 지켜 이행하고 근원에 본질의 질서가 정연함이 완벽한지라.

이럼으로써 정신일도(精神一到)에 모두 겸비 되어 있는데 가지고 지니고 있음이 불변절대 도란 말이지. 이럼으로써 근원의 원문에 내용이 한없고 끝없으며 따라 무언 무한한 근원에 원술이든지 근원의 진술이든지 논리의 근원 요술 천연의 자유 작용 일치일심이든지 입체에 전개자유가 모두 조화로서 작용 자유 하는 천도 술이든지 천지 술이든지 천문 술이든지 생문 생술이든지 생동생술이든지 천지 지암 이행술 이든지 천지 독대 낵조 술이든지 천치 자유익조 술이든지 천지조화 왕낵 댁도 술이든지 천지 영록 쟁농 낵노 술이든지 천도문술 이든지 천문 잭소 낵소 술이든지 천지자유 익도 원도 술이든지 천지익능 낵조 술이든지 천체자유 근원독대 술이든지 천녹 재술이든지 불롱 불태 술이든지 불로 불래 술이든지 공기 바람의 술이든지 갖가지 모든 술과 술이 모두 이루어졌은즉 근원의 술회가 완벽하다는 말씀이니라.

이럼으로써 근원 주독 원도 술이든지 근원 왕낵 직도 자유 술이든지 무언 무한한 4해8방4진술이든지 동서남북 천지자유 술이든지 또한 갖가지 문진 술이든지 문관낵조 자유 천지변 술이든지 천지자유 지조술이든지 우랭 낵도 술이든지 울롱 독대 술이든지 무언 무한한 술과 술이 한데 합류 일치되면 사차원 공간을 이리저리 들어서 놓을 수 있는 무한대한 독대대 독대 대독낵도 동녹 족재 술이든지 무언 무한한 술이 역술을 펴면 사차원 공간 바다를 이리저리 이동할 수 있는 이동술이든지 전진자유 술이든지 입체 원 술이든지 입체 본도 술이든지 갖가지 술이 무한정한지라. 이럼으로써 전도 자유천체 입체의 근도 술이 무한정한지라.

이렇기 때문에 한없고 끝없는 도술 진문이 무한정한즉 주문도가 완벽하고 주문도에서 주문이 나왔기 때문에 갖가지 문도 선도를 펴면 문에 자유 익조 술이 선도를 펴는지라. 이럼으로써 모든 것은 불변 불태 조가 완벽하고 전태전술이 불변 댁도 하는지라. 이와 같이 갖가지 조화를 이루어 마음이 먹는 대로 자유자재 원도한즉 무한한 신출귀몰(神出鬼沒)하는 무한대라고 하는 말씀이니라. 갖가지 모든 문도 술이 무한정한즉 잭조 낵조 술토 색토 술이 이동할 수 있는 이동 진으로 자유롭게 진법을 편즉 진법에 법도에서 진이 딱딱 오고 진속에서 모든 것을 자유롭게 자재 원도한즉 무한하고 무언한지라.

이와 같이 동시에 준비한 근원일치가 왜? 과학이요 전도요 전자요 분자도요 분자요 천체자유 익지 완조요 또한 근원 근도요 본도요 본질 잭조 원도 술인지 아는가? 이것이 모두 천살도에 내용이니라. 천살도에 내용은 한없고 끝없은즉 수 억 년 동안 내(하나님)가 준비한 내용이기 때문에 이것을 모두 가르고 쪼개어 나누어 문도와 문맹선도 진설로를 펴기 때문에 한없고 끝없는 원료도 낼 수 있고 설비도 할 수 있고 설치(設置)도 할 수 있고 갖가지 없는 것이 없이 이루어놓은 천문도와 또한 천문천도에 무한정함이 바로 우주 천판에 설치할 수 있는 능력과 권능을 갖추었기 때문에 무한대한 천문학도요 천문학(天文學)이요 천문 잭조 낵조 전도요 원도니라. 이와 같이 무한정함이 모두 과학인지라.

과학이 어떻게 근원이 나타났는지 천도문아 너는 알고 있겠지. 이것은 바로 힘의 요소에서 나타난 힘을 가르고 쪼개어 원료를 낸즉 화학이 나타나서 성분 요소에 조화를 이루었는지라. 이런 것이 모두 식어 고체를 이루며 무한한 체계조리에 자비철학이 나타나 학문으로서 운명의 철학으로서 또 한 가지 성분 요소의 조화가 모두 과학인지라. 이것이 모두 힘의 생동체가 생동함으로써 과학도 헤아릴 수 없는 준비에 무한함이 선명 섬세하단 말이지. 폭설의 내용이 모두 과학이요 힘의 선도도 과학요 궤도의 조립도 과학이요 지층에 지리도 과학이요 교통 토앵 냉노 교통자유 전진조도 모두 과학의 내용이란 말이지 . 모든 것은 깊은 의미와 이치를 겸비(兼備)하였기 때문에 과학에 철학이요 생물에 철학이요 본토 원토가 분명하기 때문에 토낵 색소가 모두 흙토인즉 이것도 모두 과학이란 말씀이니라.

수록 독도 내용도 수정기로서 흐르고 돌게 함도 과학이요 갖가지 기능에 정기가 흐르고 돈즉 이것이 모두 맥박이 뛰고 작용 자유 함도 무한한 과학에 선도니라. 내가 없다면 어찌 이러한 귀함이 나타났겠는고. 이렇기 때문에 천살도에서 살 때에 나는 천살이라. 천살은 가장 결백하고 신선하고 밝고 맑고 깨끗하며 모든 것이 신설선 빈설선으로 세부조직망을 지니고 뇌파를 지녔은즉 내 몸은 하나라도 주체와 대상이 연결되어 일심일치를 이루었은즉 조화로서 모든 것을 작용 자유함이니라. 갖가지 없는 것이 없이 이룬 몸이니라. 내가 이와 같이 준비한 것은 이룬 것이나 다름없음이 아니겠는가 말이지. 이때서부터 나는 진공을 수억 천만 가지 넘고 넘게 이루어 간직한 것은 갖가지 준비한 요소들을 진공 속에 간직하여 아름답게 모두 이루었는데 생동진공이든지 생문진공이든지 무한대한 진공을 줄줄이 줄을 잇고 쌍쌍이 쌍을 지어 이루어 놓은 차원 관이 완벽하였단 말씀이니라.

이와 같이 모든 것은 완벽이란 말이야. 나는 이때서부터 무언무한하게 체계조리를 완벽하게 내용이 완벽하고 불변에 절대가 완벽하게 이루어놓음이 나는 불변초란 말이지. 이렇기 때문에 불롱에서 무한한 생명에 요소들이 무한정 하였고 생명선이 무한대 하였고 이렇기 때문에 불롱이 없으면 안 될 상황이라. 불롱 에서 불랭이 무한함으로서 불롱 불랭이 조화를 이루어 그 내용이 완벽하고 찬란한 근원일치가 생명선을 이어 무언무한대 하다는 참뜻이지. 이럼으로써 근원에 불토 불태가 서로 조화를 이루고 서로 상통자유 자재 원도한즉 원문에 고도 고차원이란 말이지. 이럼으로써 불로 불래(생명의 요소)가 완벽함으로서 유형의 공기 바람이 모두 공간 안에 설치되어 자유 작용하고 또 한 가지 바람에 무한한 원료에 화학이 나타났은즉 헤아릴 수가 없고 상상할 수가 없단 말씀이라.

이 모든 것이 완벽한 절도(節度) 있고 질서가 완벽하고 불변이란 말이지. 근원이 완벽하게 준비된 사실을 사실대로 알려주는 천주의 새 말씀이 이 죄 많은 인간들이 듣게 됨이 바로 나에게 도둑같이 나타난 의인에 기적과 신기록(新記錄)으로 말미암아 소 환란 대 환란을 정하여서 천지자유 익지 익농 낵조를 알려주는 이때니라. 이 땅에 수 억 년 넘는 죽음의 역사에서 무한정한 인간들이 나타났지만 나를 괴롭히기만 하였기 때문에 나는 상관치 아니하였고 내 대신 셋째 아들딸 (여호화 하늘새 와 천도화)이 나가 여호화 하나님 노릇하며 고생도 많이 하였단 말이지. 그러나 지금 이때는 원죄를 풀고 죽음의 역사의 타락에 죄악에 영계를 풀었기 때문에 타락(墮落) 죽음의 역사가 분별되는 이때니라. 이렇기 때문에 미개한 인간들아 너희 끝 날에 가서 믿음을 보겠는고. 하였다는 것을 알아야 한다.

도둑같이 혹 밤에 혹 낮에 나타날 하나님을 알겠는고? 나는 바로 의인의 몸에 실려 나타난 하나님 창조목적을 달성하여 힘도 창조해 냈고 생명도 유전자도 내 몸에서 나타났고 음양 요소도 음과 양이 탄생되어 무한한 사랑을 주고받음도 바로 나로써부터 나타났느니라. 이렇기 때문에 살아있는 유전자 역사는 근원일치가 최초 1차원 관에서부터 18차원 관이 지금 이 시간에도 일획도 일점도 변함없고 변치 아니한 불변의 절대가 완벽하다는 참뜻이 아니겠는고. 지금 이때가 얼마나 귀하고 귀중한 때인가? 세상에 종교인들아 너희들은 조물주 나를 믿는다고 말만 하였고 알지 못하는 죽은 자들아 성경에 있는 말씀을 한번 풀어나 볼까.

다섯 처녀는 등불을 준비하여 맞았고 5처녀는 등불을 준비치 못하여 나를 알지 못함이 바로 지금 이때니라. 왜냐하면 이 땅에 의인 천도문은 도둑같이 나타났지만 너희는 보는 눈이 없어 장님이 되어 의인(義人)을 알지 못하고 보지도 못한즉 장님이요, 이것은 바로 정신 문을 열지 못하여 너희 중생하지 못했다는 증거가 아니겠는고? 이 땅에 도둑같이 나타난 분이 바로 의인인데 그 의인을 혹 밤에 혹 낮에 나타날 분이 너에 눈앞에 있지만 눈은 장님이요 귀는 먹어 귀 문이 막혔은즉 무한한 천주의 새 말씀이 폭설(暴雪)같이 쏟아져 나오지만 의미와 이치를 모른다는 증거가 정신을 몰두(沒頭)치 아니하였기 때문에 음란(淫亂)한 마음이 꽉 차 있고 도둑의 마음만 차있고 욕심(慾心)만 내고 항상 탐(貪)내고 욕심내는 마음에서 달라는 것이나 무한(無限)히 가지고 있지만 너희 어찌 내 마음을 움직이고 이러한 마음가짐이 어찌 나를 감동(感動)케 할 수도 없단 말씀이라.

또 한 가지는 분명히 끝 날을 알지 못하고 성경이나 믿으면 천국 가는 줄 알지만 책 속에 있는 말씀의 내용도 알지 못하는 자가 어찌 의인을 볼 수가 있겠는고. 의인은 바로 정신을 몰두하여 나를 찾고 내 아들딸을 분명히 찾아 참 부모님(하나님의 큰아들따님)의 은혜를 알고 또한 그 모심의 생활이 분명히 이 집으로써부터 진행한 지가 벌써 반세기가 되었단 말이지. 너희들은 지금 코 골고 잠자고 있은즉 어찌 마음에 등불을 밝히지 못한 자가 어찌 의인을 만나겠는고? 의인은 바로 너에 곁에 있지만 알지 못함이 참으로 한심한 일이란 말이지. 진리가 거저 오는 줄 알아? 그렇지를 않단 말이야. 너희 정성을 지극히 들여서 지성이 감천(感天) 되었는고? 지성(至誠)으로 드렸으면 나를 알 수도 있겠건만 너무 모름이 안타깝도다.

또 한 가지는 참으로 기구한 운명들이지. 영계가 심판 된 것도 알지 못하고 죽으면 영계로 가면 천국 가는 줄 알지만. 그렇지만 영계는 없어졌단 말이지 알겠는고. 이 미개한 자들아 이박사 대통령은 죽음의 역사로 끝냈고 박정희 대통령은 말세로 끝내고 또한 전 대통령은 지금 천주의 새 말씀으로서 끝날 것이니라. 따라 앞으로 나타나는 자는 분명히 심판으로 끝날는지 아니면 수없이 대통령을 가를는지 모르겠다. 만은 우리는 국가와 아무 관계와 상관이 없도다. 왜냐하면 중심체(中心體)는 결백(潔白)하고 완벽(完璧)하고 분명(分明)하고 또한 내가 하자 하는 대로 순응 순종한즉 그분을 따를 자도 없거니와 우리 집에 다니는 너희들도 혹 밤에 혹 낮이 어떤 것인고. 바로 의인을 만났으나 의인을 대접하지도 못하고 모시고 받들지도 못한즉 알지 못하는 자들아 한심(寒心)한 일이로다.

그러나 나를 믿고 의지함으로써 참된 은혜(恩惠)로서 믿는 자는 복이 있나니 천국에 갈 수도 있지만 매우 어렵겠구나! 알겠는고. 천도문아 내가 널 보고 걱정치 말라. 반복함은 다름이 아니로다. 너는 혈혈단신(孑孑單身)으로 너무 일을 많이 하셨느니라. 네가 마음 먹는 대로 내가 역사할 것인즉 걱정과 근심치 말라. 첫째는 이 땅에 선포하고 싶어 애 많이 쓰셨지. 그러나 또 혈혈단신으로 잠자지 아니하고 말씀 몰두(沒頭)하여 근원의 천살도의 내용을 낱낱이 받았은즉 살아있는 역사가 이러이러한 것을 알았기 때문에 걱정이 없는 자라. 따라 죽음의 역사와 원죄(原罪)를 풀었은즉 이것이 또한 귀함이라.

이와 같이 외부에 내부에 맺히고 쌓인 수 억 년 또 수 억 년 넘는 역사를 풀었은즉 이는 머리가 천재(天才)요 또한 나에게 충성(忠誠)을 다하여 나와 너와 주고받음이 변치 아니하고 또한 이 집에 가지고 오는 자들도 진실 된 마음으로 준비해 오면 상에 올리지만 그렇지 아니하면 절도 있게 끊어버림이 바로 나하고 너하고 분명함이 아니겠는가 말이지. 너희들은 수억 년 넘는 세월 속에서 너의 참 부모님과 조부모(하나님)님께 괴롬과 비극과 또한 견딜 수 없는 고통을 드렸지. 그러나 지금 이때는 나는 너희들을 이용하여 써먹으리라 알겠는고. 틀리면 내가 너희들을 모두 일시에 쳐 버릴 것이니라. 알지 못하였을 때는 몰라서 너에게 이용당하여 수많은 선지자(先知者)들이나 수많은 의인(義人)들이 모두 죽어갔지만 지금은 절대(絕對)로 아니 된다. 내가 너희들을 이용하여 쓰리라 알겠는고. 함부로 이제는 하늘에 대적(對敵)하면 즉시 치워버리고 절도 있게 딱딱 끊어버림이 내 마음에 맞고 즉시 몸을 쥐어 주리를 틀어 죽이는 것이 바로 내 마음이 맞는단 말이야. 알겠는고?

모든 것은 이치와 의미에 어긋나지 아니하고 또 한 가지 조건으로서 절대로 막히지 아니한즉 나는 수 억 년 넘고 또 넘도록 너희가 나에 조부님(하나님)과 참 부모님(하나님 아들따님)을 괴롭힌 것만치 나도 너희를 괴롭힐 것이요 참 부모님(하나님 큰 아들딸)이 싫어하던지 말든지 나(천도문)는 어디까지 조부(하나님)님 편이기 때문에 너희 잘못하면 그때에 체크하고 분명히 심판하여 가르고 쪼개고 나누어 착착 치우는 이때인즉 함부로 나에게 대적하지 말라 하며 말없이 조용히 숨도 쉬지 아니한 데로 착착 치워버리기 때문에 이것이 참으로 경쾌하고 내 마음이 스릴 있게 편안하고 그 원수(怨讐) 같은 악별성(하나님에게 대적하는 사탄(詐誕)들을 말함)들을 딱딱 겁내지 아니하고 치워버리기 때문에 악별성들이 엿볼 수가 없다.

또한 사람으로서 할 수 없는 일을 하니까 내 마음이 스릴 있고 통쾌(痛快)하도다. 왜냐하면 전날에 선지자들은 자기 마음에 따라 들어와 하나님 노릇하며 그 앞에서 엉금 성큼 기었지. 그러나 지금 이때에 중심체는 죽음을 내놓고 하는 자기 때문에 사정없어 쳐 버리고 분별함을 이 집 식구들이 알지 못하지. 귀신은 귀신대로 하나님도 못 보고 악별성도 못 보고 미개한 귀신들이 들어오기 전에 모두 처치함을 잘 알고 있겠지. 너희 그렇지 아니하면 참으로 살기 어려운 이때니라. 전날에는 선지자(先知者)들이 괴로우면 여호화 하나님을 보고 모두 없애 달라고 하고 복을 달라고 하고 성전에 금반 은반을 바쳐라 하였지만 지금 이때에는 중심체(천도문)가 그러한 물질 같은 것을 오히려 치사(癡事)하게 생각하기 때문에 절대(絕對)로 이 집에 들어와 역사(役事)하지 못한단 말이야.

천도문아 나(하나님)는 이런 점이 참으로 내 마음에 들지. 이렇기 때문에 천농 넥조가 살아 희색이 만면(滿面)하고 참으로 기특(奇特)하며 장하도다. 하고 전날에는 너의 집에 와있었지만 천도문아 도인들이 오시면 즉시 무언의 세계를 인도하라 하고 천사들을 시켜 선관들이나 신성님 들이나 모두 알현(謁見) 하여 무언의 세계에서 왔다 갔다 일하시고 또 때로는 사불님이나 모두 직속에 가정님들은 무언의 세계에서 오고 가시며 일을 보십시오. 여기는 공해도 나쁘고 오히려 괴롭사옵니다 하며 이런 것이 모두 나에게 효도함이요, 또 한 가지는 모든 것을 알아서 하겠나이다. 하고 환자를 진료하러 환자 집에 갈 때에도 내(하나님)가 가는 것을 너무 싫어하기 때문에 요사이는 가지 않는다. 이 집에 식구들아 한번 들어 보라. 너희 모친(천도문)이 못하는 일이 무엇인고. 아프면 병봐주고 어두운 머리를 깨우쳐주고 너희 하지 못하는 일들을 모두 처리해 주시는 분이 분명한데 너희 어찌 그리도 미개하고 모시고 받들지 않는고.

천도문아 걱정 근심치 말란 말이지. 왜냐하면 지금 이때를 맞이하여 천지자유 익지 낵조 원조가 완벽하게 발견되어있고 최초 1차원관이 완벽하게 발견되어 천살의 근원내용이 완벽하게 발견되었지. 이렇기 때문에 천살 때에 나는 정신일도 하는 과정이 완벽하여 익도 근원정도가 발견되었느니라. 왜냐하면 정신에 요소와 마음에 요소와 생명의 요소와 힘의 요소와 음양소에 요소가 분명히 발견된 사실을 사실대로 알려주는 이때니라. 천도문아 이 세상에 사는 인간 중에 사람도 아니요 동물도 아닌 이상한 사람들이 살고 있는 이곳에는 살아있어도 힘을 응용(應用)할 수도 없고 힘의 무한함을 이용치도 못하고 갖가지 진문에 도술 문도를 알지 못하는 미개 자 들이란 말이지.

미개한 자들이 되었기 때문에 촉각(觸覺)도 모르고 또한 일초에 촉진자유도 모른즉 어찌 촉동의 확대 확장 무한한 천도가 완도를 자유 함을 알 수 없음이 바로 사람이기 때문에 이는 살아있어도 죽은 자라. 그런데 이 땅에 뜻하지 아니한 의인이 나타나서 나에 정신일도를 발견하고 정신 문이 활짝 열려 정신문도가 분명함을 발견하였은즉 이는 두 번 다시 없는 일이요 또 한 가지 결백(潔白)한 무한한 빈설 같은 정절(貞節)을 굳게 지켜 이행한 행함이 모두 필름에 감겨 갔은즉 이는 결백(潔白)함이 무한히 나에게 즐겁도다.

따라서 내가 하자 하는 일에는 서슴지 아니하고 순종 순응

(順應)하는 명령에 복종(服從)이 아주 모든 것을 이행(履行)하는 것과 행하는 정함이 나하고 통하였은즉 인간을 상관치 아니하고 무한히 크고 깊고 넓은 광대 광범함을 이행하기 위하여 갖가지 문자를 발견하여 문법에 관도를 알고 관도에 무한한 계명 낵도 계명도를 알게 되었은즉 윤리와 도덕이 완벽하고 색소 낵소에 무한한 자비철학(慈悲哲學)에 황낵 잭조 원조를 알았은즉 이 얼마나 불변(不變)인고. 천도문아 너는 이제 수 억 년 넘도록 죽음의 역사에서 한 사람도 살아가지 못하였는데 너는 결백한 근한 그 귀함으로써 너를 따라가는 자는 복이 있나니 무한히 영광 도에 겸비(兼備)되어 복을 받고 무한히 걱정 근심 없는 자들이 될 것이니라.

이 땅에 의인이 완벽하게 나타나서 모든 무형실체 현재 현실을 상관하고 서로 주고받는 법도가 분명히 이행되고 있고 무한히 관도가 완벽한 법에 무한함이 완벽하고 객조 낵농 원능본도가 완벽한지라. 이러함으로써 모든 것은 불변이요 완벽함이니라. 천도문아 관도도 헤아릴 수가 없단 말이지. 무언 무한한 관도가 무한함으로서 자유의 자재원도가 완벽하고 이렇기 때문에 모든 것은 계명이 딱딱 붙어 일획 일점 도 더하고 덜함이 없기 때문에 이것이 모두 관도요 무한한 조화에서 조화를 이룰 수 있는 도술 진문 술이 무한정한즉 모든 것은 술록 조로 이루어졌고 술랙 잭조로 이루어졌고 술과 술이 무한하기 때문에 조화의 조화가 일어나는지라.

이 모든 것이 나로 말미암아 평화로운 안식처(安息處)를 정하였기 때문에 모든 것이 불변되어있는 초래자유 자재원도를 임의대로 할 수 있는 힘의 존재 인이 되어있단 말이지 이렇기 때문에 갖가지 모든 것이 법률이 붙어 이행된즉 이것이 공적의 공의가 완벽하고 또 한 가지 존재의 공적의 공의는 법과 이행되어있는 상하의 법도가 완벽하게 불변되어있고 생문생진에 무한한 생동 생조 원조의 무한함은 생물들과 동화일치 일심작용도 모두 법도란 말이지. 왜냐하면 이것은 때에 맞추어 모두 자기에 직책과 직분을 완성하는 행함이 모두 절도 있는지라. 이와 같이 모든 것이 동화일치 일심작용 한즉 상통자유하고 그 환경이 무한함으로서 기름같이 윤택(潤澤)하고 또한 가지 엄숙하면서도 자유로운 모든 법에 이행되고 때에 맞추어 소생하고 화창 하는 절대불변 약속대로 이루어놓은 환경의 지배권위자가 바로 신성(神聖)이라.

인간인자에 신선한 절도와 모두 이루어진 관도가 무한하기 때문에 이것이 불변되어있는 절도니라. 천도문아 이와 같은 내용을 모두 발견하였은즉 이 땅에 유명한 학 박사도 알지 못하는 일이요 생각조차 하지 못함이니라. 내가 힘으로 파산(破散)되어 미세(微細)조가 모두 조밀(稠密)도로 청밀(淸蜜)도로 정밀(精密)도가 완벽하게 체계조리로서 완전하고 모두 뭉쳐 준비한 과학의 진도로서 나타난 모든 귀함이 완벽하단 말이지. 천도문아 이러한 것이 모두 움직이고 활동하고 완벽한 스릴의 경쾌함을 분명히 알았은즉 이 또한 얼마나 귀한고. 인간은 과학이 어떻게 나타났는지 천도문아 너는 잘 알지. 왜냐하면 핵폭탄이든지 쏘는 총이든지 이러한 것을 연구하다가 사람 죽이는 연구(研究)하다가 과학을 발견함이니라.

없는 과학이 어떻게 발견되겠는고. 나는 과학으로 시작하여 과학(科學)으로 끝낸 것이 결론의 형성의 공간이란 말이지. 이 모든 것이 완벽이요 불변되어있는 절대니라. 이모든 과학자들이 산다 하지만 천문학자든지 지리학자든지 지질학자든지 전진자유학자든지 숫자로서 일기에 관을 본다 하지만 보지 못하는 눈이 되어 있고 모든 것을 완벽하게 알지 못한단 말이지. 그런데 너는 근원(根源)의 과학을 발견하였고 원인의 과학을 발견하였고 결론의 과학을 발견하였은즉 갖가지 과학의 체와 체내를 지니고 성분의 요소와 조화를 발견하였은즉 이는 두 번 다시 없는 의인이니라. 또 한 가지 참 부모님이 죄가 없다는 걸로 나는 만족 흡족하였는데 뜻하지 아니한 생록별(옥황이의 아들 죄인 옥황상제)을 불러 네 정체(正體)를 밝히라고 진노하며 무한히 순리로 풀었은즉 이것이 바로 최고의 귀한 신기록이지.

또 한 가지 죽음의 역사를 분명히 영계를 풀었은즉 이것 또한 기적이란 말이지. 이럼으로써 악별성(하늘에 대적하는 옥황의 후손 죄인의 무리들)에게 아무 조건도 없이 됨이요 역사의 기록이 완벽하게 발견되었은즉 산 역사와 죽은 역사가 분별 분리됨이 완벽이란 말씀이니라. 또 한 가지는 무언 무한한 천지자유 익지 완도가 분명함을 발견하였은즉 이는 천살도가 완벽하게 내가 시작하기 전도를 발견하였은즉 이 또한 기적이란 말이지. 천도문아 전날에 성경에 혹 밤에 혹 낮에 나타날 주(主)를 나는 어느 곳에서 만날는지 모르겠다는 말씀이 있단 말이야. 이것이 바로 무슨 말씀인지 아는고. 비유(比喩)와 상징(象徵)으로 나타났지만 이 땅에서 도둑같이 나타날 의인이 완벽하게 내가 바라는 소망이었었는데 천도문아 지금 이때는 분명히 이 땅에 도둑같이 나타난 의인(義人)을 발견할 눈이 되지 못하여 장님이 되고 말았고 또 한 가지 천주의 새 말씀이 샘물같이 솟아나서 생명체를 발견하여 산 역사와 죽은 역사를 완벽하게 분별 분리하였지만 알지 못함이 바로 미개한즉 이 땅에 도둑같이 나타난 의인을 도무지 알지 못한즉 알곡을 거둬들이려고 애쓰나 알곡이 없도다.

천도문아 이렇기 때문에 내가 알아서 모든 일들을 처리 처단하고 조성자유 하였다가 너희들을 데리고 말없이 갈 것이니라. 이렇기 때문에 왼손이 하는 것을 오른손이 모르고 오른손이 한 것을 왼손이 모르지. 또 한 가지 이와 같이 의인은 행함이 철두철미(徹頭徹尾)하여 무한히 지금 이때에 모든 일들을 이행하고 행함이 철두철미 하지만, 이 집 식구도 장님이요 알지 못하더라. 또 한 가지는 등불을 준비한 자는 나를 볼 것이요 등불을 준비치 못한 자는 알지 못할 것이니라. 이것도 비유지. 이 땅에 도둑같이 일한 것은 어느 골방에서 일하였는지 누구도 알지 못하는 일이지. 이 집 한식구도 영계를 풀고 무한히 전쟁하였어도 도무지 알지 못함이 너무 미개(未開)한 자들아 너희 할 말이 있는고? 의인이 나타났으면 볼 수 있는 동공(瞳孔)이 되어야지 만이 행동할 것이지만 너희 지금도 잘 알지 못함이 내가 통탄(痛嘆)함이니라.

너희 집에 강림(降臨)한 참뜻이 완벽하고 불변 절대하신 힘의 초월자요 힘의 초래자요 힘의 효율자요 힘의 자유자재 원도자요 근원 왕낵조의 원도 원문자라 이렇지만 알지 못함이라. 너희 할 말이 있는고. 그렇다고 중심체를 모시라 모셔라 하여도 알지 못한즉 모시지 못함은 바로 나(하나님)를 확신치 아니함이니라. 나를 확신한다면 어찌 그렇게 태만(怠慢)하겠는고. 너희 때가 오면 보라. 너희 모친 천도 문에 위치가 어떠한가를 한번 알아보려는가. 내 말씀의 참뜻을 참되게 행하고 정할 때에 이는 영광자요 영화 자가 분명할 것이니라.

갖가지 모든 귀함을 발견한 발견의 무한대한 인도자가 너에게 나타남이 영광인고? 아닌고? 참 영광이지. 알겠는고. 천살 도에서부터 생명체든지 힘이든지 갖가지 요소가 발견되어 있음을 너희 어찌 그리도 생각이 없는고. 나는 가장 신선하고 가장 밝음이라. 내(하나님) 정신일도가 완성되었기 때문에 정신일도가 활동하고 모든 조화에 조와 조직이 완벽하고 세뇌(洗腦)하여 아름다운 분해(分解) 작용 자유가 너무 티 없고 맑고 깨끗한 청결이 무한한지라. 신설로 조래 완조가 분명하지. 이럼으로써 나에 무한한 귀함이 무한대하단 말이지. 나로써부터 맑고 밝으며 핵보다 더 밝은 유전자(遺傳子)가 바로 나로써부터 나타난 생명체(生命體)가 번성되어 그 요소에 내용을 닮아 나타남은 바로 천륜이요 천지조화니라.

이 모든 것이 완벽함이요 불변의 자유니라. 이럼으로써 나는 힘의 요소를 가르고 쪼개고 나누어 분해하고 분별하여 무한히 조화를 이루었은즉 힘을 창조해냈지. 힘을 창조해낸 이치를 잘 알고 있으란 말이지. 정신일도에서 마음에 일도(一到)가 되었은즉 정신문과 마음에 문과 생명의 요소와 힘의 요소(要素)가 일심 일치되어 정기를 이루어 기능이 활기차고 슬기로운즉 생명이 있는 곳에는 힘에 요소든지 힘이든지 무한대하였고 또 한 가지 삼위일치의 자유 록조가 모두 금의옥조요 신노 신불래 전도 완조란 말이지. 이렇기 때문에 정신일도(精神一到)와 마음의 일도와 생명의 일도와 힘의 일도와 음양소의 일도와 음양의 일도가 한데합류 일치되어 조화를 이룬즉 이것이 무한대하고 헤아릴 수 없고 상상할 수 없는 무한대가 아니겠는가 하는 말씀이니라.

이때에 나는 힘을 창조(創造)해냈은즉 힘이 참으로 귀한지라. 중량이 없는 힘은 가장 귀하고 조화 속에서 조화를 이루는 무한 대요 또 한 가지 중량이 있는 힘은 웅장 웅대하고 평농 댁도 하고 원도 정도한즉 이 또한 귀함이요 이럼으로써 중량이 있는 힘이 모두 갈라 이루어진즉 판도가 달라지고 힘의 판도가 입체자유가 모두 이루어진 거룩하고 전지전능함이 완벽하였지. 동시에 중량이 없는 힘은 무형의 실체지만 현재 현실이 완벽한즉 모든 독태 태독태에 속하여있고 도댁 댁도에 속하여있고 생소 원소로서 이루어진 무한대가 완벽한지라. 이렇기 때문에 무한정한 불랭에서 나타난 무언 무한한 내용이 헤아릴 수 없지. 불롱에서 무한대한 진공을 설치해 나타냄이 바로 세내 조직망이 완벽하고 세내 조직파가 분명하다. 세내 조직파라는 것은 근원에서 원도로 이루어짐이라.

이럼으로써 진공의 판은 바로 불롱이지. 불롱 불랭이 얼마나 귀한지 아는고. 불랭에서는 갖가지 색채(色彩)를 잡아 무한한 힘을 동원할 수 있었지. 신성도 랙옥조 근도 불롱낵조가 완벽함으로서 갖가지 체계조리가 질서정연하다. 이럼으로써 천지자유 익지완도가 분명하지. 또 한 가지 옥지완도가 무한한 각형을 이루어 평청 평창이 완벽하게 힘 선에 붙어 작용자유하고 또 한 가지 생불 초전 자진 증능도 원농 냉능 뭉딩초채 신설독대 월롱 밍능 댁도 불통 택토 불랭 원태동 천치자유 익치 천도문토가 불변도라. 이것이 신설과 빈설에 나타나는 무한정함이지만 신설과 빈설 같은 무한함이 완벽한 천살도에 내용이라.

이 내용에서 갖가지 요소들이 발생되어 나타남이 완벽하지. 이렇기 때문에 무언 무한함이 불변의 절대가 약속대로 이루어진 신설설로에 불속대록소라. 이 모든 것이 결정체(結晶體) 중에 결정체에 핵심(核心)의 진가니라. 빈설도에는 감싸있는 신설녹조가 옥반옥도 찬란한 불롱 불랭 문도에 감싸여있고 신설 빈설 청명한 천도 천살 용노 족재 천대천치 생문도가 설치되어있고 또한 생문 생조 생농 생닝 낭응도 스르랑도가 모두 설치되어있고 빈도 슬앙도가 아주 구름 같은 결롱이 신설 빈설로 이루어졌고 또 한 가지 무륵 댁도에서 무한한 찬란함이요 헤아릴 수 없는 천문도로 이루어졌고 천지자유도로 이루어졌고 천체문도로 이루어졌고 갖가지 찬란한 무한정함이 모두 귀하게 각형과 꽃같이 이루어졌고 찬란하게 나타남이 잣송이 같이 모두 이루어짐이 전자 원자 동초자 동댁 독자 인도 인자조가 아주 무한히 감싸있었느니라.

이럼으로써 이것이 모두 무한정한 내용을 지니고 아주 경쾌 통쾌하게 이루어진 무한대한 신설 빈노가 무한정하였더라. 이때에 갖가지 선명 섬세한 태독택이든지 원도택이든지 원도태이든지 완도태이든지 정도태이든지 완도태이든지 천체태이든지 생문태이든지 생존태이든지 생조태이든지 척치낵지태이든지 빈녹태이든지 원농태이든지 불롱태이든지 불랭태이든지 불토태이든지 불태태이든지 불로태이든지 불래태이든지 갖가지 태독택이 무한한지라. 이와 같이 이루어진 천문도태가 완벽하게 근원으로 이루어짐이 찬란하고 귀한지라.

이럼으로써 무한히 전류가 흐르고 돌고 돌며 공급해내고 들이는 찬란함이 완도를 이루어 생문생태가 완벽하였는지라. 이모든 귀함이 절도 있고 신선하며 아름다운 고귀함이 무언 무한정하였지. 내 말씀에 귀함을 너희 모두 알고 있으란 말이지. 이럼으로써 이 내용들이 모두 힘을 지니고 힘 속에 응시되어있는 무한정함이 완벽하단 말씀이라. 너희 천살도에 결백이든지 신선한 찬란함이든지 청결(淸潔)한 무한함이든지 모두 귀하고 귀중함이 완벽하지. 이렇기 때문에 나에 유전자(遺傳子)가 얼마나 귀한지 아는고. 내 몸은 하나지만 두 몸이 일심으로 음양으로 주체와 대상이 한데 이루어진 법도니라. 이렇기 때문에 서로 원 동력이 되어 조화에서 조화를 이룰 수 있는 무한(無限)자요 따라 힘의 중심체요 힘의 자유자재 원자요 따라 힘의 효율자요 힘의 초래자요 힘의 존재 인이 완벽하지 않는가 하는 말씀이니라.

이 모든 귀함이 활짝 열렸기 때문에 천도에 문도가 모두 경쾌하게 열려 있음을 잘 알고 있으렷다. 내가 학문이 겸비되어 과학에 진도든지 과학의 문도든지 학문의 문도든지 한데합류 일치일심 자유란 말이지 생생 생동 자력선도가 완벽하게 세내 조로 조를 딱딱 짜고 조에 따라 찬란한 조밀이 완벽하고 조직이 선명 섬세하며 청밀로 완벽하고 아름다운 청결 댁도로서 이루어진 정밀이 너무 호화찬란한 근도와 정도가 무한대하지. 이럼으로써 생문생도 원도로 이룰 수 있는 힘의 작용이 완벽하지. 이렇기 때문에 진공의 세내 조직파가 완벽하고 진공에서는 세내 조직파라. 파를 이룬 근원 근본을 이행할 수 있는 창극 준비도가 완벽하지 동시에 무한한 생농 생소생문도에 자력선도가 진공과 겸비되어 모든 힘이 확정되어 힘의 응시 댁도가 불변되어 있는 것을 말씀함이니라.

이 모든 것이 일획도 더하고 덜함이 없이 완벽함이 불변초지. 이럼으로써 내가 정신일도(精神一到)가 활동할 때에 갖가지 은하계(銀河系)를 이룰 수 있는 요소든지 또 한 가지 갖가지 태양선을 이룰 수 있는 요소든지 이러함이 모두 천문학(天文學)을 이루어 평녹 댁도를 이룰 준비가 완벽하지. 이렇기 때문에 지리자원 자재 원낵 댁도 인도전도가 분명하고 형성의 무한한 명도 댁도가 완벽함으로서 천체 익도 천도 전대 댁도 인토가 분명히 화학의 요소니라. 이러한 것이 모두 준비되어있고 수록속대 문체도가 완벽하고 수롱 낵조 원대 댁소체독대가 완벽함으로써 갖가지 모든 면적이 모두 네모 형으로 이루어질 수 있는 조립족채전도가 완벽한지라.

이렇기 때문에 자유의 익조 완조가 분명하지. 천도문아 너는 이러한 귀함들을 낱낱이 발견하였지만 이 모든 문자의 내용이 무형실체 현재 현실을 지니고 있는 무한대함을 다 알려고 하지 말라. 내가 수억 년 동안 준비하여 그 무한한 준비관이 모두 헤아릴 수 없고 상상할 수가 없단 말이지. 수억 년 동안 준비한 것이 무한함으로서 너는 이것이 수억 년이 넘고 넘어도 다 못 푼단 말이야 알겠느냐? 내 말씀이 맞지. 이렇기 때문에 걱정 근심치 말란 말이지. 자유와 자재 원문 댁도 원도가 분명한지라. 이런즉 걱정 근심치 말란 말이야 자유의 자재원도가 일획도 일점도 더하고 덜함이 없음이 완벽이란 말이지 천도문아 걱정 근심치 말라.

왜냐하면 지금 이때를 맞이하여 분명히 사불님이 강림하신 완벽한 뜻이 불변 절대 약속대로 이루어지는 이때니라. 천도가 완벽하고 천문이 분명하고 사차원 공간에 궁창(穹蒼)의 궁극(窮極)의 목적(目的)이 모두 내 뜻이요 더불어 천도문아 네 뜻이니라. 알겠느냐? 이렇기 때문에 천지자유 익지 완도가 완벽하고 천문의 무한한 조화가 모두 신기록이란 말이지. 천지지간 만물지중이 모두 찬란한지라. 이모든 귀함이 기적(奇績)같이 나타남은 바로 내 정신일도(精神一到)가 분명하기 때문이요 무언 무한하기 때문이라 정신일도가 활동하였기 때문에 무언무한하게 이루어놓은 모든 법칙이 신기하고 자유 하는 무한정함도 모두 힘을 창조해 내놓았기 때문이요 정신에 맞추어 마음이 무언하고 생명이 살아있기 때문에 힘을 존재케 할 수 있고 무한정한 조화의 자유가 바로 음양소란 말씀이니라.

마음독대와 정신대독대와 음양의 무한대와 힘의 독대와 따라 생명의 근도와 생명의 원족도가 완벽하였기 때문에 생명이 분명히 힘을 존재할 수 있고 힘의 중심체는 바로 정신일도가 활동함으로써 정신 문이 활짝 열렸고 마음 문이 열렸기 때문에 생명의 문도가 완벽하게 생명이 분명히 탄생하였음으로써 생명의 요소가 분명하고 생명의 요소에 맞추어 힘의 요소를 창조(創造)하여놓은 구성구상이 분명하고 완벽한 창조가 불변 도라. 이럼으로써 생동생진이 무한대하고 완벽하고 생문생진이 분명하고 생령녹재가 완벽하고 생리요소의 조화가 분명한지라. 이럼으로써 전류의 전력이 흐르고 돎으로써 무언무한정한 준비의 자유가 이치와 의미가 완벽하고 활동할 수 있는 정신 문이 활짝 열렸기 때문에 정신문도가 분명함이니라.

이 모든 것이 자유롭고 자재함이 판도(版圖)가 모두 달라지고 판도에 맞추어 힘 전이 줄줄이 줄을 잇고 쌍쌍이 쌍을 지어 나타낸 창조 근원도가 완벽하고 힘 판이 분명한지라. 이렇기 때문에 힘의 요소에 중심이요 없으면 안 될 상황이라. 알겠는고. 생녹도진도가 분명하지 않는가 말이지. 천지자유가 이와 같이 이루어진 법도에 내용이 완벽하고 천문의 자유가 분명하고 일획도 일점도 더하고 덜할 수 없는 불변도란 말이지. 이와 같이 불토 불태(공기 바람 생명의 근원)에 내용이 한없고 끝없이 무형의 무한한 실체 현재 현실이요 불롱에 무한정함과 불랭에 이루어진 핵선 도가 무한하고 핵선 도가 완벽함으로서 이는 찬란함이요 고귀함이 아니겠는가 말이지.

모든 것은 주의 참 목적이요 주(主)의 참뜻이요 이와 같이 모든 구성(構成) 구상(構想)체가 무한히 신기한 기적과 신기록을 세웠은즉 무한정함이 아니겠는가 말이지. 이모든 귀함이 찬란하고 무한정함이 불변도란 말이지. 최초1차원 관도가 준비되어있는 법도요 법도에 무한한 율법 댁도 낵조가 모두 응시되어있는 내용이 완벽하단 말씀이요 갖가지 없는 것 없이 무한한 조화를 이루어 조화와 조화 속에 무한정함이니라. 이렇기 때문에 나는 조물주(造物主)지. 갖가지 연구하여 이루어놓은 갖가지 물체든지 갖가지 없는 것 없이 구성 구상하여 준비해놓은 것을 창조하였기 때문에 창설자요 공간 안에 완벽하게 법도로 이루어놓은 자비철학에 무한대한 법칙이 모두 법회란 말이지.

갖가지 문관도와 문관 독대 완도가 분명하고 관도로 이루어놓은 갖가지가 완벽함으로서 법률이 딱딱 붙어 이행케 하였고 자유스러운 자유자재 원도로 이루었는데 무한정하게 법을 이행케 모두 차례로 이루어짐과 질서가 완벽함과 상하가 분별되어있는 법이 분명한지라. 이와 같은 무한정함이 일획일점도 더하고 덜할 수 없음으로써 모든 것은 분명하고 완벽한 절대한 찬란함이 무언 무한정하였고 조화 속에서 조화를 이루고 또한 조화에 맞추어 완도정도가 분명한지라. 이럼으로써 갖가지 문진에 질서가 아주 조리 있고 단정한 엄숙하고 두려우면서도 차례가 분명하고 상하가 완벽한 법도대로 이루어놓은 법칙이 완벽한지라. 이럼으로써 천지간만물지중을 거느리고 다스리며 사랑할 수 있는 능력을 갖춘 권능이 무한정한 사랑을 베풀고 자비의 은혜를 베푼즉 깊고 깊은 사랑이 무한대한지라. 이럼으로써 천지지변 자유가 완벽한 선도를 알아서 자유 할 수 있음으로써 만물의 영장이요 따라 효율자요 힘의 초래 자유자기 때문에 온유하고 겸손하고 사랑의 은혜

자가 부모에 심령을 지녔은즉 광범 광대(廣大)함을 모두 상관함으로써 모든 것을 조정할 수도 있고 초래 자유도 할 수 있고 초월할 수도 있는 능력자요 따라 권능자니라.

이와 같이 힘 폭의 자유든지 힘 선도의 자유든지 전류의 전력이 흐르고 도는 갖가지 문법 도를 앎이니라. 문법 도는 모든 4해 4진문과 8방제도의 궤도(軌道) 고리의 무한정한 지각(地殼)의 자유든지 따라 모든 것이 생소 자력이든지 생문 자력이든지 생속 색독대 자력이든지 자석전이든지 자석전은 무엇을 뜻하는가 하면 자석의 근원이 뭉쳐있는 자석의 힘을 낸즉 힘에 작용을 자석전이라고 한다. 이렇기 때문에 자석전이 작용한즉 자석의 힘이 무한대하고 자석의 힘에 판도가 힘을 무한정하게 낸즉 놀라운 기적이 일어났고 진공의 세내 조직망이 모두 세세히 힘을 내고 흐르고 돈즉 항상 생하는 생동진도 원도가 완벽한지라. 이렇기 때문에 분명한 것은 공간마다 세내 조직파로다가 진공이 이루어졌고 흐르고 도는 모든 미세한 선들이 선을 펴 힘을 낸즉 따라 생도 생능 낵석 능내 자력선도가 겸비되어 있음으로 힘이 중심을 잡아 체계조리가 층막을 이루어 무한히 상통됨이니라.

이렇기 때문에 밀고 당기며 떼어 쳐 버리며 이러한 힘이 중심 자유로서 분명한지라. 이와 같이 전파전이 모두 층과 층면에 무한정한 체계를 이루어 모든 것이 완벽한 소리를 잡아 진공에 전하고 나는 소리가 모두 진공 속에 들어간즉 이것은 자력선이 무한정하게 선을 펴 미세(微細) 조에 겸비되어있는 무한한 진공의 선과 자력의 생소선과 서로 원동력이 되어있는 동시에 전파 선에 지형(地形)에 따라 파동(波動) 치면 너울너울 구불 넘실하며 모든 소리를 잡아내고 들이며 나는 소리를 잡아 진공에 전한즉 진공(眞空)이 확정(確定)하는지라. 이럼으로써 무언무한정한 설계에 맞추어 규격이 딱딱 일획도 일점도 더하고 덜함이 없이 무한정(無限定)한지라. 자유의 자재원도가 분명하고 완벽함이니라. 이렇기 때문에 자력선도가 없으면 안 된단 말이지. 진공마다 세내 조직파가 완벽하고 자력 선도가 생소한즉 무한히 생함이 불변절대니라.

이럼으로써 공기선이 수억 천만가지 넘고 넘는 음양의 요소가 양선으로 이루어진 광경일치 일심자유 작용이 원도로서 착착 전개된즉 바람의 음양선이 수억 천만가지 넘고 넘는 선도가 겸비되어 있음으로써 바람은 무한하고 무언한즉 공기나 바람은 없으면 안 될 상황이지. 이것이 모두 공간 안에 층과 층막이 완벽한즉 층막에 상통의 자유가 불변되어 있는지라. 율농 내조 한즉 작용일치하고 힘들이 살았다고 무한히 활기찬지라. 모든 것은 분수에 맞고 힘에 맞게 찬란한 영광도가 이와 같지 않는고. 지구에도 자전한다 하지만 그렇지를 않아. 지하성에서 자전함으로써 이 공간은 자동되어있고 자동에서는 모든 것이 완벽하게 세부 조직망(組織網)으로서 4해 8방 4진문이 동쪽 남쪽 서쪽 북쪽이 완벽한지라. 이러한 불변(不變)도가 모두 완벽한지라.

우주 천판에 평청 평창을 이루어놓은 광경일치가 일심자유 작용한즉 놀라운 기적이 일어났는지라. 이와 같음으로써 중력의 힘이 필요하고 없으면 안 될 상황이기 때문에 분명히 완벽이란 말이지. 공간마다 이와 같이 선명 섬세하게 이루어진 광대 광범이 웅대 웅장함이 완벽한지라. 이러한 찬란한 진리가 이 땅에 도둑같이 나타났은즉 이 놀라운 기적이 무한정한지라. 자유의 원문원도 직조 낵조에 자유문도가 천지익지 자유선이 자재 원도한즉 이는 불변도란 말이지. 들어보라. 천판(天板)에는 만유일력은 만물을 소생케 하는 힘이 작용자유하고 만유월력은 고체(固體)를 이루어 무한히 진미를 내줌이 완벽하고 만유인력과 만유원력은 온기와 온도를 조절하여 무한대한 힘이 작용함으로써 기후가 받아 가지고 공간 안에 피조만물들을 조성하고 조절함이 완벽하지. 이럼으로써 만유이력은 피조만물에 갖가지 물체에 영양소(營養素)를 성장시켜 무한히 새롭게 함이 바로 자유 할 수 있는 무한대란 말이지. 만유이력은 갖가지 기름같이 유한 액체든지 갖가지 물이든지 갖가지 모든 것을 공급해내는 힘이 자유 작용한즉 이 또한 귀하고 갖가지 수정기에도 바람선이 따라다니며 바람이 불고 산소(酸素)가 따라다니고 공기(空氣)가 따라다니는지라.

이와 같이 무언 무한한 영녹 닥댁 정녹조가 모두 무한정하지. 정녹조가 없으면 안 될 상황이라. 이럼으로써 정녹조에서 무한히 조절하고 작용하는 생명선에 중심으로서 무한대한지라. 이 모든 것이 기체에 조정됨과 기후에 조절됨이 바로 기후와 기체가 상통하며 자유 하는 능력의 권능이 완벽하단 말이지. 때가 오면 보라. 분명히 너희 알곡이 되었을 때에는 공간에 수많은 피조만물을 보고 아니 놀랠 수가 없을 것이니라. 이와 같이 무한한 생명선을 진공에 설치하여 무한히 바람선과 기체와 기후는 서로 상통하며 조성 조절하는 기후(氣候)요 기체(氣體)는 조정(調整)함이요 이렇기 때문에 무언무한정하게 과학도 쌍쌍이 쌍을 지어 서로 문도를 행하고 정하고 통하며 자기 타고난 직책과 직분을 수행하고 맡긴 운명에 부노 록댁도 한즉 부여되어있는 모든 사실을 사실대로 털어놓는지라. 내 말씀 속에 무한한 광경일치가 무한정하고 또 한 가지 모든 것은 완벽하고 불변도로 이루어짐이 완벽한지라.

이 모든 것이 내(하나님)가 최초 1차원 때에 가르고 쪼개어 준비한 일심일치가 불변의 초래자유요, 자재원도요, 천문지리(天文地理) 진도요, 천문지리 전진이요, 천문지리에 천도전문도라. 이럼으로써 내가 정신일도가 정신 문이 활짝 열렸은즉 무한한 용기와 욕망이 완벽한지라. 갖가지 문도에 이행하던 귀함이 말없이 작용 자유 하였지. 내 말씀을 잘 들어보라. 구성구상체가 학문이 아닌 것이 없고 또 한 가지 갖가지 인간들에 소질이나 무한한 영광의 참뜻을 잘 알아야 한단 말이지. 천지만물지중이 모두 찬란함이 근원을 닮아 원인이 이루어졌고 원인을 닮아 결론이 딱딱 절도 있고 질서가 정연하고 본질로서 이루어졌는지라. 이런 모든 귀함이 아름답지. 모든 것은 이와 같이 무언 무한정함이 아니겠는가 말이지.

이것이 모두 결과가 결론이 딱딱 분별 분리 자유직도 원도 문체들이 무한정한즉 알려고 하지도 않고 알 수도 없었기 때문에 모든 것이 완벽하지 못하단 말이지. 천도문아 이 세상 누구도 하지 못한 일을 하였기 때문에 신기록이라고 하였지. 조물주가 천하 만물지중에 귀함을 분명히 확정하였단 말이지. 지금 이때는 시간은 촉박(促迫)하고 때는 임박(臨迫)하였은즉 찬란한 영광 도를 잊지 않는단 말이지. 이 세상에 살려면 모든 것을 알아야지. 어떻게 아는가 하면 진미선이 공급하실 때에 공의 공적으로 그 공급을 받아 그 정신이 밝고 더불어 마음이 맑고 깨끗한지라. 이러한 무언 무한함이 완벽하지. 이와 같은 귀함이 공간 안에 창극을 이루어 선명 섬세하게 나타난 근원의 일치가 아름다운지라. 모든 것은 절로 오지 않는단 말이야. 이렇게 이루어놓은 구상의 구성체들이 알맞은 힘을 지니고 힘의 법도대로 삶이 신성이란 말씀이라. 한없고 끝없이 폭포수(瀑布水)같이 쏟아지는 천주의 새 말씀을 감당하기 어렵다는 말이지. 공간 안에 사는 힘의 존재라면 만물을 지배(支配)하고 사랑하며 무한히 권능을 베풀어 찬란할 것이니라.

갖가지 모든 귀함은 불변이지. 이렇기 때문에 나는 이날이 오기를 목매여 기다렸지 초능력을 임의대로 부릴 수 있고 초능력으로서 힘을 발휘할 수 있는 능력의 권능이 완벽하단 말이지. 이제는 이 땅에 귀한 자가 나타나서 귀신은 귀신대로 분리하게 하시고 악별성은 악별성(하늘 배신한 천사의 후손들이 사는 집단 별성)대로 할 것이니라. 갖가지 모든 것은 완벽한데 절대한 불변은 완벽이란 말이지. 이 공간 안에는 바로 귀한 자들이 무한히 교체(交替)하는 때란 말이야 천도문아 간밤에도 무한정한 도인님들이 돌아오고 돌아가고 서로 교체함이니라. 이렇기 때문에 나는 즐거운데 너는 어떠하뇨? 하실 때에 저도 조록 댁도 로서 무한히 알고 싶나이다. 하고 매사에 조심하고 분별의 절대를 분리할 수 있는 주관 권위자(權威者)가 완벽함으로서 나는 즐겁고 기쁘단 말이지. 천도문아 내 말씀이 조목조목이 없으면 안 될 상황이라.

갖가지 없는 것이 없이 무한대한즉 찬란한 곳이란 말이지. 나는 오늘날 이 시간까지 나를 위하여 내(하나님) 아들딸이 죄가 없다고 믿는 자는 복이 있나니 천국이 바로 너희 것인즉 열심히 갈고 닦아서 무한한 영광을 하늘에 돌릴 수 있는 자들을 분명히 완벽하리라 생각하였지. 간밤에 다섯 시 경에 하늘에서 손님들이 많이 오셨단 말이지. 천도문아 너는 잘 알지. 왜냐하면 내가 이곳에 와서 머물고 있기 때문에 무한한 신성과 선관과 천사(天使) 장들과 천사들이 모두 옹위(擁衛)하여 도인(道人)님들을 인도한단 말이야. 이런즉 너희들이 매사에 조심하도록 하란 말이지. 내 말씀 속에 뜻이 완벽하고 뜻 속에 두면 모든 것이 영광이란 말이지. 천도문아 앞으로는 걱정이 없을 것이다 왜냐하면 이 땅에 두 번도 없는 기적이 일어났기 때문이요 또는 무한히 사람들의 환경에서 세뇌 교육을 받음이라. 이 모든 것이 지금 이때를 맞이하여 찬란한 귀함이 완벽하지. 천도문아 멀지 않아 너를 받들어 모시는 자들이 많을 것이니라.

이렇기 때문에 공간 안에 갖가지 피조물들을 보라. 천연의 무한정함을 무한히 기다리고 있지. 알겠는고. 천도문아 너는 앞으로는 네 입이 녹음기가 될 것이요 네 정신은 찬란한 광경을 이룰 것이니라. 내 말씀의 무한정한 진리 학문이 모두 짝을 지어 조화를 이룰 수가 있게 모든 것을 정하였지. 갖가지 귀함은 귀하게 단속하여야 만이 영광도가 온단 말이지. 이와 같이 뜻을 아는 자들이요 뜻을 이루려고 애씀이 행함이니라. 뜻이 있는 자는 뜻을 이행하여야 되고 뜻 속에서 모든 것을 행하여야 되고 세상에 있는 것은 모두 우리 것이 아니야? 이런즉 뜻을 아는 대로 빨리 행하여야 된단 말이지. 이런즉 괴로워도 하지 말고 슬퍼도 하지 말라. 매사(每事)에 모든 것이 완벽함으로서 주의 참 목적이 멀지 않아 이루어지는 그날이 분명하단 말이지. 지금 이때는 완전히 이루어졌지만 너희 피부로 느끼지 못함이요 따라 좁고 짧기 때문이라.

분명히 강림 하였은즉 뜻은 이루어졌고 걱정과 근심은 없어졌고 모든 것을 완벽하게 알고 확신하면 즐겁고 기쁜 미소가 그 오향이 나타나서 희색이 만면하도록 하고 너희 모친(천도문)을 보고 백골난망(白骨難忘)이로소이다. 하는 인사를 무한히 하여도 너희는 다 못할 것이니라. 누구 때문에 사람 되고 진리를 무장하고 준비하여 미개한 자들에게 선포할 수 있는 귀한 자가 한번 되지 않으려나. 이렇기 때문에 뜻을 품고 정신에 간직한 자는 영광이 있으리라. 따라 무지신비한 생소하고 새로운 영광을 맛볼 것이니라. 공부 열심히 하여 나와 너희와 일심일치가 되기를 간절히 바라는 소망이란 말이지. 이것을 아는 자는 나하고 가까워져야 되고 내 모든 것을 확신하고 알기 때문에 무한히 행할 수 있는 귀한 자가 한번 되어 보지 아니하려나. 천국은 바로 너희 정신과 마음 가운데 있고 생명은 무한히 가치 있는 가치관(價値觀)을 알아야 되고 행동의 절차를 분명히 하여야 된단 말이지 내 뜻이 바로 너희 뜻이요 너희 뜻이 내 뜻인 줄 만 알고 살란 말이야. 이럼으로써 영광 도를 분명히 파악(把握)할 것이니라.

천도문아 오늘도 걱정 근심치 말란 말이지. 왜냐하면 나는 네 곁에 있고 너는 내 곁에 있은즉 걱정이 무엇인고. 내가 항상 걱정치 말라 하지 않는고. 천지 익지 자유선이 자재함이 발견되어있고 근원 원천이 완벽하게 모두 무언 무한정하였고 원도가 완벽하게 발견되어있는 이때가 아니겠는고. 이러한즉 최초 근원 1차원 관에 천살 도에 내용이 바로 원도가 완벽하게 발견되었은즉 정신의 요소와 마음의 요소와 음양의 요소와 생명의 요소와 힘의 요소가 무언 무한하게 이루어질 수 있는 조화에 무한정함이 완벽하였단 말이지. 이럼으로써 정신일도를 이루어 정신 문이 활짝 열리기까지 내가 수 억 년 동안 연구과목이 완벽하게 통치 자유 되어 무한정한 힘의 요소를 가르고 쪼개고 나누어 분해 분별하여 분리진문을 딱딱 정하였고 따라 힘의 핵심의 진가는 진가대로 분리되어있는 이치와 의미(意味)가 완벽하단 말씀이니라.

천도문아 내가 이루어 모든 것이 불변도로 이루었고 불변도의 내용이 헤아릴 수 없고 상상할 수가 없지 않는가 말이야 정신일도를 무한히 완성하고 본즉 정신 문이 활짝 열려서 동시에 마음에 문이 활짝 열렸기 때문에 정신 문이 열림으로써 모든 것이 일심일치로서 작용 자유 함이 완벽하고 조화 속에서 조화를 이룰 수 있는 무한정(無限定)함이 불변도가 아니겠는고. 이럼으로써 무언무한정한 힘의 작용자유 일심작용이 무한정 함이니라. 이렇기 때문에 나는 바로 음양의 요소를 지녔기 때문에 정신일도와 마음의 일도에 음양소를 지녔기 때문에 무한대(無限大)한 조화를 이룰 수가 있고 무언 무한한 사랑의 근원일치가 바로 음양의 요소니라. 음양의 요소에서부터 무한정한 공의 사랑이 무한정함으로서 모든 것은 조화 속에서 조화를 이루며 동시에 무한한 사랑이 완벽하단 말이지. 이럼으로써 생명이 있는 곳에는 힘의 요소가 무언무한정한데 중량이 없는 힘이 무형의 실체 현재 현실이 완벽하고 무언무한한 조화의 자유익지도가 완벽하고 천지자유 익도 원능냉농 완도가 분명한지라. 이렇기 때문에 내가 모두 정신 문이 활짝 열림으로써 이렇기 때문에 바로 정신문도가 분명한 일치일심 작용 자유 할 수 있는 능력을 갖춘 완벽한 천살도란 말씀이니라.

이렇기 때문에 힘의 중심체요 힘의 요소를 내 마음대로 자유 작용 할 수 있는 힘의 초래 자가 완벽하다는 말씀이야. 힘의 초래자유자기 때문에 모든 것은 내 마음에 있는 것이요 따라 내 정신 속에 무한정하고 또 한 가지 상대조성도 내 정신에 있는 것이요 동화작용(同化作用)일치 자유도 내 정신에 있는 것이라. 이렇기 때문에 힘을 무한정하게 창조하여 내어놓은 구성구상의 판도가 무한히 달라지는 일치일심을 너희들도 오늘 아침에 배우라. 힘이 살았기 때문에 창조하여 이루어 준비하여놓은 무한정한 힘들이 활기 활짝 띄우고 슬기롭게 무한히 발사하는지라. 발사함으로써 폭설 댁도 원능 낵족대 낵조가 모두 파산되는 힘이 바로 뭉쳐 중량으로 때린즉 파산(破散)되어 사면에 힘 선이 줄줄이 줄을 이어 세내 조직파로 나타나는 힘 독 선도가 무한정하게 세내 조직파로 나타나면 동시에 갖가지 미세들이 사면에 깔려 붙고 무한히 모두 틈 사이 없이 사면에 미세가 분주한지라.

이때 힘에 선도들이 미세 족택폭 파동 댁초가 모두 미세조로 층막을 이루어 층이 분명하게 둥근형이든지 따라 둥근형이 모두 찬란한 꽃같이 이루어진 광경이 무쌍한지라. 이때에 어떠한 미세들은 광낵조가 모두 자유 되어 각형을 지층같이 쌓아 올려 힘 선에 붙어 찬란한 광경이 이루어지는지라. 이때에 너무 그 놀라운 기적과 신기록이 이루어지는 광경에 멋들어진 장관이 호화찬란(豪華燦爛)하고 엄숙하며 두려운지라. 이렇게 사면에 분주하고 중량이 있는 무한대한 통낵조가 통선으로서 원같이 둘러 찬란한 힘 태가 완벽하게 통문 통설 통치 자유 하는지라. 이렇게 모든 전류의 전력이 흐르고 도는 원도 원판이든지 전도 전판이든지 완도 익농 낵판이든지 자유의 전진대독 택톡 판도가 이루어지는지라. 이것은 중용 낵조요 중량 댁도요 중량 천지자유 익지 완도가 엄숙하고 두려운 광경을 이루어 무한대한 힘 태가 찬란하게 겹겹이 둘러 생동자력판도 체독이 모두 둘러서있는 동시에 불롱에 생 핵도가 겹겹이 선도로서 이루어진 광영의 광명이 무한정한지라.

이 엄청난 힘들이 아주 슬기롭고 경쾌하고 상쾌한 통쾌가 통치자유 일심일치가 공적의 공의로서 완벽하게 웅장 웅대하고 평녹 댁도 한즉 평청 자유 완도 원도로 이루어졌단 말이지. 이때에 갖가지 세내 독대가 선을 펴 선도가 완벽하고 선파가 분명한즉 근원일도에 원도로 이루어진 내용의 체계조리를 말씀함이니라. 천도문아 너는 이 내용을 다 알려하지 말라 하여도 한없고 끝없는 준비의 내용을 세세히 알려한즉 한번 들어보라. 네 속이 경쾌하지. 천도문아 내가 너를 이 엄청난 원도와 정도와 왕냉 낵조와 원냉족재 자유 익대원도든지 무한정한 광영의 광범한 광대를 주심은 바로 네 공로 탑을 위하고 나에게 충성을 다함으로써 네 마음과 내 마음이 일심일치로 될 날이 멀지않을 것이니라. 네 충성심이 내 마음을 감동케 하였기 때문에 내가 모두 주노니 내용에 찬란한 경쾌와 통쾌 상쾌(爽快)를 한 번 생각하며 공부하여 보자 무나, 통문 통설 자유 자재원도 원문 대독 댁토 천지 천문 영록 낵소 원술직소가 완벽한지라. 갖가지 모든 것이 조화로 이루어지고 근원이 분명히 증거로 나타난 일치일심 작용 자유가 모두 무언무한 정한지라.

이럼으로써 갖가지 모든 힘의 핵심의 진가가 중량이 없는 힘 선도요 힘 선도에 힘 파가 완벽하게 판내 독대를 이루었은즉 놀라운 찬란함이 기적같이 이루어졌지. 나는 몸은 하나지만 음양의 요소의 핵심(核心)의 진가가 바로 정신일도와 마음의 일도에 겸비된 합류일치는 무한정하게 조화를 이루어 체계 조리단정 질서 정연한 정도가 완벽한지라. 이렇기 때문에 생명이 무한정하게 생명 요소의 진가를 앎이 바로 호흡하는 작용이든지 또 한 가지 생명의 요소에는 힘의 요소가 겸비되어 있음으로써 천토댁 댁토가 완벽하고 원태독이 분명하게 둥글게. 둥글게 사례 왕낵조로서 줄을 이어 태로서 공급할 수 있는 문도가 열렸기 때문에 이것이 모두 과학이요 무한한 천지 진전자유 익도가 완벽한지라.

이와 같이 모든 힘 도든지 힘 도에서 힘 판이 각형으로 이루어짐과 네모 형으로 이루어짐과 삼각형으로 이루어짐과 또한 갖가지 둥근 모양으로 체계 조리로 이루어짐과 천지태든지 생태든지 원태든지 전태든지 자유 익태든지 전진전태든지 인도 인태든지 무한한 태독 택톡태가 살아서 모든 전류가 흐르고 돈즉 갖가지 신선하고 찬란한 정액이 모두 액체(液體) 같이 토댁 댁토에 실려 공급해 냄으로써 한없고 끝없는 힘 토댁이란 말이지. 이때에 힘이 모두 응시(凝視)되어 있음이 바로 힘 태에 갖가지 모든 힘들이 겹겹이 둘러 선도를 이룬 체계요 또한 완벽한 층과 층막이 분명한지라.

이와 같이 생도 자력독파가 평청 평창을 이루어 무한대한 힘을 잡고 고정시킨즉 무한정한 힘의 놀라운 기적이 일어났지. 이와 같이 모든 것은 체계가 딱딱 되어있고 상하가 완벽하게 분별되어있고 좌우에 형녹 독대 대독댁이 모두 응녹하고 있고 이럼으로써 응시된 힘들이 아주 견고하고 완고하며 그 놀라운 힘태들이 살았다고 움직이고 핵선도가 놀라운 광경의 광명이 이루어졌고 갖가지 결정체로서 선도로 이루었는데 무언 무한한 힘의 반사가 사면에 살같이 비쳐있고 놀라운 빛 관을 이루었는지라. 이때에 무언무한한 방사선(放射線)이 무한대하게 이루었는데 바로 자력생선생도가 무한정하게 세내 조직망으로서 완벽하게 나타나 있음에 동시에 무한정한 핵 선도로서 서로 주고받는 찬란한 광경이 일심일치로 이루어 보이지 않는 핵 선도가 찬란한 광영을 이루었지. 이와 같이 무언 무한함이 완벽한지라.

이와 같이 튼튼한 완성을 이룬 후에 나는 이때서부터 근원의 진공을 이루어야 만이 된단 말이지. 이때에 최초 근원 관에 세내 조직으로서 무한대한 원안에 진공을 펴 찬란한 진공 속에 무한대한 생농 생도가 이루어졌고 무한한 선독 댁도가 이루어졌고 신선옥지 완낵조로서 갖가지 색채가 무한대하게 이루어졌느니라. 이때에 세내 조직파로서 진공을 이루었고 진공의 또한 핵 선도가 이루어졌은즉 무언 무한한 생선도원 낵조가 바로 생녹 자력이 모두 생소하고 아름답고 호화찬란(豪華燦爛)하게 이루어졌는데 평녹 댁도한즉 평청 평창을 이루어 찬란한 미세한 세부조직망이 모두 선도를 이룬 종낵 잭지하고 냉농 원잭조한즉 직선적색이 모두 찬란한 조화를 이루는지라.

이와 같이 세내 조직이 모두 세밀하고 소심하고 세세히 모두 선도가 판에 박혀 전류가 흐르고 돌게 하였지. 이렇기 때문에 정신 도를 이룬 정신일도에서부터 힘을 창조해내고 모든 것을 쌍으로 지어 쌍쌍이 완성자를 세운단 말이지. 너희 한번 생각하여보자. 이 공간도 아무리 균으로 뭉쳤다고 하지만 내가 창조해 내놓은 피조만물들이 체내를 지니고 천륜이 흐르고 도는 정신과 마음이 일심작용 자유 하는지라 이 모든 귀함은 귀하게 깨닫고 무한히 영롱 영내 족재 낵재 자유를 돌려 서로 상통함이 완벽함으로서 참으로 좋고 좋단 말이지. 이렇기 때문에 전자도와 분자도가 무한정한즉 전자의 자유 익도가 완도를 이룸이 분명하지 않는가 말이지. 이것이 모두 최초 1차원 관에 내용이 완벽하단 말이지. 지자 용낵 자유 익도 원도자가 이 땅에 도둑같이 나타났어도 눈이 장님이 되어 보지 못하는 자가 되어 있은즉 귀문이 열리지 못했다는 말씀이요.

종이 땅에 내려와 고릴라와 결합한 후손이 인간이다.

눈은 분명히 만물의 형상을 거둬들이는 수정체(水晶體) 동공(瞳孔)이 완벽하지만 눈이 멀어서 도저히 알지 못함이니라. 2천 년 전에 예수가 바로 역사할 때에 예수 때지. 예수가 십자가 틀에 매어 유혈이 낭자하고 비참한 모습으로 세상을 떠날 때에 아바아버지시여 나를 어찌하여 버리시나이까? 하며 원망하는 그 눈빛이 반짝하는지라. 이때에 생록별(옥황이의 큰아들 옥황상제)이 날 보고 하는 말이 조부님(하나님)이시여 저 예수는 바로 우리 아버지 후손이옵니다. 조부님께서 점지하였어도 마리아 몸에 요소를 타고났은즉 이는 바로 우리와 같은 혈통(血統)이 다름없은즉 걱정이 무엇이요 우리는 걱정할 바가 아니옵니다. 조부님께서는 나의 부친님(옥황이)을 중앙 공간(지구)을 주셨기 때문에 공간 때문에 말씀하지 마시옵소서. 하더라.

천도문아 나(하나님)는 이때에 통탄(痛嘆)하고 너무 기가 막혀서 검은 구름이 두리둥실 뜨며 천둥 번개 하여서 사람을 죽인 일이 있단 말이지 알겠는고? 죽은 자가 살아날 수 없고 무한히 정성 드리고 충성을 다하며 산자기 때문에 산자가 죽을 수가 없는 것 같이 이 땅에 의인(義人)이 도둑같이 나타나서 갖가지 근원일치 일심작용의 내용의 찬란(燦爛)한 최초 관을 발견하고 내 생애(生涯)의 공로(功勞)까지 모두 발견하였은즉 천도문아 내 말을 하고자 하여 함이 아니요 수 억 년 넘도록 너 같은 자가 나지 아니하였기 때문에 나에게 비극(悲劇)이 한없고 끝없이 왔고 이 공간이 이제는 너무 미개한자들이 균으로 뭉쳐 이루었기 때문에 이는 참을 수가 없단 말이지. 그런데 뜻하지 아니한 기적(奇績)이 일어났다는 말씀의 뜻은 원죄를 풀고 원죄는 옥황이가 지었지만 생록별도 역시 원죄를 진자란 말이야. 이럼으로써 득 죄인을 발견하여 네 정체를 밝혀라하여 천지자유의 이치를 내놓고 득 죄인을 발견하여서 자기 잘못을 뉘우치고 깨달을 때에 자기 부친을 잘못하여서 조부님한테 죄를 너무 너무 많이 졌사옵니다하고 저는 살 수 없는 자요하며 1년 동안 고심하다가 전혀 살 수가 없었기 때문에 자결(自決)까지 하였지.

옥황이도 죽을 때에는 애 병으로 죽었고 생록 별도 이 땅에 기적같이 나타난 의인이 그 죄목을 낱낱이 발견함으로써 자기 스스로 죄(罪)를 뉘우친 것이 아니요 바로 중심체가 깨우쳐 주는데 따라 죄를 뉘우치고 자기 부친이 잘못함을 크게 깨닫고 살 수가 없는 양심이기 때문에 자결하였고 용녀도 또한 옥황이 따라 지상에 왔지만 도저히 살길이 없어서 자기 혼자 동쪽으로 뻗은 섬 안에 한 벽상이 쌓아 올려 있는 섬에 들어가 천야만야한 벽상(壁上)에 앉아 참회(懺悔) 참선(參禪)할 때에 괴물아이가 자기 모친이 합장배례하고 눈물 흘리며 참부모님(하나님 큰아들따님)에게 빌고 또 빌고 또한 조물주 나에게 비는 소리를 들어본즉 참으로 잘못함을 어린아이가 깨달았더라.

이때에 8년 동안 정성 들인 신앙이 바로 이 땅에 인간들이 무지하지만 잘못하였다고 하늘을 우러러 손을 비비며 빌고 비는 이치가 바로 자기도 모르는 가운데 원죄(原罪)와 타락(墮落)의 죄악(罪惡)이 분명하기 때문에 슬피 울며 빌고 비는 것이니라. 이런데 수 억 년 넘도록 수많은 사람 중에 신선하다고 생각하는 자들이 나타나서 나를 알지 못하는지라. 여호화 하늘새는 내 셋째 아들인데 하나님인줄만 알고 있은즉 이것이 바로 믿지 않는다는 증거요 알지 못한즉 미개자란 말이야 알겠는고? 이런데 2천 년 전에 예수가 이 땅에 나타났어도 참 부모님(하나님 아들따님)의 억울한 누명도 벗기지 못하고 생각조차 하지 않았은즉 이 통탄(痛嘆)할 일이라. 생록별(하늘에 욕새 별에서 사는 옥황이의 큰아들 즉 옥황상제)이 나에게 대적하며 독생자(獨生子)라 하지만 마리아 몸에 요소를 타고났기 때문에 우리와 다름없나이다하며 대적(對敵)하고 조건으로 내놓았었지. 천도문아 알고 있지. 이와 같이 선지자(先知者)들이 모두 잘못하여 죽음의 역사로 끝난 것이 증거니라.

그런데 지금 이때는 도둑같이 나타나서 천도문이 자기 스스로 깨달아서 생록 별을 굴(屈)하게 함으로써 스스로 자결하고 용녀도 스스로 자결하였고 옥황 이는 자기가 애 병으로 죽었은즉 끝 날에 가서 다 깨달았지 천도문아 알고 있지! 이번에는 2천년 딱 되면 무조건 심판하여 영계에 있는 자들도 싹 멸할 것인데 이 땅에 기적(奇績) 같은 일이 나에게 나타났기 때문에 분명히 들어보라. 이 땅에 누가 조물주(造物主) 님의 생애공로도 발견치 못하였고 또 한 가지 천살과 천살 도에 내용이 근원에 내 유전자까지 발견한 자기 때문에 이것이 바로 성경에 나타난 것 같이 구름 타고 나팔 불고 나타난다 하였고 다섯 처녀를 비유하여 정신일도(精神一到)를 한자는 나를 볼 것이라 하였지. 등불이 바로 정신과 마음을 닦아 육신이 일심이 됨이 삼위일치로 이루었을 때에 나를 볼 것이니라 하였고 또 한 가지 죽은 자가 산다 하였고 살고자 하는 자는 죽고 죽고자 하는 자는 산다는 뜻은 죽음을 내놓고 영계를 풀고 무언의 세계가 옛 동산으로 다시 돌아오고 앞으로는 열두 선이 일과 월과 해로 다시 복귀됨으로써 이것이 재창조요 복귀하였은즉 섭리함이 완벽하단 말씀이니라.

또 한 가지 무덤이 갈라지며 죽은 자가 다시 살리라 하는 성경구절은 바로 너희가 1초를 알지 못하고 촉각도 모르는 자가 어찌 주관이 서 있고 물리를 터득(攄得)하여 무한한 영광의 새 뜻에 찬란한 살아있는 산 역사를 알겠는고. 그러나 이 땅에 도둑같이 나타난 의인을 비유하여 하신 말씀이요 또 한 가지는 나를 알려면 중생(重生)하고 거듭나는 자는 살리라. 한 말씀은 인간이 원죄를 짓고 연대 죄와 타락의 죄악의 죄를 졌기 때문에 사람도 아니요 동물도 아닌 미개 자가 어찌 알겠는고. 이것이 바로 내가 모두 이루어놓은 공간에 힘 속에서 사는 자들아 알겠는고. 너희 힘 막을 하나 응용(應用)하여 너희 마음이 흡족 흠뻑 하도록 쓰는고. 아니면 힘 선을 쓰는고. 아니면 무한히 도술 문이 동서남북 4해8방4진문이 모두 도에 문으로 이루어져 진문 진도 원도 이루어진 원문을 아는고. 아무것도 모르는 자들아 어찌 너희들이 이 땅에서 죽음으로 끝날 수밖에 없단 말씀이라.

또 한 가지는 혹 밤에 혹 낮에 나타날 주(主)를 어느 처소에서 만날 수 없다는 말을 한 것 같이 이것이 바로 지금 이때를 맞이하여 사불님을 통하여 중심체를 보지 못하는 자들아 혹 밤에 혹 낮에를 한번 생각하여보잔 말이지. 혈혈단신(孑孑單身)으로서 영계를 풀어 이 땅에 죽음의 역사를 끝냈고 또 한 가지 하늘에 욕새별(하늘나라의 별 성 이름)의 생록별(천사장 옥황이의 첫아들 옥황상제)을 발견하여 정체를 밝혀서 현명하게 원죄를 풀었은즉 이것이 옥황상제 죽은 것이 바로 시원섭섭함이 아니겠는고. 이것이 맺고 끊은 것 같이 완벽하게 죽음 내놓고 푼 것이 어찌 너희 같은 사람들아 이 땅에 중심체가 참 부모님이 죄가 없다는 것으로 끝난 것이 아니라. 모든 일들을 말없이 해나가지 않은가 말이지.

또 한 가지 옛날 옛적에 예수도 육과 육을 분별치 못하였고 영과 영을 분별치 못하였고 현명(賢明)한 밝은 정신을 갖추어 실체 하나님을 발견치 못하였고 원죄(原罪)를 풀지 못하였고 타락(墮落)의 죽음의 역사를 처리치 못하였은즉 믿는 자나 안 믿는 자나 다름없음이요 오히려 밤이면 밤마다 낮이면 낮마다 이적이나 행해달라고 하늘을 괴롭힌 것밖에 더 있는고. 그런데 지금 나타난 의인은 나를 괴롭히지 아니하려고 애쓰는 충성심과 모심의 생활이 진행됨이 얼마나 큰지 아는고. 모든 일들을 체계 맞고 조리 있고 엄숙한 가운데 두려운 것을 상관치 아니하고 악별성을 순리로 푼 것이 얼마나 귀한고. 이렇기 때문에 종교인들아 너희 눈이 귀신밖엔 알지 못한즉 어찌 의인(義人)을 만났어도 기쁜 줄을 모르고 오히려 의심(疑心)하다니 이것이 참 기가 막힌 일이다.

왜냐하면 승천하는 무한한 일이 어떠한 것인가를 알지 못하지. 또 한 가지 너희들을 편하게 해주려고 하는 마음밖에 더 있는고. 이것이 바로 중심체에 큰 부모의 심령이요 어느 곳에 가든 앉던지 서든지 항상 관찰(觀察)하여 살펴보시는 은혜의 은총자를 너무 알지 못함이 내 마음이 슬프고 기가 막히도다. 이 땅에 나타난 의인이 바로 나나 다름없지. 성경에 도둑같이 온다고 하였은즉 이 땅에서 도둑같이 나타나기를 바람이 내 공간에 내 마음대로 할 수 있고 내 뜻대로 할 수 있지 않는가 말이야. 그러나 오늘날 이 시간까지 참아 견뎌온 인내의 극복이 강력한 힘은 다름이 아니요 죄를 진자가 죄를 뉘우쳐 풀기를 바람이 도둑같이 나타나기를 바람이라.

내 공간이 내 것이지. 어찌 악별 성 것이 될 수가 없지. 나는 가장 현명한 유전자(遺傳子)를 바로 내가 가지고 있단 말이야. 이것이 바로 너희 참 부모님으로써부터 번성되어 공간마다 충만케 하여 점지하니 전진하고 전진하니 확정 확장 확대진문이 슬기롭게 펴나가는 전개의 자유 입법이요 익농 낵법이라. 이 모든 것이 학문도요 따라 관도요 법률이요 무한한 법도니라. 이치와 의미가 완벽함이 불변도란 말이지 천도문아 내가 최초 관을 받다가 지금 잠깐 말씀함인즉 앞으로 얼마든지 공부할 것인즉 걱정치 말라 알겠는고. 천지자유가 멀지 않아 혼돈되어 사면에 흙바람이 불고 흑아마가 진동 쳐서 천지가 암담(暗澹)하게 될 날이 멀지 않았도다. 참되고 진실 된 알곡은 대 심판 직전에 갈 것이라. 알곡을 거두어 소 환란 끝나면 직선 데리고 갈 것인즉 걱정 근심치 말라.

천지 익지 자유선이 자재함이 발견되어있고 천문이 열렸은즉 자유와 자재원도가 분명히 밝혀졌단 말이지. 이럼으로써 천도 전도 자유 익도 원도 원이 자유롭게 자재함이 낱낱이 발견되는 이때니라. 이러한 무한정함이 이 땅에서 의인이 도둑같이 나타나서 나에게 기적과 신기록을 이루어주신 그 은혜가 너무너무 장하고 크도다. 수 억 년 동안 원죄가 무한정하게 득 죄인들이 짓고 또 한 가지 나는 이러한 비극을 참느라 고 무한히 애썼지. 그러나 옥황이 용녀와 생록 별과 또한 모든 악별 성이 나를 비극(悲劇)을 얼마나 주었는지 너희들은 알지 못할 것이니라.

옥황이 용녀가 욕새별 동물왕국에 들어가 회개하고 뉘우쳐서 원죄를 무한히 지었은즉 그것은 바로 너희 참 부모님(하나님의 큰 아들딸)께서 무한히 달랬지. 이때에 귀한 말씀 듣고 회개하고 깨달았으면 원죄는 풀렸을 것이요 이럼으로써 사차원 공간 궁이 하나로 일심일치로 되었을 것인데 원죄를 짓고도 또 잘못함이 지구를 탐내고 욕심내어 이 땅에 와서 동물의 피를 받았은즉 고릴라에 후손들이 얼마나 나를 괴롭혔는고. 천도문아 알고 있지! 너는 어려서부터 나를 위하여 살아온 사람이기 때문에 내가 기가 막힌 사연을 낱낱이 잘 알고 있지. 지상에 왔어도 옥황이 용녀가 회개(悔改)하고 다시 돌아왔다면 원죄(原罪)도 풀어졌을 것이요 또한 지구를 탐내고 욕심(慾心)낸 큰 죄악(罪惡)도 벗어졌을 것이니라.

그런데 150년 동안 태양도 없는 암흑(暗黑) 같은 흑암아 에서 애쓴 것은 내가 혹시 돌아오기를 바랐는데 기어코 회개치 아니하고 지상에 와서 또한 무한히 죄를 졌기 때문에 이것이 바로 나를 괴롭힘으로써 저주받은 악한 인간들아 너희 한번 생각지 아니하려나. 내가 지금 이악한 인간들을 생각하여보면 기가 막히고 통탄할 일이란 말이지. 이런데 수 억 년이 넘도록 나를 괴롭혔은즉 천도문아 너는 잘 알고 있지 왜냐하면 이 땅에 예수는 2천 년 전에 이 땅에 독생자(獨生子)로 왔어도 너희 참 부모님(하나님의 큰 아들딸)을 생각지도 아니하고 오히려 이 교회 저 교회 다니며 옳지 못한 성경을 보고 내 아들딸이 죄인(罪人)이라고 외쳤지. 이것이 바로 생록별이 독생자라는 말을 듣고 나서부터 이때서부터 유혹(誘惑)하여 나타낸 죄악이 바로 십자가(十字架) 틀을 지고 비참하고 유혈(流血)이 낭자하게 이 세상을 떠났은즉 이 또 통탄(痛嘆)할 일이라.

이렇기 때문에 구름 타고 나팔 불고 오리라고 하였고 또한 나를 알 자도 없거니와 알려 하지도 아니하였단 말이지. 천주가 살아있고 천문이 열렸은즉 이것이 바로 이 땅에서 도둑같이 나타나서 죄를 지었은즉 진자가 죄를 풀어야 된단 말이지. 내가 이악한 인간들을 괘씸한 생각 한다면 1초도 숨을 못 쉬게 생명선을 거두고 싶은 마음이 한없고 끝없었지만 너희 참 부모님(하나님 큰 아들딸)께서 인간을 상관치 아니하고 항상 용서(容恕)하는 마음과 옥황이 용녀를 무척이나 사랑한 그 착각의 혼돈에서 항상 옥황이 후손들을 죄는 무한히 졌어도 그 죄를 상관치 아니하고 항상 귀하게 생각함을 너희 한번 헤아려보지 아니하려나. 천도문아 참으로 너는 나를 위하여 때로는 너희 참 부모님이 아무리 사랑이 많으시지만 너무 너무 하신다고 때로는 원망도 많이 하였지. 내가 강림한 뒤에 너는 이런 것을 놓고 생각하였지만 천도문아 너도 깊고 깊은 마음과 넓고 넓은 마음과 무한히 사랑하는 마음에서 한번 헤아려 보았었지.

한없고 넓으신 참 부모님의 사랑을 무한히 느꼈지. 천도문아 내(하나님) 집안에서 이런 일이 일어날 줄이야 꿈에도 생각지 아니한 일이 일어났단 말이지 알겠느냐? 이 모든 것이 옥황이란 놈으로써부터 이러한 비참하고 기가 막힌 일이요, 따라 비통(悲痛)할 일이요 통탄(痛嘆)할 일이라. 이 기가 막힌 수모(受侮)를 수 억 년 수 억 년 넘도록 악별 성이 나를 괴롭힌 생각하면 참으로 쌓이고 맺힌 원한을 어찌 다 헤아릴 수 없으며 지금 이 시간에도 이 땅에 사는 갖가지 종교인들아 너희 어찌 살기를 바라겠는고. 내 말씀의 깊은 의미를 너희들은 모를 것이니라. 때가 오면 보라. 어떻게 되는가를 죄를 지었으면 죄진 자가 갚아야 하지 않겠는고. 죄를 지었은즉 죄진 자가 죄를 뉘우쳐 회개(悔改)하여야 만이 된단 말이지. 이 땅에 도둑같이 나타날 의인을 오늘날 이 시간까지 무척이나 참고 견뎌왔는데 나에게 뜻하지 아니한 기적(奇績)이 나타났은즉 이 얼마나 귀함이고. 또 한 가지 도둑같이 온다 하는 것은 땅에서 도둑같이 나타나서 도둑같이 영계를 풀고 이럼으로써 욕새별 생록별을 굴(屈)하게 하심이 바로 귀함이라.

순리로 풀었은즉 원죄가 풀어졌고 또한 땅에 죄악이 타락죄가 영계를 심판함으로써 순리로 풀었은즉 이것이 나에게 기적이란 말이지. 혹 밤에 혹 낮에 나타날 의인이 바로 구름 타고 나팔 불고 와 천주의 새 말씀을 전하여서 선포의 말씀을 듣는 자는 도둑같이 나타날 의인을 알 것이요 그렇지 못한 자는 전혀 알지 못할 것이니라. 원죄와 타락의 땅의 지구를 자기 공간같이 생각함을 회개하고 뉘우쳐 풀어야 될 것이 아닌가 말이지. 또 한 가지 너희 참 부모님이 항상 자기 자식같이 착각하고 사랑한 그 아름다운 정의 도를 나도 끊지 못하여 오늘날 이 시간까지 이 땅에 살고 있지 않는고. 악한 무리들아 너희 이제는 큰일 났다. 왜냐하면 하늘이 강림하여 한 기적 같은 일이 일어났음으로써 나는 의인을 찾았은즉 이것이 귀함이요 너희들은 믿고 의지하고 따른즉 천문을 열어놓은 길문이 열렸단 말씀이니라.

이런즉 갈 수 있는 길이 열렸는데 열심히 정성 드리면 너희 정신이 밝음으로써 마음이 스스로 맑고 깨끗할 것이요 따라 충성을 다 드렸을 때에 나하고 가까워짐으로써 서로 오고 가는 화답(和答)이 문답(問答)될 것이요 학문을 갈고닦음으로써 지혜와 물리(物理)가 분명히 나타날 것이니라. 천도문아 너무 걱정치 말라. 네가 오늘날 이 시간까지 나를 찾기까지 네 60여 평생을 나에게 헌신하였은즉 그 공로가 헛되지 아니할 것이니라. 또 한 가지 순리로 풀었은즉 이 얼마나 기적인가. 모든 것을 체계로서 딱딱 악의 별성이 꼼짝 못하게 푼 것이 바로 귀함이란 말이지 천주의 새 말씀으로서 악을 멸하고 선을 따라 영원한 천국에 갈 것이니라. 천주의 새 말씀을 들을 수 있는 귀문이 열려야 되고 혹 밤에 혹 낮에 나타날 의인을 나는 어느 곳에 만날는지 알 수 없다고 하였지. 이 땅에 도둑같이 나타나 천주의 귀한 내 생애공로가 낱낱이 발견되는 이때란 말이지.

이런즉 혹 밤에 혹 낮에 나타날 주를 만난 자는 복이 있나니 천국이 바로 너희 가는 길이 열렸다는 말씀이지. 이런즉 이 땅에 악한 인간들아 이 땅에 의인(義人)이 나타났어도 볼 수 있는 눈이 되지 못하고 들을 수 있는 귀가 되지 못하였은즉 너희 정신은 어둡고 마음은 아주 검은 독가스같이 서려 있고 이런즉 어찌 발견할 수 있겠는고. 지금 이때는 중심으로 온 분이 바로 하늘에 비밀을 다 가지고 있고 또 한 가지 마음먹는 대로 뜻대로 될 것이니라. 1985년도에 보라. 얼마나 두려운가. 이 땅에 나타난 의인은 도둑같이 모든 일들을 이행하여 나가는 법도의 무한함을 너희 알지 못하지. 악별 성을 오히려 훈계(訓戒)하여 잡아내는 것과 또한 분별(分別)함을 너희 알지 못할 것이니라. 영과 영을 분별하고 육(肉)과 육을 분별하고 실체(實體)님들을 모두 받들어 모시고 악별성들이 감히 넘나들 수 없이 되어있는 의인의 무한함을 너희 어찌 알 수 있겠는고. 지금 이때가 참으로 귀하고 귀중한 때란 말이지.

세상은 잠자고 코 골고 있지만 너희들은 열심히 갈고닦으며 너희 예복과 도복과 갑주와 별관이 준비되어있은즉 분명히 갈 수 있는 인재가 되도록 노력 좀 하여보려무나. 너희 중심체(천도문)가 없으면 너희 살 길이 어디 있고 또한 귀한 천국에 들어갈 수 있겠는가를 한 번쯤 헤아려보잔 말이지 죄를 풀고 또한 나를 놓고 헌신한 자가 바로 귀한자란 말이지. 인간시조의 원죄와 타락의 죄악을 풀었은즉 이것이 바로 귀함이요 죄를 씻었은즉 의인(義人)이 아닌고. 학 박사도 생각지 못하는 무한정한 귀함을 생각하여 내가 요소로 살아있던 근원(根源)을 발견한 발견자라 알겠는고. 이럼으로써 사차원 공간 천체 힘 태 원판이 핵판(核板)으로 이루어졌고 4차원 공간이 모두 웅대 웅장하고 평청 평창을 이루었고 또 한 가지 갖가지 힘의 판도는 무한히 힘을 내고 힘의 판도 체는 힘을 내고들이고 힘의 반도는 힘을 거둬들이는 작전의 전술이 무한정하고 통문 통설 통치자유가 완벽한즉 무한한 원안에 사차원 공간이 다 들어있은즉 이것을 낱낱이 발견하였은즉 무한정한 분이란 말이지.

너희 어찌 그리도 미개한고. 나는 이 땅에 도둑같이 나타난 의인이 때로는 불쌍하고 마음이 아파 견딜 수가 없단 말이지 너희 이 집 식구들아 한번 너희 가슴에 손을 얹고 한번 헤아려보란 말이지 너희 더러 돈을 벌어오라 하는고. 아니면 괴롭히는고. 너희 오히려 너희 먹고사는 생계를 너희 맡아 주관하여야 되지만 중심체가 모두 너희들을 편케 하고 공부하라 갈고 닦아라 하심이 무엇이 그리도 못마땅한고. 너희 모친 천도문에 깊고 깊음을 너희 알지 못할 것이니라. 나는 바로 조물주(造物主)니라. 천지간만물지중이 모두 내 것이요 따라 무한정함이 아니겠는고. 최초1차원 관이 바로 천살도인데 천살도

때는 정신의 요소와 마음의 요소와 음양의 요소와 생명의 요소와 힘의 요소가 한데합류 일치일심 되어서 정신일도(精神一到)를 하였기 때문에 정신일도가 무한히 요소를 이룬 것을 무한히 달통(達通)하였기 때문에 수억 년이 걸렸단 말이지.

수억 년 동안 준비하여 이루어놓은 것이 힘을 창조하였고 음양의 요소를 무한정하게 이룬 것이 생불 체에 요소요 바로 생불 체요 따라 생불이라 알겠느냐? 이럼으로써 무언 무한함이 바로 생불이 생해 나타나 영원불변토록 변치 아니하고 무언무한하게 만족하고 흡족(洽足)하며 또한 흠뻑 할 수 있고 내 힘에 맞고 따라 내 분수에 알맞게 모든 것이 무언 무한한 신출귀몰(神出鬼沒)함을 이룰 수 있는 준비과정이 전공과 연구과목이 모두 합류일치로서 준비되기까지 내 피나는 노력이 완벽하고 또 한 가지 전심전력을 다 쏟아 피골이 상집도록 연구한 연구과목이 모두 무언 무한한 힘을 창조해내었기 때문이라. 알겠느냐?

정신요소와 마음의 요소와 음양의 요소(要素)가 바로 삼위일치요 힘은 없으나 무한히 조화를 이룰 수 있는 삼위일치에 무한정함이요 따라 생명이 있음으로써 힘이 있고 힘이 있음으로서 갖가지 없는 것이 없이 창조해내어 무언무한한 근원의 과학에서 원인의 과학이 나타났고 원인의 과학에서 결과에 과학이 무한정하게 나타났고 이렇기 때문에 원료를 준비하여 원료를 발사하여 형성을 이루었고 형상(形象)을 이룬 공간 안에 결론이 맺고 끊은 듯이 완벽함이 아니겠는가 말이지. 천도문아 이 엄청난 진리학문이 모두 과학이란 말이지. 이럼으로써 과학이 바로 힘에서 나타났느니라. 이렇기 때문에 힘을 창조해내어 발사한즉 발생되어 이루어진 갖가지 무언 무한함이 이때서부터 모두 창조될 수 있는 준비의 무한정함이 완벽하였지.

이것이 곧 힘이면서도 생동 체요 생동체면서도 과학이요 과학이면서도 무한정한 과목에 분야가 모두 체계조리로서 질서정연하고 조리단정하고 완벽한 불변의 절대가 불변대독 원도란 말이지. 이와 같이 이룰 때에 힘에서 나타난 과학이 무한정하게 과목에 분야가 모두 무언 무한한 준비가 한 가지 한 가지 모두 음양요소가 한데 합류되고 힘이 합류되고 무한하게 과학의 진문이 딱딱 박혀있고 무한정한 원도든지 본도든지 본질자유 질서 진전 전진자유 익지 완도든지 이렇기 때문에 무언 무한한 자비철학이 모두 완벽하고 그 자태가 찬란하게 완벽함이 아니겠는가? 이 모든 것이 학문이면서도 또 자비(慈悲)면서 철학(哲學)이면서 과학(科學)이란 말이지. 이렇기 때문에 힘은 곧 생명(生命)과 같으니라. 생명에 있는 곳은 힘이 있어야 되고 힘이 있는 곳은 생명이 완벽(完璧)한지라.

나는 요소로 살 때에 요소는 바로 귀함이지. 귀함은 귀하게 간직하여 무언무한하게 발로 발래 대독 원도 전도로 이룰 수 있는 무한정 함이니라 알겠는고. 이것을 낱낱이 발견한 자가 바로 이 땅에 의인이 도둑같이 너희들에 앞길을 열어주고 너희들을 천국에 인도하는 귀한 자를 귀하게 받들어 모셔야 하겠는고. 아니하겠는가를 한 번쯤 헤아려보지 아니하려나. 생명의 양식을 한없고 끝없이 주시고 너희 암흑(暗黑) 같은 정신과 마음은 깜깜하고 검은 독가스 같이 싸고 있는 것과 너희 행실(行實)은 아주 좋지 못한 것과 이러한 자들이 얼마나 미개한고. 너희들은 아직도 너희를 발견치 못하였은즉 어찌 한심(寒心)치 아니하겠는고. 나는 너희를 잘 알고 있지만 너희는 나를 알지 못할 것이니라. 천도문아 그렇지. 내 말씀이 맞지. 이런즉 걱정 근심치 말라. 편안한 마음에 안식을 정하란 말이지. 천도문아 너는 참으로 귀한 자라.

나에게 기적이요 또한 신기록(新記錄)이지 내가 네 말씀을 아니 하면 누가하겠는고. 네 속으로 나놓은 자식이 네 말하겠는고. 내가 너를 사랑치 아니하면 누가하겠는고. 때로는 너희 참 부모님(하나님 큰 아들딸)보다 네가 더 신통하고 귀할 때가 많지. 천도문아 슬퍼하지 말고 기뻐하란 말이지. 이미 이 땅에는 공해가 나쁜 것이 정상이요 또 한 가지 균이 저장됨도 이미 옥황이 용녀가 저지름이요 따라 인간도 균을 먹어야 살고 또 한 가지 균으로 죽는 것이 바로 죽음의 역사가 이것이란 말이지. 낱낱이 모든 것이 균으로 뭉쳐있은즉 참으로 통탄할 일이라. 주인의 집에는 이 주인이 완벽하여야 만이 그 집이 청결하고 맑고 깨끗하지 그렇지 않겠는고. 그러나 청결(淸潔)치 못함은 바로 주인이 아니기 때문이요 종이 아무리 잘한다 할지라도 주인에 하는 일을 다 알지 못함이라. 그렇지만 분명한 것은 원죄는 바로 나를 모독(冒瀆)함이요 배신(背信)함이요 음모(陰謀)함이요 간교(奸巧)한 꾀로서 나를 모독함이 바로 원죄(原罪)란 말이요 또 한 가지 지구를 탐(貪)내고 욕심내어 기어코 공간에 주인이 분명히 살아있는데 종이 지구를 자기 공간이라고 정치를 펴야 강자는 약자를 구속하고 약자는 강자에게 노예(奴隷)가 되어 서로 찌르고 치고 째고 찍고 서로 죽이려고 마음먹음이 옳지 못함이 아니겠는가를 한 번쯤 헤아려보지 아니하려나. 이것이 바로 주인(主人)이 아니라는 증거(證據)가 완벽하게 나타났단 말씀이라.

종이 죄를 지었다고 하지만 너무 나에게 잘못하였지. 수 억년 넘도록 해먹었은즉 이제는 이 땅에 의인이 안 나타났다면 2천년 되면 싹 멸(滅)해 버리려고 하였지. 그런데 뜻하지 아니한 나에게 기적이 일어났기 때문에 지금 너희 참 부모님의 탄생 날이라고 하고 행사를 이 땅에서 지내게 되었은즉 바로 하늘에서 정한 장소요 때를 정하여놓은 때는 임박(臨迫)하고 시간은 촉박(促迫)한지라. 이것이 바로 귀함이라. 이렇기 때문에 때가 오면 보라 소 환란(患亂) 지나 대 환란 직전에 의인을 따라 편안한 안식으로서 예복을 몸에 정지하고 도복과 갑주와 별관이 완벽하게 정지되어 찬란한 꽃 치라에 아무 고통 없이 사불님과 그 외에 귀한 분들이 옹위하여 저 높고 높은 보좌에 가면 함성이 울려 퍼지고 천지가 진동하게 모두 전송할 것이요 따라 영광중에 영광이요 영화중에 영화니라. 이러한 귀한데 가면 바로 너희 본향 집이요 따라 너희 고향이니라.

왜냐하면 옥황이 용녀가 너희 시조니라. 시조가 분명히 사불님을 받들고 모심이 분명하여야 되었는데 죄를 지었기 때문에 비참한 죽음으로 끝냈단 말이지 이러한 것이 모두 나에게 비극이라. 천도문아 최초에 무한정한 1차원 관을 보라. 천살 도에서 천살로 신출귀몰(神出鬼沒)하고 무지 신비한 천도문체가 완벽하고 조화로 이루어진 찬란한 문도가 분명하고 문도에 문관이 완벽하고 갖가지 문진이 질서가 있고 정연한 원리 논리가 근원의 준비 원리논리가 완벽하고 원리(原理)논리(論理)로서 준비하여 이루어놓은 분야들이 선명 섬세(纖細)하고 완벽한 것은 근원의 원문이 완벽하고 근원의 본도가 분명하고 근원의 본문이 근본도가 바로 천살 도에서 천살이 나타났은즉 이것이 신출귀몰함이 힘을 초래(招來)해낼 수 있고 준비의 효율이 찬란하게 이룬 것이 바로 근원 본질 근원에 주독과 근원의 주역(周易)이 완벽한지라.

이 모든 준비의 찬란함이 너무너무 귀하지. 이럼으로써 근원에 원술 진술이 바로 근원 요술 천연 기물로서 이루어진 통낵도가 완벽하고 천도진도가 분명한지라. 이것이 모두 완벽이라. 천지지간만물지중이 모두 서로 상통되고 동화일치 작용 자유 되어 행진 행동 절래 원도 진조가 분명한지라. 진리는 탐구하는 자에게 몰두되는 법이요 몰두됨으로써 검토의 관찰이 민감한 것이요 따라 무한히 알고자 하는 참 마음이 감돌고 정신이 밝게 돌아감으로써 무한한 지혜와 물리가 이루어짐은 바로 정신이 열렸다는 말이요 밝다는 뜻이니라. 이렇기 때문에 하늘을 우러러 섬길 수 있는 자가 되고 나를 발견함으로써 주관이 분명하고 판단이 강력하여 반석 위에 집을 지어 실수 없는 만물의 영장이 될 수 있고 힘의 효율 자가 됨으로써 힘을 응용하여 작용 자유 할 수 있고 무한한 선도를 펼 수 있는 진문 술이 무언 무한한즉 술해가 일과 월과 해를 타고 술해를 푼즉 무한히 천문지리 진전의 운세를 앎으로써 상통천문 하탈 지리 이산이수 축지 자유 자재원도 직도를 할 수 있는 효율 자가 바로 귀한 만물(萬物)의 영장(靈長)이란 말이지.

왜? 만물의 영장이 되는가를 한번 알아보잔 말이야. 왜냐하면 높고 낮음을 분간 분별하고 상하가 완벽하고 법도를 어기지 아니하며 계명을 지켜 이행할 수 있는 자가 되고 모든 선 위에 무한한 법칙을 앎으로써 이것이 문진 문법을 아주 통함으로써 문관을 열고 문관이 열리면 정신 문이 활짝 열려 무언 무한한 환경의 지배권위자가 완벽함으로써 천지간만물지중을 거느리고 다스리며 사랑할 수 있는 은혜의 참된 자가 된단 말이지. 이 모든 것이 완벽함으로써 무언 무한한 문진 전녹 댁도 원도를 펼 수 있는 진문 술을 자유롭게 자재원자가 된단 말이지. 따라 힘의 원도에서 무한한 힘을 펴고 힘 선도를 무한히 발사할 수 있고 가르고 쪼개어 나누어 분해 분별하며 분리진문을 딱딱 정하여서 무한정하단 말이지 이 모든 것이 완벽이란 말씀이다.

천도문아 너는 앞으로는 내가 항상 역사하는 몸이기 때문에 네가 한번 마음먹으면 변하지 않는 것이 바로 내가 그 점이 좋고 또 한 가지 나를 괴롭히지 아니하고 항상 감사하는 마음으로 섬김이 귀함이요 또 한 가지 옳지 못한 것을 보지도 아니하고 듣지도 아니하며 합류하지 아니함으로써 모든 공부가 몰두되고 따라 지혜와 물리가 터졌은즉 이것이 바로 갑갑하지 아니하고. 너하고 나하고 주고받는 그 속삭임이 바로 사랑이요 따라 네 마음속에 내가 있고 내 마음속에 네가 있은즉 이 얼마나 통쾌 상쾌한 일인가. 서로가 상통될 수 있는 마음이 첫째지 네 마음이 내 마음을 감화(感化) 감동(感動)하게 하였은즉 이것이 바로 귀함이라 또 한 가지 눈치 빠르고 모든 일을 이행하고 처리하고 처단하는 일들이 절도 있기 때문에 이 또 좋은 일이요 따라 악별성(악의 죄인)을 꼼짝 못하게 지배하고 모든 것을 틀리 면 잡아내게 함이 또 한 가지 귀함이요 그러다가 보니까 살려놓은 악별성 중에도 나쁜 것들이 많은데 너는 이런 것을 벌써 반이나 없앴은즉 이것도 큰일이 아닌가. 천도문아 걱정치 말라.

나는 항상 네 곁에 있은즉 네 걱정이 무엇인가 말이야! 모든 일들을 내가 알아서 처리할 것은 처리하고 처단할 것은 처단할 것이니라. 모든 것을 네가 못하는 일들은 내가 알아서 하지 않는가 말이지. 이 땅에 두 번 다시 없는 기적이 일어났는데 내가 왜 네 일을 보살피지 않겠는고. 또 한 가지 무언 무한한 신기록을 이루었은즉 공을 들인 공로 탑이 헛되지 않는단 말이지. 2천 년 전에 예수는 십자가(十字架)상이 땅에 떨어져서 무언 무한한 영광을 버렸단 말이지. 또 한 가지 인도에서 탄생한 석가도 참회와 참선을 다 하였어도 그 탑이 인간과 관계를 맺었기 때문에 탑(塔)이 땅에 떨어졌은즉 이도 모두 죽은 것이 증거(證據)니라. 생불(하나님)이 살아있고 무언 무한한 영광도가 완벽한데 인간이 아무리 참회(懺悔) 참선(參禪)한다 할지라도 이 세상에서 공을 닦으면 무엇해. 죽은 것이 증거니라.

악별성이 이 땅에 와서 고귀한 유유의 찬란한 무한정함을 모두 파괴(破壞)시킨 것이 바로 균(菌)을 뭉쳐놓음이 증거요 또 한 가지 공해가 나빠서 병마가 공중에 한없이 떠다니며 인간이 저질러 이루어놓음이 모두 균을 먹고 균에 죽는 것이 증거니라. 나는 1차원 최초 관을 준비할 때에 수 억 년 동안 천살 도에서 내 정신일도를 무한히 갈고 닦을 때에 정신일도(精神一到)와 마음에 일도와 또 한 가지 음양소에 무한정한 조화에 진지함과 생명의 일도와 힘에 일도(一到)가 한데 합류 일치 일심되어 이루어 정신일도가 무한히 조화를 이룰 수 있는 조화문이 활짝 열렸고 정신 문도가 열렸은즉 정신이 무한정한 정신일도에 문문이 열렸음으로써 생명이 있는 곳에 힘이 있고 힘이 있는 곳에 무한한 조화가 무한정함이지.

이렇기 때문에 정신일도(精神一到)가 활동할 때에 무언무한하게 준비한 과정에 기간을 통하여 때와 모두 장소와 무한정한 장소를 정하여 힘에 태로 이루었고 힘의 태가 모두 무언무한정하게 겹겹이 싸고 또한 무한히 힘이 천연의 일치일심작용할 수 있는 뜻은 바로 내가 정신일도가 완성되어 정신 문이 활짝 열렸을 때에 힘을 창조(創造)해내고 힘이 살았음으로써 무한정하게 발사 발생함이 평녹 댁도를 이루었고 천지진낵도가 모두 체계조리로서 완벽하게 무한정함으로서 힘에 선도가 무언무한 함으로서 힘에 천태를 띠어 힘의 천태든지 힘에 전태든지 천도 지앙 낵태든지 천문천태든지 일롱낵도 원태든지 천낵 족재 낵조든지 무언무한하게 웅장 웅대하게 이루어 힘 폭으로 싸고 싸서 고리를 딱딱 질러 선명 섬세하게 통선 통문하게 하였은즉 이는 힘 태에 통선을 둘러 통설하게 하였고 통문에 자유가 모두 선도를 펴 찬란한 광경에 멋들어진 장관을 이루었는데 모두 찬란하며 세심 소심하게 이루어 놓은 선명 섬세함이 질서가 정연하고 조리가 단정하며 평청평창을 이루어놓은 찬란한 광경이 참으로서 경쾌(輕快) 통쾌(痛快) 상쾌(爽快)함이 아주 법도로 딱딱 이루어놓은 세심(細心) 소심(素心)함이 무한정(無限定)한지라.

이것은 바로 정신일도가 활동할 때에 힘을 존재케 함이 모두 선도를 펴게 함이요 평녹 댁도를 이루어 무언무한정하게 이루어놓은 찬란한 결롱 낵조든지 결정체가 찬란한 핵심의 진가가 놀라운 기적을 일으켰는지라. 이때에 나는 힘을 창조해낸 힘의 창조주요, 따라 힘에 중심체(中心體)요, 힘을 자유롭게 자재 하는 자유에 자재 근원 원도 자요, 따라 최초근원 무한정한자요, 원도에 무한자요, 정도에 자유자요, 근원일치에 신출귀몰(神出鬼沒) 자요, 무지신비 자요, 조화에서 조화를 이루어놓은 광경에 무한자요, 이렇기 때문에 찬란한 영광도를 준비하여 이루어놓은 세내 조직파가 무언무한정한지라. 힘에서 모두 나타난 화락 화낵도가 화학의 최초근원이라. 또 한 가지 도백도독원진도가 바로 화학에 과학진도에 무한정함이지. 이럼으로써 무한도가 무한정함이 아니겠는고. 원을 이룬 것이 힘 태로 원을 둥글게 이루었고 원안에 진공을 이룬 것이 근원 최초에 진공이 세내 조직파란 말씀이니라.

세내 조직 파는 가장 미세하고 또 미세한 선도가 확정 확장 평녹 원도 대독대를 이루어 그 놀라운 생동 근원원도가 분명한지라. 또 한 가지 진공이 생동진공으로 이루어놓은 무한정함이 찬란하고 갖가지 미세조로 이루어놓은 귀함이 아름다운지라. 이때서부터 생도 생녹 생속 자력이 세내 조직파로 확정하고 확장되어 확대로서 진공과 자력이 한데 서로 겹쳐있는 상황이지. 이렇게 의미와 이치가 일심일치로서 이루어놓은 장관이 멋들어진 광경을 이루어놓은 영광도가 영화로운 무한정하게 준비하여 이루어놓은 사실을 사실대로 알려주는 참 말씀이니라. 갖가지 핵 선도가 찬란하게 확정 확장되어 평녹 댁도 원도를 이루어 찬란한 선도가 모두 귀하고 아름다운 광경에 놀라운 광명(光明)을 이루었단 말이지. 이 모든 것이 찬란한지라.

나는 항상 이와 같이 준비하기까지 무한히 애썼지. 힘이 폭발하며 따라 폭설 하는 것과 파산되는 것과 갖가지 힘 막이 삼각형으로서 각형을 이루어 층과 층면이 완벽하고 도랙 댁도든지 대독 원도든지 도독 원낵조든지 천문자유든지 천태종낵 천지자유 익치 낵초든지 무한정함이 너무 찬란한지라. 이때에 천도대도 완도진도 청낵족재낵조 자유든지 천촉 칙낵완초든지 무한히 작용 자유 할 수 있는 능력에 권능이 완벽한지라. 원 속에서 이루어짐이 모두 준비하는 과정에서 일획도 일점도 더하고 덜함이 없이 무한정 하게 이룰 때에 이는 너무 귀하고 찬란한지라. 액내 영내 정내 직농내 낵농내 원농종내 동내 모든 영양소들이 무언무한하게 이룰 수 있는 생태든지 천태든지 천치자유 익태든지 천문천태든지 천도 왕농 낵조태든지 갖가지 태를 어찌 다 말로 형용(形容)하겠는가?

태와 태가 모두 합류 일치되어 무언 무한한 무한대한 힘의 요소들이 의미와 이치가 딱딱 맞고 일획도 일점도 더하고 덜함이 없이 무한정한지라. 이 모든 것이 아름답고 호화찬란(豪華燦爛)한지라. 이렇기 때문에 힘에 초래 자가 바로 천도문체니라. 천도문체는 무한정 하게 진리 근원 학문 태독 택토태가 무한정하고 갖가지 헤아릴 수 없고 상상 할 수 없는 힘에서 가르고 쪼개고 나누어 분해 분별하여 분리진문을 딱딱 정하여 일획 일점도 더하고 덜함이 없이 무한대하게 이루어놓은 광경일치가 무한정 함이라. 이렇기 때문에 나는 힘이 나에게 겸비(兼備) 되어 있음이 무한하고 첫째 내 정신이 밝기 때문에 모든 것을 자유롭게 자재 함이니라.

힘이 무한하고 힘에 요소에서 가르고 쪼갠즉 힘에 요소는 요소대로 분별되고 힘의 요소에서 핵심의 진가는 진가대로 분리되어 분별 되어 있고 또 한 가지 천지자유 익지 낵초원초가 분명함이 바로 나에게는 생명이 살아있고 힘이 살아있음으로써 내 정신을 무한히 신선하고 또한 신기한 조화를 무한정 하게 지녔기 때문에 이것이 바로 음양요소란 말이지. 음양에 요소에 진가는 진가대로 분별 분리 확대진문이 스릴 있고 경쾌 상쾌 통쾌함이 완벽한지라. 이럼으로써 나는 정신에 요소와 마음의 요소와 음양에 요소가 삼위일치로서 완벽한 동시에 생명에 요소가 무한히 살아있고 따라 힘에 요소가 무한정(無限定)한지라.

이렇기 때문에 조화 속에서 조화를 이룰 수가 있고 무언무한정한 독재란 말이지. 이렇기 때문에 나로써부터 신선하고 찬란한 귀한 유전자가 바로 번성되어 충만할 수 있는 능력자요 권능 자니라. 천도문아 생명이 살아있음에 따라 모든 것이 가치와 가치관이 완벽하여 조화를 이루어야 만이 마음이 동하는 데로 쾌락(快樂)의 낭만(浪漫)을 즐기며 직책과 직분을 수행(遂行)할 수 있는 힘에 자유 초래 자가 분명하여야 만이 효율(效率)을 나타내고 자유로운 영광 도를 이룰 수가 있단 말이지. 정신일도와 마음에 일도와 또 음양(陰陽)의 무한정(無限定)한 일도(一到)는 정신일도와 마음에 일도가 일심 일치되어 무한정한 정신일도에서 찾아내어 조화와 또한 상쾌와 통쾌와 경쾌(輕快)와 무한정한 요소조화가 마음대로 자유 작용하고 초래자유하고 또한 신기(神氣)하고 찬란(燦爛)함이 바로 다섯 가지 조목에서 제일 귀함이 정신과 마음이 일도요 또한 가지 음양요소가 바로 삼위일치니라.

정신에서 정신일도를 하여 정신 문이 활짝 열렸을 때에 무한정하게 천지간만물지중이 모두 음양 지 이치로 이루어 조화를 이루어 서로가 서로를 만족하고 가치와 가치관이 완벽한 완성의 근원일치가 1차원 최초 관이요 일치가 바로 최초판 낵조 원도고 정도니라. 정도의 파가 바로 삼위일치지. 따라 생명의 요소와 힘의 요소가 일심일치요 따라 이것으로 말미암아 체와 체내를 이룰 수 있는 무한대란 말이지. 이렇기 때문에 불롱 천조 천운독대가 바로 무한정한 핵판도 나타나고 핵선도 댁도도 나타나고 핵선도 파도 나타날 수가 있단 말이야. 갖가지 없는 것 없이 이때서부터 준비한 근원 천연(天然)에서 이루어지는 찬란한 귀함이 완벽하였지.

모든 것은 절로 오지 않는단 말이지. 나는 힘을 창조해 낼 때에는 얼마나 애썼는지 너희들은 알지 못하였을 것이니라. 한없고 끝없이 폭발하는 소리와 파산되는 소리와 폭설 하는 소리와 터지고 일어나는 소리와 갖가지 소리가 너무 우레 같은지라. 이때에 정신일도(精神一到)가 활동할 때지만 때로는 몽롱(朦朧)할 때도 있었지. 왜냐하면 힘을 창조해 낼 때에도 무한히 애썼는데 창조해낸 것을 발사소리와 발생소리와 파산소리와 폭설소리와 한데 합류 일치되어 무한정한 동시에 미세한 미세조로서 딱딱 체계 맞고 조리 있고 질서정연하고 층을 이루어 갖가지 주독과 주역과 육갑 술로서 이루었지. 이때에 선은 선대로 자기 자리와 자기 위치에 거하게 하고 또한 갖가지 힘 막은 힘 막대로 모두 층과 층면을 이루고 각형은 각형대로 모두 지층같이 틈이 없이 이루어졌고 갖가지 모든 힘에서 나타난 것이기 때문에 티 없고 맑고 밝으며 신선하며 청결함이 무한정한지라. 이때에 갖가지 모든 생동 체록대가 아주 살았기 때문에 서로 소리를 내고 그 자태(姿態)들은 빈설 신설같이 아름다운지라. 이때에 무한정한지라.

또한 불롱에서 무한히 핵 선도 파가 나타나고 핵 선도 록댁도가 나타나고 핵이 무한정 하게 나타나는지라. 핵과 핵이 한데 합류되어 이루어져 그 파를 이루는데 무한정한 광명이 무한한지라. 이때에 무한대한 핵들이 힘을 지니고 힘을 동원하며 무언무한 하게 엄숙하고 두려운지라. 이때서부터 핵에서 또 갈려 나오는 핵에 선도가 직선 핵 판도에서 나타나는 직선도가 무한정하게 분별되는데 갖가지 핵판선도 파가 무한정하고 핵에서 또 분별하여 나타나는 핵(核) 선도에서 핵 선도 광선이 맑고 깨끗하며 헤아릴 수 없는 광선이 선도를 이루었더라. 이때에 광선은 광선대로 무언무한하게 조화를 지녔더라.

따라 갖가지 핵 선도와 또 한 가지는 광 선도에서 나타나는 천연 근원 최초 파로써부터 힘에 반사가 나타나고 힘의 반사에서 반사와 반사가 가한즉 절도 있는 방사선이 나타나고 무한정한지라.

이때에 나는 너무너무 엄숙하여 어쩔 줄 몰랐지. 때로는 갖가지 없는 것이 없이 준비하여 이루어놓은 찬란한 귀함이 모두 질서를 정하여 귀하고 귀함이 모두 무한정한지라. 이렇기 때문에 불롱이 무한정한 힘에 핵도도 지니고 있고 생명에 요소도 지니고 있고 가지고 있는지라. 이럼으로써 불롱에 내용은 한없고 끝없음이요 불랭에 무한대한 갖가지 모든 화녹 독대 원도전도가 분명히 모두 내용을 지니고 호화찬란하게 분별 분리되어 확정(確定) 확장(擴張) 확대(擴大)진문이 스릴 있고 경쾌 상쾌 통쾌한지라. 이렇기 때문에 무한히 찬란한 공간에서 내가 최초 근원파가 모두 처음이자 마지막으로서 불변의 절대기 때문에 불청 택토 불롱 녹대 전대가 분명하기 때문에 1차원 최초는 모두 파를 지니고 나타남이 파가 바로 근도요 근본이요 원도요 정도니라.

이렇기 때문에 인간은 도저히 알 수가 없지. 내가 바로 이런 자기 때문에 정신이 일도를 하여 정신 문이 활짝 열렸을 때에 나에게는 미래와 꿈이 있었고 확고부동한 목적과 목적관이 완벽하였고 바로 사차원 공간의 궁창의 궁이 내 목적이요 뜻이 일심이요 그 환경이 일심일치요 또 한 가지 힘이나 모든 생명에 요소나 정신이나 마음이나 정신일도(精神一到) 한자가 살아있기 때문에 이 공간도 내 것이지. 악별성 것이 아니니라. 원죄를 풀고 타락의 죄악을 풀어 죽음의 역사를 끝내고 무한히 내 무한정한 빛공 빛관 투명입체 공간을 증거 할 수 있는 자라도 나타났다면 이 땅은 벌써 낙원이 이루어졌을 것이요 전날에 공해가 많고 균으로 뭉쳐있던 비참한 것을 싹 멸하고 성별하여 아름답고 찬란한 주인의 집에 주인이 와야만이 그 집을 가꾸고 아름답게 건설함으로써 청결하단 말씀이라.

따라 동시에 하늘 법은 분명히 이치와 의미가 완벽하고 어긋날 수가 없고 또 한 가지 조물주는 무한정하게 영광 도를 이루어 문진을 알아 자유 작용함으로써 무한한 효율을 나타내고 갖가지 힘에 선도에서 조정 조절함으로써 힘의 초월자요 힘의 초래 자요 따라 힘의 존재 인들이 완벽함으로서 법과 법도를 이행할 수 있는 관도의 찬란한 법률을 이행할 수 있는 자들이 되어야 만이 한단 말이야. 천도문아 알겠는고? 너는 너를 초개(草芥) 같이 알지만 하늘에서는 너를 얼마나 귀하게 생각하는지 너는 알지 못할 것이니라. 미개한 사람으로서 소박하고 순수하며 진실하고 귀한 효녀(孝女)가 되었기 때문에 죽음 내놓고 영계를 풀었은즉 죽음의 역사는 끝났는지라.

또 한 가지 악별 성을 불러 네 정체를 발견하라 밝히라 하며 공기와 바람과 빛과 수정기를 내놓고 풀었고 또한 천지만물지중이 모두 소생 화창하고 모든 것이 완벽함은 조물주님이 하시는 일이요 따라 하나님 아들딸은 죄를 짓지 않으셨도다. 왜냐하면 산천초목(山川草木)을 보고 그 아름다운 생물과 따라 모든 이치와 의미든지 천지를 창조하신 무한하심을 바라본즉 참으로 귀한지라. 이러한 능력자요 권능 자시기 때문에 전지전능하신 분이 당신의 아들딸을 창조하실 일도 없고 이는 분명히 잘못함이 아니겠는가 하며 자연의 법칙(法則)을 내놓고 내리 배강(背講)한즉 어찌 아무리 악별 성이라도 회개치 아니하겠는가? 자기 스스로 회개하고 또한 아무리 잘못하였어도 이럴 수가 있을까 나에 부친이 잘못한 그 죄악이 이와 같이 비참할 줄이야 꿈에도 생각지 아니하였는데 우리 부친이 잘못함으로써 산 역사와 죽음의 역사가 나타났은즉 이는 죄인이라 하고 혼자 중얼중얼하며 입 속에 하는 말로 중얼거리더라.

천도문아 나는 너를 지켜봐서 잘 알고 있지. 그런데 너는 악별 성을 잡아 네 정체를 밝혀라 할 때 두 손 합장하고 고개 숙여 무릎 꿇고 잘못하였나이다. 용서하여 주시옵소서. 하며 애걸(哀乞)하던 것이 어제 같구나. 천도문아 이렇기 때문에 욕새별 생록별도 두 손 반짝 들고 죄진 놈이 회개하였어도 너무 저질렀기 때문에 스스로 자결(自決)하였지 않는가. 모든 것은 진실에는 영원성이 있고 불변이 불변하단 말이지. 거짓된 것은 금시 발견되어 좋지 않단 말이지. 이렇기 때문에 분명히 귀함을 간직하여 영원토록 살 수 있는 무한정한 무한대가 되기를 나는 너에게 간절히 바라는 소망이라 천도문아 최초 1차원 관에서 힘을 창조해냈고 또 한 가지 생명을 창조하였고 모든 것은 정신일도(精神一到)를 하며 정신 문이 활짝 열린단 말이지.

이 모든 것이 불변이요 절대 한 자란 말이지. 내 말씀이 바로 근원에 힘에 파든지 생명에 요소에 파든지 음양요소에 파든지 마음에 파든지 정신에 근원일치 파든지 모든 것은 완벽하고 불변절도 있는 절대니라. 이렇기 때문에 불룡에서 무한정한 내용을 지녔고 불랭에서도 무언 무한한 조화를 지녔고 그 내용이 완벽한지라. 힘은 힘대로 무한정한데 힘도 중량이 없는 힘은 무한대하고 중량이 있는 힘은 체내를 이룰 수 있는 능력의 권능을 바로 천태든지 생문태든지 천지 이앙태든지 갖가지 태와 태가 한데 합류일치 된 즉 이것은 바로 자기가 하나님이라고 외치는 무지한 자도 많단 말이야. 왜냐 하면 하나님은 하나지 둘이 될 수가 없을 뿐더러 무엇이든가 진실이 있어야 되고 불변절대 약속대로 절도 있어야 된단 말이지.

천도문아 내가 항상 네 곁에 있고 너는 내 곁에 있기 때문에 걱정이 없단 말이지. 왜냐하면 천주가 무언 무한한 영광이 분명하고 또는 이때를 맞이하여 무언무한하신 영광도가 낱낱이 발견되는 이때요 따라 최초 1차원 관이 세세히 발견되는 때라. 이것은 두 번 다시 없는 일이요 따라 영광의 새 아침 밝아오는 광명이 너희 집에 빛나게 됨이 바로 지구상에는 두

집도 없는 한집이라. 왜냐하면 하늘에 무한정한 영광도가 너희 집에 빛나고 있지 않는고. 이것은 바로 귀함이요 천국에 갈 수 있는 무한한 영광이 빛나는 때요 따라 귀중하고 귀한 때란 말이지. 천도문아 너로 말미암아 나에게 기적이 일어났고 신기록이 분명히 세워졌은즉 나는 참으로 즐겁고 기쁜 나날이 한없고 끝없는 불변절대 약속대로 내가 정신일도로서 이루어놓은 준비과정과 또 한 가지 무한정한 살아있는 역사가 불변되어있고 내가 구성 구상하여 창조(創造)한 창설(創設)자가 살아있은즉 창극(蒼極)도가 분명히 창극을 이루어 무한한 영광도가 바로 사차원 공간 궁이 내 것이란 말씀이라.

이와 같이 불변 절대한 말씀을 들어보란 말이지. 갖가지 학문도가 발견되고 무언무한정한 문도가 발견되고 진문 술이 무한정한데 모두 발견되는 이때지. 이렇기 때문에 갖가지 모든 것이 자기 체내가 완벽함으로서 직책과 직분을 수행하고 무한정한 명예의 권위 권세가 완벽하고 그 위치와 명예와 권세와 권력이 분명한 관도가 완벽한즉 무언무한한 문진도가 선명 섬세하고 문진을 자유자재 할 수 있는 원도원문이 불변절대한즉 근원 근본도가 완벽한지라. 이럼으로써 갖가지 파가 불변되게 나타나는 최초 근원파가 완벽하단 말이지. 불롱에 무한정한 핵도가 완벽하고 핵선 도가 불변되어있는 절대의 자유 익지 완도전도가 불변되어있지 않는가 말이지.

이러함으로써 천도 천낵 족재파가 완벽하고 진노족대가 모두 파란 말이야. 이와 같은 근원의 파에 내용이 한없고 끝없는지라. 불롱 불랭이든지 불토 불태든지 불로 불래든지 근원의 공기 바람이든지 갖가지 무언 무한한 무형의 실체가 현재 현실을 분명히 알려주는 이때니라. 이와 같이 완벽함이 모두 발견됨으로써 천도문아 너는 이 내용에서 지금 때가 어떻게 진행되어 전개되어나가는 산 역사에 무한정함을 알지. 이렇기 때문에 이 땅에 의인이라는 자들이 명예는 거창하겠지만 자기 감당 처리하지 못하였는데 이번에는 두 번 다시 없는 중심체(中心體) 천도문이가 완벽하게 모든 학문 도를 익히고 배움으로써 그 내용에서 지금 때는 어떻게 진행되어 있는 무한정한 산 역사를 알게 됨이 너무나 장한 일이란 말이지.

이런즉 걱정이 없는 자가 불변 되어야 한단 말이야 알겠는고? 내 말씀이 틀렸는고. 분명히 맞지. 왜냐하면 천지 지앙암도가 불변되어 각도를 정하여 펄펄하며 왈룽 낵조하며 우글부글하며 구불 넘실하며 돌아가고 돌아오는 광경에서 무한정함이 완벽한지라. 이것이 공간마다 암반 암벽 벽화진이 모두 무한정한 암석으로 이루어졌고 암석에서 나타나는 무한정한 화락 진도든지 무한정함이 무언무한하단 말이야. 이것이 없으면 안 될 상황이지. 천도문아 너는 잘 알고 있지. 이렇기 때문에 핵심(核心)의 진가(眞價)가 무한정하게 온기온도를 조절하고 무한대한 토색의 성분이 모두 무한정하고 조화의 완벽하고 조녹 독대에 면도가 분명한즉 그 면적이 모두 완벽한지라.

이 모든 것이 도백도독 원진도에서 이루어진 체계조리 단정함이 지층을 쌓아 올려 킬로를 놓고 아름답게 이루어놓은 각도에 자유가 좌청룡(左靑龍)우백호(右白虎)로 면적(面積)을 싸고 안고 응시(凝視)하였은즉 정기 속에서 살고 있는 악한 인간들아 너희 내 힘 속에 살고 있지 않는가 말이지. 이 땅에 지금 이때를 맞이하여 지구상에 유바골 이 산중에 장소를 정하여놓고 한없이 끝없이 신성과 선관님들이 오고 가는 교체의 환경을 너희 한번 헤아려보고 생각하여보라. 이 얼마나 귀하고 귀중한가 말이지. 천도가 살아있고 천문이 완벽하고 불변의 자유가 절대한단 말이야. 이러함이 지금 이때를 맞이한 의인이 완벽하게 살아있고 의인은 의인의 책임과 또한 무한한 직분을 수행함을 너희 알지 못하지. 왜냐하면 악별성이 잘 알고 있고 악별성들은 실체인데 실체가 얼마나 무서운 놈들인지 아는고. 그들도 또한 자기 멋대로 행동한단 말이야.

이럼으로써 지금 이때는 모두 심판 때에 섰기 때문에 악별성은 또한 자기 부친(천사장 옥황이)의 후손이기 때문에 틈타게 되어있단 말이지. 첫째 너희 악별성에 걸리는 것을 내 한마디 해줄 터인즉 잘 들어 보라. 이 땅에 의인 천도문을 놓고 말이 많으면 즉각 악별성이 틈타고 나에게 항상 지금 이때도 대적하는 자가 있단 말이야. 이렇기 때문에 무조건 중심체 천도문을 놓고 말이 많으면 그는 용서받을 수도 없겠지만 할 수 없는 이때지. 왜냐하면 심판때기 때문이요 내가 2천년 되면 무조건 영계도 심판하고 욕새별과 사오별과 악별성이 시대차원을 이룬 것이 다섯 성이란 말이지. 이렇기 때문에 그 성들을 모두 심판해버리고 영계도 깨끗이 심판하고 지구도 싹 멸할 것인데 뜻하지 아니한 기적과 신기록(新記錄)이 나타났기 때문에 내가 전날에 생각하고 생각하여 멸하려고 마음먹었던 것이 이렇게 달라진 것이 어떻게 생각하면 괴롭고 어떻게 생각하면 아주 시원섭섭하게 심판하였기 때문에 공은 닦은 대로 가고 인내하고 극복(克服)하며 덕이 돌아오는 법 모든 것은 완벽하고 불변하고 절대한 그 곧은 마음에서 모든 것이 결정되고 판단되는 법이니라.

이러한데 천도문아 너로 말미암아 이 땅에 영광도가 이루어졌은즉 이 얼마나 귀한 때인고. 왜냐하면 옥황이 용녀와 생록별과 그 외에 많은 죄인들이 지금 이때를 맞이하여 무언의 세계에 한쪽에 있는데 항상 반성하기 급하고 잘못을 완벽하게 의인으로 말미암아 회개 문이 열렸단 말이지. 제일 빛나고 거룩함이 바로 영계를 심판하여 옳고 그름을 분별하여 살릴 자는 살렸고 없앨 것은 깨끗이 없앴느니라. 옥황이 용녀든지 생록별이든지 분명히 증거로 남아있고 괴물(怪物)아이는 분명히 자기 부친 모친과 또한 자기 형 생록별이 잘못한 죄악의 근원 자들을 보고 실망하고 너무 기가 막힘을 생각한단 말이지. 일획도 일점도 더하고 덜함이 없이 분명히 자유하고 자재한즉 이것이 귀함이지. 천도문아 내가 전날에 너보고 한 말씀이 있지. 네 곁에 항상 마귀(魔鬼)와 악마(惡魔)와 원수(怨讐)가 너를 노린다고 하였고 네 곁에는 항상 스파이가 있다고 하였지. 이것은 하늘에 비밀(秘密)을 탄로(綻露) 내게 함이 악별성을 불러들여 모든 것을 알고 꾀를 내어 간교한 꾀로서 파괴할 수도 있단 말이지. 이렇기 때문이라. 오직 사람이기 때문에 이 사람들은 바로 고릴라도 아니요 옥황이도 아니요 이상한 사람이라. 이런 사람들이기 때문이라.

그러나 여기 왔다 간 자들을 너는 말없이 조정하고 조절하면서도 무척이나 아무것도 모르기 때문에 저렇다 생각하고 사랑하고 있지. 그러나 함부로 행하면 악별성도 죽을 것이요 모두 멸할 것이니라. 이런데 지금 이때를 맞이하여 집 안에 있는 옳지 못한 것들을 모두 조절하고 악별성에게 조건이 없이 모든 일들을 척척 해결해 나감이 보이지 않지만 이악한 자들아 너희들은 천주의 새 말씀을 듣고도 무한히 회개치 아니하는 악마(惡魔) 같은 자들아 너희가 하늘로 가려면 분명히 너희 전날에 잘못한 습성을 모두 잊어버리고 참된 정신과 마음으로서 죽고자 하는 마음으로서 아름다운 안식을 정할 때에 분명히 살 것이요 따라 그렇지 않으면 모두 불물에 녹아버릴 것이니라.

지금 이때는 바로 조물주(造物主)가 분명히 상관하는 이때기 때문에 용서받기 어렵고 또한 중심체 천도문도 거짓됨을 최고에 싫어하는 성품이요 따라 모든 것을 말없이 심판하는 이때기 때문에 도둑같이 나타났다가 도둑같이 간다는 말씀이란 말이지. 이러한 말씀의 무한한 내용의 힌트를 얻어 너희 살길을 정하여 중생(重生)하고 거듭나란 말이지. 그러면 분명히 예복단정하고 도복 갑주 별관을 정지할 수 있는 자들이 될 것이지만 그렇지 못하면 역시 심판받을 것이니라. 너희 지금도 잠자고 코 골고 있지만 하늘에 길을 가기는 매우 어려운지라. 너희 좁고 짧은 생각에 욕심만 꽉 차 있고 시기(猜忌)와 질투(嫉妬)만 터지도록 너희 생각에 꽉 차 있고 욕심내고 탐(貪)내는 것으로서 살고 있지만 두고 보라. 이것이 너에게 얼마나 좋지 못한 것인가를 분명히 발견하여 줄 것이니라. 너희 살고자 하는 마음이 철통(鐵桶)같이 있으면 너희 옳지 못한 잡음(雜音)을 다 치워버리란 말이다.

그것이 바로 너희들의 판단에 따라 심판할 것이니라. 지금 이때는 전진할 수도 없고 퇴보(退步)할 수도 없는 일이요 이 공간은 분명히 내 것이기 때문이요 악별성의 것이 전혀 아니니라. 왜냐하면 최초 근원 1차원관이 완벽하게 내 전심전력(全心全力)을 다 쏟아 피골이 상집도록 내 천살 도에서 정신의 요소와 마음의 요소와 음양의 요소가 힘과 생명은 없지만 무한히 조화를 이룰 수 있는 삼위일치란 말이지. 따라 이때에 생명의 요소와 힘의 요소를 한데 합류되어 있음으로써 나는 이때서부터 정신일도 하여 정신을 분명히 완성시켰기 때문에 정신에 일도가 분명함으로써 정신 문이 활짝 열렸고 따라 마음 문이 활짝 열렸은즉 음양의 요소를 분별할 수 있고 분리할 수 있는 능력과 권능(權能)이 완벽하였지. 이때에 생명의 요소와 힘의 요소가 무한정함으로써 생명의 요소에는 힘에 요소가 무한정(無限定)하였고 힘의 요소에는 생명의 요소와 생동의 요소가 무한정함으로써 천문 통치(統治)자유(自由) 익지완도 완진이 완벽함으로써 정도가 분명한 것이니라.

이때서부터 정신 문이 활짝 열렸고 마음 문이 활짝 열렸은즉 무언무한한 음양의 요소도 활기를 활짝 띠었은즉 동시에 생명이 겸비(兼備)되어 있은즉 이 얼마나 즐겁고 찬란한 불변의 절대 약속대로 영원불변되어 있음이 완벽함으로써 힘의 요소가 또 겸비되어 있음으로서 무언무한한 생동(生動)체가 무한정하였고 불롱 독대 전도가 완벽한 정독대독대란 말이지. 이때에 불랭 완전 전지자유 익농 낵조 원도전도가 분명하였단 말이지. 이렇기 때문에 천문불로요 천도 불래요 따라 무한대한 불토에 불태가 완벽한 갖가지 모든 것을 선으로 이루어 선도를 이룰 수 있는 무한정함이라. 이 모든 것이 무언 무한하였단 말이지. 이렇기 때문에 나는 분명히 알려주노니 잘 들어보란 말이야. 내가 이때서부터 힘의 요소를 가르고 쪼개고 나누어 분해 분별하여 분리진문을 정하여 완벽하고 불변도로서 이룰 때에 중량(重量)이 없는 힘과 중량이 있는 힘은 힘대로 분리(分離)하여 정(定)한 것이니라.

자유의 자재원도가 불변절대 약속대로 완벽한지라. 이와 같이 모든 것이 구성구상체가 선명 섬세하게 나타났지. 핵심(核心)의 진가들이 모두 활기차고 활기를 띄우고 슬기롭게 완벽한지라. 천도문아 이때서부터 힘이 발사 발생하는 내용에 파산이든지 폭설의 내용이든지 무한정하게 갈라 세웠단 말이지. 이럼으로써 힘 태가 무한정하게 이루어짐이 웅장 웅대하게 둥근형으로 원이 이루어지는데 생태든지 생띠 든지 전태든지 원태든지 완태든지 전진전태든지 천문자유 익지 완태든지 겹겹이 힘 선으로 돌려 선을 이어 이루어진 원이 평녹 댁도를 이루었는데 아주 거창(巨創)하고 거대(巨大)한지라. 이때에 나는 무한하고 무언한 불변 절대한 통문을 둘러 통설케하고 통문 통설한즉 통치자유 생동 생리 원도 원문자유도가 무한정하게 이루어졌는데 이때에는 힘 태가 둥글게. 둥글게 겹겹이 이루어졌고 전띠든지 전태든지 모든 태가 둘러 응시되어있고 마디마다 고리를 질러 반짝이며 시곗바늘같이 서로 응시하고 서로 마주선즉 4해4진문이 분명히 열려있고 무한정하게 통문 통설 통치자유 익지 완도가 완벽한지라.

이 놀라운 기적 같은 신기록을 다 어찌 말씀으로 하겠는고. 이때에 나는 무한정하게 이루어놓은 체계조리 질서정연함이 완벽하고 불변의 절대가 불토 록도 댁도 한즉 이는 무한정함이니라. 나는 이때서부터 불롱에서 보이지 않는 무한정한 생농 생옥 능능 닝낭 도록독전도가 무한히 나타나서 태에 핵을 둘러 고리를 질러 살아있는 광경이 일심일치를 이루었은즉 그 멋들어진 장관이 찬란한지라. 이렇기 때문에 터지고 일어나는 소리도 웅장 웅대하고 거창 거대한 우렛소리가 아주 너무 너무 소리가 나는지라. 이때에 발사하면 발생되는 소리와 떨어지는 파산소리와 폭설하는 소리와 모든 소리가 합류 일치되어 무한대한 무한정이 헤아릴 수가 없더라. 이때에 너무 소리가 천지를 뒤집는 것 같은 우렛소리가 사면에서 일어나는데 내 정신 문이 활짝 열렸어도 혼미(昏迷)할 때도 있더라. 이때에 그 폭설의 내용과 파산(破散)의 내용을 세세히 말씀하려면 한없고 끝없음이지.

이때에 나는 생농 진공을 세내 조직파로서 처음 진공을 내어 진공 문도를 세워 우선 진공을 둘러 생소진공이 아름답게 이루어졌는지라. 이때에 무언 무한한 진공이 모든 소리를 거둬 넣은즉 조용하고 침묵인데 사면에 힘 태도 울렁울렁하고 서로 살았기 때문에 흐르고 도는 전류의 전력이 모두 구불 넘실하며 왕농 독대 원녹술한즉 이것이 무한정(無限定)하였더라. 이때에 흔들흔들하며 울려 퍼지는 진둥술과 진동술이 무한정하였지. 이때에 생녹 생문 독대 원도술이 자유 작용하였고 따라 세내 조직 문도파로 이루어진 무한정한 아름답고 무한히 힘을 내어 찬란한 힘의 조리가 모두 완벽하였고 진공에 겹쳐 붙은 생녹 선도가 분명한 동시에 생록 선도 자력선이 세내 조직으로 진공과 겹쳐있기 때문에 무한히 흔들리는 원을 잡아 고정시키는지라.

이때에 갖가지 힘 막이 층을 이루는 층면에 기녹 댁도가 아름답고 호화찬란한 벽화같이 어떻게 보면 빛 관으로 꽃같이도 보이고 마음먹는 대로 원안에 이루어진 모두 살아있는 힘들이 조화를 이루는지라. 천도문아 이와 같이 찬란하지. 내가 구성하여 구상체가 아름다운 모든 근원에서 나타났기 때문에 바로 이루어졌단 말이지. 이렇기 때문에 한없고 끝없는 학문도에서 학문이 나타나는데 최초 근원 1차원관 파들이 모두 관 파를 정하여놓은 확정 확장 확대 진문 술이 무언무한정한지라. 이렇기 때문에 원술이 근원에 원술 파술 전도가 조화를 무한정하게 내고 또한 갖가지 모든 기능조가 완벽한지라. 나는 이때서부터 신설선과 빈설선이 호화찬란하게 나타났기 때문에 가르고 쪼개고 나누어 분해 분별 분리진문을 딱딱 정할 때에 결롱 결랑 낵조가 결정체(結晶體)에 파로 이루어졌는데 너무너무 찬란하여 핵(核)같이 눈이 부시는지라.

천도문아 알고 있지 무언무한정하지. 이때에 나는 너무 좋아 어쩔 줄 몰랐지. 이렇기 때문에 나(하나님)는 내가 마음대로 하기 때문에 내 마음이라. 최초 1차관을 낱낱이 받으려면 너희는 수 억 년이 두 번 지나가도 다 못 한다. 알겠는고. 살아있는 힘에다가 조화를 이루어 무한정하게 이루었기 때문이라. 이렇기 때문에 살아있는 힘이 모두 찬란하고 불변(不變)도로 완벽하기 때문이지 알겠는고. 이 모든 것이 근원에 무한정하게 보이지 않는 무형실체 현재 현실로서 완벽함이 불변이란 말이지 자유의 자재원도가 근원 근도요 따라 원도댁도 원조자유조라. 이모든 것이 완벽이 아닌가 말이야. 천도문아 알고 있겠지. 살아있는 힘들이 살았기 때문에 현재 현실이 아닌가 말이야.

이럼으로써 근원의 생문생도 원능 원도 근원파가 지능치록 도란 말이지. 이렇기 때문에 무언 무한정함이 한없고 끝없음이라. 이 모든 과목에 따라 분야가 헤아릴 수 없고 상상할 수 없음이 아니겠는고. 천도문아 너는 1차원 최초 관을 받으면 관문에 근도에서 발견하였기 때문에 이때를 잘 알고 있지. 인간들은 너무 무지하고 알지 못하기 때문에 그릇을 준비치 못한 자들에게 잘못 생각하면 쏟아 버릴까 봐 주지도 못하고 때로는 신도들의 얼굴을 한참이나 바라보며 참으로 너희는 안타깝고 답답하도다. 내가 너희를 마냥 주고 싶어도 줄 수도 없는 그릇이요 따라 너희 정신과 마음이 검은즉 어느 날 어느 때나 저 마음이 재생(再生)될까 생각하며 답답함을 금하지 못함을 내가 잘 알지. 천도문아 너도 답답할 때가 너무 많을 것이니라.

이 세상에 부분적으로도 내가 이루어 창조한 창조물이요 따라 피조와 만물에 형상의 생물들이나 갖가지 과학이나 물리학들이 모두 완벽하게 내가 구성 구상한 것을 조금 인간에게 배워가지고 맞지 않으면 그 눈 사이에 오만상 누리고 고개를 갸웃거리는 것을 볼 때마다 분통하고 기가 막히지만 나 이것도 야단할 수도 없고 답답하지. 천도문아 조금만 이 땅에서 고생 하자구나 알겠는고. 너희 혹 밤에 혹 낮에 나타난 주를 볼 수 있는 수정체(水晶體) 동공(瞳孔)이 되지 못하였도다 알겠는고. 또 한 가지 어느 날 어느 때 나 저 높은 보좌에 갈 자가 몇 사람이나 되겠는가를 한 번쯤 생각하여보란 말이지.

너희 좁고 짧은 생각으로 아무것도 모르면서도 아는 체함이 우습도다. 또 한 가지 이 땅은 이제부터 내 마음대로 할 것이요.

이 땅에 나타난 천도문 의인은 알아서 모든 일을 전개하고 자유 한즉 보이지 않는 무형실체든지 보이는 기후가 변동을 하는 것이며 세상에 국가의 정세를 보면 지금 운세가 어떻게 되었도다. 또 한 가지 유행가 노래를 들어보면 지금 이때로구나. 또 한 가지 여름에 생물들이 모두 성장됨에 시달리는 것을 보고 공해가 참으로 많고 지금이때는 참으로 두렵고 무서운 때다. 모든 것을 알고 봄에는 바람소리를 듣고 지금 때가 이와 같이 급하게 돌아오는데 정신은 닦지 않고 마음의 준비가 되지 못하였은즉 그 몸에 행실(行實)에 행동(行動)은 참으로 술 취해서 미친 자들 같은 사람들을 모아놓고 참으로 너희기가 막히도다.

천도문아 오늘도 너무 걱정 근심치 말란 말이지. 왜냐하면 내가 네 곁에 있고 너는 내 곁에 있은즉 걱정이 무엇인가 말이지. 천문이 열렸고 천지자유 익지 완도가 불변되어있는 이때가 완벽하게 이 땅에 의인이 도둑같이 나타나서 도둑같이 풀었은즉 이것이 바로 주의 참뜻이 완벽한지라. 이러함으로써 내가 천지자유 익지원도 왕녹 독대 진조가 모두 풀렸고 발견되는 이때니라. 이귀함이 이 땅에 완벽하게 나타났은즉 걱정이 없는 자가 되었단 말이지. 천도문아 지금이때는 사불님이 강림하셔서 이 죄 많은 인간들을 모두 가르쳐서 인도하는 이때요 알곡을 거둬 창고에 들이는 이때란 말이지. 이런즉 혹 밤에 혹 낮에 나타난 의인이 도둑같이 나에게 기적을 일으키고 신기록이 이루어졌은즉 이 귀하고 찬란한 영광의 광명과 무한정한 광영이 나타났은즉 이는 귀하고 귀중한 때요 또 한 가지는 나에게 신기록을 세워 무한한 영광을 돌려주었은즉 이 얼마나 즐겁고 기쁜가 말이지.

나는 뜻하지 아니한 신기록이 나에게 이루어졌은즉 나는 이때를 수억 년 넘고 넘도록 바라고 기다렸지. 얼마나 목매어 찾았는지 그 괴로움과 나에게 비극과 또한 통탄(痛嘆)함이 맺히고 쌓이고 쌓인 그 비통(悲痛)한 원한(怨恨)을 풀자가 이 땅에서 도둑같이 나타나기를 간절히 바랐지. 그런데 나에게 뜻하지 아니한 기적(奇績)이 일어났단 말이지. 동시에 주인이 바로 조물주(造物主)요 따라 내 아들딸이니라. 내 셋째 아들 여호화 하늘새와 내 셋째딸 천도화가 이 지구 땅에 주인(主人)이요 만국(萬國)을 다스릴 만왕(萬王)이었었지. 이런데 나에게 참으로 기가 막히고 통탄할 비극이 돌아왔고 따라 득 죄인이 바로 옥황이 용녀인데 옥황이 용녀가 회개하기를 무척이나 바라고 기다렸지. 그러나 절대로 나에게 회개치 아니하고 지구공간은 내 셋째 아들딸이 주인인데 옥황이 용녀가 하늘에서 자기 사명이 부여되어있고 직책과 직분이 수행되어있었는데 이악한 옥황이 용녀가 회개치 아니하고 죽을 때에 가서 모두 회개하였은즉 때가 늦었단 말이지.

죄를 지면 지은 자가 회개하고 뉘우쳐야 만이 원인(原因)으로 돌아오게 됨인데 옥황이 용녀는 주인이 되지 못한 자요 사불님을 받들어 모실 수 있는 심복이 되어야 하였을 것인데 나를 배신(背信)하고 나를 음모(陰謀)하고 옳지 못한 음모로서 세상을 지내다가 죽을 때에 회개하여 죽었은즉 쓸데없지. 그럼으로써 죄를 지은 자가 풀어야지 누가 풀겠는고. 이렇기 때문에 옥황이 후손이라도 풀기를 간절히 바랐지만 모두 수포(水疱)로 돌아갔단 말이지. 2천 년 전에 예수는 십자가(十字架)에 죽었은즉 누구를 원망하고 누구를 탓하리요 그러나 나에게 귀한 자가 나타났음으로써 나에게 무한정한 정신일도(精神一到)든지 정신 문이 활짝 열린 것이며 요소와 조화로 겸비되어 무한한 힘을 자유자재할 수 있는 능력의 권능 자가 분명하였기 때문에 찬란(燦爛)한 영광의 새뜻이 새 아침 밝아오는 광영(光榮)이니라. 알겠느냐?

이 모든 것이 이 땅에 의인을 뜻함이요 의인(義人)을 멀리하면 좋지 않음을 잘 알고 있으렷다. 하늘이 하시는 모든 일들은 얼마나 귀하고 귀중한지 아는고. 이렇기 때문에 죽고자 하는 자는 살 것이요 살고자 하는 자는 죽을 것이니라. 이모든 광영과 광명이 무언무한정한 영광도로 이루었고 영광 도에 무한한 귀함을 얻었단 말이지. 천문자유 익지 완도가 완벽하고 천지 익지 자유선이 자재하고 모든 것이 광영이란 말이지. 이런데 지금 우리 집에 다니는 자들아 너희 죄를 다 탓할 수는 없지만 죄로 뭉치는 자가 스승을 의심하고 무시한다면 절대로 공부가 되지 않는단 말이지. 알겠는고. 천지이치가 완벽하고 천문의 고도(高度)의 자유가 불변(不變)되어 있음이라. 최초 1차원 관 때는 정신 전 때인데 이때는 나는 천살 도를 무한정하게 준비할 때니라. 이때에 정신에 요소와 마음의 요소와 음양의 요소와 생명의 요소와 힘의 요소가 한데합류 일치일심 되었을 때지. 이때에 나는 나를 분명히 알고 나에게 무한정한 요소로 이루어져 있는 조화가 완벽하였고 또 한 가지 내가 못할 것이 없이 무언 무한한 신출귀몰(神出鬼沒)하고 무지신비하고 무언 무한한 영광에 새로운 생소한 광녹 족대전도 전문 술이 무한정하였지. 이때에 무언 무한한 광경에서 광경을 이루어 무한정함이 완벽하였단 말이지.

이렇기 때문에 나는 나를 알았고 나에 미래의 꿈과 소망이 완벽하였고 불변되어있는 절대 무한한 신출귀몰함이 무언 무한함으로서 무지신비란 말이야. 이때에 나에게 헤아릴 수 없고 상상할 수 없는 요소들이 모두 살아 움직임이 무한정한지라. 이때에 나는 목적과 목적관이 완벽하였고 무한정한 요소들이 모두 한데합류 일치되어 일심일치를 이루었는지라. 이와 같이 준비하여 놓았단 말이지. 이럼으로써 나는 정신일도에서 정신 문을 활짝 열었고 따라 마음일도에 마음 문이 활짝 열렸은즉 음양소가 헤아릴 수 없고 상상할 수 없이 신출귀몰하였지. 이때에 삼위일치 일심일치를 이루었기 때문에 나에게는 생명의 요소가 불변절대하고 힘의 요소가 완벽함으로서 정신일도에서 정신 문이 활짝 열렸고 마음일도에서 마음 문이 활짝 열렸지. 이렇기 때문에 음양요소가 모두 살아 움직이며 조화를 무한정하게 이룰 이때에 나는 참으로 귀하고 귀중함이 완벽(完璧)하였더라.

이럼으로써 천지 익농 낵조 원도 근원완도가 불변절대란 말이야. 이렇기 때문에 이때서부터 나에게 무한한 조화를 임의대로 낼 수 있는 힘의 중심체가 되었고 힘의 요소와 힘의 진가(眞價)에 무한정함이 모두 불변절대 약속대로 딱딱 이행되고 천불 톡태원도가 완벽하고 천불 능낵조 원낵도가 완벽하였지. 이렇기 때문에 천지자유가 불변이요 천문에 무한정함이 완벽한지라. 이럼으로써 불롱을 준비하여 불롱에 내용이 무언 무한정한즉 불랭에 내용도 헤아릴 수 없고 상상할 수 없었지. 이때서부터 불토와 불태의 내용이 한없고 끝없으며 불로 불래가 무한정하단 말이지. 이 모든 귀함이 내 것이요 동시에 주의 참뜻이 아니겠는고. 모든 것은 불변이요 절대요 약속(約束)이라. 무언무한함도 무한정하고 자유와 자재원도도 무언무한한지라. 천도문아 알고 있지. 이 모든 것이 일차원 근원 최초관에 준비하여 이루어놓은 귀함이 모두 귀중하였지. 이렇기 때문에 자유와 자재원도가 근원정도로 이루어져 펼 수 있는 확대 진문술이 무한정하였지.

이럼으로써 천농 낵조 완도가 완벽하고 불천 댁도 원도가 불변되어있고 불태 동동왕냉농 불천태가 무한정하였고 천치 자유 익치 원도 진도 완도가 분명하였지. 자유익지 완도 원능 낵조 진조가 완벽하였단 말이지. 이 모든 것이 주의 참뜻이요 불변되어있는 내 전심전력의 무한정함이니라. 이렇기 때문에 천지자유 익지 완이 완벽하고 활백 독택토 원토 근원정토에 이루어짐이 무한정하단 말이지. 이 모든 것이 완벽이요 불변이란 말이다. 내 말씀의 귀함을 귀중하게 생각하라. 하늘에 모든 것을 완벽하게 불롱 불랭에 불톡 택특척 원초 직능낵초 진조가 완벽한지라. 갖가지 모든 것이 힘에 자유원초 원채조가 완벽한지라 지금이때는 중심체가 이 땅에 최고요 이 모든 것이 중심으로서 자유하고 작용하는 일치가 되어 완벽성을 이룬단 말이지. 내 말씀이 완벽하고 천지이치가 완벽한 불변의 절대란 말이지. 천도문아 천살도에서 무언 무한한 신비(神秘)의 기적(奇績)이 모두 나를 응시하고 내 귀에 찬란한 소리가 돌아오고 돌아감을 생각할 때에 천지이치로서 모든 것을 자유롭게 자재할 수가 없단 말이지. 내 말씀은 바로 참된 정신이 깨어나서 모든 것을 알고 이행하며 전진 자유 하여 무한한 모든 것에 힘이 되었으면 얼마나 좋을까? 모든 것이 완벽이 되지 못함이 참으로 서글프단 말이지 알겠는고. 내가 지금 이때를 맞이하여 천주의 새 말씀을 완벽하게 절대하단 말이지. 이 모든 것이 완벽하고 주의 참뜻이 불변절대란 말이야.

죄 많은 이 땅에 새 말씀이 내렸다.

이렇게 모든 것을 이행케 하고 절대케 하고 자유케 함이 자유자재 원도란 말이지. 천지 익지 자유선이 자재하고 천문의 이치가 불변되어있고 내 뜻과 너희 뜻이 일심일치가 되었기 때문에 걱정이 없고 근심이 없는 이때란 말이지. 천지지간 만물지중이 모두 새로운 새 역사에 따라 새로울 때가 분명히 올 것이니라. 지금이때를 맞이하여 참 은혜와 참뜻이 불변되어서 구원받을 자들이 모두 올 것이니라. 이 땅에 혹 밤에 혹 낮에 나타날 의인을 나는 목매에 무척이나 이날을 기다렸지. 그런데 나에게 혹 밤 혹 낮에 나에게 나타난 중심체가 바로 나에 원동력이 되었은즉 이는 무언무한정하게 모든 것을 다 내가 주고 싶고 또 한 가지 한없고 끝없이 사랑하고 사랑함이 무한정하였은즉 무언 무한한 새로운 새 영광이 무한정하였지. 이렇기 때문에 모든 것이 한없고 끝없이 풀리는 이때를 맞이하여 새로운 새 영광에서 무언무한정하게 즐겁고 기쁜 나날이 올 것이니라.

이렇기 때문에 내(하나님)가 항상 너(천도문)보고 말씀하지 않는가 말이지. 때는 임박(臨迫)하고 시간은 촉박(促迫)한 이 때를 맞이하여 천주의 새 말씀이 중앙(中央) 지구 이 공간에 내렸은즉 이것이 바로 혹 밤에 혹 낮에 나타날 중심체를 만나기를 나는 무척이나 목매어 기다렸지. 그런데 나에게 뜻하지 아니한 때가 이루어졌기 때문에 찬란한 영광에서 영화가 불변되어있고 절대한 찬란함이 완벽한지라. 또 한 가지 때가 참되게 열렸은즉 이는 길이 이루어졌고 길이 완벽한 길 문이 열렸기 때문에 걱정이 없고 근심이 없는 귀한 때지. 왜냐하면 뜻하지 아니한 중심(천도문)이 나에게 나타나서 바라던 원한(怨恨)이 풀리고 운이 활짝 열렸기 때문에 이는 참으로 기적이요 신기록이니라. 아이들아 너희들은 아직도 미개한 중에 너무 미련하고 우둔한 자들아 너무 알지 못함도 참으로 안타깝구나!

왜냐하면 실체가 살아있고 실체에 중심이 활동하고 너희 곁에 살아 응시치 않는가 말이지. 이렇기 때문에 너희는 혹 밤에 혹 낮에 나타날 그 주님을 어느 처서에서 만날는지 너희는 때도 모르고 시간도 모르고 모든 것이 미개한지라. 미개(未開)한 중에도 총망(悤忙)하고 아주 하늘을 우러러 앙시(仰視)하고 믿고 의지하며 소박한 순수로서 모든 것을 지혜 있게 탐구하고 몰두(沒頭)하며 학문도가 나타나고 뜻하지 아니한 새 영광이 운세와 운으로 돌아오는 그 운에 살 수 있는 귀한 때가 왔어도 알지 못하는 미개 자들아 이 땅에 의인이 도둑같이 나타났은즉 너희가 그 의인을 통하여서 귀하고 귀중한 사불님을 만났은즉 이것이 바로 혹 밤에 혹 낮을 상징한 비유란 말이지 알겠는고.

중심체(천도문)가 없다면 너희 어찌 고도의 고차원 근원의 무한한 준비의 광경의 경쾌한 상쾌와 통쾌를 알고. 또 한 가지 새로운 생소한 기적 같은 은혜를 받고 너희에 운명(運命)철학(哲學)이 바뀌었은즉 이것이 바로 중심체(中心體)로서부터 너희가 산 역사를 믿고 산 역사 속에 산즉 길이 열렸지 않는가. 이런즉 어두운 머리가 깨어나서 찬란한 영광 도를 맛볼 수도 있단 말이지 이것이 바로 혹 밤에 혹 낮에 나타날 주를 나는 어느 처서에서 만날는지 알지 못한다 하는 말씀의 뜻이 바로 비유와 상징이니라. 이럼으로서 너희 귀한 억독대를 어찌 다 헤아리겠는고. 이 미개 자들아 강보(襁褓)에 싸인 아기는 그래도 비 오는 것도 알고 날 흐린 것도 알고 바람이 부는 것도 알겠지만 강보에 싸인 아기만도 못하고 또한 일 년초들이 동풍이 불고 남풍이 불고 서풍이 불고 북풍이 불어올 것을 미리 알고 잎사귀들이 기울어져 바라고 비가 올 때에도 무엇이든지 영양소를 받을 준비하여 모두 잎사귀가 정신을 바짝 차리고 촉촉하게 축여줄 때에 참으로 기뻐하느니라.

그런 1년 초 만도 못하고 동물들도 모두 비바람이 불 것도 알고 폭풍이 불어오면 이동하는 것과 아무것도 모르는 곤충들도 폭풍이 오는 것을 모두 눈으로 아는 것도 있고 귀로 들으면 아는 것도 있고 털로서 아는 것도 있고 털끝으로 아는 것도 있고 피부로 닿음을 알고 있단 말이지 알겠는고. 그러나 인간은 바람이 불어오는 것도 모르고 폭풍(暴風)이 불어오는 것도 모름이라. 이렇게 미개한 인간들아 너희 곁에 지금 의인이 완벽하게 천문학과 또한 과학의 근원과 전자의 근원과 핵의 근원과 생명의 근원과 힘의 근원과 음과 양의 근원과 모든 것을 체계로 가르치시고 너희를 무한히 사랑하는 은혜를 입으면서도 무시하고 의심하는 악한 자들아 너희 그래가지고 어찌 너희 안식을 정하여서 온유 겸손한 찬란한 의인이 될 수가 있겠는가를 한 번쯤 헤아려 보지 아니하려나.

지금 이때를 얼마나 알려주어도 알지 못하는 이 미개 자들아 너희 어찌 살기를 바라겠는고. 천문이 열렸어도 모르고 천지자유가 이러 이러하다 하고 저러저러 하다고 알려 주어도 모르고 산 역사와 죽은 역사를 분별하여도 알지 못함이 너무너무 미개한지라. 알겠느냐 천지자유 익농 낵조가 모두 발견되고 천살도가 발견되어 천살이 발견되고 빈설선과 신설선이 발견되고 신설 빈설이 발견되고 옥지 완진이 발견되어 생동생문원도가 발견되었고 또 한 가지는 무언 무한한 힘의 초래자유자가발견 되어 힘의 존재 인이 힘을 응용하고 이용하여 씀도 알지 못함이 참으로 안타까운 일이라. 천문 천지 자유자재 원문원도 진전자유 전도 익농 낵조자유 원진도를 알지 못함이 참으로 기구한 운명들아 또 한 가지 천지발사 발생 자유자재 원도 술이 전진전도를 이루어 전진 술을 전도하여 자유의 평녹 댁도를 이루어 무한대한 영광도를 이룸도 발견되어 알게 됨을 너무 알지 못한즉 어찌 학문 자가 되겠는가 말이야.

이 악한 자들아 한번 내 말씀을 들어보라 천문이 있기 때문에 천주가 있고 천주가 있음으로써 갖가지 모든 구성 구상 체를 준비하고 구성 구상하여 창조하고 창설(創設)한 창극(蒼極)의 찬란(燦爛)한 웅대 웅장함에 내용과 평청 평창의 내용과 모든 전진자유 익지 익술 원술내용과 생문생술이든지 생동 생석 독대 술이든지 원도원술이 무한정하게 자유익술 낵술 이든지 전재 진조 완조 무한대한 천문 도댁도를 알지 못하는 자들아 너희 어찌 안다고 하고 살았다고 하겠는고. 내 말씀이 모두 차원관이란 말이지. 관은 찬란함이요 모두 완벽이요 불변이요 절대하고 약속대로 일획 일점도 더하고 덜함이 없이 완벽 체내 댁도를 이루어 모든 체와 체내를 이루어 찬란한 세부와 조직망이 선명 섬세하고 고귀하며 완벽한 찬란한 장관에 무한정한 멋들어진 귀함이 완벽한지라. 우리 집에 다니는 자들아 너희가 얼마나 미개한지 헤아릴 수 없고 상상할 수 없단 말이지.

너희들의 앞에 중심체로 말미암아 하나님의 말씀을 듣고 너희 코 골고 잠자는 정신(精神)을 깨어주시려고 애쓰는 무한한 사랑을 알지 못하고 너희 멋대로 판단하고 너희 멋대로 생각함이 엉뚱함이라. 그러지 말라. 그럼 이 모두 죄만 짓는단 말이지 알겠는고. 너에 곁에 내가 중심체 몸에 실려 항상 너희들을 보고 관찰하며 필름에 낱낱이 감아가는 이치의 무한한 법률의 엄숙(嚴肅)하고 두려움을 너희 알지 못하지 내 말씀이 바로 너희 생명이 살 수 있는 길이요 진리요 능력이요 권능이요 영광이요 영화요 힘의 초래자유자를 알게 됨이 너희가 정신이 밝음도 아니요 마음이 맑음도 아니요 따라 너희 육신이 깨끗함도 아니요 너희가 지혜 있음도 아니니라. 반드시 중심체를 통하여서 새롭고 생소하며 귀하고 귀중한 은혜(恩惠)로운 말씀을 듣는 것이니라.

너희 천주의 새 말씀이 너희 생명의 양식(糧食)이라 알겠는고. 그런 귀함도 알지 못함이 참으로 통탄할 일이니라 이 땅에 두 번도 없는 한 번이요 또한 일심일치를 이루어 무언 무한하게 사차원 공간 궁창의 궁에 이루어진 창극(蒼極)의 무한한 평녹 댁도가 모두 발견되는 이때라 천지자유가 이러함으로써 천문의 이치가 완벽하고 천도의 자유가 불변되어있고 모든 것이 이와 같이 절대하단 말이지 내 뜻이 바로 너희 뜻이요 너희 뜻이 바로 내 뜻이라. 이렇기 때문에 천주자유가 모두 찬란하고 무한정함이지. 인간은 너무 미개하기 때문에 어리석음이라. 그런데 지금 이때를 맞이하여 너희들은 영광중에 영광이요 또한 죽은 자가 다시 살아 찬란한 영광을 누리는 이때란 말이지 자유의 은총이 무한정하고 또한 자재의 무언 무한함이 완벽함이 아니겠는가 말이야. 이렇기 때문에 살아있는 역사 속에서 무언 무한함을 알게 됨이 얼마나 귀하고 귀중한가 말이지. 광대 광범한 조리단정 질서정연한 무한정한 문도에서 문진이 완벽하고 관도에서 무한한 관문이 열린 것은 문관 도에서 문관이 완벽하지. 이럼으로써 모든 관도가 완벽함으로써 법률(法律)이 딱딱 붙어 법도가 이행되고 법이 완벽함으로써 주의 참뜻이 완벽한지라.

이러한 모든 법이 일획 일점도 더하고 덜할 수 없는 주의 참뜻이 아주 공적의 공의로서 완벽하고 무한정한 은혜의 은총이 충만하고 충실함이라. 이럼으로써 모든 것이 신선하고 밝으며 아름다운 청결함이 불변되어 있음이 완벽히 아니겠는가 말이지. 이렇기 때문에 이때에는 참으로 귀한 때지. 이것이 바로 이 땅에 중심체가 도둑같이 나타나서 도둑같이 일하였기 때문에 나의 원동력이며 동시에 우리 집에 다니는 자들아 너희 생명의 은인이라 따라 너희 혹 밤에 혹 낮에 어느 처서에서 만날는지 알지 못하는 주를 너희 만났은즉 중심체를 통하여 사불님을 만났기 때문에 이것이 바로 주를 만났은즉 너희 생명이 영원할 것이요 불변될 것이요 모든 힘의 초래자가 될 것이요 효율 자가 될 것이요 따라 영광 도에서 영광을 누리며 살 수 있는 신선도에 겸비되어 살 수 있는 자들이 한번 되어보지 아니하려나. 이렇기 때문에 무언무한정하다고 하는 천주의 새 말씀으로서 알곡을 거둬 창고에 들이는 이때기 때문에 하루바삐 너희 잘못을 회개하고 반성하여 뉘우치란 말이지. 정성 드리면 정신이 밝아질 것이요 마음이 맑기 때문에 너희 처신(處身)과 행동(行動)이 올바름으로써 모든 지혜(智慧)와 물리가 터져 천도에 무한정한 영광이 돌아올 것이니라.

천도문아 걱정 근심치 말라. 오늘도 내일도 날이면 날마다 내가 네 곁에 있고 너는 내 곁에 있은즉 네 걱정이 무엇인고. 이 땅에 혹 밤에 혹 낮에 기적같이 나타나서 시조가 못 풀은 원죄와 땅의 죽음의 역사를 끝낼 수 있는 기적을 찾기까지 수억 년 넘고 넘는 세월 속에서 나에게는 비극(悲劇)이 돌아왔고 옥황이 후손들은 모두 미개 자들이 되고 말았은즉 이 찬란하고 귀하며 아름다운 신선한 고귀한 이 공간이 창조한 창조가 무한정하고 땅에 무언 무한한 찬란한 지리(地理)자원(資源)이 모두 고귀하지만 인간들이 모두 죽었기 때문에 찬란한 인술이 되지 못하고 사술이 되고 말았단 말이야. 이것이 모두 헛된 꿈속에서 헛된 마음으로 살았기 때문에 이것은 바로 죽은 자요 산자가 아니니라. 이 지구 공간에 주인이 바로 내 셋째 아들딸 여호화 하늘새와 천도화의 공간이라. 이런데 이 귀한 내 혈통(血統)이 이 땅을 지배함으로써 만국(萬國)을 다스릴 만왕(萬王)이 이 땅에서 무한한 힘의 초래 자가 되고 힘의 효율을 나타낼 수 있는 무언무한정한 힘을 모두 응용할 수 있고 갖가지 모든 선도가 무한정하게 평녹 댁도하여 또 한 가지 평청 평창을 이루운 힘 막들을 응용하였어야 되고 또 한 가지 갖가지 전선독대를 이용하여 인술 자들이 되어서 술과 술을 무한히 펴고 거둘 수 있는 확정 확장 확대 자들이 되어야 하는데 그렇지 못한 사람도 아니요 동물도 아닌 이상한 괴물들이 이 땅을 지배하였은즉 이는 촉각(觸覺)도 알지 못하고 착각(錯覺)의 혼돈(混沌)이나 하고 천지간만물지중이 모두 무한정하게 모두 조를 딱딱 짜서 조에 따라 아름다운 조밀도에서 조밀 되어있는 찬란한 체계조리가 단정하고 그 모든 초래 댁도가 아름답게 조직이 선명 섬세한즉 아름다운 청밀도에서 청밀이 이루어진 정밀도가 고귀하고 정밀이 아름다운지라.

이와 같이 천연의 기계화로 찬란하게 설계 따라 구조에 딱딱 맞고 규격이 딱딱 맞으며 아름다운 피조와 만물들이 모두 살아 활동하고 움직이는 무한정한 산 역사 속에서 살아있음으로써 존엄 자들이 모두 살고 기준이 완벽하며 의미와 이치가 분명하며 모든 법도를 이행할 수 있는 법회자가 되어 법회의 무한한 겸손 자가 되어야 하고 갖가지 학문 도를 깨우쳐 통치자유자가 됨으로써 갖가지 과학의 놀라운 기적을 일으키고 가장 작은 미세를 무한정하게 크게 할 수도 있고 거대한 것을 가장 작게도 할 수 있는 능력을 갖춤으로써 갖가지 문도에서 문도를 깨쳤은즉 무언 무한한 학문제도에 놀라운 기적을 일으킴으로써 무언 무한정함이 아름답고 찬란하며 고귀한 무한정함이 모두 귀함인데 인간의 탈을 쓰지 못하고 오히려 괴물(怪物)에 탈을 쓰고 그 정신 마음이 모두 고약(膏藥)한 인간이라고 함이니라.

천도문아 내 말씀 속에 모든 내용이 담겨져 있단 말이야. 학문 도에 통치하고 문관에 찬란한 겸손 자가 되고 또 한 가지 관문의 철두철미한 무한한 정치가가 되어 공적의 공의로서 서로 문답하고 서로 찬란한 귀함이 모두 정치로서 찬란한 공적의 공의로서 상하가 분별되어있고 귀함을 귀하게 응용하고 이용하여 쓸 줄 아는 자들이 바로 내 혈통(血統)이란 말이지. 그런데 옥황이 혈통은 사람도 아니요 고릴라의 후손인즉 어찌 미개치 아니하겠는고. 이러한 미개 자 들이라. 이 공간을 한번 헤아려보란 말이지. 아름다운 공간 안에 찬란함이 완벽하였지만 인간은 너무 좁고 짧음으로써 헛된 꿈속에서 헛된 정신과 마음뿐인즉 이는 항상 탐내고 욕심내는 것과 또 한 가지 고집스러운 옳지 못한 야생 같은 고집(固執)이든지 이러함이 모두 옳지 못함이라.

이것이 바로 옥황이 후손이지. 이런데 얼마나 내가 최초 천살 도에서 정신의 요소와 마음의 요소가 일심일치를 이루었은즉 동시에 음양에 요소가 삼위일치지. 따라 생명의 요소를 준비하여 나는 생명의 요소로 살고 또 한 가지 힘의 요소를 이루었은즉 정신의 요소와 마음의 요소와 음양의 요소에는 힘도 없고 생명도 없지만 이 무한한 조화에 생명의 요소가 겸비 합류일치 되었은즉 이것이 무한도요 동시에 힘의 요소가 일심일치를 이루었기 때문에 이때에 나는 정신일도를 하여 정신일도에서 완성이 되고 완성됨으로써 정신 문이 활짝 열렸지. 이때에 동시에 마음 문이 활짝 열렸은즉 아름다운 모든 것을 깨우쳐 알게 됨으로써 이때서부터 힘을 분해하고 분별하여 분리진문을 딱딱 정하여 선명 섬세하게 아름답고 또한 무한정한 조화에 자유가 완벽하였지. 힘은 힘대로 자유하게 하고 중량이 없는 힘은 생명이 가지고 있고 생동에 힘은 힘의 중량대로 가지고 있고 가르고 쪼개고 나누어 분해 분별하여 분리진문을 딱딱 정하여서 일획 일점도 덜하고 더함이 없이 완벽한지라.

이와 같이 무한 도를 이루었은즉 천살의 천도자가 나타났고 무언무한한 조화가 천지간 만물지중(萬物之衆)에 음양 지 이치로서 서로 동화작용(同化作用)하고 일치(一致)상통(相通)하게 이루어놓고 힘은 힘대로 힘의 판도가 한없고 끝없이 판도가 달라짐이 모두 가르는 대로 힘 판으로 힘 전으로 전도 전태로 모두 이루어져 각기 모두 자기 사명과 또한 직도 원도와 근원 근조 자유익조 인도전도와 이와 같이 무한정하였지. 이렇기 때문에 생명은 힘을 지니고 살아있음으로써 생동하는 생동체가 모두 천지 천문한즉 무한정한지라. 이와 같이 준비함이 수억 년이 걸렸단 말이야. 왜냐하면 천살도에서 정신일도가 수억 년이 걸렸기 때문에 정신 문이 활짝 열렸다는 참뜻이요 무한정함이라 힘이 없다면 생명도 아무리 있어도 가치가 없는 일이지. 이때서부터 가르고 쪼개낸즉 힘은 살았다고 폭발하고 또한 발사 발생되며 파산되어 찬란한 천연의 원도로서 확정되어 무한한 세내 조직파가 무한도로 나타나고 통문 통설 통치자유가 힘 태를 이루어 힘태에 따라 통문 통설한즉 이것이 모두 찬란한지라.

이와 같이 이루어놓은 법도에 법회가 변할 수가 없지. 천도문아 이와 같이 준비한 뜻을 너는 잘 알고 있겠지. 이렇게 이루어 준비하였고 설비하였고 설치하였고 또 한 가지 원료를 정하여 갖가지 철분의 성분과 요소와 또한 모든 귀함이 완벽하였단 말이지. 이때서부터 나는 무한자란 말이야. 이럼으로 신출귀몰(神出鬼沒)하고 무지신비 자유자재 원문 원도한즉 무언 무한한 근도에 본문이 완벽하고 본문은 근본 자들이 나타나서 무한정함이니라. 이렇기 때문에 인술자요 법도자요 법회자요 따라 진도 진조 원도 원문 자유 익조자들이 무언 무한함으로서 힘을 마음대로 초래자유하고 질서를 펴 정연(井沿)하고 정지 정돈함이 천살도에 나타나 이루어진 선명 섬세함이 모두 신선하고 아름다움이 참으로 눈이 황홀하고 힘이 무한정하게 샘물같이 솟아나는 힘을 모두 응용 자유 한즉 자재 원도 자들이 완벽한지라.

이와 같은 자들이 모두 문진 문관 관문을 정하고 정치자들이 관직을 지켜 이행함으로써 공의공적에 법도가 모두 관도로 이루어진 즉 이것이 모두 법률이 완벽한지라. 이렇게 찬란하게 법도에 이행케 됨으로써 무한한자란 말이야. 이런 자들이 4차원 공간 궁창 궁에서 무한히 천지간만물지중을 무한히 사랑하고 거느리며 모든 것을 평화롭게 이루어 아름다운 사랑의 낭만(浪漫)의 쾌락(快樂)이 진지(眞知)하고 마음이 흡족(治足)하고 흠뻑하고 만족(滿足)하고 흡족한즉 이는 모두 인술(仁術)자라. 인술은 갖가지 법도가 이행되고 갖가지 모든 것이 합류 일치되어 진법을 마음대로 펴고 거두며 또 한 가지 술과 술을 펴 기적(奇績)과 신기록(新記錄)을 이루어 찬란한 거창(巨創)함이 아름답게 찬란한지라. 이와 같이 모든 것이 되어야 하였는데 이 귀한 지구 공간에 주인 아닌 옥황이 바로 나의 종이니라.

나에게 심복으로서 4인(하나님 두 분과 아들딸)을 받들고 모심이 변치 않아야 되었는데 이것이 모두 헛되게 되었은즉 나에게 큰 비극이 돌아왔지. 따라 옥황이 진 죄는 옥황이가 풀어야 되었는데 회개치 아니하고 지상에 와서 지구를 탐낸 욕심이 얼마나 나쁜지 아는고. 이것으로 말미암아 고릴라와 결합된 것이 바로 사람도 아니요 괴물(怪物)도 아닌 것이니라. 이런 헛된 후손들이 한없고 끝없이 수억 년 또 넘고 넘었은즉 나는 오늘날 이 같은 때가오기를 무척이나 기다리고 바랐지. 왜냐하면 내가 없애려면 3초각으로 없앨 수가 있지만 너희 참 부모님(하나님 아들따님)이 너무 착각하고 사랑함으로써 나는 그럴 수도 없고 순리로 풀고 또한 옥황이 후손들을 좀 살리고자하는 마음에서 기다리고 기다린 인내(忍耐)의 극복이 쌓이고 쌓인 비통(悲痛)함이 한없고 끝없이 흘러가고 흘러 왔느니라.

전날에 무한정한 세월 속에서 얼마나 울었는지 말로 형용할 수가 없었지. 미개 자들은 미개함으로써 아무것도 알지 못한즉 죄만 저질렀기 때문에 균 속에서 균을 먹고 균으로 죽은즉 이 얼마나 비참한 것인가를 한 번쯤 헤아려 보지 않겠는고.

이렇기 때문에 나는 혹 밤에 혹 낮에 기적을 일으켜 이 땅에 옥황이 후손 중에 이 땅에 죄악의 씨를 없앨 수 있는 기적이 나타나기를 간절히 바라고 원하였지. 그런데 이 땅에 수많은 선지자들도 왔다가 모두 죽었은즉 이것이 죽음의 역사가 끝나지 못함은 선지자들이 스스로 풀어야 할 책임이 부여되어 있었지만 모두 죽은 것이 증거니라. 석가도 이 땅에 참회(懺悔) 참선(參禪)하여 선을 가르친다 하였지만 이도 죽은 것이 증거니라.

갖가지 모든 사람 중에 특수한 사람이 나타나서 선을 베푼다고 하였지만 자기 무리 중에서 서로 주고받다가 모두 죽었은즉 이것이 비참한 죄악이 아니겠는고. 그런데 나에게 뜻하지 아니한 기적이 도둑같이 나타나서 득 죄인을 잡아 정체를 밝혔은즉 이것이 바로 발견자가 완벽하게 나타났기 때문에 이것이 순리로 푼 것이니라. 이럼으로서 나에게는 무한정한 기쁨이 돌아왔고 영계를 풀었은즉 죄악에 죽음의 역사가 끝났고 또 한 가지 탐내고 욕심내어 한없고 끝없는 원죄가 바로 욕새별에 생록별이 옳지 못한 자란 말이야. 자기 부친과 언약(言約)을 맺고 부친은 땅에 내려 고릴라와 결합한 씨가 번성되어 땅에 충만하고 옥황상제(玉皇上帝)가 바로 옥황(玉皇)에 권위(權威)의 권세(權勢)인데 그 권위 권을 아들에게 줌이 바로 옥황이가 자기 아들에게 벼슬을 내린 것이 상제(上帝)니라. 그런데 욕새별에서 음모를 꾸몄고 또한 이것이 나를 배신(背信)함이 원죄(原罪)인데 원 죄인을 직접 발견하여 천지만물지중이 천연의 순리로 이루어진 찬란함을 모두 내놓고 네 정체(正體)를 밝혀라 할 때에 생록별(옥황상제)이 할 수 없이 자기 잘못을 깨달았고 순리로서 풀었기 때문에 원죄도 없어짐이니라.

이것이 바로 나에게 신기록이지. 이럼으로써 그 신기록과 기적이 나에게 도둑같이 나타났지. 성경에 도둑같이 나타남을 말씀하였고 구름 타고 나팔 불고 온다고 하였지. 이것이 예수가 죽었는데 죽은 자가 다시 살아오기 만무하고 또 한 가지 비유와 상징으로 말씀한 것을 착각에 혼돈하여 이악한 자들이 예수를 믿는다고 말로만하고 불신자들이 볼 때에 예수 믿는 자들이 일부 나쁜 행동을 취함으로써 그 명예가 가치 없이 그 인격이 모두 땅에 떨어졌지. 그런데 지금 이때는 분명히 순리로 풀었은즉 이것이 바로 하늘에 귀함이요 이제부터는 내가 때에 맞추어 심판하게 됨이 아주 즐겁단 말이지. 심판하려야 하는 것이 아니요 균을 쳐버려야 하고 이 땅을 성별되게 신선한 옛날 옛적 같이 다시 돌아오고 또 한 가지 아름다운 찬란한 법도에 무한한 세계를 이루어야 하고 전날에는 일과 월과 해가 바로 천문지리 진전의 운세가 아름답게 열두 선을 지니고 되었는데 내가 옥황이 용녀가 나를 배신하고 욕새별에 생록별이 잘못함으로서 내가 왜 일과 월과 해를 제대로 줄 수가 없어 단축 하였느니라.

일곱 선을 거둔즉 다섯 선이 일과 월과 해로 자유 된즉 일

년은 365일로 단축시켰지. 하늘나라 하루가 여기 지구는 일년이라. 이것이 바로 기가 막힘이라. 5선은 모두 짝을 잃고 애곡하고 통곡소리가 끊이지 아니하고 또 한 가지 봄 절기 오면 소생 화창함이 슬픈 바람 소리가 서로 부닥치며 때로는 폭풍이 불어 인간들도 피해를 받는 때가 있지. 사실을 사실대로 알려주노니 너희 한 번 들어보란 말이지. 하늘에 천국에는 바람도 아주 겸손하게 불고 그 바람에 향기를 지니고 신선함으로써 정신이 새롭게 하고 코는 아름다운 진미가 모두 거둬 넣어주고 소생하는 모든 발효가 아주 아름답고 항상 변치 않고 살아있는 모든 생물들이 서로 주고받는 동화작용(同化作用) 일치상황이 일심일치로서 고귀한지라.

이와 같이 동해바다 서해바다 남해바다 북해바다가 모두 둘러있고 그 놀라운 장관이 멋들어진 경관을 이루어 그 찬란한 명예가 모두 명성을 떨치고 좌우에 힘이 모두 흐르고 돌며 찬란한 생수와 옥수와 또한 생록수와 정농수와 원녹수와 갖가지 물들이 무한정한 약물도 되어있고 또한 산은 모두 각도를 정하여 금석 은석으로써 아름답고 갖가지 비치선이든지 옥선이 모두 갖가지 색채를 이루어 그 반사가 반짝이며 선명섬세하게 선도를 이루어 찬란하게 이루어진 그 아름다운 범절에 놀라운 기적을 일으켰지 동시에 모두 물은 모두 자기 성분을 톡톡히 지니고 그 맛이 아름다운 생기하며 먹으면 먹을수록 마음이 평탄하고 몸이 새로우며 또한 정신이 새롭고 아름다운지라. 왜냐하면 갖가지 물들이 젊은 그대로 항상 젊음을 지니게 하고 품위가 찬란하며 아주 보면 볼수록 눈이 황홀(恍惚)하고 마음이 신선해 지느니라.

이와 같이 이루어놓은 천국이 완벽한데 이악한 인간들아 이 중앙 지구 공간에도 저 천지락(하늘나라 하나님 궁전)과 다름없이 창극을 이루어놓은 모든 귀한 법도가 아름답게 이루어졌는데 옥황이 용녀가 지구를 탐내고 욕심내고 또한 이 지구 땅에서 살면서 균으로 뭉쳤고 공간 안에는 갖가지 균이 진을 치었은즉 그 공해가 아주 두렵게 나타났은즉 어찌 신선하며 아름답겠는고. 첫째 하늘에 신성들은 천지간만물지중(天地間萬物之衆)에 권위에 귀한 자들이 되어 권위 권세가 아름답게 지배(支配)권위자(權威者)가 되었기 때문에 그 환경이 공의로 공급함이 평탄하고 또한 관직의 자유가 아주 공의로서 정의로 정의도로 이루어진 환경의 권위자들이 되었지만 땅에는 천지만물을 사랑할 수 있는 권위자가 되지 못하고 환경의 지배자가 되고 말았더라. 이악한 자들아 이 땅에 학장이나 무한한 학자들이 너희들이 아는 것이 무엇인고. 너희는 배움을 선으로 인도하고 선으로서 또한 사랑하지 못하고 너희 배우면 배운 것만치 나타내기커녕 오히려 강자가 되어 약자를 이용하여 모두 죽이고 너희 멋대로 한즉 이것이 죄악이 따라 천연의 아름다움을 너희 멋대로 하고 또한 너희 하고 싶은 대로 함은 내가 볼 때에는 미친 자들로 되어있더라.

이렇기 때문에 일과 월과 해가 모두 천문지리 진전의 운세가 단축되어 있음을 잘 알고 있으렷다. 알겠는고. 이런데 도둑같이 이 땅에 의인(義人)이 나타났는데도 동공(瞳孔)의 수정체는 만물의 형상을 분명히 거둬 넣기 때문에 뇌신경(腦神經)이 모두 반짝이고 시신경(視神經)이 반짝이며 알게 되어 있지만 눈이 장님이 되어 혹 밤에 혹 낮에 나타난 주(主)를 알지 못하더라. 왜냐하면 내가 나타나서 너희를 인도하고 싶으나 너희들은 기준이 없고 내가 나타나면 감당하기도 어렵고 너희를 생각하여 내가 지금 너의 집이 완전히 살아 활동하고 하늘에 무한자들이 서로 오고 가는 연락처가 되고 있고 또한 지구에는 둘도 없고 딱 한 번이라. 지금 이때를 맞이하여 장소(場所)를 확정하여놓고 하늘에 모든 선관이든지 신성이든지 무한자들이 서로 교체(交替)하는 하강(下降)이든지 상륙(上陸)이든지 이러함이 완벽하지만 천도문아 너만 알고 있지. 너의 집 식구들도 잘 알지 못하느니라.

이 악한 자들아 너희 한번 들어보라. 진리(眞理)가 절로 오지 않았노라. 너희 모친 천도문은 어려서부터 너희 참 부모님을 생각함이 이 공간을 바라보고 피조만물을 바라본즉 어찌 하나님께서 당신의 아들딸은 죄를 질 수도 없거니와 바로 이 공간 인간들이 알지 못하고 떠드는 말이요 인간이 잘못되었도다. 왜냐하면 자연의 섭리를 바라본즉 유유하고 고귀(高貴)하고 그 아름다운 명성(名聲)이 천지를 떨쳤은즉 무한정함을 바라본즉 분명히 분리되어있는 상태가 완벽하다 생각하고 항상 자기 일평생 갈고 닦아 좋은 것도 알지 않고 이 땅에 옳지 못한 것은 보지도 아니하고 듣지도 아니하며 첫째 그런 좌석에는 금지(禁止)하였기 때문에 분명히 하늘에게 잘하려고 몸부림쳐 헌신(獻身)한 대가(代價)가 지금 이때니라. 도둑같이 나타나서 도둑같이 내적의 모든 일을 감당 처리하여 생록별을 불러내어 생록별(옥황상제)을 굴하게 함이 바로 원죄가 없는 것이요 천주의 새 말씀을 받아 이 땅에 죽음의 역사가 끝남이라. 알겠는고. 이렇기 때문에 바로 이 땅에 도둑같이 나타난 기적으로 말미암아 너희 사불님을 만났지 않는고. 바로 사불님을 만남이 바로 너희 모든 운명(運命)철학(哲學)이 바뀌었고 너희 갈 길이 열렸고 천문(天門)이 열렸기 때문에 서로 주고받는 문답(問答)이 끊임없이 주고받는 중심체(中心體) 천도문이가 바로 주(主)를 알려주지 않는고.

중심체를 통하여서 강림한 때와 또 한 가지 선포하는 때와 준비하는 때가 완벽하게 정하여서 소 환란, 대 환란, 대 심판이 완벽하지 않는가 말이야. 소 환란 때는 바로 준비하는 때라 알겠는고. 이때를 맞이하여 이승만 박사가 역사를 끝냈고 박정희 대통령이 말세를 끝냈고 말세를 끝냄이 바로 사불이 강림하였기 때문에 막된 세상은 끝나버렸고 또 한 가지 소 환란을 맞음이 바로 전두환 대통령이 맞았단 말이지 이제 모든 것이 체계로 조리로 질서 있게 풀려가는 이때니라 너희 모친 천도문을 통하여 네 영원불변토록 살 길이 열렸지 않는고. 이 집식구들아 너희들은 모두 주를 만났은즉 걱정이 무엇인고. 조물주(造物主)가 바로 무한(無限)자요 주는 바로 너희 참 부모님(하나님 아들딸)들이 아니겠는고. 너희 중심체를 통하여서 혹 밤에 혹 낮에 나는 어느 처서에서 만날는지 알 수 없다는 것이 찬송가에도 실려 있느니라. 그런데 저 미개(未開) 자들은 들어도 알지 못하고 착각(錯覺)에 혼돈(混沌)에 빠져 죽은 예수가 돌아오기를 바란즉 그는 죽은 자요 산자가 아니니라.

너희들은 살아있는 역사가 분명함이 중심체(中心體)를 통하여서 살아있는 역사를 믿고 역사 속에 살기 때문에 불변 영원토록 살 수 있는 길 문이 열렸은즉 갈 수 있는 인재가 한번 되어보지 아니 하려나 천도문아 걱정치 말라. 너는 나에게 기적(奇績)이요 신기록(新記錄)이니라. 지금 때는 임박(臨迫)하고 시간은 촉박(促迫)한 이때를 맞이하여 분과 초가 딱딱 맞아 떨어지는 때란 말이지. 아무쪼록 1차 때에 예복 도복 갑주 별관을 정지하고 꽃 치라 태워 아무 고통 없이 내가 너희들을 데리고 저 높은 보좌에 가면 생수 사수가 너희들을 재생해 낼 것이니라. 재생하고 보면 찬란한 영광의 영화를 누리고 너희 마음대로 너희 뜻대로 모든 것이 풍족하게 이루어질 것이요 너희 무한정하게 능력자가 인도함으로써 재생하고 보면 능력을 갖추고 권능을 베풀 수 있는 은혜 자유자가 된단 말이지 천지간만물지중의 권위자가 됨으로써 환경의 찬란한 영광을 돌리며 무한히 사랑함이 서로 주고받는 상통의 수수(授受)작용(作用)이 완벽(完璧)할 것인즉 걱정 근심치 말란 말씀이라.

오늘도 너무 걱정 근심치 말란 말이지. 왜냐하면 내가 항상 네 곁에 있고 너는 내 곁에 있은즉 걱정이 없단 말이지. 왜 이런 말씀하는지 너는 잘 알지. 너희들이 지금이때를 맞이하여 살아있는 역사를 믿고 의지하고 따른즉 영원(永遠)불변(不變)토록 살 것이니라. 이것은 지금 세상에 종교인(宗教人)들은 혹 밤에 혹 낮에 나타날 주(主)를 만나려고 애쓰고 갈급(渴急)하며 아무리 믿고 의지하고 찾은들 죽은 자를 믿었은즉 어찌 산자를 찾기 어렵단 말이지. 천도문아 너로 말미암아 사불님이 강림한 참뜻을 너는 잘 알지. 천지지간만물지중이 모두 무언무한하고 천도가 완벽하게 발견되는 이때니라. 천지지간 모든 내용이 발견되는 발견자가 분명히 이 땅에 나타남이 도둑같이 나타났은즉 걱정이 없고 근심이 없는지라. 이 모든 것이 주의 참뜻이 멀지 않아 새 아침 밝아오는 무한정함이 완벽할 것이니라. 이렇기 때문에 천지조화든지 천문의 자유의 익지완도 무한정한 진도원도든지 무언무한정한 신출귀몰(神出鬼沒)함이 완벽할 것이니라.

이 모든 것이 발견되었은즉 무언무한정한 영광이 분명히 확고하고 완벽한 천지 익지 완도 완내족 재 원도 원체가 모두 발견되는 이때지. 이럼으로써 4차원 공간을 준비한 근원 최초 원 파가 분명히 발견되었고 또 한 가지 천살도가 발견되었은즉 불롱 불랭에 무한정한 내용이든지 불토 불태의 무한정한 내용이든지 불로 불래에 무한정한 내용이든지 근원자유 생능 냉농 원농 무농 낵도 전도가 모두 무한정(無限定)하지 않는가 말이지. 이럼으로써 힘의 중심체가 힘을 자유롭게 자재할 수 있는 능력의 권능(權能)자들이 모두 무한정한지라 이 모든 것이 완벽이요 확고부동(確固不動)함이 분명이니라. 자유의 자재 원 파가 분명히 그 내용이 모두 발견되어 있고 무한한 신출귀몰함이 완벽한지라. 이렇기 때문에 세내 조직파들이 수 억 천만가지 넘고 넘는 무한정함이 모두 새롭고 생소한 준비기간이 모두 완벽하게 시간이 분명하고 그때가 완벽하고 분과 초가 분명히 확고한 이치와 의미를 모두 이 땅에 도둑같이 나타난 의인이 풀어주고 알려주는 이때니라.

예수 믿는 자들아 예수가 주(主)라면 어찌 십자가(十字架)상에 가겠는가를 한 번쯤 헤아려보지 아니하려나. 좁고 짧은 생각으로서 항상 어둠 속에서 헤매고 미련(未練)한 인간들아 너희는 산자가 아니요 죽은 자라. 내 말씀을 한번 들어보라. 무한정(無限定)하게 내가 1차원 최초 관을 준비하여 너희 모두 만족(滿足) 흡족(洽足)할 수 있게 무한한 태양(太陽)이 한없고 끝없이 돌고 수많은 은하계(銀河系)가 수억 천만가지 넘고 넘는 은하계들이 활동하고 만유일력이 빛으로 만물을 소생케 하는 힘이 자유롭게 자재 하고 또 한 가지 만유월력은 고체와 진미를 내주는 힘이 동시에 모든 영양소에 갖가지 당분 염분이든지 고농 냉농이든지 냉농 원농 낵도든지 이러한 모든 힘이 작용함으로써 고체를 이루고 진미를 내주는 힘이 자유롭게 자재하는지라. 이렇기 때문에 천지간만물지중(天地間 萬物之衆)을 모두 소생(疏生)케 하고 활발(活潑)케 하는 슬기가 한없고 끝없이 지속(持續)연속(連續)으로 자유자재하는 이치와 만유이력독대 만유워록 종내낵조 원조 진조가 자유 함으로서 만유이력 만유워력에 작용에 따라 만유이력과 만유워력이 무한도한 온기(溫氣)를 조성하고 온도(溫度)를 조정(調整)함으로써 무언무한정(無限定)한지라.

이럼에 동시에 기후(氣候)가 받아 가지고 천지만물지중(天地 萬物之衆)을 조절(調節)하고 공기층에서 나타나는 도냉 녹조 냉농 원조에서 공기선도에서 나타나는 기체는 천지간만물지중을 조정 함이니라. 이럼으로써 만유이력과 만유워력에 무한정한 성분의 요소를 흠뻑 담게 하고 또한 갖가지 물체를 성장시키는 조화든지 무언무한하게 땅에 도는 정기(精氣)가 모두 기능인데 기능(機能)이 모두 활기 활짝 띄우고 슬기롭게 자유자재원문 자유직도한즉 무언무한정하게 땅과 천판이 서로 잘 주고 잘 받은즉 서로 상통자유하고 동화일치 작용 자유한즉 무언무한지라 이모든 것이 내 뜻대로 이루어놓은 무한정한 창조함이요 창설주(創設主)가 구성 구상체가 완벽하게 창극(蒼極)을 이루어놓은 무한도가 무한정(無限定)하지 않는가 말이지. 이렇기 때문에 만유일력은 만물을 소생(疏生)하게 하는 빛과 힘이 작용 자유하고 만유월력은 무한하게 갖가지 모든 녹말이든지 성분을 윤택케 하며 또 한 가지 모든 당녹 원동 댕농 냉닝능 농냉 농원농으로서 무한정하게 진미를 내주는 고체(固體)를 이루는 모든 것이 완벽한지라. 이럼으로써 만유워력이 만유일롱 월롱 불롱 불롱 냉농 왕닝 적조 낵조 완조가 불롱 댁도 원조하는지라.

이것이 없으면 땅에서 아무리 너희 참 어머님(하나님의 딸)이 만유이력은 갖가지 물체에 액체(液體)들을 조성(造成) 조절(調節)하고 만물지중(萬物之衆)에 무한한 젖줄로서 모두 원태 독태로서 공급(供給)해내고 만유워력은 무한한 성분(成分)들을 모두 조성해내고 무언무한하게 공급해내는 이치(理致)가 완벽한지라. 이 모든 것이 절로오지 않음을 분명히 알아야 된단 말이지. 이와 같이 이 공간 안에도 갖가지 생동에 힘이든지 생문의 힘이든지 전도의 힘이든지 원도의 힘이든지 인력의 힘이든지 원력의 힘이든지 만유일도 힘이든지 만유월도 힘이든지 불롱 낵도가 완벽하고 천지만물지중(天地 萬物之衆)이 모두 천체자유가 힘을 받고 힘에 응시되어 서로 주고받는 이치와 의미로서 딱딱 전개(展開)되고 자유 되는 이치니라. 이렇게 하지만 만약(萬若)에 해와 달이 없다면 절대로 안 된단 말이지. 너의 보기는 다른 우주(宇宙)에 있는 것 같지만 그렇지 않다. 왜냐하면 다른 땅에 갖가지 물이든지 물체든지 액내 영내 공내 정내 직농내 낵농내 원농내(액체의 원료들) 자유든지 갖가지 모든 영양소든지 모든 것이 완벽한지라.

이럼으로써 해와 달이 서로 수수작용(授受作用)하고 잘 받고 잘 주고 서로 무언무한하게 공적(公的)의 공의(公義)로서 공급(供給)해 낼 수 있는 태독 택토 원태도가 완벽하게 조성하고 작용하고 자유하는지라. 이 모든 것이 불변이지. 인간이 알기는 무엇 알아. 별자리도 모르는 것들이 멋대로 감정하여 관찰하였다고 멋대로 금성 토성이라고 하겠지만 그렇지 않아. 우주공간(宇宙空間)에 무한한 은하계(銀河系)든지 갖가지 토성(土星)이든지 또 금성(金星)이든지 화성(火星)이든지 갖가지 모든 것은 이 공간(空間)을 위하여 있는 것이니라. 알겠는고. 생각해보잔 말이지. 공간도 없고 아무것도 없을 때에 내가 정신 전 때에 준비한 무한정함이 천지간만물지중(天地間萬物之衆)이 될 의미와 이치가 어디 절로 왔는고. 내가 힘을 창조해내어 힘으로써부터 웅장 웅대하고 평청 평창하고 확정하고 확장하고 확대진문이 완벽하게 스릴 있고 경쾌하고 상쾌 통쾌로 이루어져 있음이 신출귀몰(神出鬼沒)하고 무지신비하고 완벽한 무언 무한함이니라. 무에서 무로 깨어남이 어떠한 것인가를 너희는 알지 못할 것이니라. 무지한 인간들아 너희들은 무지 속에서 헤매기 때문에 한심한 일이지. 그러나 조물주(造物主)는 무언 무한한 무에서 또 무한하고 신기(神氣)하고 또한 헤아릴 수 없는 무언에서 무한으로 깨어났지만 인간은 무지에서 무언을 깨어나려면 얼마나 힘든지 아는고. 아직도 무지한 인간이 무한으로 깨어나기 어렵단 말이지.

그런데 이 땅에 도둑같이 나타난 의인(義人)천도문은 무지(無知)에서 무한(無限)을 발견(發見)하여 무한 도 함을 깨달았은즉 이자가 바로 귀한 자요 너희 한번 생각해보라. 이 세상 인간들은 혹 밤에 혹 낮에 나타날 주를 나는 어느 처소에서 만날는지 모른다고 분명히 말하였지. 그러나 이 땅에 험악

(險惡)하고 괴롭고 죄악(罪惡)으로 이루어진 인간들아 너희 몸 자체(自體)가 균(菌)이란 말이지. 균 덩어리들이 무지하고 너무 미개한 인간들아 너희 한번 헤아려보지 아니하려나. 이 영광된 공간 이 즐거운 공간 이 기쁜 공간 무한도한 공간 이 공간에 피조만물이든지 삼라만상(森羅萬象)에 나타난 모든 형성에 성분의 요소의 조화든지 모든 것이 학문의 제도로 이루어졌고 이 모든 힘 막이 모두 평청 평창을 이루었고 이 귀한 힘 막을 응용(應用)해 쓸 줄도 알지 못하고 또 한 가지 갖가지 선도도 마음대로 하지 못하고 선도 어느 선이 어떻게 선후가 분별되어 어느 선이 어떻게 전개됨도 모른즉 어찌 너희 머리로서 정립하겠는고. 이런데 어찌 주(主)를 만날 수가 있겠는고. 이 땅에 너희 시조(始祖)가 너희를 이와 같이 번성(繁盛)시켰다.

왜냐하면 이 땅은 신선하고 맑고 깨끗하였지만 옳지 못한 타락 쟁이 땅이 되었단 말이지. 죄악(罪惡)의 타락(墮落)이 되어서 죽을 때에 인간(人間)시조(始祖) 옥황 이는 애 병으로 980살에 죽었은즉 그 득죄인(得(罪人)이 죄를 풀지 못하고 회개치 못하였은즉 그 후손(後孫) 중에 누구든지 죄를 풀어야 되는데 그도 원죄(原罪)를 풀어야 되고 땅에 타락(墮落) 죄를 풀어야 만이 되고 영계를 도둑같이 심판하게 풀어야하고 이와 같이 모든 것을 말없이 도둑같이 하는 자를 나는 목매어 기다렸는데 나에게 도둑같이 나타나 도둑같이 풀고 나를 귀하게 생각하고 자기 일평생 죽고자하는 마음으로서 나에게 헌신(獻身)한 자야만이 된단 말이야. 그런데 나에게 뜻하지 아니한 기적과 신기록이 나타났기 때문에 이가 바로 의인(義人)이요 따라 중심체(中心體) 천도 문이라. 중심체를 통하여서 주(主)를 만날 수 있단 말이야. 이것이 얼마나 귀한 것인가 말이야 하는 말씀을 강조(强調)하는 것이다.

모든 것은 순리로서 이루어지고 순리로서 모든 것은 풀어야 한단 말이야. 그럼으로써 너희들은 중심체를 만남으로서 하늘에 쌓이고 맺힌 원한(怨恨)과 또한 통탄(痛嘆)할 일을 알게 됨이지. 이렇기 때문에 산역사의 중심체를 믿음이 바로 산역사 속에 중심체는 바로 창조주(創造主) 조물주(造物主)를 알려줌으로써 사불님을 받들어 모심으로써 영광이 돌아오고 모든 것이 완벽하단 말이야. 원죄를 풀고 땅에 타락(墮落)의 죄악을 풀었은즉 이자가 바로 귀하지 않는가 말이지. 이럼으로써 천지(天地) 일월(日月) 광명(光明)이 광명으로 밝고 광명이 완벽(完璧)하게 너에게 왔은즉 너희들은 주(主)를 만났기 때문에 이것이 귀하고 귀중함이요 따라 영광된 저 본향(本鄕) 너희 고향(故鄕)에 갈 수 있는 인재가 한 번 되어보지 아니하려나.

죽고자 하는 마음에서 살고 살고자 하는 마음에서 죽는다는 말씀은 바로 모든 것을 자기 멋대로 판단하고 또 한 가지 태만(怠慢)한 정신(精神)과 마음에서 항상 옳지 못한 엉뚱한 생각(生覺)과 항상 바라는 소망과 잘 되게 해달라고 비는 마음과 모든 것은 자기 정신에 달려있는데 정신을 개방하고 또한 마음이 맑고 깨끗하여 모든 것을 분별할 수 있는 마음이 되어야 되고 첫째 나하고 가까워야 되는데 그것을 너무 알지 못하였기 때문에 살아있어도 죽은 자라. 이럼으로써 토대가 튼튼하여야 만이 완벽한 터전 위에서 이행함이지. 반석 위에 집을 지은 자는 영광이요 모래 위에 집을 지은 자는 헛된 마음을 비유하여 하신 말씀이라. 알겠는고. 이 모든 것이 완벽한 불변의 절대가 공간 안에 모두 평녹 댁조하여 되어있지 않는고. 내 말씀의 학문의 뜻은 갖가지 나타난 형성에 무한함이 화학이든지 물리학이든지 갖가지 모든 것이 학문의 제도로서 체계 맞게 조리단정 질서정연하게 완벽함이 불변도로 이루어진 상태의 상황이기 때문에 눈으로 보고 익히고 귀로 듣고 익히며 몸소 수신할 수 있는 수신자가 되어야 만이 된단 말이야.

천도문아 내 말씀이 맞지 이러함을 모두 너희 잘 들어보란 말이지. 조물주 내가 살아있고 천도문 중심체가 살아있음으로써 항상 경고하고 교훈으로 가르치며 항상 무한히 사랑함을 잘 알아야 한단 말이지. 너희 하나님 큰 아들딸 참 부모님은 지금 소 환란 이때에 준비하여 무한도한 이 무지하고 미련하고 우둔한 무지들을 광명으로 이끌려고 한즉 자기 잘났다고 뽐내고 듣지 않는 자는 보내게 되어있단 말이지. 천도문아 이 땅이 얼마나 귀하고 귀중한고. 재창조(再創造)하려면 또한 애쓰게 되었단 말이지. 왜냐하면 재창조 아니 할 수가 없단 말이야. 갖가지 빛 관 선도를 세우려면 땅이 옛 동산같이 신선하여야 되고 따라 귀중하게 아름다워야 된단 말이지. 또 한 가지 이 땅에 성별되지 못한 것은 참으로 안타까운 일이란 말씀이다.

천지이치가 완벽하고 천도전문독대 낵조가 분명한지라. 이 모든 것이 내 뜻대로 이루어야 되고 주의 참뜻이 완벽하다는 말씀이지. 천도문아 너무 걱정 근심치 말라. 너는 네 할 일을 모두 하였도다. 왜냐하면 하늘에 선관님들이든지 신성님들이든지 천사 장들이든지 천사들이든지 선녀들이든지 갖가지 하늘에 동자들이든지 수많은 의인(義人)으로 남자가 이 땅에 탄생(誕生) 받고 선택(選擇)받아 나타난 자들이 너무 미개하였은즉 이것이 헛된 꿈속에서 헛되게 타락하다가 죽은 것들이라. 알겠는고. 너희들은 그때를 보지 못하여 그렇지 얼마나 인간이 미개한지 헤아릴 수 없단 말이야. 나는 말을 하려 하지만 이와 같이 기막히고 기막힘을 많이 시달려왔고 또 걱정이 무한정하였지. 이렇기 때문에 2천년되면 무조건 심판(審判)하고 모두 멸(滅)하려고 하였는데 참고 견뎌보리라 생각한 동시(同時)에 귀한 자가 발견되었기 때문에 이것이 귀함이요 귀중(貴重)함이니라.

이 땅에 나타난 인간들은 항상 구속(拘束)에 매여 사는 자들이요 정말 그 안타까움을 헤아릴 수가 없단 말이지. 천지만물지중이 모두 응시(凝視)되어있기 때문에 모든 것을 알고 있지. 이렇기 때문에 우리 집에 다니는 자들아 너희가 마음이 착한 것도 아니요 또 한 가지 야생(野生) 같은 성품(性品)과 성질(性質)을 지니고 천도문 너의 모친이 무엇이라고 말씀하시면 눈을 훌 키는 것이 모두 필름성에 감겨갔은즉 참으로 민망(憫惘) 하겠구나. 알아듣겠지. 이악(惡)한 자들아 중심체(中心體)를 통하여 사불님을 다 발견하여 알려주었는데도 누구 때문에 주를 만났는가를 어찌 그리도 생각지 아니하는고. 분명히 사불님이 이 땅에 주인(主人)이기 때문에 주(主)란 말이야. 어쩌면 우리 집에 다니는 자들이 알지 못하는지 그러니까 괴롭지. 알고나 있으란 말이지. 너희 어찌 정성(精誠)을 드리지도 아니하고 무조건(無條件) 정신이 밝아지는고. 정신이 밝으면 마음이 맑고 깨끗한즉 스스로 육신(肉身)이 신선한 것이니라. 알겠는고.

하나님께서 준비하던 과정과 기간과 때와 시간과 분과 초가 분명히 발견하여 내놔주지 않았는고. 바로 귀하고 귀중함이 영광되었도다. 이렇기 때문에 주를 만나려고 지금 인간들이 얼마나 애쓰는지 아는고. 그러나 그자들은 모두 죽을 것이니라. 제물로 갈 것은 완벽하지. 알겠는고. 우리 집에 다니는 자들아 너희 내 말씀 들어보란 말이지. 1차원 최초 관을 모두 발견하고 또 한 가지 천주에 일심일치가 완벽함을 발견하여 주었어도 그분 때문에 주를 만났구나 하며 즐거워하고 기쁜 마음이 항상 마음속으로 풍기기 때문에 즐거운 마음이 항상 그 몸에 풍겨있기 때문에 그 오향에는 만물의 형성을 거둬 넣는 수정체(水晶體)의 동공(瞳孔)이 있고 또한 모든 것을 바라보고 세상에 종교하고는 아무 상관과 관계가 없다는 것을 분명히 알고 즐거워하여야 되는데 이악(惡)한 인간들아 너희 어찌 그리도 생각이 좁고 짧으냐? 오향의 희색이 만면(滿面)하고 즐겁고 기쁘고 늘 사랑을 다하여도 못하겠구나. 이러한 부모의 심령(心靈)을 지녀야 만이 너희가 화동 체(和同 體)가 될 것이니라.

너에게 천도문 중심체가 모든 것을 발견해 주셨은즉 너무너무 즐겁고 기쁜 미소(微笑)가 떠나지 아니하고 너희 모든 것이 다 신선해질 것을 분명히 알려주었어도 중심체 놓고 말이 많고 비평함이 너희 그 죄를 어찌 다 받을 수가 있겠는고. 주를 만났은즉 즐겁고 기뻐하여야 되지 않겠는고. 모든 것을 낱낱이 알려주어도 듣지 않고 시기와 질투와 탐내고 욕심내는 것과 엉뚱한 생각이 그 마음을 다잡고 있은즉 너희 어찌 거듭날 수 있겠는고. 너희 중심체처럼 하늘에 일이나 고민하고 항상 탐구하는 마음에서 모든 것을 검토하고 또한 관찰함이 몰두(沒頭)함에서 나타나는 체계조리 단정하게 질서를 정하여 공부하는 자란 말이야. 너희 아무리 잘 배워도 너희 중심체를 따를 수가 있겠는가를 한 번쯤 헤아려보잔 말이지.

사람들은 조금만 무엇을 알면 그것을 내놓고 난체하지만 너희 천도문 중심체는 아는 것도 많지만 얼마나 겸손(謙遜)한가를 너희 알지 못할 것이니라. 이러한 무한(無限)함에서 깨달아 무언 무한함을 즐겁고 기뻐하여야 되는데 너희 생각은 좁고 짧으며 무한한 진리학문은 샘물같이 솟아오름을 너희 다 알지 못하지. 천지자유 익지 완도 진도가 분명하단 말이야. 이렇기 때문에 천문자가 되려면 너희 사심을 버리고 또 한 가지 옳지 못한 심보를 다 버리고 올바른 일만 이행하고 행하고 정하면 그것으로 하늘도 즐겁겠단 말이지. 이러함이 완벽한 지라. 내 말씀을 분명히 들어보라. 너희 생각과 전혀 다른지라. 이 모든 괴로움이 모두 너희들을 괴롭힘이요 아름다운 미를 상징하여 오향의 정기가 완벽한데 피는 쉬지 않고 돌고 돌지만 너희 마음 가운데 죄악이 스며 있음으로써 항상 늙는단 말이지 알겠는고. 하늘사람들은 첫째 환경의 지배권위자가 되었은즉 천지만물지중을 사랑하고 거느리며 다스리며 무한도한 사랑이 끊임없단 말이야. 이렇기 때문에 진실 된데 오면 자연히 머리가 숙여지고 잘하려고 하는 그 노력의 대가(代價)가 분명히 온단 말이야.

그런데 인간들을 가르쳐본즉 그때만 생각이 좋았다가 세상에 나가면 환경의 지배자가 되고 말았은즉 어찌 즐겁고 기쁜대로 가겠는가를 한 번쯤 헤아려보잔 말이야. 천도문아 나는 네 말씀을 하고 싶어 하는 것도 아니요 반드시 너를 내가 증거(證據) 하지 않으면 누가 증거 하겠는고. 너는 내 말씀을 무한히 하심에 따라 나도 네 말씀을 할 수 있는 용기(勇氣)가 당당하단 말이지. 왜냐하면 하늘이 항상 굽어 살핀즉 하늘을 우러러 재배할 때에 하늘이 감당하고 기뻐하는 일이라. 왜냐하면 인간은 미개한데 그래도 하늘을 숭배(崇拜)하려고 하는 마음에서 조물주(造物主)가 감동한단 말이지. 그런데 이악한 인간들아 너희가 참으로 한심(寒心)하고 기가 막히고 안타깝단 말이지. 아무리 환경의 지배자라고 하겠지만 절대 그렇지 않다고 말씀하였지. 천도문아 너도 걱정 근심치 말란 말이지. 내가 항상 네 곁에 있고 너는 내 곁에 있은즉 네 할 일을 너무 충만(充滿)하게 하였지. 세상에 잘난 자도 알지 못하고 도저히 생각조차 하지 않은 것을 너는 그 엄청난 영계를 심판케 하였고 욕새별에도 무한정(無限定)하게 나를 배신한 자중에 제일 중심되어있는 생록별(옥황이의 아들 옥황상제)을 잡아 순리로 굴복(屈伏)시켜 풀었기 때문이라.

우리 집에 다니는 자들아 너희들도 죽은 자요 산자가 아니니라. 살아있는 역사 속에 살면서도 살아있는 역사를 알지 못한즉 이는 곧 죽은 자라. 이렇기 때문에 이때를 맞이하여 분명히 생명이 살아있음으로써 무언무한정한 모든 귀함이 네게 갈 것이니라. 내가 중심체 천도 문님에게 너희 잘하면 은혜와 복을 받을 것인즉 모든 것을 알아서 너희 정신과 마음을 하루 바삐 갈고닦으란 말이지 천도문아 너는 참으로 귀한자라 어젯밤 12시 10분에도 한 200명이 하늘 분들이 오심이니라. 이자들이 선관들이 왔고 아침에 1시 15분에 또한 손님들이 오셨고 또한 아침에 네 경배 드리는 그 시간에도 귀한 자들이 13사람이 왔단 말이지. 우리 집에 다니는 자들아 너희들도 열심히 갈고닦아 따라갈 수 있는 자가 한번 되어보란 말이지 알겠는고. 하늘 사람들은 모든 것이 완벽이라.

천도문아 오늘도 너무 걱정 근심치 말란 말이지. 왜냐하면 지금 이때를 맞이한 소 환란 이때요 따라 무언무한정한 영광에 영화를 누릴 수 있는 기적이 일어났음이니라. 모든 것은 절로 오지 않으며 무한정한 준비와 또한 나를 위하여 헌신(獻身)한 준비과정을 거쳐 기간을 통하여 혈혈단신(孑孑單身)으로 영계를 풀고 또한 생록별 옥황상제(玉皇上帝)를 굴하게 함으로써 땅에 비참(悲慘)한 역사가 끝났음이니라. 알겠는고. 주의 참 목적이 이 땅에 발견되어있고 모든 것을 분별 분리 자유 원도체가 완벽함을 발견하는 발견자가 처음이자 마지막으로 두 번도 없는 한번 있는 이때요 또 한 가지 도둑같이 나타난 기적이 신기록을 이루었은즉 땅에 비참한 역사를 끝낼 수 있는 의인이 도둑같이 나타나서 도둑같이 풀었은즉 이 엄청난 무한정(無限定)한 기적 같은 신기록(新記錄)이 나에게 기쁨과 즐거움을 돌려주신 한 인물이 나타나서 무한한 비통(悲痛)하고 쌓이고 맺힌 한을 풀었은즉 이 얼마나 영광중에 영광(榮光)이요 또 한 가지 이 한국으로써부터 새로운 새 역사가 나타나게 애쓰고 수고하신 천도문 의인(義人)을 너희들은 알지 못할 것이니라.

무엇이든가 절로 오지 않음을 한번 헤아려 보란 말이지. 새로운 생소한 천주의 새 말씀이 땅에 내렸은즉 이것이 바로 찬란(燦爛)한 영광에 새 뜻이 완벽함이니라. 알겠는고. 무언무한정한 천주(天主)의 새 뜻이 새롭게 이루어질 때는 이 공간에 주인(主人)이 내 셋째 아들 딸 여호화 하늘새와 천도화가 이 지구에 나타나서 만국(萬國)을 다스릴 만왕(萬王)이 완벽하게 주인(主人)님이 있음이니라. 알겠는고. 이러한 기적(奇績)이 바로 이 땅에 인간 시조가 원죄(原罪)를 지고 풀지 못하였고 땅에 내려 죽음의 역사를 풀지 못하였은즉 이것이 바로 항상 연장되고 누적(累積)되어 비참(悲慘)한 역사는 지속 연속으로 왔지. 그러나 지금 이때는 원죄(原罪)를 푼 뜻은 옥황이의 아들 옥황상제(玉皇上帝) 생록별이 자기 죄를 왜 몰라. 죄악의 씨가 이 땅에 번성(繁盛)되어 자기 부친(父親)으로 말미암아 땅이 비참하게 됨을 영계를 풀 때에 생록별이 알았고 또한 자기 부친과 계약을 맺어 땅을 종이 와서 주인에 땅에 와서 가짜로 주인 노릇함을 생록별이 느끼고 깨달음은 바로 이 땅에 의인이 자연(自然)의 섭리(攝理)를 내놓고 설득(說得)하면서 네 정체(正體)를 밝혀라 할 때에 어찌 감출 수도 없고 정말 자기에 부친이 잘못함을 분명히 생록별이 깨달았을 때에 회개(悔改)함으로써 통곡(痛哭)하고 가슴을 치며 슬피 우는지라.

이때에 모든 원죄가 풀렸지. 이 원죄도 바로 옥황이가 풀어야하였는데 풀지 아니함이 득 죄인이 아니겠는고. 이것이 모두 주의 참 목적을 아주 파괴함이 바로 옥황이 용녀와 생록별(옥황상제)에 음모(陰謀)란 말이지. 생록별은 자기 부친이 세뇌교육(洗腦教育)으로 항상 사상을 불어넣어 준 것이 하나님 조부님을 배신(背信)함이요 음모를 꾸며서 옳지 못한 행위(行爲)가 한없고 끝없이 하늘에 법도(法度)와 율법(律法)을 버렸단 말이지. 이때에 생록별은 괴로워서 도무지 견딜 수가 없었기 때문에 이 땅에 나타난 중심체(中心體)에게 낱낱이 회개(悔改)하고 통탄(痛嘆)하는 마음이 헤아릴 수가 없었지. 이때에 바로 이 땅에 발견자가 낱낱이 발견하며 무한히 질책(叱責)하고 진노(震怒)하는지라. 이때에 생록별(옥황상제) 자신이 몸 둘 바를 몰랐지. 이 모든 것이 바로 죄(罪)에 씨가 번성되어 하늘에 죄를 짓고도 떳떳하게 살아옴을 부끄럽게 생각하고 생록별(옥황상제)이 자기 부친(옥황이가 즉 성경에 나오는 아담을 말함)이 잘못함을 깨달았기 때문에 순리로 풀었고 또한 회개 문이 터져 통곡하고 몸부림침이 바로 원죄가 해결되었다는 말씀을 함이니라.

이것을 죄진 자가 죄를 회개하여야 만이 되지 않겠는고. 이때에 땅에 영계를 분명히 알려주고 또 한 가지 무언무한 함을 왜 알지 못하겠는고. 죄 속에서 죄를 낳은즉 사망을 이루었은즉 죽음을 선택 아니 할 수가 없더라. 영계에 간 예수든지 또한 구약(舊約)성경(聖經)에 살았던 여러 사람들이 모두 영계가 천국인 줄 알았는데 알고 본즉 바로 지옥(地獄)문이 분명함을 깨달았지. 이때에 선지자(先知者)들이 모두 깨닫지 아니하고 멋대로 행하였지만 발견자(發見者)가 낱낱이 발견함으로서 순리(順理)로 풀림이 바로 죽음의 역사가 끝났느니라. 이 땅에 주(主)가 강림(降臨)한 뜻이 바로 사불님께서는 이 땅에 죄진 자들에 필름이 낱낱이 있기 때문에 진실 됨에는 거짓됨이 필요 없는지라. 이것이 천살에 결백에 따라 모든 법도가 세워진 뜻은 의미와 이치가 완벽하고 질서와 정연이 불변하고 조리와 단정함이 확고부동(確固不動)한즉 갖가지 진리(眞理)학문(學文)이 무언무한정한 신출귀몰(神出鬼沒)하고 고도의 고차원 원천근원이 완벽하게 생동하고 모든 것이 조를 딱딱 짜서 조밀도에 완벽하고 조직이 선명 섬세하게 평청 평창을 이루어 놓은 그 멋들어진 광경이 찬란한 영광도를 이루어 평청 평창에 찬란한 영광도가 완벽한즉 이것이 모두 조리에 있는 질서가 완벽하고 모든 생동에서 선도가 광선같이 비쳐 광명으로 이루어졌고 또한 모든 귀한 세부조직망이 완벽하게 줄줄이 줄을 잇고 쌍쌍이 쌍을 지어 찬란한 고도의 차원관을 이루었은즉 이것이 바로 귀하고 귀중함이 아니겠는가 말이지.

천연의 완벽한 신출귀몰(神出鬼沒)이 헤아릴 수 없고 상상할 수 없음이 무지신비하고 그 놀라운 광명이 완벽한 영광 도를 이루었은즉 찬란한 광경에 지배권위자가 되어 힘에 존재로서 모든 진법 도를 펴고 거두며 갑로 갑인 진을 치고 거둘 수 있고 낵농 직도 원도전도가 완벽하게 불변촉대독대를 이룬 귀함이 불변이라. 이와 같이 전류의 전력이 흐르고 돎이 완벽하고 살아있는 생동 체들은 모두 도백 동낵 낵조 원판 독대를 지녔기 때문에 힘을 갖추어 지니고 가지고 있음으로써 무한정한 조화를 임의대로 부릴 수가 있는 무한정함이 완벽하였더라. 내 말씀에 찬란한 영광도가 불변절대 약속대로 모든 것이 웅장 웅대하고 평청 평창을 이룬 창극도가 완벽하고 불변의 자유도가 익지 완도로 이루어진 내용이 모두 경쾌한 중에 거창하고 거대하며 찬란한 모든 귀함이 만족 흡족한즉 이것이 바로 걱정이 없는 자가 되고 근심이 없는 자가 됨으로써 무한정(無限定)한 영광도란 말이지.

모든 것은 때가 있고 때에 맞추어 귀한 중에 귀함이 불변절대란 말이지. 주께서 항상 이루실 때에 세내 조직 파든지 세부근원 조직 파든지 조직이 모두 완벽하여 체계 맞게 이루어진 완벽이 불변이든지 이런 모든 귀함이 무언무한정 함이 아니겠는가 말이지. 주(主)의 뜻대로 모든 것이 완벽하고 주의 참뜻이 불변 되어 있는 찬란한 영광이 불변이란 말이지 천도문아 잘 알고 있겠지. 천문에 무한도가 모두 윤리(倫理)와 도덕(道德)으로 법도가 이행되어 법(法)이 완벽함이 모두 관도로서 부터 법률이 겸비되어 일획 일점도 더하고 덜할 수 없는 무한정이란 말이지. 천도문아 알겠는고? 내 말씀이 바로 너희 생명(生命)이요 진리(眞理)요 길이니라. 이는 능력(能力)을 갖추어 권능(權能) 자가 되고 보면 무한도한 새로운 새역사가 새롭게 확정되어 확장 확대가 모두 찬란하단 말이지. 천도문아 잘 알고 있겠지. 이 모든 것이 주의 뜻대로 이루어지는 환경에 지배 권위자(權威者)들이 모두 천지락이든지 지하성이든지 구름나라든지 모두 자유자재할 수 있는 능력을 갖춤으로써 힘에 초래자유자가 되고 힘도 선도를 마음대로 조절할 수 있는 진법자가 됨으로써 주문도를 마음대로 외우고 또한 부르면 즉시 이동되어 그 자리에 대기하고 모든 것을 자유롭게 자재 할 수 있는 진법을 폄이니라. 알겠는고. 진법(陳法)은 바로 너희가 알고 있는 이적(異蹟)이니라.

이적은 바로 거대 거창함을 자유하며 세심 소심하고 세밀하고 아름다운 절도에 전재 잭조 낵조를 알아 내용에 무한 도를 펼 수 있고 하늘에 생동(生動)체들은 균(菌)이 없기 때문에 항상 빛나는 신설과 빈설에 속하여 합류 일치되는 무한도란 말이지. 알겠는고? 귀중한 귀함이 아름답고 찬란한 영광에 새로운 소식이 무한정(無限定)한지라. 이것이 모두 전파선으로서 소식이 가면 그 전파 선이 즉시 옴으로서 전자와 분자가 무언무한정 함이니라. 모든 이치가 딱딱 맞고 의미가 완벽하고 무언 무한한 영광에 새로운 새뜻이 불변 되어 있는 이치란 말이지. 자유의 자재원도가 발견되어 이 땅에 내(조물주) 근원(根源)의 생애(生涯)가 완벽하게 발견 되어 있고 또한 가지 정신 전 때에 요소로서 무한정하게 준비해놓은 확고부동(確固不動)함이 천살도인데 천살도에 내용을 세세히 알려 주었느니라.

이렇기 때문에 갖가지 모든 귀함을 알게 됨이 이 땅에 의인으로써부터 발견되는 이때요 또 한 가지 사람은 주(主)가 될 수가 없다는 것을 분명히 알려주노라. 왜냐하면 주의 사명과 그 모두 처리 처단(處斷)하심이 분명하고 불변(不變)도인데 인간은 너무 무지하기 때문에 주어도 할 수 없거니와 분명히 아무것도 모른즉 이것이 바로 미개하다는 증거니라. 그러나

이 땅에 주인이 완벽하고 주인에 사명이 주인에게 부여 되어 있고 주인은 주인(主人)에 위치와 명예(名譽)와 권세(權勢)와 권력(權力)이 당당(堂堂)하고 모든 귀함을 분별 분리하여 무한정한 영광도를 알아서 모든 것을 조성 조리 있게 하심이 완벽함이요 법도에 불변 되어 있는 법회를 잘 알게 되어있고 또한 가지 법은 법대로 완벽한 관도가 불변절대 함으로서 법률(法律)이 완벽한지라. 갖가지 관도에 내용이 모두 법이요 법에 따라 이행(履行)되는 전개(展開)가 무언무한하게 고귀(高貴)한지라.

이것이 바로 거짓됨이 없고 진실 됨과 불변됨으로써 항상 서로 믿고 의지함이 통함이요 통함으로써 진지한 정의도가 스스로 알게 됨으로써 정의로운 무언무한정한 사랑이 진지함이니라. 인간이 아무리 미개하다 할지라도 이 지상에서는 인물(人物)이란 말이지. 인물은 모든 것을 알아 조절하고 자리와 또한 모든 처신에 행동이 완벽하게 자리로써부터 알아서 이행함과 상대를 조성할 때는 상대의 모든 약점을 알기 때문에 정신을 갈고 닦은 자에게는 거짓말이 필요 없다는 것을 잘 알아야한단 말이지. 이렇기 때문에 모든 것은 문진내용에서 문관에 내용을 잘 알게 되고 이와 같이 갖가지 관도가 바로 행하고 정하고 통함이 모두 정의(正義)로움이 바로 아름다운 명실 공이니라. 이럼으로써 무한정한 관문에 관직이 모두 수려하고 거룩하고 전지자유하고 자재 할 수 있는 능력에 권능자가 필요하지 않겠는고. 인간은 모두 무지 목매하기 때문에 문진 내용이 무엇인지 도저히 생각조차 하지 않음이니라.

이러한 자들이 정신을 몰두한다 할지라도 인간을 위주하고 상상하고 모든 것을 연상하여 자기 멋대로 판단하고 자기 멋대로 행함이 철두철미(徹頭徹尾)치 못하고 불변 되어 있는 자유의 자재 원도에 원판 근원의 자유를 알지 못할 것이니라. 이러함으로써 천문 천도 문도에 속하여 이루어진 갖가지 지능독대 낵조 자유든지 무한정한 힘이 자유 되어 옳지 못한 것을 모두 바르게 세우려면 참으로 어려운 것이니라. 인간은 정신과 마음을 다 쏟아 알려주었는데 보고도 느끼지 못하는 자가 되었고 모든 것이 헛됨이라. 내 말씀 속에 살아 있는 무언무한한 증거에 자유자들이 되기까지 절로 오는 것이 아니요 모두 이행하고 조성하고 처리하고 자유 함이 바로 귀함이지만 인간은 잘 난자라고 하지만 제일 못 난자요 따라 모든 교훈이 부모에게 있고 이와 같이 모든 것은 완벽함이 아니겠는고. 우리가 사람으로서 모든 것을 이행한다면 참으로 찬란한 귀한자지만 최초에 옥황이 용녀의 후손들은 원죄를 지고 또한 타락의 죄악의 죽음의 역사 속에서 서로 갈급(渴急)하고 서로 못마땅한 것이 다름이 아니요 인간과 인간이 서로 상통(相通)하다보면 옳지 못한 것이 무한정한즉 서로가 서로를 의심(疑心)하게 되고 좋은 것이 없단 말이지. 알고 있겠지.

천도문아 이 세상은 헛된 꿈속에서 헛된 정신으로 산즉 참으로 안타까운 일이다. 하시는 말씀이니라. 모든 것은 뜻이 있고 완벽한 내용이 불변 되어 있음으로서 일점도 일획도 거짓됨이 없어야한단 말이지. 이 세상에 의인(義人)을 나는 얼마나 목매어 기다렸는고. 그러나 모든 것이 완벽치를 못하기 때문이라 내 지금 말씀이 너희 교훈인즉 교훈(教訓)을 듣고 마음에 회개부터 하란 말이지. 정신에서 마음을 진노하며 감사를 느끼고 무한정한 부모에 허물이라고 할 수가 없단 말이지 알겠는고. 내가 지금 교훈과 경고를 말씀하나니 잘 들어보란 말이지. 모든 것을 이행하려면 매우 어려운지라. 이 세상은 모두 헛된 꿈속에서 헛된 것을 보고 미래를 외치는데 그것은 참으로 우스운 일이라고 하는 말씀이지. 이렇기 때문에 죽은 역사를 한없고 끝없이 믿고 의지하고 통하며 살라고 무한히 몸부림쳐 애썼지만 우리는 분명히 뜻이 있고 확고한 메시아님이 이 땅에 도둑같이 강림을 하였은즉 참으로 기구한 운명(運命)이라.

나는 이 악한 인간들을 보면 볼수록 안타깝고 기가 막힘이 한없고 끝없이 통탄(痛嘆)할 일만 일어난단 말이지. 이 악한 인간들은 모두 경고(警告)와 교훈으로서 이 땅에 살아도 자기를 너무 모르는지라. 알겠는고. 천문자유에 자재 원도가 분명히 완벽하고 주의 참뜻이 완벽한지라 알겠는고. 나는 항상 너희들과 함께 역사함을 잘 알아야한단 말이지. 모든 종교(宗教)가 외국으로써부터 이 공간에 왔단 말이지. 이런즉 하늘에는 순리적으로 모든 것을 이행한다는 말이야. 알겠는고. 내 뜻과 너희 뜻이 일치되어 있으면 너희 마음에 따라 모든 것이 이루어짐이 아니겠는고. 오늘 배우는 말씀 중에 갖가지 여러 각도로서 알려주는 말씀인즉 잘 믿고 의지하노라면 풀릴 것도 있을 것이니라. 천도문아 너는 이 땅에 가장 귀(貴)한 자요 따라 죽은 역사에서 산 역사를 발견하였은즉 이것 참 귀한 기적(奇績)이 나타났음으로써 멀지 않아 때가 오면 심판하게 되어있단 말이지. 이렇기 때문에 무조건(無條件) 하늘을 믿으라고 믿을 것이 아니요 모든 것은 완벽하여야하지 않겠는고. 아이들아 알겠는고. 내가 앞으로 이때를 맞이하여 천도문아 네 몸에 실려서 너는 도저히 생각지도 아니한 무언 무한한 영광(榮光)도를 줄 것인즉 걱정과 근심치 말고 무한(無限)한 영화(榮華) 속에 살 수 있는 아이들이 되기를 간절(懇切)히 바라는 소망이지.

천지를 창조하신 내용에 무한하심과 또 한 가지 이 집 식구 중에 내 사랑하는 자들이 모두 내게로 올 때에 내 하고자 함을 너에게 모두 주리라. 천도문아 걱정치 말라. 내가 때가 오면 분명히 이 땅에 의인이요 발견자(發見者)기 때문에 우리 집으로써부터 책(册)이 나가기 시작하였다는 말씀이니라. 너희 한번 들어 보라. 얼마나 편한지 헤아릴 수 없고 상상할 수가 없단 말이지. 새 아침 밝아오는 새로운 역사가 영원불변토록 살게 하게 하고 모든 것을 이행하려고 노력하는 것이란 말이지. 알겠는고. 나는 지금에서부터 나를 모독(冒瀆)하고 나를 배신(背信)한 자는 분명히 오면 아주 괴로울 것이니라. 알겠는고. 매사(每事)에 조심치 아니하고 멋대로 행하면 실수가 있단 말이지. 이렇기 때문에 어디로 가든지 집에 있든지 인간은 속을 알지 못하기 때문에 아주 좋지 못한 행실(行實)이 있는 본능(本能)이 완벽하다는 참뜻이지 알겠는고. 내가 몇 해 든지 두고 본즉 사랑함을 너무나 모름이라.

천지만물지중이 모두 근원 원 파에 준비에 따라 이와 같이 찬란하고 빛나고 영광스러운 새 마음으로서도 그렇지 못할 것이니라. 네 멋대로 가고 네 멋대로 산다면 하늘이 용납할 수가 없지 알겠는고. 좌우에 원죄가 얼마나 컸는고. 이것이 비통할 피눈물이 언목 도족재가 완벽함이니라. 이런즉 모든 것을 상관치 말고 부지런히 몸가짐을 옳게 하여 바른 생각이 완벽하기 때문에 헛된 꿈속에서 헛되게 산단 말이야 알겠는고. 천도문아 걱정 근심치 말라. 자기 일은 자기가 하여야지 자기 일을 남에게 미루면 안 된단 말이지. 이렇게 모든 것을 절도(節度) 있고 완벽하게 하지 않는 게 좋단 말이지. 천도문아 금식하면서도 하늘을 모독하고 또한 다니면서도 나를 한없고 끝없이 모독하였은즉 이것이 참으로 통탄(痛嘆)할 일이 아니겠는가를 한 번쯤 헤아려 보잔 말이지. 천문에 이치가 완벽하고 천도에 무한정한 내용이 불변 도라. 이런즉 생동체는 생동체대로 분별 분리 되어 있고 무한한 새로운 역사가 이 땅에 발표(發表)됨이니라. 그렇지만 하늘을 보는 눈이 달라서 항상 고민(苦悶)함이 너무나 한심(寒心)한 일이지.

천도문아 오늘도 너무 걱정 근심치 말란 말이지. 왜냐하면 내가 네 곁에 있고 나는 항상 너를 응시하고 있지 않는가 말이지. 모든 천지자유 익지 완도 전진자유가 모두 네가 발견한 내용이 무한정하고 모든 것은 살아있는 이치와 의미를 알았지 않는가? 갖가지 모든 것이 무언무한정하고 한없고 끝없는 무한정함이 발견자가 발견하였기 때문에 내가 지금에서부터 너를 항상 사랑하고 너는 나를 믿고 의지하며 모든 이치와 의미가 완벽함을 확신하지 않는가 말이지. 이러한 확신이 바로 조물주를 사랑하고 충성하는 의미가 완벽하지 않는가 말이지. 이 땅에 동물 같은 인간들이 살고 있지 않는가 말이지. 그러나 너는 나를 위하여서 항상 무언무한정하게 이루어지는 영원불변한 자유가 완벽한지라. 알겠는고. 갖가지 없는 것 없이 준비한 준비의 무한정한 체와 선과 또한 힘과 둥농 낵조의 내용은 무한정한 원과 근원 원 파가 발견되어 이 세상에 발견한 모든 것이 인간이 머리가 너무 둔탁하여 알지 못하지. 내가 준비하여 놓은 무한정함을 한없고 끝없으며 신출귀몰(神出鬼沒)하고 무지 신비함이 완벽한지라. 이렇기 때문에 천도문아 너는 걱정 근심치 말란 말이지.

내 것이 곧 네 것이요 네 것이 내 것이니라. 이제 멀지 않아 일심일치로서 주고받는 무한정한 찬란한 영광이 멀지 않았단 말이지 나는 너를 보면 참으로 불쌍하고 안타깝다. 왜냐하면 수억 년 넘고 넘는 원죄가 수억(數億) 년(年)이요 땅에서 죄 뿌리가 내려 번성됨이 수억 년이 넘었지. 이 죄악을 이렇게 번성하여놓고 죽어 없어진 옥황이 용녀의 득 죄인이 이제야 도둑같이 나에게 나타난 의인이 발견하였은즉 이것이 바로 원죄를 풀고 땅에 죄악을 풀었은즉 죽음의 역사는 끝났단 말이지. 이렇게 하여 이루어놓음이 어디 절로 왔는고. 천살을 내가 항상 너에게 말씀하지 않는고. 1차원 최초 관에는 천살은 가장 귀하고 아름다우며 결백(潔白)한 신선하고 청결함을 어찌 말로 표현하기 어렵단 말이야. 이와 같이 내 천살도가 바로 정신의 요소와 마음의 요소와 음양의요소와 생명의요소와 힘의 요소를 준비하여 이루어놓은 후에 나는 정신일도를 하여 정신 문이 활짝 열렸음으로써 마음 문이 따라 열렸단 말이지.

이때에 나는 음양의 요소와 생명의 요소가 있음으로써 살아있는 무한정함이요 생명의 요소가 있음으로써 스스로 힘의 요소가 있단 말이지. 힘이 있는 데에는 분명히 생명이 있고 생명이 있는 곳에는 무한정한 힘의 요소가 헤아릴 수 없고 상상할 수가 없단 말이지. 그러면 천살도가 정신일도를 하였는데 어찌 타락(墮落)할 수가 있겠는고. 우리 집에 다니는 이악한 연놈들아 너희 어찌 천주(天主)의 새 말씀을 듣고도 깨닫지 못하고 청백(淸白) 같은 의인(義人)을 아주 모독(冒瀆)하였은즉 너희 어찌 살길을 바라겠는고. 첫째 날은 내가 천도전에서 발사하며 탄생(誕生)한 완성체가 바로 형상(形象)이지. 이럼으로써 독재(獨裁)자란 말이지. 둘째 날은 나는 빛공 빛광 투명입체 공간 안에 생조를 이루어 무언무한정한 과학의 진도들이 펄펄 끓고 와글 펄떡하며 엄숙(嚴肅)하고 두려운 광경에서 광경이 이루어지는 광경이란 말이지.

내가 이때에 원료를 모두 생조에 담아 놓은 생조들이 와글버글 하며 툭탁 툭탁 하며 굼실 놀래 족대전도가 와글거리는 그 내용이 엄숙하고 그 소리가 천지를 뒤집는 것 같은 소리가 요란하였지. 빙빙 왱왱 쌩쌩 왕왕하며 구불 넘실넘실하며 돌아가고 돌아오는 그 광경이 놀라운 장관을 이루었단 말이지. 이때에 나는 둘째 날을 정하여서 내(하나님) 몸속에서 탄생(誕生)해 나타남이 내 아들딸이란 말이지. 내 요소와 무한정한 조화를 지니고 둘째 날로 탄생한 내 아들딸이 지금도 신선하고 밝으며 아주 청결한 무한정한 귀(貴)한 분들이라. 이자들은 지금 사차원 공간 궁창의 궁극의 목적이 삼위일치라는 것을 알아야지. 어찌 내 아들딸에게 타락의 누명(陋名)을 덮어 놓은 악별성의 소행(所行)이 괘씸하고 그 통탄(痛嘆)함이 나에게는 쌓이고 맺힌 원한(怨恨)을 이 땅에 죄진 자들이 죄를 회개하고 뉘우쳐 반성(反省)하여 풀어야 할 사명(使命)이 완벽(完璧)하게 인간들에게 있다는 말씀이다.

옥황이 용녀가 인간의 시조(始祖)인데 시조가 풀지 못하고 죽었은즉 이것이 모두 이악한 인간들아 너에게 있는고. 없는고. 한번 헤아려보지 아니하려나. 최초 근원 원천(源泉)이 모두 발견되었고 과학으로 시작하여 과학으로 끝냈다고 말씀하였는데 이러한 모든 것이 불변하고 완벽함이 확고부동(確固不動)한데 어찌 내 아들딸이 더러운 타락(墮落)에 누명을 씌운 악별성이 살 수 있으며 이악(惡)한 인간들아 너희 심판(審判)받지 아니하고 견딜 줄 알아. 말하지 말란 말이지. 너희 어찌 그리도 못되어먹었는고. 너희하고도 안 한 것 같지만 나는 다 알고 있기 때문에 필름에 낱낱이 감아갔단 말이지. 이것은 반드시 원인(原因)이 있는 일이라. 모독(冒瀆)한 자가 바로 나에게 맺히고 쌓인 한(限)같이 제일 사랑하는 자들에게 결백(潔白)함을 너무 모독하였기 때문에 내가 용서(容恕)치 아니한단 말이지.

나(하나님)를 배신(背信)하나 다름없고 나를 모독(冒瀆)하나 다름없단 말이지. 내가 바로 하나님 천도문체가 4차원 공간을 창조(創造)하여 창설(創設)자기 때문에 창극(蒼極)을 이루어 무한정(無限定)하게 학문(學文)의 제도(制度)로서 모두 이루어진 상태의 상황(狀況)이 어찌 더럽겠는고. 나는 다른 것은 용서할 수 있지만 천도문을 모독한자들은 용서치 아니한단 말이지. 왜냐하면 이것은 반드시 원인이 있다. 내 아들딸을 모독하나 다름없고 이것으로 말미암아 수 억 년 넘고 넘는 세월 속에서 얼마나 이날이 오기를 목매어 기다렸는데 너희들을 불러 돈을 내놓으라고 하였는고. 아니면 너희들보고 전도하라 하였는고. 항상 편안한 마음에 안식을 정하라 하였고 중심체가 잘못함이 무엇인고. 어느 이 땅에 교회가보라. 헌금(獻金)내고 감사헌금내고 11조 바쳐야하고 어떠한 조건이라도 상대가 되지 않는단 말이지.

돈을 내게 하는 작전으로서 무한히 교인들에게 돈을 빼앗아 내려고 나(하나님)하고 축복받았다고 하고 이러한 거짓말이 얼마나 많은고? 그렇지만 무지한 인간들은 너무 알지 못함으로써 죽은 예수가 다시 오기를 바라고 자기들입으로 영계로 가면 천국에 갈 줄 알지만 한번 생각하여보라. 정신과 마음이 얼마나 맑고 깨끗하겠는가를 너희 한번 헤아려보지 못하는 인간들아 너무 착각(錯覺)에 혼돈(混沌)치 말란 말이지. 모든 것은 분명하지 못한 것이 인간들의 삶이니라. 불교도 역시 항상 불교에도 공을 드려준다고 돈을 바치는 것이 불교인들이라. 종교라는 것이 모두 그런데 이 집에 다니는 자들아 항상 너희들이 왔다가 거저 갔는고. 좋은 말씀 듣고 또한 영광의 새로운 뜻이 바로 살아있는 역사인데 살아있는 역사속에 살고 죽음을 또한 여기서는 잘만 믿으면 죽음의 역사가 끝난다고 말씀하여 주었지. 중심체(中心體)가 만약에 불신(不信)한 행동(行動)을 한다면 나는 그 몸에 실릴 수도 없거니와 아무리 풀고 영광을 나에게 돌린다 할지라도 나는 그자에게 실릴 수 없고 일할 수 없단 말이지 우리 집에 다니는 자들아 너희 어찌 그리도 못 돼먹었는고.

지금 처음 온 자들은 모독하지 않았지. 다음에는 모두 생각하였은즉 너희 수치(羞恥)란 말이지. 곧 나를 모독함이라. 왜냐하면 너희 그런 마음으로 어찌 중심식구가 되어 선지자(先知者)들이 되겠는가를 한 번쯤 헤아려보잔 말이지. 나는 분명히 알고 있단 말이지. 자기가 너무 죄를 많이 저질렀기 때문에 이제 알고 나서 견딜 수가 없으니까 발표하였지만 조건으로 발표함이 회개하지 않음이 분명함으로서 너는 살길이 없음을 잘 알란 말이지. 천도문아 분명히 내가 알려주노니 잘 들어보라.

내 눈은 광명(光明)이요 내가 앉으나 서나 내 마음이요 내 정신이 하나님 천도문체란 말이지. 정신은 가장 밝고 신선하고 청결(淸潔)하며 완벽하기 때문에 천지만물지중을 눈을 한 번 뜨면 다 알게 되어있단 말이지. 이것이 바로 정신일도(精神一到)에서 정신 문이 활짝 열리기까지 정신일도 할 때에 수억 년이 걸렸지 알겠는고. 모든 것이 절로 온 것 같지만 절대로 그렇지 않단 말이야 천살의 결백(潔白)이라 하였는데 어찌 결백을 안다면 그럴 수가 있겠는고. 나에게는 분명히 원인이 있기 때문에 이 땅에 나타난 의인(義人)을 배신(背信)하면 나는 용서(容恕)치 않는단 말이야. 왜냐하면 이 허물이 바로 너에게 있지. 나에게 있는 것이 아니니라. 잘 들어 보라. 내가 아무리 공적의 공의 공급의 사랑이라 하겠지만 내가 맺히고 쌓인 한이 비통(悲痛)하고 통탄할 이 원한(怨恨)이 수억 년 넘고 넘도록 나에게 원한이 맺혀있는데 내가 중심체 천도문의 몸에 항상 실려 있는 천도문체 하나님이니라.

천도문을 또 모독하는 자를 어찌 용서하겠는가를 한 번쯤 헤아려보지 아니하려나. 천주(天主)의 새 말씀이 어디 절로 왔는고. 7살에서부터 내 아들딸이 죄를 짓지 않았다고 생각하고 어떠한 일이 있어도 나는 죽음 내놓고 하나님 아들따님이 죄가 없다는 것을 발견(發見)하여 많은 인간들에게 알려주리라. 생각하여서 항상 그것으로 고민(苦悶)하여 자연을 연구하고 자연을 놓고 공부하여 수억 년 넘고 넘도록 누구도 풀지 못한 것을 혈혈단신으로 영계를 풀었고 또 한 가지 욕새별에 음모하고 배신한 원 죄인이 바로 옥황이가 자기 아들과 서로 언약을 맺어 죄진 득 죄인은 땅에 내려 죽음의 역사를 이루었고 생록별은 원죄를 지은 것이 바로 자기 부친과 모친이 세뇌교육(洗腦敎育)을 가르침으로서 생록별은 항상 욕새별 사오별에서 나에게 항상 조건(條件)으로 대적(對敵)하고 조건으로 항상 못마땅하게 나에게 불신한 놈이지. 그런데 불신한 놈 득 죄인을 중심체가 불러서 죄목을 발견(發見)하라 하였단 말이지.

그것도 중심체(中心體)가 내 아들딸이 죄가 없음을 확신하고 정신 생활할 때에 악별성들이 진구라는 놈에게 실려 들어와서 천도문을 4년 동안 유혹(誘惑)하였지만 듣지 않고 내가 이 정체를 발견하여야 되겠다는 결심으로서 네 정체가 무엇인고. 내가 곧 발견하여야 되겠다. 너는 하나님이 아닌 것을 잘 알고 있노라 알겠는고. 이렇게 직접 혼자 풀었단 말이지 알겠는고. 이렇게 모든 것을 혈혈단신(孑孑單身)으로 천도 문이 도둑같이 나타나서 도둑같이 풀었지. 이 엄청난 일을 하여서 영계는 내(하나님)가 심판하고 옛날 옛적에 무언의 세계가 다시 원위치로 돌아오고 또한 욕새별 사오별도 다시 심판(審

判)함으로써 돌아왔단 말이지.

이러한 일들이 무언 무한한 일이라. 이것을 중심체가 혼자 생각하여 직접 불러 가지고 풀었지. 귀신이 아니요 신선에 속한 실제 살아있는 악별성 생록별 옥황상제에게 순리로서 자연의 섭리(攝理)를 내놓고 풀었단 말이야 알겠는고. 너희 악한 놈들아 너희는 생각조차 하지 않았지만 중심체는 이와 같이 혼자 한 일이 명백(明白)히 필름으로 낱낱이 감아갔기 때문에 훗날에 너희 본향 땅에 간자들은 분명히 필름으로 보여줄 터인즉 한번 보란 말이지. 진실은 거짓됨이 없고 거짓됨은 진실(眞實)이 없단 말이지. 이렇기 때문에 결백은 결백대로 밝혀지고 색안경 쓰고 의심(疑心)한 것은 그대로 발견(發見)된단 말이지.

그러나 나는 아무리 하나님이라도 원인이 분명히 있지. 그 원인이 누군가하면 내 아들딸이 청백(清白)한 내 아들딸을 죄인이라고 하여도 타락(墮落)의 누명(陋名)을 덮어씌우고 하나님 믿는 자들은 더 극성(極盛)스럽게 하였기 때문에 모든 종교인(宗教人)들은 한 사람도 살리지 않고 제물(祭物)로 갈 것인즉 두고 보라. 나에게는 핵(核)도 무한정한 핵이 번쩍하면 아주 녹아 없어지고 방사선(放射線)도 비치면 녹아 없어진단 말이지. 나는 내 마음대로 역술(曆術)을 할 수 있고 역산(曆算)도 할 수 있고 천지(天地)도 뒤집어놓을 수 있는 나에게 무기(武器)가 무한정(無限定)하다. 내가 진공(眞空)으로서도 없앨 수가 있고 공기(空氣)를 거두면 모두 죽음이 이루어질 것이니라. 내가 왜? 내 공간을 내가 왜? 지키지 않아 분명(分明)히 지킨단 말이지 내 공간에 내가 분명히 옛 동산으로 호화찬란(豪華燦爛)하게 이룰 것이니라. 두고 보란 말이지. 재창조하고 이 땅에 주인이 분명하기 때문에 나의 셋째 아들 딸 여호화 하늘새와 천도화가 자기 후손(後孫)들을 데리고 중앙낙원(지구) 세상에서 머지않아 강림(降臨)하여 찬란하게 살 것이니라.

또 한 가지 내가 왜 힘으로써부터 천지만물지중을 지어 무형(無形)실체에서 유형(有形)실체에 형성(形成)과 형상(形象)과 체와 체내를 모두 아름답고 호화찬란(豪華燦爛)하게 이루어놓았는데 어찌하여 사랑이 충분히 아니하겠는고. 그러나 사랑을 할 일도 있고 못할 것도 있단 말이지. 나는 사랑으로 모두 이루어 상대(相對)조성(造成)하고 상대에 쾌락(快樂)을 즐기게 하였고 동화일치작용하게 하고 서로 생동체는 생동체대로 상통하게 하였지. 이것은 잘 들어보라. 내가 정신에 요소와 마음의 요소와 음양의 요소와 삼위일치인데 여기 생명의 요소가 있음으로써 힘의 요소가 있단 말이지. 이렇기 때문에 내가 준비하여 내가 내 마음대로 내 힘에 맞고 나의 분수에 알맞게 이루어놓은 법도에 무한정한 문진에서 갖가지 체계조리에 질서정연함이 완벽한 동시에 문진은 모든 내용에 근원을 파악(把握)함으로써 문관이 무한정하게 연구함이 바로 살아있기 때문이요 이럼으로서 갖가지 관도가 완벽함으로써 법률이 딱딱 붙어 법이 이행되고 정녹 정통 택 전도하여 전개됨이니라. 동시에 이럼으로써 관문이 완벽(完璧)하고 관직(官職)이 분명(分明)한지라.

공의 환경에서 힘의 존재 인이 권위권이 완벽함이 바로 명예와 권세와 권력이 당당함으로써 거느리고 다스리며 무한히 사랑할 수 있는 사랑의 근원(根源)자란 말이야. 이렇게 완벽한 모든 신선도라. 신선도에는 거짓됨이 겸비(兼備)할 생각도 못한단 말이지. 알겠는고. 이렇기 때문에 마음으로 진 죄는 마음으로 회개하고 뉘우쳐 두 번 다시 하지 않는 것이 회개함이요 마음으로 저지르고 육신으로 저지른 것은 나를 배신(背信)함이라. 이렇기 때문에 용서받지 못한단 말이야. 지금 이때는 천문지리 진전의 운세가 자유 되는 때요 완벽한 때라. 처음 들어와서 중심체를 믿고 의지하면 그것으로 걱정이 무엇인고. 내가 그 몸에 항상 실려 있기 때문에 너희 애로든지 너희 홍액 수든지 너희 좋지 못한 것을 다 막아주지 않는가 말이다.

또 한 가지 마음으로서 진 것이 엄청난 죄(罪)란 말이야. 그것도 회개치도 아니하고 조건으로 내놓는 것은 바로 악별성이 하는 수작이지. 이것은 원인이 있기 때문이요 내가 이것으로 말미암아 수억 년 넘고 넘도록 이 땅에서 스스로 나타날 자를 바라고 원하였느니라. 또 한 가지 악별성이 이 땅에 와서 진을 치고 국가를 형성하여 정치함은 다름이 아니요 너희 참 부모님(하나님 아들딸)을 내가 사랑함으로써 이 땅에 이미 이렇게 되었기 때문에 이제는 더 참을 수가 없단 말이지. 예수는 죽었다 예수가 돌아오기를 바라고 믿는 자들아 너희는 제물로 갈 것이니라. 알겠는고? 왜냐하면 내 아들딸이 죄(罪)를 짓는 것도 보지도 못하고 알지도 못하고 책(冊) 속에 든 글을 보고 너희 사상(思想)이 얼마나 못됐는고. 바로 하나님 아들딸이 죄인(罪人)이라면 좋아하고 죄인이 아니라면 싫어하는 것이 기독교(基督教)인들이요 또한 불교인들 중에 열심히 갈고닦은 자는 갈 것이요 기독교(基督教)인 중에도 혹시 내 아들딸이 죄(罪)가 없다고 생각한 자는 그중에서도 내가 살릴 것이니라. 천도문아 걱정치 말라.

우리 집에 한 사람도 오지 않아도 나는 분명히 내가 능력을 베풀어서 이 세상 인간들을 보여줄 것인즉 천도문아 너는 책이나 앞으로 술해 하도록 하란 말이지 너는 이 세상에 두 번 없고 한번 있는 일이라. 이렇기 때문에 너는 네 할 일을 만족케 하였지. 영계를 풀었은즉 영계가 심판(審判)되었고 또한 생록별을 불러 굴(屈)하게 하였은즉 원죄(原罪)가 없어졌다. 이럼으로써 원죄가 없는 자들이요 연대(連帶) 죄가 바로 죽음의 역사인데 없는 것이니라. 이럼으로써 기독교인들이나 불교인들이나 모든 종교인이 아닌 너희들은 원죄와 죽음의 역사를 벗지 못할 것이니라. 알겠는고. 또 한 가지는 천도문아 이제 멀지 않아 내가 너를 데리고 하늘에 오를 때에 천도문체라는 조복을 양 어깨에 찍고 양 가슴에 찍고 등 뒤에도 찍어

예복이 단정되고 도복이 정지되어 갑주와 천도관이 준비되어 있지. 네 머리에 쓸 모든 귀한 천도문관이 머리에 쓸 것이요 지금 도인들이 오늘 아침 3시 25분에 와서 모두 계시지 않는가. 도인들이 바로 선관들이요 신성들이 모두 오시면 이 집에 다니는 신도들에 마음을 검토하여본즉 모두 벌레 같은 것들이라고 말씀하심이라. 저 곤충 같은 인간들이 아닌 야생(野生)들이요 꿈틀거리는 뱀 같은 징그러운 것들이 그 마음과 정신을 본즉 가기 매우 어렵겠다고 말씀하심이니라. 또 한 가지는 몸에서 냄새나서 도무지 견딜 수가 없다고 말씀하심이니라. 이 땅에 의인(義人)이나 데리고 빨리 끝내소서. 하지만 중심체는 말씀을 선포(宣布)하기를 원하기 때문에 그럴 수 없다 하고 지금 때가 소 환란 때는 강림의 천주(天主)의 새 말씀으로서 알곡을 거둬 창고(倉庫)에 들이는 이때니라.

사차원 공간 궁창의 궁극의 목적이 하나님 뜻이다.

하나님 천도문체 나는 1차 최초 관을 준비하기까지 오랜 세월이 흘렀지 나는 이때에 천살도를 할 때에 정신의 요소와 마음의 요소와 음양의 요소는 힘과 생명이 없지만 무한정(無限定)한 조화(造化)가 광명(光明)보다 더 밝고 신선하고 아름다우며 무한정한 조화를 이룰 수가 있는 무한정함이지. 이때에 생명의 요소를 준비하였고 또 한 가지 힘의 요소를 준비하였지. 더불어 정신일도를 하였기 때문에 정신 문이 활짝 열렸고 따라 마음에 문이 열렸더라. 이때에 음양의 요소는 요소대로 무한정하게 점지할 수 있는 사랑의 근원 일치 일심이 무한도 할 수 있게 상통될 수 있는 상통도 음양의 요소로서 이룰 수 있게 하였고 또 한 가지 생명의 요소가 완벽함으로써 살아있는 생동체와 또한 생명체가 영원불변한 사랑의 무한정할 수 있었지. 이때에 힘의 요소가 완벽함으로써 생명의 요소에는 힘의 요소에 진가가 합류일치 됨으로써 무한정하고 또한 힘의 요소는 힘의 요소대로 무한정하였더라.

이때에 수억 년이 되었지. 수억 년은 바로 요소의 조화를 이루어 정신일도에 정신문과 마음의 문이 활짝 열리기까지 수억 년이 걸렸단 말이지. 이 모든 것이 불변이요 절대니라. 이럼으로써 이때서부터 힘의 요소를 가르고 쪼개고 나누어 분해 분별하여 분리진문을 딱딱 정하여 일획도 일점도 더하고 덜함이 없이 이룰 때에 이 엄청나고 무한정한 광경이 이루어졌더라. 힘의 요소들이 모두 발사하고 일어나고 터지는 광경이 참으로 헤아릴 수 없고 상상할 수 없으며 그 엄숙(嚴肅)하고 두려움이 참으로 헤아릴 수 없는지라. 이때에 힘이 모두 갖가지 선도를 펴 확정된 자리에서 확장(擴張)되어 파산(破散)되는 발사(發射)에 발생(發生)되는 파산소리가 천지(天地)를 뒤집고 또한 폭설 하는 소리가 아주 거대하고 우레같이 나는지라. 이때에 힘을 가르고 쪼개어 분해하여나가는 광경이 무한정(無限定)한데 힘의 전류가 흐르고 도는 독래 독대 전도가 완벽한지라.

이때에 둥글게 힘 태가 선도에서부터 둥글게 이루어지는데 그 놀라운 광경이 이루어졌는데 힘에 선도가 둥글고 둥글게 원을 이루었고 원에 선도에서 통문이 둘러서서 통문 통설할 수 있게 전류와 전력이 흐르고 돎이 완벽하였지. 이때서부터 나는 원을 이루어 원 속에서 모두 준비하느라고 분주할 때란 말이지. 참으로 무언무한정하게 새롭고 생소함이 가르면 가르는 데로 모두 나타나는지라. 이 놀라운 광경이 일심일치로 이루어졌은즉 참으로 경쾌하고 상쾌한 통쾌가 무한정하였더

라. 이때에 웅대(雄大) 웅장(雄壯)한 힘 태가 원으로 이루어질 때에 생동전도가 완벽하였지. 생동전도라는 것은 힘 폭인데 힘 폭이 겹겹이 싸고 싸서 천태를 띠어 두르고 천녹 족재 낵조를 이루어 반짝이며 반짝이는 전력에 선도로서 모두 고리를 질러 아름답고 엄숙하게 이루었지. 이때에 나는 참으로 좋았더라. 이때에는 정신 문이 활짝 열렸기 때문에 힘을 가르고 쪼개어 나누어 분해(分解)하고 분별(分別)하여 분리(分離)진문을 정한 것을 무한대(無限大)하게 가를 수가 있었더라.

이때서부터 나는 모든 것을 알기 때문에 힘에 요소를 잘 알고 있기 때문에 한없고 끝없이 이루어 찬란하게 확정 확장 확대하여 진문 술을 무한정하게 이룰 때니라. 이때에 나는 원을 이루는데 원에 찬란(燦爛)함이 완벽하였지. 이때에 생속 세내 선도가 모두 선을 펴 원안에 완벽하였고 힘에 생태든지 생동태든지 도백 도독 댁도 원도전도든지 이러한 무한정함이 완벽하였고 힘의 생태에 생종 생농 낵조로서 원을 이루는데 무한정한 힘 폭으로 싸고 싸서 고리를 질러 천띠든지 천문띠든지 원문띠든지 전도띠든지 생조 생띠든지 고리를 겹겹이 지르고 또 한 가지 천전조든지 무한정하게 이루었지. 이때에 나는 힘의 전이든지 힘의 전태전이든지 힘의 전도전이든지 무한정하게 둥근 원을 이룰 때에 무한정하게 바쁘고 고달팠단 말이야. 왜냐하면 나는 이때에 준비할 때는 나는 벌써 정신 전 때에 요소로 있을 때다.

이때에는 천살 도에서 살 때에 나는 나를 알았고 미래(未來)와 꿈이 확고부동(確固不動)하였고 목적(目的)과 목적관이 분명하였기 때문에 모든 것을 신기하고 신선하며 완벽하고 불변하며 무한정하게 이룰 수 있는 능력의 권능(權能)자기 때문에 힘의 중심체(中心體)요 힘을 자유롭게 자재(自在)할 수 있는 능력의 권능 자가 되기까지 참으로 수억 년이 걸렸다고 하였지. 이때에 정신 문이 활동하고 마음 문이 원동력으로써 정신 문이 마음 문을 지배하고 또한 마음 문은 정신 문을 우러러 앙시 존경 존중함으로써 받들고 모시는 무한정함이 완벽하였지. 나에게는 아주 불변절대하단 말이지. 이때에 나는 이와 같이 무한정하고 신출귀몰자기 때문에 모든 것은 내 마음이요 내가 하고자 하면 못하는 능력이 없는 자란 말이지. 이럼으로써 무소부지하고 무지신비하고 신출귀몰(神出鬼沒)하고 무한대할 수 있는 평녹 댁도란 말씀은 모든 것이 완벽하고 한번 법을 세워 평창을 이루면 그것이 영원(永遠)불변(不變)토록 변치 않고 완벽(完璧)이라는 말씀이니라.

나는 이때에 음양의 요소가 한없고 끝없음으로써 모든 것이 사랑이 겸비되어 사랑의 요소가 겸비되어 전류와 전력이 흐르고 돌며 무언무한정할 수 있었단 말이지. 내 말씀을 분명히 들으란 말이지. 천도문아 이 모든 것이 현재 현실로 나타난 자연의 섭리(攝理)에 기준이란 말이지. 알고 있겠지. 힘은 항상 무한대 함이니라 정신과 마음과 음양과 생명에는 힘이 존재할 수 있고 힘을 자유롭게 자재할 수 있는 능력을 갖추었어야 만이 권능을 베풀어내는 무소부지한 자요 신출귀몰한자요 무언무한한자인줄만 알고 있으란 말이지. 이때서부터 무한정한자라. 왜냐하면 힘을 가르고 쪼개어 분해 분별함으로써 분리진문이 딱딱 정한대로 힘에 선도들이 수억 천만가지 넘고 넘으며 또한 무한정하게 나타남이 완벽하단 말이지. 힘에 선도가 선을 펴 확장되고 평녹 댁도 원도한즉 평청 평창을 이루어 웅장 웅대를 감싸놓은즉 그 광경이 너무 엄숙(嚴肅)하였더라. 이때에 나는 너무너무 아주 내 뜻대로 내 소망대로 만족 흡족하게 준비하느라고 분주하고 바쁠 때지. 이때에 형상을 쓴 것이 아니요 정신이 활동하며 준비할 때니라.

이 악한 인간들아 너희 정신으로 할 수 있겠는고. 못하는 것을 생각할 때에 너희와 나는 완전히 별개(別個)란 말이지. 나는 이와 같이 준비할 때에 무언무한하게 만족 흡족하게 나에 분수(分數)와 내 힘의 맞게 이루어놓을 준비한 것은 신기(神技)하고 찬란한 영광도를 이루려고 피골(皮骨)이 상집도록 전심전력(全心全力)을 다 쏟아 준비한 것이니라. 이때에 폭설하는 소리든지 폭살하는 소리든지 파산되는 선도든지 무한정한지라 힘이 일어나고 터지는 광경에서 미세(微細)함이 사면에 확장되었지만 힘의 선도가 모두 뭉쳐 둥글게 공을 이루어 아름다운 빈설 선도가 완벽하게 나타나는지라. 이때에 아름다운 빛공 들이 모두 줄줄이 줄을 잇고 쌍쌍이 쌍을 지어 살아 움직이며 호화찬란한 신설선도를 펴 눈이 부시고 정신이 암담(暗澹)한지라. 이때에 나는 생조 생녹 진공이 세내 조직파로서 원 속에 둘러 아름다운 힘 막을 이루었지. 이때에 불롱 불랭이 나타남이니라. 불롱에서 무언 무한한 무형실체(無形實體)에 핵 선도가 무한정하고 또한 보이지 않는 핵(核)이 나타나서 힘을 무한정하게 동원할 수 있는 힘이 무한대(無限大)하단 말이지.

이 힘은 지금도 변치 않았도다. 사차원(四次元) 공간을 마음대로 할 수 있는 핵(核) 선도든지 핵이든지 무한대하게 나타날 때지. 이때에 준비해놓은 아름다움이 헤아릴 수 없고 상상할 수 없더라. 이때에 파산되어 각형을 이루어 반짝이며 정기가 흐르고 도는 둥근형이며 또한 무한정함이 완벽한지라 둥근형은 지구만한 형이 모두 둥글게 둥근형으로 체계 질서 정연하게 차례로서 완벽하고 불변된 절대가 완벽하고 그 놀라운 찬란한 빈설 선과 신설선도가 무한정한지라. 자체에서 아름다운 빛을 냄이 또한 힘의 반사와 장녹 댁도 반사가 모두 힘을 내는지라. 이때에 방사선(放射線)과 또한 무한정한 방사선이 대도원도로 이루어졌지. 이런 것이 아주 무언 무한한 조화를 이루어 쌍쌍이 모두 음양의 요소를 지니고 호화찬란(豪華燦爛)한지라. 이 모든 귀함이 체계 맞고 조리단정하게 질서를 정하여 자기 자리에 확정되어 조화를 이루었는데 참으로 무한정하였더라.

이때에 핵 선도 파들이 무한정하게 모두 이루어 준비하였지. 이럼으로써 모든 것이 완벽이요 확고부동(確固不動)함이니라. 천지창조하기 위한 준비가 무한정하고 무언 무한하였단 말이지. 이때에 동시에 폭설에서 이루어지는 갖가지 무한한 근원에 찬란한 독낵조가 모두 선도를 폈는데 생농 낵도가 모두 무한정하였고 헤아릴 수가 없더라. 찬란한 폭설에서 그 광경이 놀라운 장관을 이룬 것 같더라. 보면 볼수록 아름답고 그 모든 모양이 각형과 또한 동근 것과 공 같게 생긴 것과 또 네모 형으로 생긴 것과 무한한 조화를 나타내는데 찬란한 신설 빈설이 활짝 꽃같이 피어 천지를 밝히는 태양의 광명보다 더 밝고 그 선도가 모두 신선하고 밝으며 찬란한지라. 이것이 바로 하늘문자로는 도댁 댁도라고 하는 말씀이지. 도댁 댁도가 바로 폭살하는 그 무한정하게 샘물같이 솟고 벽상(壁上)에서 쏟아지는 모든 것이니라. 높고 높은 벽상에 쏟아지는 물들을 보라. 폭포수(瀑布水)를 본 것 같이 비유로 상징한다면 그렇단 말이지. 그것은 비유(比喩)할 수가 없지만 그렇다는 말이야. 이 모든 힘에서 폭살소리가 참으로 무서운지라.

그러나 이 진속에서 대독 댁도라는 것은 바로 여러 가지 형으로 나타나 보이는 것을 대독 댁도라고 하지. 대독 댁도에 내용은 이 속에 전자와 분자도 나오고 무한정한 화랑 낵도도 나온단 말이지. 화랑낵도는 불인데 뜨겁지도 않고 차갑지도 아니한데 불길같이 훨훨 타는 것 같이 화락 댁도라 한단 말이야 내 말씀이 너희들 귀에 들리는고. 천도문아 너는 알고 있지. 나는 이와 같은 자란 말이야. 폭설에서 나타나는 둥근형이든지 공 같은 것이며 각형 같은 것이 여러 가지 헤아릴 수 없는 형태들이 나타나고 또 한 가지 신설분 빈설분 같이 아주 찬란하고 무한정하게 무언 무한하게 나타남이니라. 이 모든 것이 무한정하고 그 폭설에서 나타나는 선도가 또한 핵 선도 나오고 또한 전재라는 말씀은 무언무한정하다는 그 각기 모두 나타난 형도를 말함이지. 형도라는 것은 헤아릴 수 없는데 만지면 만져지지도 아니하고 그 호화찬란(豪華燦爛)함이 아름다움을 뜻함이요 파산되는 파산에서 나타나는 선도들이 무한정한데 옥녹 옥지 완도진도가 찬란한지라.

이 모든 것이 무한정하게 준비되어 있음이 아니겠는고. 여기에는 갖가지 화학이든지 수정기든지 전자든지 분자든지 전도든지 완도든지 왕낵조든지 왕낵조란 말씀은 그 내용을 뜻함이니라. 이와 같이 모든 것을 힘에서 가르고 쪼개고 또 가르고 쪼개면 한없고 끝없이 나타남이니라. 모든 것이 이와 같이 무언무한정하고 또한 갖가지 세내 조직파가 모두 체계조리로서 단정함이 질서를 정하여 자기 자리에 응시되어 나타나는 힘들을 헤아릴 수 없고 상상 할 수 없단 말이지. 이때에 나는 정신 문이 열렸기 때문에 정신일도 문이 모두 폭발(暴發)시키고 자유하고 자재하는 무언 무한함이 완벽한지라. 나에게는 없는 것이 없이 무한정하게 이루어졌단 말이지. 이때에 나는 불롱에서 무한정한 보이지 않는 핵이 무한정하게 나타나서 핵선도 파가 이루어졌단 말이지. 그 파가 바로 불롱이요 불랭에서는 갖가지 모든 선이든지 통선이든지 무한정함을 그 내용을 말씀함이니라.

천도문아 이 불롱에 내용을 받으려면 한없고 끝없고 불랭에 내용도 받으려면 한없고 끝없음이니라. 알겠는고. 이런즉 핵 파가 바로 불롱인 줄만 알고 불랭에는 갖가지 화학의 요소든지 모든 요소가 저 내용이니라. 알겠는고. 불토에는 보이지 않는 무형실체의 내용이 생명의 요소요 그것이 모두 공기인데 하늘 말씀에는 생녹조라고 하지. 생녹조가 모두 무언무한정한 요소가 나타나는지라. 이와 같음으로써 불랭에서는 헤아릴 수 없고 상상할 수 없는 바람의 무형실체에 모든 요소에 선도가 수억 천만 가지 넘고 넘으니라. 이와 같이 불토 불태가 없으면 안 된단 말이지. 여기서 생문 생태에 원태가 나왔단 말이야. 이 선도에서 유형 공기바람이 모두 나온 셈이지 알겠는고. 이럼으로써 무한정한 불로 불래에는 생불체와 또한 생불이 나타나고 동시에 유형 공기바람이 나타남이니라.

이렇기 때문에 헤아릴 수 없고 상상할 수 없음이라. 대독댁도 원도전도가 무한정하고 헤아릴 수 없지. 나는 이때에 가르고 쪼개고 나누어 분해 분별하고 분리진문을 정하여 사차원(四次元) 공간(空間) 궁창(穹蒼)의 궁극(窮極)의 목적(目的)을 달성(達成)할 수 있는 나에 확고(確固)한 모든 것이 완벽이기 때문에 목적과 목적관이 분명하다고 말씀하였지. 이것이 없으면 안 될 상황이라. 이 모든 것이 살아 움직이고 무언 무한정함이 완벽이란 말이지. 이렇기 때문에 이때에 정신일도 문이 힘 원태에 파를 이루고 또한 진공을 정하여 진공에 수억 천만가지 넘고 넘게 이루었느니라. 정신일도에서 정신

문을 활짝 열기까지 천도문체가 수억 년이 걸렸고 힘을 가르고 쪼개고 나누어 분해 분별하여 준비하기까지 수억 년이 걸렸단 말이지. 이때서부터 진공은 수억 천만가지 넘고 넘는 진공을 이루어 준비한 것을 모두 진공 속에 간직하여 싸고 싸서 응시하고 이룬 것이 수 억 년 이니라. 이것이 3차에 거쳐서 이루어놓은 내용인데 한없고 끝없지 않는가 말이지. 이와 같이 무언무한정하게 이루어놓은 광경이란 말씀이라.

이렇기 때문에 이 엄청난 준비의 내용을 낱낱이 말씀하려면 한없고 끝없음이요, 그 내용의 학문 도를 세세히 하려면 끝이 없고 한이 없느니라. 천도문아 이러한즉 악한 인간들에게 주어도 준비치 못한 그릇이기 때문에 무언무한하게 천주의 새 말씀을 주어도 모두 쏟아버리고 도로 빈털터리로서 항상 갈급(渴急)하고 잡음(雜音)을 불러일으킴이 아니겠는고. 이때에 진공(眞空)에 무한정함이 모두 진공 속에 갖가지 없는 것이 없이 이루어 무한정하게 이루었는데 생동진공이며 생문진공이며 천도진공이며 천문진공이며 생녹 진공이며 색소진공이며 무한정한 진공이 한없고 끝없었지. 이때에 나는 신설선과 빈설선으로 세부조직망을 지니고 정신과 마음을 형상을 지닐 수 있게 이룰 때에 내가 뇌파를 정하여 오른쪽 뇌에는 정신이요 왼쪽 뇌에는 마음이라. 이와 같이 세부(細部)조직망(組織網)으로서 신설선과 빈설선이 돌고 돌아오게 반짝이며 무한정하였지. 천도문아 이때에 진공을 이루며 동시에 내 형성을 준비하여 완벽한 형성 때란 말이지 이것이 천살도에서 세부조직망을 갖추어 중량이 있고 세부 조직망(細部 組織網)에 흐르고 도는 피가 모두 반짝이며 아름답게 돌아가고 돌아오게 이루었느니라.

이때에 원도 진공이든지 천농 진공이든지 천지진공이든지 갖가지 진공을 어찌 다 헤아릴 수가 있겠는고. 진공 속에다 이때에 생불 체 요소를 모두 진공 속에 확정하여 아름답게 이룬 광경이 놀라운 기적을 일으켰지. 이때에 나는 생도를 이루었는데 생도에는 갖가지 유형에 생동에 요소와 무형의 생동(生動)의 요소들이 헤아릴 수 없고 상상할 수 없게 간직함이니라. 이 모든 것이 완벽이지. 나는 무언무한하게 오늘날 이 시간까지 나에게 평녹 댁도 원도가 이루어지기를 간절히 바랐는데 모든 것이 뜻이 확고치 못하여 온전치 못함을 잘 알고 있었단 말이지 모든 것이 불변이요 절대요 약속이니라. 이때에 천도 때는 무한정하게 설비할 때요 천도 전 때는 설치할 수 있을 때라. 이때에 천도 전 때는 천도문체인데 천도문체가 바로 나의 명예요 따라 천도 전에서 오고 가며 원을 웅대 웅장하게 이루어놓고 핵 선도로서 선이 체계로 또한 질서를 잡아 이루었지. 이때에 설비한 것을 설치하였기 때문에 꽝 꽈광 꽝하며 나타남이 세부조직망(細部 組織網)을 지니고 완벽한 형상(形象)으로 나타나심이라. 이것이 바로 첫째 날이지.

이때에는 형상(形象)이기 때문에 무한(無限)도로 이루어서 천문지리(天文地理) 진전의 운세를 정하고 아름답게 이루어놓음이 완벽하지. 천도문아 내 뜻이 바로 너희 뜻이요 너희 뜻이 바로 내 뜻이니라. 알겠는고. 첫째 날을 정하여서 갖가지 힘 태로 이루어놓은 원이 완벽하고 원안에 갖가지 힘 막이 층을 이루어 층면이 서로 상통되어 주고받는 무한정함이 완벽이란 말이지. 나는 이때에 또한 원 속에서 장막을 치고 장막 속에서 무한정한 가치관(價值觀)을 나타냈지. 이때에는 무언 무한한 영광도가 완벽하고 무지 신비(神秘)한 기적(奇績)이 한없고 끝없음이라.

천주가 살아있고 천문이 열렸기 때문에 항상 오고 가는 교체가 끊임없이 오고 간즉 유바골 이 산중에 장소를 정하였기 때문에 아름답고 찬란하고 귀하고 놀라운 기적이 일어났은즉 천도문아 걱정치 말라. 옳지 못한 인간들이 죄를 스스로 선택하여 스스로 졌은즉 살기가 매우 어렵겠구나. 모든 것은 뜻으로서 살고 뜻으로 죽을 때에 그 명예가 천지를 진동하는 것 같이 모든 것이 완벽한지라. 뜻을 놓고 죽고자 하는 자는 살고 살고자 하는 자는 죽음이니라 알겠는고. 이 모든 것이 천주의 새 말씀이라. 어찌 참된 정신과 마음으로 열심히 갈고닦으며 잡음을 불러일으키지 아니하면 이는 분명히 천국에 갈 자요, 따라 괴로움을 항상 가지고 자포자기(自暴自棄)하면 이는 죽음을 선택함이니라.

내가 너 보고 걱정치 말라 항상 하였지. 네 걱정이 무엇인가 죄를 지으면 내가 모두 알아서 발견하고 발표하지 않는가 말이지. 이러한즉 천주의 새 말씀이 너희 생명이요 진리요 길이니라. 이는 능력과 권능 자가 되었은즉 이적운속에서 이적을 폈다 거뒀다 하며 경쾌하고 상쾌 통쾌하며 살 때가 멀지 않은 것 같구나 걱정 근심치 말란 말이지. 항상 천주가 너에 곁에 있은즉 걱정이 무엇이고. 근심이 무엇인고. 지금 이때를 맞이하여 천주의 새 말씀이 땅에 내려 지금 소 환란 이때니라. 소 환란(患亂) 이때는 준비(準備)하는 때요 대 환란 때는 선포(宣布)하는 때요 대 심판(審判) 때에는 선(善)과 악(惡)이 분별(分別)되어 모두 분리(分離)된 상태(狀態)로서 죽음이 이룰 것이니라. 알겠는고. 대 환란 때는 선포(宣布)하고 또한 죽일 것은 죽이고 살릴 것은 살게 함이니라. 대 심판 때는 죽음을 선택한 자와 땅에 균(菌)과 모든 죄악(罪惡)을 일시에 없애버리는 때란 말이지 알겠는고? 이런즉 걱정 근심치 말란 말이지 알겠는고? 내가 너희들에 죄를 모두 상관치 아니할 것이니라. 그렇지만 내가 이 세상에 강림(降臨)하여 그 죄(罪)를 따지는 원인(原因)이 있단 말이지.

이것은 바로 너희 참 부모님이 청백(淸白)한 결백(潔白)을 모독(冒瀆)함이 바로 나를 모독(冒瀆)함이지. 그 모독을 모두 이 땅에 도둑같이 나타난 의인이 참 부모님을 찾았기 때문에 분명히 악과 선을 분간하는데 따라 분별하고 분리함은 바로 너를 믿으면서도 너를 모독하는 자들은 모두 용서받을 수 없을 것이니라. 내가 왜 이런 말씀을 강조(强調)하겠는가를 한번 깊고 넓게 생각하면 이해할 것이니라. 왜냐하면 사차원(四

次元) 궁창(穹蒼)이 하나로 일심일치가 되었어야하고 너희 참 부모님을 고이 받들어 모셔야 될 일이란 말이지. 이공간이 바로 조물주(造物主) 것이지. 인간 것이 아니니라. 공간 안에 힘 막들이 무한정하고 형성의 기능에 정기가 돌아가고 돌아오고 명기가 맥박이 튀고 있지 않는가 말이지. 땅은 지층을 쌓아 올려 학문의 제도로 이루어놓은 귀(貴)한 땅에 죄(罪)가 침투되어 균(菌)으로 뭉쳐놓고 공중에나 이 공간 안에 공해가 무한정한즉 독가스가 일어나고 터짐으로서 병마(病魔)가 끊임없이 작용하고 있지 않는가 말이지.

또 한 가지 인간들은 내 아들딸을 죄인이라 하고 자기들 멋대로 죄를 뒤집어 씌운 것도 더러운 타락(墮落)을 하였다고 함이 수억(數億) 년(年) 넘고 넘도록 도둑같이 나타나서 도둑같이 풀기를 간절히 바라고 원하였는데 2천 년 전에 예수도 풀지 못한 것을 이 땅에 의인(義人)이 도둑같이 나타나서 영계를 풀었은즉 분명히 하늘이 감동되어 이 땅에 강림하신 뜻을 너희 들으면서도 어찌 그리도 모르는고. 이렇기 때문에 나는 중심체가 나에게 최고라고 하는 말씀이라 알겠는고. 너희 한번 생각해보잔 말이지. 이 땅이 어찌 절로 됐으며 내 아들딸이 죄를 질 수가 있겠는고? 만약에 내 아들딸이 죄를 질 수가 있다면 분명히 내(하나님)가 죄인이요 따라 능력도 못하고 권능도 베풀지 못한단 말이야. 너희나 다름없는 사람이겠지.

이러한 것을 보아도 하나님 아들딸이 죄인이라고 수억 년이 념도록 오해하여 나를 배신(背信)한 옥황이 용녀가 죽었단 말이지. 이렇기 때문에 타락의 원인이 바로 악(惡)한 인간들이 타락(墮落)함이지. 내 아들딸이 어찌하여 타락하겠는가를 한 번쯤 생각지 아니하려나. 이악한 무리들아 이렇기 때문에 나에게 헌신(獻身)한 기적(奇績)이 바로 중심체인데 중심체(中心體) 천도문을 모독함이 바로 나를 모독함이니라. 알겠는고? 천도문아 악한 인간들이 멀지 않아 모두 죽을 때가 가까워 올 것이니라. 내 말씀이 곧 너희가 깨달을 수 있는 경고(警告)니라. 나는 전날에 1차원 최초 관을 준비하기까지 얼마나 애쓰고 애썼는지 인간들은 전혀 생각도 못하지. 그렇지만 내가 준비함으로써 무한한 학문제도로 이루어진 체계 조리 단정함이 완벽하고 질서정연함이 불변하지 않는가 말이지. 이모든 귀함이 영원불변토록 변치 않을 것이니라. 천도문 너희 집에 지금 강림(降臨)하신 사불님이 살아 역사하심이 실지요 실체(實體)니라. 이 땅에 인간들은 하나님을 알지 못하고 죽은 예수를 하나님같이 믿었은즉 이것이 바로 죄악(罪惡)에 속한 자들이니라. 예수를 통하여서 하나님을 알게 함도 아니요, 오히려 예수가 하나님으로서 둔갑(遁甲)함이 참으로 가소롭도다. 왜냐하면 하나님 보좌에 우편에 예수가 좌정(坐定)하였다고 기독교(基督教)인들이 그렇게 알고 있은즉 이것이 바로 헛된 믿음이요, 알지 못함이 아니겠는가 하는 말씀이니라.

그러나 무언무한정한 영광(榮光)도가 완벽하고 불변되어있는 너희 참 부모님(하나님의 큰 아들따님)이 내 양품에 계심이라. 예수는 점지할 때에 인간 몸에 점지함이지 아무 관계(關係)와 상관(相關)이 없단 말이지. 점지하였어도 그 정신과 마음이 일심일치가 되어 하늘에 맺히고 쌓인 한을 풀지 못하고 죽었은즉 이것이 헛된 믿음이라. 또 한 가지 자기가 만왕(萬王)이라고 외쳤은즉 어찌 이 땅에 주인이 오셔서 무한한 관문을 펴 관도에 따라 법률이 딱딱 질서를 정하여있고 공의 공급의 공적의 무한함을 분명히 알아야 하였는데 죽은 자가 어찌 하늘에 정치를 펴겠는가를 한 번쯤 헤아려 보잔 말이지. 인간이 아무리 살았다 할지라도 죽었은즉 무슨 소용이야. 살아있을 때에도 죽은 자인데 촉각(觸覺)을 알지 못하고 착각 속에 빠져 헤매는 인간들이 어찌 살았다고 하겠는고. 이렇기 때문에 곤충(昆蟲)같이 꿈틀거리고 또한 야생 같은 고집(固執)에다가 항상 자기만 잘났다고 외치는 인간들이 어찌 하나님 우편에 앉아 있을 것이겠는가를 한 번쯤 헤아려보자.

모든 것은 하늘이 알아서 함이니라. 성경에 있듯이 무덤에서 무덤이 갈라지며 살 수 있겠는가 말이지. 다 상하고 썩어 없어졌는데 아무리 하나님이라고 하지만 균(菌)을 뭉쳐 생하게 할 수는 없단 말이지 알겠는고. 분명히 생불 체에 탄생(誕生)하여 생하고 신선(新鮮)하여야 된단 말이야. 이렇기 때문에 천도문아 지금 이때는 죽은 자가 다시 살고 산자가 죽는 것이 바로 악한 인간들 속에서 멋대로 생각함이니라. 천도문아 지금 이때는 너희들이 살아계신 조물주(造物主) 사불님을 받들어 모심으로써 13분이 너희 집에 강림하심이라. 왜냐하면 이때를 맞이함이 중심체를 응시하심이요 이 집 식구들을 악별성이 다치게 할까 봐 응시함이요, 또 한 가지 너희 모친 천도문 을 뵈려고 삼 공간(하늘나라 *천지락 나라 *지하 성 나라 *구름나라)에서 모두 오고 가심이라. 알겠는고. 이때가 바로 영광을 하나님께 돌려드림으로써 귀한 때요, 또 한 가지 영광이 바로 속썩여드리지 않고 아무쪼록 충성을 다 바치는 자는 복이 있나니 천국이 자기 것이니라. 천도문아 걱정치 말라. 내가 네 곁에 항상 있고 너는 내 곁에 항상 있지.

너는 참으로 좋겠구나. 멀지 않아 옥반 옥지 완도진 속에 놀라운 예복을 정지단정하고 완벽한 귀한 자가 분명할 것이니라. 내가 너를 항상 내 곁에 두고 너를 귀하게 여김이 사불님의 소망이니라. 이런즉 편안한 마음의 안식을 정하도록 하라 너는 이 땅에 외로운 고독(孤獨)한자라고 생각할 때가 많지. 그러나 그렇지를 않다. 너는 때로는 창파(滄波)에 쪽배 하나를 타고 풍랑(風浪)을 만나 곡경을 겪는 생각할 때가 있지. 천도문아 옛날에는 그런 마음을 항상 지니고 정신을 항상 세워 다녔지. 천도문아 너는 걱정 근심치 말라. 내가 항상 네 곁에 있음은 참으로 영광이란 말이지. 지구에 수억 년 넘는 역사 속에서 너는 그래도 조물주 생불 사불이 너를 응시(凝視)하고 귀하게 여기고 천지락 내 보좌에 수많은 선관들이나 신성들이나 동자들이나 천사(天使) 장 들이나 또 선녀(仙女)들이나 천사들이나 이러한 자들도 모두 알고 있고 지하성에 신선한 사람들도 알고 있지 않는고.

하늘나라 삼 공간에 모든 유명한 자들이 모두 알고 있노라. 이렇기 때문에 때로는 너를 보고 슬피 울 때도 많지 천도문아 알겠는고. 너희 집에 왔다 가면서도 예복(禮服)에 눈물을 흘리는 선관들도 많단 말이지. 너를 모독(冒瀆)하는 자들을 보고 기가 막히다 고 말씀하심이니라 알겠는고. 인간들이 멀지 않아 죽을 것이니라. 내가 지금 이때를 맞이하여 때가 오면 악한 인간들은 일시에 없애버릴 것이요 영원하고 불변(不變)하게 살길이 열렸는데도 옳지 못한 오해(誤解)로 말미암아 너를 모독(冒瀆)하였은즉 죽음이니라. 그는 살 수가 없음이지. 이 모든 것이 완벽이 아니겠는고. 천주의 새 말씀이 바로 새롭게 태어나는 새 생명이나 다름없고 원죄와 타락 죄가 완벽하게 없음이 천문지리(天文地理) 진전의 운세(運勢)가 멀지 않아 살아있는 역사를 믿고 의지한즉 그 환경의 지배권위자가 되었을 때에 이 얼마나 귀한 자들인가 말이지. 이렇기 때문에 무언 무한한 귀함이 모두 완벽이 아니겠는고. 내가 너에 곁에 있고 너희는 내 곁에 있은즉 걱정과 근심이 없는 자들이 아니겠는고. 이렇기 때문에 무언 무한정함이요 영광에 새뜻이 완벽함이니라. 이럼으로써 천살이 완벽하고 청백(淸白)이 불변하기 때문에 빈설 같은 정절을 굳게 지켜 영원한 새 나라에 임할 것인즉 걱정이 없는 자가 될 것이요 근심이 없는 자가 될 것이니라. 천지창조가 완벽하고 천문천도가 분명하고 완도 정도가 완벽한지라.

천도문아 오늘도 걱정 근심치 말라. 왜냐하면 내가 항상 네 곁에 거하고 너는 내 곁에 있은즉 걱정이 무엇인가 말이지. 천지에 자유를 내 마음대로 하고 천문 익지가 모두 불변 되어 있고 일획도 일점도 더하고 덜함이 없는 무한정(無限定)한 신출귀몰(神出鬼沒)하고 무지 신비하지 않는가 말이지. 이 모든 것이 1차원 최초 관이 완벽하게 준비 되어 있는 상태의 상황이 확고하고 부동한 이치니라. 이렇게 청독 댁도라는 말씀은 가장 신선하고 청결하며 아름다운 밝고 밝은 광명보다 더 밝음이요 핵보다 더 밝음을 뜻함이 아니겠는고. 이렇기 때문에 천도문아 근원 일차원 관에 모두 준비 되어 있는 근원일치가 원인이 되어있고 원인은 결과를 이루었고 결과는 결론이 모두 정지정돈으로서 일획 일점도 더하고 덜할 수가 없는 무한정함이 모두 학문제도로 이루어졌고 자비(慈悲)철학(哲學)으로 이루어졌고 모든 층과 층면이 상통되어 수수(授受)와 작용이 무한정(無限定) 하였고 따라 공간 하나라도 인간은 헤아릴 수 없고 상상할 수 없는 무언 무한한 창도관도가 완벽하고 창극(蒼極)에 무한정함이 불변적토 자유라는 말씀에 뜻은 모두 학문이요 또한 법이요 법도요 이치요 의미라고 색음 하여 말씀하여주심이지. 천문지리(天文地理)에 진전에 운세가 자유됨은 원문(原文) 본문(本文) 본질(本質) 주독(主櫝) 주역(周易) 육갑(六甲) 술 숫자와 수학(數學)에 1234가 모두 학문인데 그 문에 따라 일(日) 월(月) 해로 딱딱 되어 공전에 맞추어 이루어진 무한정한 하늘에 주역(周易)과 무한한 정도니라.

정도라는 말씀은 웅장(雄壯) 웅대(雄大)하고 평청 평창을 이루어 층에 따라 면녹 독대라고 하는 말씀과 정도라는 말씀은 구별 되어 있는데 무언 무한한 웅대의 정돈을 말씀함이지. 이렇기 때문에 모든 것이 문자가 붙어있고 문문이 모두 생동하여 무한한 영광 도를 이루는 무한정(無限定)함이 아니겠는고. 이렇기 때문에 주의 참뜻이라고 하는 말씀이지. 주의 참뜻은 모든 이치와 의미와 일심 일치되어 있고 동화작용(同化作用) 자유가 완벽하고 또 한 가지 뜻이 확고하고 목적이 분명한즉 그 목적관이 완벽하다는 참뜻이지. 천도문아 이 모든 학문이 내가 준비하여 가르는 것과 쪼개는 것과 나누는 것과 분해하는 작용 일치와 분별하는 조화와 분리하는 모든 정돈이 아름답게 체계 맞추어 질서를 정하여 완벽하게 흐름과 돎이 분명함이 바로 선과 선도와 다르니라.

선은 흐르고 돎이요 선도는 무한정하게 발사하고 발생하는 것도 여러 가지니라. 힘을 발사한즉 발생되어 여러 가지로서 조화가 나타남은 바로 정신과 마음이 일심일치요 문과 문이 열렸은즉 밝은 광명이요 따라 음양요소와 힘의 요소와 생명의 요소가 한데 합류되어 일심일치로서 갈려 나가는 이치란 말이지. 이렇기 때문에 무언 무한하다는 참도 독대란 말이지. 참도 독대는 완벽하고 불변하고 일획도 일점도 더하고 덜할 수 없다는 참도 독대라는 말씀이다. 이 모든 것이 완벽히 아니겠는고. 천지자유 익지 완도라는 말씀은 모든 돌아가는 전류의 전력이든지 세부와 조직망이 선을 펴 흐르고 도는 것이며 따라 무한정한 힘이 작용됨을 뜻함이요 이럼으로써 익지 완도는 바로 천문지리(天文地理)에 속해있는 합류일치니라.

이와 같이 무한정함이요 따라 천문지리 자유자재 원도 원문도에는 모든 것이 합류에 일치인데 일치도 서로 각기 각자에 선도든지 모든 돌아가고 돌아옴이든지 따라 모든 흙톡 택토 든지 이런 말씀은 모두 살아있는 생토가 무한정한데 생토의 성분 요소의 조화든지 이런 뜻을 뜻함이라 알겠는고. 이 모든 것이 내가 하였기 때문에 잘 알고 있음이요 내가 준비하였던 것을 낱낱이 평도 댁도를 이루었지. 평도 댁도라는 말씀은 바로 공적의 공의가 높고 낮음이 없이 모든 것이 평화롭고 아름답고 모든 기계화가 모두 화해 작용함을 뜻함이 아니겠는고. 이렇기 때문에 문도라고 하는 말씀을 모두 학문도에서 도술진문을 뜻함이요 따라 무한정한 영광도라는 말씀은 모든 것이 완벽하고 한없고 끝없이 항상 오향 정기가 희색(喜色)이 만면(滿面)하고 또한 몸에 무한정한 기쁨과 즐거움이 항상 겸비(兼備) 되어 있기 때문에 신출귀몰하고 따라 평도 댁도한즉 모든 것이 평화롭고 아름다운 환경에서 환경도가 분명하기 때문에 힘에 존재가 바로 환경에 지배권위자가 되어 있기 때문에 모든 것을 거느리고 다스리며 사랑할 수 있는 능력에 권능 자가 완벽하고 진과 진을 분별하여 어느 진이 어디서부터 진을 펴 진법을 행하는 것과 또한 모든 문을 여는 것과 문을 닫는 것이 바로 주독에서 나오는 주문도란 말이지 알겠는가?

주문과 진법이 바로 중심인데 주문은 진법을 부리고 진법은 주문에 이행하고 주문도에는 주문이 순응하고 순종한즉 진도자유가 완벽한지라. 알겠는고. 이 모든 것이 완벽이란 말이지. 이렇게 모든 것이 불변의 절대가 신출귀몰(神出鬼沒)이라는 뜻은 새롭고 새로우며 무지신비라는 뜻은 한없고 끝없음이요 따라 상통된다는 뜻은 상통도 여러 가지로 나누어져 있는데 선과 선이 상통되는 것과 진도와 진도가 상통되는 것과 무한정함이 수억 천만가지 넘고 넘는단 말이지. 내 말씀이 곧 너희 생명과 같음이요 왜 생명과 같은지 아는고. 너희는 살아있어도 죽은 자인데 죽은 자가 다시 사는 뜻은 새로운 영광도가 강림(降臨) 하셨기 때문에 산 역사를 믿고 의지하고 삶으로서 조물주(造物主)에 심령(心靈)을 감동(感動)케 할 때에 항상 서로 주고받음이 변치 아니하고 사랑을 무한히 하여도 다하지 못한단 말이야.

조물주가 사랑이 풍부(豊富)함은 이미 타고난 요소(要素)니라 알겠는고. 공의라는 뜻이 모두 절로 온 것이 아니요 1차원 최초 관 때에 나는 정신 전 때에 천살 도를 한자요 천살도를 할 때에 정신에 요소와 마음의 요소와 음양의 요소와 생명의 요소와 힘의 요소와 요소가 합류 일치되어 있기 때문에 이 요소를 타고났기 때문에 공적의 공의요 공급할 수 있는 조화가 내 몸에 요소로 이루어졌기 때문이요 확고부동(確固不動)함이요 완벽이요 확고부동이란 말씀은 이리로 저리로 옮기지도 못하고 박혀있다는 확정(確定)을 말씀함이라. 이 모든 것이 완벽하다는 말씀의 참뜻이요 불변이라는 것은 변치 아니하고 항상 고정적(固定的)으로서 불변이라고 함이니라.

완벽이라는 것은 아주 불변과 완벽히 약간 다르지만 비슷함이니라. 왜냐하면 빨가면 빨간 대로 변치 않고 지속연속으로 아주 근신하고 건전하게 생동 체들이 힘이 모두 자동 자연하는 것을 뜻함이지. 변치 않는다는 말씀의 확고함 이니라 신도 댁도는 바로 생동하는 생동 체를 볼 때에 말없이 서로 대화를 나누는 것이니라. 도댁 댁도라는 뜻은 바로 준비하는 이치와 의미요 따라 거대하고 거창한 모든 힘들이 갈라나가 모두 자기 자리를 응시하고 서로 마주 서서 보면 응시되는 합심에 조화를 뜻함이라 천도문아 내가 지금 주는 말씀은 잠깐 학문을 풀어 주심이라.

갖가지 모든 것이 내 일심정기가 안 비친데 없지. 일심정기로 이루어짐이 바로 생동 체에 기능들이 활기 활짝 띄우고 슬기로운 경쾌함이 참으로 상쾌하고 통쾌도 함으로서 만족하고 흡족함을 뜻함이란 말이지. 뜻이 변치 않아야 만이 불변이요 뜻이 변한다면 이것은 악별성이 법도도 모르고 법을 알지 못하고 질서를 알지 못하고 혼돈의 착각하기 때문에 항상 이랬다저랬다 함이니라. 그렇지만 하늘은 불변 되어 있는 철조 댁도라는 말씀의 뜻은 영원불변토록 변하지 않고 갖가지 조목마다 자기 분야에 따라 열심히 근심함을 뜻함이란 말이지. 또 한 가지 질서가 환경으로 정연하고 조리가 단정하고 또한 완벽하고 또한 확고부동(確固不動)한 정지정돈이 완벽하다는 말씀이 바로 확고부동이라고 하는 말씀이라.

이러한 모든 것이 고도의 고차원 원천 근원이 완벽하게 불변초로 이루어진 일치니라. 불변 초라는 말씀은 바로 불변이요 초라는 것은 아주 직선을 뜻함이요 고지 고대를 말씀함이요 또 한 가지 빛보다 더 빠른 것을 뜻함이라. 이 모든 것이 이와 같이 완벽하다는 참뜻이란 말이지. 독대 대독 대라는 뜻은 천지만물지중이 모두 일심일치를 이루어서 무언무한정 하다는 참뜻이라. 독대대독대도 여러 가지로서 나왔지. 헤아릴 수 가 없느니라. 독대 대독대를 풀려면 한없고 끝없은즉 줄거리만 이렇게 알아두란 말이지. 천도문아 내가 무엇이라고 하였는고. 힘 태만 받고 받지 말라고 하였지만 너는 결사적(決死的)으로서 근원(根源)을 파고들었기 때문에 아니 줄 수가 없어서 모두 주었는데 인간들에게 대독대대독대라는 말씀하여도 무슨 말인지 알지 못하고 천토 댁초 라는 말씀을 하여도 그것은 무슨 소리인지 모르기 때문에 인간의 머리는 아주 죽은 자요 산 자가 아니기 때문에 근원까지 받지 않아도 되기 때문에 내가 너를 생각하여 받지 말라 하였지.

왜냐하면 너는 내가 데리고 가면은 이런 진리(眞理)학문(學文)을 다 알게 되기 때문이라. 누구라도 천지락에 가면 공부하여 달통(達通)되어 통치자가 되어야 만이 축복(祝福)도주고 환경에 맞추어 진법도 주고 진문 술을 주게 됨이지. 알지 못하는 자에게 아무리 귀한 말씀을 준들 알아듣지 못하는 자에게 영광과 영광(榮光)도가 이루어졌어도 알지 못함이니라. 알겠는고. 이 땅에서 나에 근원까지 파고들어 과학으로 시작하여 과학(科學)으로 끝났다고 하면 그런 것도 잘 분별치 못하고 알아듣지 못하는 자들이란 말이지. 천도문아 지금 이때가 참으로 귀중하고 귀한 때란 말이지. 천지조화가 어떻게 되어 있는 상태도 알지 못하고 상황(狀況)이라고 하여도 잘 듣지 못하는 귀들이란 말이지.

이렇기 때문에 죽은 자가 다시 산다는 뜻이 바로 천주의 새 말씀을 잘 듣고 믿고 의지하는 자는 분명히 살 것이요 그렇지 아니하고 항상 옳지 못한 마음에서 잡음이나 불러일으키는 자는 분명히 죽을 것이니라. 이러한 것을 너무나 알지 못하였기 때문에 지구 공간만 있고 그 외에 공간은 없는 줄만 알고 살기 때문에 죽음의 역사가 끝나지 못하고 죽으면 천국(天國) 간다고 하느니라. 사실은 천국이 살아있는 생동 체(生動體)와 생물체(生物體)와 생명체(生命體)와 생체(生體)와 모두 주고받는 이치(理致)와 의미(意味)를 확실(確實)히 안다면 참으로 이것이 영광(榮光)이니라. 하늘 사람들은 지리(地理) 지도(地圖)를 배우지 아니하여도 아주 알고 있고 또한 생물(生物)들이 모두 성장되고 돌아 그 체목(體木)에 모두 돌아가고 돌아오는 세부조직망에 잎사귀까지 섭취되어 돌아가고 돌아오며 영양소를 받아 섭취하는 것도 알지만 그것이 어떠한 조화로서 아주 윤택(潤澤)하고 찬란(燦爛)한 빛을 나타내는 반사에 작용이든지 흐르고 도는 내용이든지 모든 것을 낱낱이 아느니라.

화학에 조화든지 화학(化學)에 성분(成分)요소든지 관도든지 광녹톡대든지 광녹톡대라는 말씀은 쇠도 유하고 강하며 또한 무언 무한한 조화를 지니고 자유 하는 고체들을 낱낱이 아느니라. 이 모든 것이 무언무한정 함이 바로 근원에서부터 무한정한 조화를 이룬 것이요 따라 힘으로서 부터 체와 체내가 나타나고 선과 선도가 나타나고 갖가지 세내 조직 파든지 세부조직망이든지 따라 율동 회전하는 무한정한 생동 체든지 갖가지 모든 것이 다르지만 힘은 일치 일심이 되어 있기 때문에 공의란 말이야. 천도문아 이 땅에 사는 인간들은 너무 머리가 둔탁(鈍濁)하여 가르칠 수가 첫째 없고 또한 자신들이 알려고 하지도 아니한즉 어찌 가르치겠는고. 너무 미개하기 때문에 천주의 새 말씀을 완벽하게 별개이상 세계에서 나타난 학문(學文)이라고 평판(評判)을 하지 못할망정 나를 모독(冒瀆)함이 바로 천도문아 너를 모독(冒瀆)함이지.

그러한 인간들을 용서(容恕) 받을 수가 첫째 없고 죽어야 한단 말이지. 천도문아 이것이 모두 인간들에게는 너무 고도 고차원(高次元)인가 보다 말씀을 듣고도 이해(理解)도 못하고 이러한즉 어찌 믿고 의지하겠는고. 어려서부터 이 환경에 세뇌교육(洗腦敎育)을 받은 몸들이기 때문에 항상 좁고 짧으며 단순한 생각에서 항상 좁고 짧은 생각만 있지 모든 것은 무게가 있어야 되고 인내(忍耐)가 강하여야 되고 무언무한 해야 하는 말씀이라. 그렇지만 인간은 죽어야 마땅하단 말이지. 천지자유 익지 완도 완벽은 불변이라. 이 모든 것이 이치에 어긋나지 아니하고 불변에 자유가 완벽하지만 인간은 죽은 자가 다시 산다는 말씀은 바로 천주(天主)의 새 말씀을 듣고 천주가 거느리고 다스리며 모든 것을 경고로 교훈으로 가르쳤을 때에 참된 영광(榮光)자란 말이지. 이러한 것을 성경에 비유하여 무덤에서 살았다고 함인데 이악한 인간들아 너희 마음 심보를 보면 참으로 한심(寒心) 하도다.

그렇지만 우리는 그렇지 않아 모든 뜻이 확고하고 완벽하다고 항상 알려주어도 들을 때뿐이지. 듣고 나면 그 본성(本性)이 그대로 나타난즉 참으로 안타까운 일이란 말이지. 모든 것은 주의 마음이요 주(主)님의 뜻이니라. 이렇기 때문에 헤아릴 수 없고 상상(想像)할 수 없는 무한정한 영광도가 완벽하게 이 땅에도 머지않아 재창조하고 복귀(復歸)섭리(攝理)가 되었을 때에는 이 낙원 지구(地球)중앙(中央)공간에는 주인이 완벽하게 내 셋째 아들 여호화 하늘새와 셋째 딸 천도화의 궁(宮)이란 말이지. 이럼으로써 무언 무한하신 만국(萬國)을 다스릴 만왕(萬王)이 바로 여호화 하늘새 이니라. 지구공간에 주인이라고 내가 말씀 전날에 많이 하여주었지. 갖가지 없는 것이 없이 체계 조리로서 완벽하게 갖가지 학문(學文)제도(制度)로서 아주 체계 맞게 이루어놓음이 오늘날 이 시간까지 변치 않았도다.

그러나 사람은 시시 때때로 변동(變動)하고 그 요사한 마음에서 항상 좋지 못한 요소로서 요사를 떨기 때문에 항상 옳지 못하기 때문에 마음에 요소가 이렇기 때문에 몸에 태도가 온전치 못하고 상하를 분별치 못하는 것은 분명히 증거로 나타남이니라. 하늘은 분명히 천지간만물지중(天地間 萬物之衆)이 모두 법도로 이루어진 윤리(倫理)와 도덕(道德)과 자비(慈悲)와 철학(哲學)이 겸비(兼備)된 법도(法度)기 때문에 삼라만상(森羅萬象)에 모두 나타난 형상(形象)이 상하가 분별되어 있고 분리되어 있는 상태에 상황이겠지만 이것을 알고 있기 때문에 열심히 갈고닦는 자는 복이 있나니 천국에 가지 말라 하여도 스스로 갈 수가 있단 말씀이니라.

기능 잭조 원조가 모두 조리를 딱딱 짠 생동 체들이 완벽하게 층과 층면을 이루어 서로 상통자유하기 때문에 동화일치 작용하는 법이란 말이지. 이것이 바로 이러저러한 내용이다. 알겠느냐 모든 것이 믿고 정하고 의지하면 통할 수가 없음이 사람이지. 갖가지 모든 이치와 의미가 어긋나지 아니함이 완벽하지 않는가 말이지. 이럼으로써 한 가지라도 없으면 안 될 상황이란 말이지. 관도에 무한한 법도가 체계조리로서 딱딱 되어있기 때문에 관문(關文)이라고 하고 관직(官職)이라고 함이지. 이럼으로써 땅에 법(法)을 이행함이 바로 임금인데 임금이라는 명칭만 붙었지 도대체 아는 것이 없고 항상 단졸 하고 썩은 마음이기 때문에 서로 쏘고 찢고 쟁투(爭鬪)와 투기(妬忌)로 일삼는 못된 것이 바로 인간들이니라.

하늘에 윤리와 도덕은 참으로 아름다운 법이요 엄숙하고 두려우면서도 법이 질서가 딱딱 되어 환경으로 이루어졌기 때문에 윤리도덕(倫理道德)을 완벽하게 지키고 계명(誡命)에 법도(法道)도 어기지 아니하고 또 한 가지 우리 몸에 정맥(靜脈) 동맥(動脈)이 피가 돌아가고 돌아오는 이상 신선할 수가 없단 말이지. 하늘에 무한한 자들은 요소와 모든 것을 지니고 탄생하는 탄생에 근원(根源) 자가 점지할 수 있는 이치니라 이렇기 때문에 사랑은 일치지만 그 힘도 조금씩 다르고 왜 일치인지 아는고. 수많은 생물체(生物體)들도 사랑함이 변치 않는데 생명체(生命體)는 살아 변동을 일으킴이 옳지 못하다고 나는 생각한단 말이지. 인내와 극복이 반석(盤石)같이 굳어야 되고 참된 능력과 권능이 완벽하다고 항상 생각하여 봐라. 왜냐하면 대독원대 독대가 얼마나 귀한 문자인지 너희는 알지 못할 것이니라.

원문에서 나오는 분명한 고도의 차원 관을 지닌 내용이란 말이지. 이와 같이 모든 것은 불변촉도니라. 갖가지 모든 것이 귀하고 귀중하다 하지만 어리석은 것이 사람이니라. 엄마야 천도문아 이렇기 때문에 걱정 근심치 말란 말이지. 하늘이 알아서 모든 것을 조절하고 조정할 것이니라. 최초 1차원 관이 수 없는 힘들이 모두 진공에 저장되어 간직해놓은 일심일치가 완벽하고 모든 것이 질서를 잡아 이행하여야 만이 그 말씀이 즐겁고 기쁜데 이 귀한 말씀을 듣고도 생각지 아니한즉 참으로 우습도다.

천도문아 지금 이때에는 산 자와 죽은 자를 분리하여 천주의 새 말씀으로서 알곡을 거둬 창고에 들이는 이때가 아니겠는고. 때를 분명히 알려주었고 때에 맞추어 강림한 뜻을 알려주었고 또 한 가지 무언 무한한 영광이 이 땅에 두 번 없는 한번이라. 얼마나 애써 찾은 진리인고. 천도문아 너도 일평생(一平生) 짧다면 짧지만 길 다면 무척이나 긴 세월에 저것을 연구하여 모든 것을 불변되게 이루어놓은 상태에 상황이 완벽하다는 참뜻이지. 이러한 뜻을 알려주었는데도 우리를 불신하고 옳지 못한 심보를 함부로 놀렸은즉 죽어야 마땅한지라. 이렇기 때문에 분명히 땅에 사는 인간들아 너희 어찌 그리도 미개하냐? 사람이 어찌 그렇게 미련한가 말이지.

사람이 사람에 도리(道理)를 하지 못하면 어찌 인간 인(人)자가 붙을 수가 있는고. 온전함에서 결백(潔白)이 나타나고 결백에서 인내(忍耐)와 극복(克服)하는 강직(剛直)한 힘이 나타나고 주관(主管)과 판단(判斷)이 나타나기 때문에 주관 권위 권이 완벽하다고 말씀함이요 또 한 가지 지금 이때를 맞이하여 천지락 내 보좌(寶座)를 발견하여 주심이 살아있는 역사를 뜻함이요 죽은 자는 죽음의 역사를 끝내려고 함이 죽음의 역사니라. 이모든 것이 옳지 못하고 또한 인간이라고 할 수가 없단 말이지. 겸손(謙遜)함으로서 정서(情緖)를 지켜 이행할 수 있는 온유겸손(溫柔謙遜)한 자가 된단 말이지. 자비철학(慈悲哲學)을 앎으로서 무게가 있고 깊은 내용을 좀 알려고 생각함이요 과학(科學)에 자비철학(慈悲哲學)은 모든 생김을 알게 되고 그 성분의 요소든지 풍겨 가는 힘이든지 정기명기든지 무한정함이 아니겠는가 말이지.

천도문아 너는 네 마음대로 모든 것을 완벽하게 이행하여야 된단 말이지. 이러한 이치와 의미는 완벽한데 주의 참뜻이 모두 완벽치 못하다는 것을 항상 의심하는 인간이 잘못이지. 내 뜻은 항상 변치 않고 확고하며 불변 독대란 말이야 불변독대라는 말씀의 뜻은 항상 웅대 웅장함도 변치 않고 갖가지 흐르고 돎도 변치 않고 풍겨 오는 무한한 화기든지 힘이든지 변치 않음을 뜻함이지 이 모든 것이 완벽하며 겸손 자요 조리자요 질서 자요 정연 자요 따라 힘 막을 초래자유 하는 자니라.

천도문아 오늘도 너무 걱정 근심치 말란 말이지. 왜냐하면 내가 네 곁에 있고 너는 내 곁에 항상 있단 말이지. 천지 익지 자유선이 자재함이 모두 발견되어있지 않는가 말이지. 천지 익지 자유 선은 갖가지 모든 태양이든지 일과 월과 해든지 천문지리(天文地理) 진전의 운세든지 또한 갖가지 모든 은하계(銀河系)든지 체계로 있는 무한한 모든 생동체가 일심일치로서 자유 되는 이치와 의미가 모두 천문지리 자유의 지리 전진 자유의 일심되고 천지 익지 자유 선에 와 딱 맞는단 말이야. 이럼으로서 천지 익지 자유선이 자재 하고 자유 하는 무한정한 중심의 일심일치란 말이야. 이러한 모든 귀한 생동 생문 전문 천문도 익도 완도를 모두 가리켜 일심이 되어 자유자재 한다는 이치가 아니겠는가.

모든 것이 차례로 있고 질서로 있고 정연으로 있고 조리와 단정으로 있고 모든 것이 정지정돈으로서 이루어짐이 선후가 분명하고 자유가 완벽하고 이와 같이 평독 댁도 라는 말씀은 천문 평도 댁도 라는 말씀과 좀 다른데 천지 익농 낵조 라는 것도 모두 내용을 지녔단 말이지. 이런데 천지자유 익농 낵조가 평청 평녹 댁도라고 하는 말씀의 뜻은 모두 웅장 웅대를 뜻함이요 평청 평창을 뜻함이지. 이것도 근원이 있고 원인이 있고 결과가 있듯이 무한함이 모두 이러한 내용을 지닌 문자란 말이야. 갖가지 모든 것이 자유롭고 자재할 수 있는 능력의 권능이 완벽한지라 모든 귀함이 불변도로 이루어졌단 말이지. 불변 도라는 뜻은 변치 않음을 말씀함이요 영원함을 뜻함이란 말이지. 이것이 불변 도라고 하는 말씀이니라.

불변도도 상하로 분별되어 있는데 근원 원천에 입각되어 하는 말씀도 있고 최초 근원 파에 말씀도 있고 무한정한지라. 이 모든 것이 완벽이란 말이지 갖가지 모든 것이 이와 같이 변할 수가 없고 모든 생동체는 생동체대로 불변절대하게 조화를 이루어 찬란함을 나타냄을 완벽이란 말이지 갖가지 모든 것이 불변의 절대 약속이란 말이야. 자유와 자재원은 바로 사차원(四次元) 공간(空間)에 궁창(穹蒼)의 생동체들이 갖가지 생동체들을 어찌 다 헤아리겠는고. 갖가지 생동 체들이 생동한다는 말씀이란 말이야. 힘은 생명(生命)이 없지만 생동

(生動)하는 것과 따라 생동함으로써 작용(作用) 되고 작용됨으로써 율동(律動)하고 회전(回轉)하고 모든 소리가 요란하게 천지를 뒤집는 것 같이 우레 같고 천둥치는 소리같이 우람(愚濫)하고 엄숙(嚴肅)하며 두려움이 모두 회전(回轉)되는 소리와 율동(律動)하는 소리와 이 모든 것이 작용에서 자유됨이니라.

작용함은 조용하고 율동함은 요란하게 흔들려 율동소리가 엄숙하고 회전함은 돌아가고 돌아오는 소리가 모두 증발되는 것 같이 무한정함이 아니겠는가 말이지. 천지간만물지중(天地間 萬物之衆)이 모두 자유와 자재로 이치와 의미로서 완벽함이니라. 천도문아 내가 너보고 항상 말씀하심을 잊지 말란 말이지. 멀지 않아 책이 술해 할 것이요 따라 걱정과 근심이 없는 때란 말이야. 이렇기 때문에 하늘에 무한정한 조화는 사불님이 하심이지. 우리는 다 알지 못함이라 하는 것이 정 바른 말씀이니라. 이렇기 때문에 헤아릴 수 없는 내용과 상상할 수 없는 조화와 무한정한 모든 것을 모두 알 수가 없단 말이지. 천도문아 인간들이 도무지 생각조차 하지 않기 때문이라.

천문이 무한정(無限定)하다는 뜻은 바로 무언무한하다는 말씀이요 독대 대독 대라는 말씀은 갖가지 학문 도를 뜻함이요 천지 대독 대라는 말씀은 최초에 무한정하시게 준비하심이니라. 이것이 모두 절로오지 않았지. 천도문아 너는 또 알고 싶어 하는데 내가 모두 알려주고 싶으나 너무 알려고 하지 말란 말이지. 내가 전날에 천살은 나의 몸과 같고 내 모든 것이라고 말씀하여준 일이 있지. 천살 도라는 것은 요소를 이미 준비하였다는 뜻이니라. 너는 요번에 그것을 알고 싶어 하는데 천도문아 천살은 바로 최고의 귀(貴)함이라.

사차원(四次元) 공간을 준비한 중에 가장 귀함이요 따라 근원 최초 1차원관이 모두 천살도에서 이루어진 내용이지. 이 천살도를 너무 알려하지 말란 말이야 지금 받아놓은 문자도 세세히 풀려면 참으로 오랜 세월이 흐름이라 그런데 천살도에 내용을 세세히 알고 구체적(具體的)으로서 모든 것을 알려하지 말란 말이지. 감당(勘當)하기 어려우니라. 내가 이렇기 때문에 너희들에 머리는 좁고 짧고 미개하단 말이지. 이런데 너무 알려하지 말라고 하였지 천도문아 알겠느냐? 천살도를 이루기까지 무척이나 애썼지. 천살이 없으면 사차원 공간도 없고 생명도 없고 힘도 없고 음양도 없단 말이지. 이렇게 귀함이 천살이라. 천살 때에는 나는 무한한 정신 전 때지. 천살 때에는 아주 귀함을 무한히 요소로 준비할 때니라.

이렇기 때문에 나는 천살이라고 너에게 전날에 말씀하였지. 천살은 바로 5가지 조목을 이룰 수 있는 핵심의 진가가 바로 천살인데 천살이 없으면 천도문체가 어디 있겠는고. 천살이 바로 최초 1차원 관을 이룰 수 있는 핵심의 진가가 천살이라. 나는 천살을 지니고 가지고 있는 천도문체니라. 바로 하나님이니라. 이렇기 때문에 천살은 사차원 공간이 모두 천살의 내용에서 나타났기 때문에 가장 밝고 현명(賢明)하며 아름다움이 분명하고 가장 신선하고 청결(淸潔)함이 무한히 맑고 깨끗하고 이러한 귀함이 모두 아름다움이 아니겠는고. 이렇기 때문에 천살은 가장 밝고 신선하며 또한 귀하고 아름다움이 완벽하고 청결하고 신선을 띄었기 때문에 결백(潔白)이니라.

결백함이 바로 진실이요 또한 불변의 절대를 지닌 천살이기 때문에 내 몸과 같은 귀함이지. 천살 때에는 바로 정신 전때요 핵심의 진가가 무한정한데 다섯 가지 조목의 요소가 천살 도에 이루어짐이니라. 내가 천살로만 있으면 무엇해. 이렇기 때문에 이때서부터 나는 정신일도를 하여 5가지조목(정신에 요소, 마음에 요소, 음양에 요소, 생명에 요소, 힘에 요소)에서 요소를 이루어 불변절대 약속대로 이룬 것이 내 힘에 맞고 나에게 불변 절대로 맞게 이루기 시작함이 바로 나는 나를 알았기 때문에 나에게 비상한 비녹 조댁 독대 월불 토록 랙조가 분명한지라. 불토 록낵 조록이 완벽하고 불변되어있는 자유의 근원파가 완벽함이 천살이지. 내 천도문체에 판은 바로 천살인데 천살은 가장 귀하고 귀중하며 아름다운 천살이라.

이럼으로써 무언 무한정한 5가지 조목에 이루어진 천살로가 천살 록조 천문대록천살도가 완벽함이 아니겠는고. 이와 같이 무언 무한정함이 완벽이란 말이지. 두 번도 없는 확고부동(確固不動)한 천살로가 무한하다는 뜻이요 천살로에 맞추어 천살로에서 나타난 불토록이 완벽하고 불태록이 분명하고 불토가 완벽하고 불태가 불변되어 있음이라. 이럼으로써 불롱 불랭이 완벽하고 체계에 조리에 단정함이 아주 절도 있고 신선하며 청결되어있는 불토록이 불변절대기 때문에 아주 확고함이지. 이와 같이 무언 무한정함이니라.

이 모든 귀함이 완벽이기 때문에 불변이요 절대(絕對)요 약속이요 절도에 결백이요 청결도가 불변되어 있음으로써 청결함이 확고부동하지. 이와 같이 무언 무한정함이 완벽이란 말이지. 아이들아 알겠는고. 자유에 자재원도가 불변 절대함이지. 천도문아 천사록 파가 바로 정도요 또한 근원정도파가 완벽함이 아니겠는고. 이러한 맑고 깨끗함이 모두 불변절대요 따라 절도의 결백이 완벽한 확고부동함인즉 참으로 귀하고 귀중하지 않는가 말이야. 천도문아 너는 5가지 요소를 알았지. 그러나 그 조목에서 나타난 요소가 어떻게 되어 나타났는지 알고 싶어 하였지. 이렇기 때문에 무한정함이 불변이라. 이 모든 것이 완벽이요 또한 두 번 다시 없는 확고부동함이 불변도란 말이지. 이 모든 귀함이 확고부동하고 두 번 다시 없는 일심일치가 불변도란 말이지.

천도문아 걱정 근심치 말고 편안한 마음에 안식을 정하여 항상 큰일들을 맡아 주장 주관할 수 있는 귀한 자가 아니겠는고. 천지자유 익지완이 불변되어있고 천도의 천문이 완벽하고 천녹 댁도 원도 진도가 불변절대가 아니겠는고. 이와 같이 모든 것이 너희와 나와 일심일치가 불변하여야 된단 말이지. 천도문아 가장 귀함에 따라 중심이 필요한 것이 아니겠는고. 나는 사차원(四次元) 공간에 외부와 내부에 모든 분야든지 과목에 분야든지 그 과목에 내용이든지 분야에 내용이든지 모든 각도의 내용이든지 각의 내용이든지 이 둥근형의 내용이든지 웅장(雄壯)의 내용이든지 웅대(雄大)의 내용이든지 평청의 내용이든지 평창의 내용이든지 갖가지 모든 내용의 중심이요 따라 힘을 자유롭게 자재할 수 있는 능력을 갖추었기 때문에 권능(權能)에 무한정한자라.

이럼으로써 천도에 내용이든지 천문의 내용이든지 천도전의 내용이든지 천도문도전에 내용이든지 동낵조의 문도의 내용이든지 서녹 댁도 내용이든지 동방족재 내용이든지 남녹댁도 문도의 내용이든지 북독대 내용이든지 4해4진내용이든지 각도의 내용이든지 이 모두 내가 음양에 요소의 무한한 사랑의 공의 공급에 내어 이루어놓음이 점지한즉 전진하고 확정 확장 확대 진문 술이 아주 스릴 있고 슬기롭고 무언무한정하게 펴나가는 무한도가 완벽하고 황낙 댁도 원조가 불변절대한지라. 이 모든 것이 완벽이요 두 번도 없는 귀함이 아니겠는고. 이렇기 때문에 천도문아 분명히 말씀하노니 잘 들어보라. 왜냐하면 귀하고 아름다운 결백(潔白)에 무한정한 절대(絕對)가 약속대로 이루어져서 그 아름다움이 바로 귀하고 귀중함이지.

나는 정신 전 때에 천살로 있었기 때문에 천살은 가장 밝고 신선하며 아름다운 청결함이 불변되어있고 절도에 불변도가 결백인데 그 결백은 영원하고 불변 되어있는 두 번도 없는 하나지. 이렇기 때문에 내 몸과 같고 또한 내 정신과 같은지라. 이렇기 때문에 정신 전 때에 모든 것을 다 아는 것은 바로 5가지 조목을 잘 알고 있음으로써 현명하고 불변 되어있는 귀함이지. 이럼으로써 현명(賢明)한 중에 신선하고 밝은 중에 아주 결백함이 불변도란 말이지. 이렇기 때문에 5가지 조목을 낱낱이 알고 있기 때문에 5가지 조목을 분명히 알고 완벽한 불변이기 때문에 절도 있고 아름다우며 슬기로운 경쾌(輕快)가 불변 도라. 이렇기 때문에 나는 나를 아는 것이지 앎으로서 5가지 조목을 갖추어 일심일치를 이룬즉 이것이 바로 천살이라.

이럼으로써 천살을 분명히 나는 파악한 자기 때문에 능력을 갖추었지. 이때서부터 천살이 천살 도를 하였기 때문에 이 모든 것이 절로오지 않음이 완벽하단 말이지. 이럼으로써 천살이 바로 절도 있고 현명하고 신선하며 아름답고 청결함으로서 절도 있는 슬기가 경쾌(輕快) 상쾌(爽快) 통쾌(痛快)함이 결백(潔白)이니라. 이 모든 것이 요소로서 합류일치 일심되어 있음이 완벽이지. 이때에 5가지 조목을 모두 파악하였기 때문에 이것이 바로 천살로라. 천살로에서 무한정한 광채(光彩)가 광명(光明)으로서 무한히 밝음이요 따라 불토록이 완벽하고 불태록이 분명하고 불롱이 완벽하고 불랭이 불변하고 불토가 완벽하고 불태가 불변되있고 불로가 근원에 불로가 완벽하고 근원에 불래가 불변도라.

이 모든 것이 절도 있고 현명하고 신선하며 밝고 맑고 깨끗한 청결함이 일획도 일점도 더하고 덜할 수 없는 무한정함이 불변이란 말이지. 이렇기 때문에 이 모든 조목에 요소를 파악하였기 때문에 갖가지 요소에 무한한 내용을 통치 자유 함으로서 나는 요소를 이룰 수 있는 중심이 되었더라. 이때서부터 정신일도를 하여 정신 문이 활짝 열렸기 때문에 정신일도와 정신 문이 무한정하게 활짝 열렸느니라. 그러나 5가지 조목에서 요소를 일으켜 무한히 자유자재 할 수 있는 능력의 권능자기 때문에 나는 나를 안다고 함이요 앎으로서 온전함을 얻어 온전하게 모든 것을 결백하게 함으로서 그 진실은 가장 귀함이 아니겠는고. 이럼으로써 나는 나를 알고 있음이니라. 이렇기 때문에 미래도 있고 꿈도 있고 나에게는 용기가 물론이요 욕망은 꽉 차 있기 때문에 이것이 확고부동(確固不動)한 내용이란 말이지.

이럼으로써 목적이 완벽하고 목적관이 불변 되어있고 따라 미래에 펼쳐나갈 모든 평창대도 원도가 완벽하고 평녹대도가 불변절대하단 말이지. 이러한 무한정함이 완벽함이더라. 갖가지 모든 것이 무언 무한정한즉 천지 익지 자유선을 자재할 수 있는 능력의 권능이 바로 천살이란 말이지. 이렇기 때문에 천살 때는 정신 전 때요 정신(精神) 전(前) 때는 나는 나를 안다는 뜻은 바로 5가지 조목을 파악(把握)하였기 때문이요 또 한 능력자요 권능자라고 하는 말씀은 불변되어있는 불토록이요 불태랙이요 바로 불롱이요 불랭이요 불토요 불태요 근원파의 불로요 근원의 불래니라. 이모든 것을 가르고 쪼개어 나누어 원파 대로 나타냄이 완벽이란 말이지. 이 모든 귀함도 귀함이 없다면 무슨 소용이야. 완벽함이 있음으로써 무한정함이지. 이와 같이 모든 것은 완벽이라. 이 모든 것을 파악함으로써 그 공이 헛되지 않을 것이니라. 천도문아 이제야 속 풀렸는고. 나는 내 몸을 마음대로 할 수가 있단 말이지.

주의 참뜻과 참 목적은 불변의 절대요 약속의 자유니라. 하늘에 무한정함과 땅에 무한정함이 모두 천살에서 나타난 가치와 가치관이 완벽하였지. 이럼으로써 정신일도를 하여 정신 때에 모두 갖추었는지라. 천문자유가 완벽하고 천도의 무한함이 불변이라. 갖가지 모드든 것을 천살로써부터 이룬 것이기 때문에 불변의 무한정함은 알았다 할 것이 지상 사람은 없단 말이지. 내 말씀대로 조금이라도 헛됨이 없는 줄을 잘 알아야 된단 말이지. 이렇기 때문에 천살 도는 바로 내가 5가지 조목에 무한정(無限定)함을 발견(發見)함이니라. 천살 때를 말씀하려면 한없고 끝없은즉 무한한 역사가 무언무한하지. 5가지 조목으로 살 때에는 첫째 정신과 마음과 따라 인간의 정신과 마음을 겪고 본즉 옳지 못함이 완벽하지 않는가 말이지. 그러나 하늘에 무한정함을 알려주어도 알지 못함이 참으로 안타까움이지. 천도문아 내가 천살 때에는 정신 전 때요 정신일도를 하여 천살도가 완벽하기 때문에 5가지 조목은 천살 때에 파악하였기 때문에 천살도를 하고 난 후에 바로 정신일도요 정신 문이 활짝 열렸기 때문에 마음 문이 활짝 열렸지.

이럼으로써 정신일도가 무한히 조화를 이룰 수 있는 능력을 갖추었기 때문에 불변되어 있음은 천살도를 하고 본즉 천살 때에 5가지 조목을 지니고 가지고 있었지. 이때에 정신일도를 하여 정신요소를 이루었고 마음의 요소를 이루었고 음양의 요소를 이루었고 생명의 요소를 이루었고 힘의 요소를 이루었은즉 이는 정신일도가 완벽하였지. 이때에 천살도라고 하는 말씀이니라. 5가지에 조목에 요소를 모두 낱낱이 파악하였은즉 무언 무한정하였단 말이야. 이럼으로써 요소를 분명히 알고 또한 천살 때에 5가지 조목을 지니고 가지고 살았기 때문에 5가지 조목(條目)을 낱낱이 파악함으로써 천살 도라는 뜻은 5가지 조목을 파악하여 요소를 이룬 것이 천살 도라고 함이요 정신일도가 정신 문이 활짝 열렸기 때문에 이때서부터 힘을 창조(創造)해 냄이니라. 힘의 핵심(核心)의 진가(眞價)는 생명에 붙어 있고 죽촉 책내 댁조 원조 결동 댁도가 바로 무언무한정한 내용의 학문의 제도니라. 이 모든 것이 불변절대기 때문에 일획도 일점도 더하고 덜할 수가 없지. 힘을 가르고 쪼개어 나누어 분해(分解) 분별(分別)하여 분리진문을 딱딱 정함이 바로 힘의 중심체(中心體)요 무한정한 천도문체가 바로 생불(生佛)이요 하나님이 아니겠는고. 이럼으로써 힘을 창조하여 힘 선도를 이루었고 또한 통문 통설하고 통치(統

治)자유(自由)하는 능력(能力)을 갖추었느니라.

지금 이때를 맞이하여 무언 무한한 영광도가 너희 집에 왔은즉 너에 걱정근심이 무엇인고. 무한정한 영광과 영화를 누릴 수가 있는 영원한 길이 열렸고 또 한 가지 너희 재생할 수 있는 재생길이 열렸은즉 이 얼마나 즐겁고 기쁜가 말이지. 천도문아 걱정치 말라. 내가 너희를 항상 감싸 사랑한즉 모든 것은 내 마음이지 인간의 마음이 아니니라. 내가 이 땅에서 뜻하지 아니한 기적(奇績)과 신기록(新記錄)을 세워 무한히 맺히고 쌓인 비통하고 헤아릴 수 없는 나에게 비극(悲劇)이 통탄(痛嘆)할 것을 이 땅에 도둑같이 나타난 의인이 풀어주었기 때문에 나는 처음이자 마지막으로서 너희 집에 강림하였도다. 알겠는고. 지구에서는 두 번 다시 없는 일이요 처음이자 마지막으로 사불님과 그 외에 선관들이 강림하였도다.

이 모든 귀함이 아름답고 무한한 영광도가 너희 집에 천문지리(天文地理) 진전(進展) 운세(運勢)가 돌아왔은즉 천도문아 걱정 근심치 말란 말이지. 이제는 해운 년(年)마다 다를 것이요 너희도 너희를 반성하고 회개할 수 있는 자들이 한번 되어보지 아니하려나. 우리 집에 다니는 신도들아 너희 갈 길이 완벽하게 정하여있고 부여되어있는 사명을 잘 알고 있지. 알겠는고. 우리 집에 식구들은 무한히 환경이 너희와 완벽하게 다르니라. 또 한 가지 항상 이 땅에 도둑같이 나타난 의인(義人)을 모시고 사는 이 집 식구들아 너희들은 각자각기 너희 환경이 완벽하게 다르고 또 한 가지 나를 모시고 너희 식구가 실체 실지로 생활하고 있지 않는가 말이지. 이러한즉 세상과 너희들은 완벽하게 분리(分離)되어있는 상태(狀態)니라.

천도문을 잘 받들어 모시면 너희들은 영원한 너희 본향 천지락에 가면 상도 받을 것이요 바로 너희 모친(천도문)을 받들어 모심이 완벽하단 말이지. 이것이 바로 너희 할 사명이요 우리 집에 다니는 자들아 너희 어찌하여 성전을 의심하고 똑같이 옥황이 흉내를 내는고. 이것은 바로 하늘이 분개(憤慨)하도다. 이 땅에 의인이 나타나기를 나는 수억(數億) 년(年) 넘고 넘도록 목매어 기다리고 바람이 바로 순리로서 모든 일이 풀리기를 바람이요 또 한 가지 땅에 내린 옥황이 용녀가 원죄와 타락의 죄악의 역사를 이루었은즉 죄진 자가 죄를 뉘우치고 회개하여야 되는데 옥황이 용녀가 각자 서로 느낀 대로 이 땅에 왔다가 죄만 짓고 서로 죽을 때에는 옥황 이는 애 병(화병)에 세상을 버리고 용녀는 깨달음으로서 괴로워 살 수가 없기 때문에 8년 동안 정성드림이 바로 잘못했다고 빌었던 것이니라.

깨달은 자가 어찌 잘못한 것을 어찌 알지 못하겠는고. 알았기 때문에 한없고 끝없이 빌은 것이니라. 이때에 너희 참 부모님이 용녀와 괴물아이를 데려다가 내 보좌에 감히 두지 못함으로 욕새 별에 보냈지. 이때에 용녀가 생록 (옥황 이와 용녀의 큰아들 옥황상제)을 설득하려고 하였지만 생록별에 마음은 중앙(지구) 이 공간을 자기가 통치할 그 욕망이 꽉 차 있기 때문에 도저히 듣지 않았단 말이지. 이럼으로써 아무리 설득하였지만 옥황 이와 생록별이 서로 언약을 맺은 약속을 분명히 어기지 않으려고 함은 바로 생록별이 지구를 통치하려고 하는 마음이 있었단 말이야. 이것은 하늘이 참으로 통탄할 일이란 말이지.

이렇기 때문에 죄진 득 죄인이 그 죄를 풀지 못하였기 때문에 수 억 년 넘도록 지구공간에 옥황이 후손 중에 누가 풀기를 간절히 바라는 소망이 분명히 있었기 때문에 예수도 2천년 전에 나타났고 그 외에 구약 성경 때도 무한히 선지자(先知者)들이 왔지만 여호와 내 셋째 아들이 나 대신 와서 일을 한 것은 분명히 나타났지만 내 아들딸의 모함(謀陷)도 벗길 생각도 하지 않고 어찌 되겠는가를 한 번쯤 헤아릴 수 없었지 아니하려나. 죄진 자가 죄를 풀어야지 누가 풀겠는고. 나는 천살이요 따라 천살 도에서 무한한 신선함과 광명(光明)으로 밝음과 현명(賢明)한 것과 청결한 것과 헤아릴 수 없는 핵심의 진가가 바로 천살이니라. 이럼으로써 모든 것은 순리로 풀어야 되고 따라 동시에 불변절대 약속이기 때문에 나는 불로불래(산소 등 생명의 요소)란 말이지. 생명이 있는 곳에 신선한 힘이 있고 힘이 있는 곳에 절도가 있고 절도 있는 곳에 아주 경쾌하고 완벽하며 또한 무한히 밝고 맑단 말이지.

이러한 신선한 결백 자가 어찌 모든 일을 결백하게 하여야 된단 말이지. 생록별이 자기 스스로 회개시킬 수 있는 이 땅에 의인을 바람이 바로 내 마음이니라 사불님(하나님 부부와 큰 아들딸 네 분을 약칭함)이 모두 스스로 순리로 풀어야 만이 하늘에 법도가 있고 완벽한 모든 필름을 감았다가 기록하여서 그것이 완벽함이니라. 나는 1획도 1점도 더하고 덜함이 없음이 바로 결백하여야 된단 말이지. 우리 집에 다니는 자들 중에 성전(聖殿)을 의심하고 음모(陰謀)한 자들은 절대로 용서치 아니할 것이니라. 자기들 마음이 더러우니까 성전을 의심하지 성전이 어떠한 곳인가. 참으로 헤아릴 수 없고 상상할 수 없는 무한한 곳이 아니겠는고. 이 지구에는 두 번 없는 한 집이라고 하고 내 장소를 정하여놓고 하늘에 무한하신 영광되어있는 신선한 자들이 서로 오고 가는 교체(交替)가 끊임없이 무언 무한 하는데 중심체(中心體)가 결백(潔白)지 못하면 어찌 이한을 풀 수가 있으며 또 한 가지 나는 신선자기 때문에 중심이 타락(墮落)하고 더러우면 아무리 내 한을 푼다 할지라도 그 몸에 실릴 수가 없단 말이지.

전날에는 수많은 선지자(先知者)들은 모두 더럽게 타락(墮落)하였기 때문에 나는 이미 알고 그 몸에 실릴 수도 없거니와 또 원인(原因)이 있는 것은 내 아들딸이 죄인(罪人)이 아니라는 것을 생각지도 아니하였기 때문에 나(하나님)는 이 땅에 나타나지 아니하였노라 알겠는고. 또 한 가지 2천 년 전에 예수도 하나님 아들딸이 죄인(罪人)이 아님을 발견하지도 생각하지도 못했은즉 그러나 나는 그것을 상관(相關)치 아니하였기 때문에 여호화에게 이적(異蹟)을 많이 주었단 말이야. 이것이 바로 여호와 하나님이 내 친 셋째 아들인데 이 땅에 내려와 무한히 선지자(先知者)마다 역사하였고 그 몸에 실리지는 않았도다. 이렇기 때문에 성경에 나타난 문자에도 보라. 계시받고 예언으로 받고 또 한 가지 음성으로 들려줄 뿐이었었지.

그러나 그 마음들이 모두 하늘에서 기적(奇績)을 불러일으켜줌이 이적(異蹟)이지. 때때로 이적을 주어본즉 마음이 붕뜨고 악별성(옥황상제 즉 옥황이의 하늘에 있는 큰아들)이 그 몸에 실려 떠나지 않더라. 이것은 또 통탄(痛嘆)할 일이지. 자기가 하나님같이 때로는 악별성이 붙어 역사할 때에는 항상 이 여자 저 여자를 건드리며 너희는 나하고 함께하면 축복(祝福)받느니라하고 항상 몸을 더럽히기 때문에 그 몸에 실릴 수가 전혀 없더라. 천도문아 알겠느냐? 그러나 나는 네 몸에 실려 있어도 이 세상에 화식을 한 자기 때문에 때로는 화식(火食)하고 배설(排泄)하는 자기 때문에 항상 성령(聖靈)으로 씻고 그 몸에 실려 역사하지. 천도문아 너는 그것을 알았기 때문에 생식(生食)을 시작(始作)함을 내가 잘 알고 있노라. 알겠는고. 우리 집에 다니는 자들아 너희 갈 길이 매우 급한 것 같은데 어찌하여 신도중에도 의인을 배신(背信)할 수 있겠는고. 의인이 너에게 잘못이 무엇인고. 결백을 가르치는 결백(潔白) 자가 어찌 너희와 같겠는가를 생각지 아니하였는고. 진리가 어디 절로 왔는고. 그렇지를 않아. 중심체(中心體) 천도문은 나이 7세부터 내 아들딸이 죄(罪)가 없다는 것을 항상 생각하는 어린 마음에서도 옳고 그름을 항상 생각하고 그것이 무한한 학문(學文)을 도달(到達)할 수 있는 정신(精神)과 마음이 완벽하였지.

이 악한 자들아 너희는 나이 7세에 먹는 것과 입는 것과 노는 것으로 족하였지만 중심체(中心體) 천도문은 그런 사람이 아니니라. 어찌 정신생활을 하지 않은 자가 정신(精神)생활(生活)이 하루아침에 되는 줄 알아. 천만(喘滿)에야 인간은 원죄(原罪)와 타락(墮落)의 연대(連帶) 죄(罪)가 죽음을 선택(選擇)함이니라. 원죄와 타락의 연대 죄를 모두 해결할 수 있는 자라면 너희도 잘 알고 있어야지. 이런 자가 너희 정신과 마음이 같겠는가를 한 번쯤 헤아려보지 아니하려나. 나에게는 맺히고 쌓이고 비통(悲痛)할 한이 바로 내 아들딸을 타락(墮落)의 누명을 덮어씌었기 때문에 이것을 용서(容恕)치 아니한단 말이야. 그런데 뜻하지 아니한 중심체(中心體)가 오늘날 이 시간까지 이 세상에서 좋은 것도 모르고 항상 고심(苦心)하고 나에게 아주 효녀(孝女)로서 효도(孝道)하여 내 심령(心靈)을 감동(感動)케 한 자가 바로 의인(義人)이요 따라 도둑같이 나타나서 혈혈단신(孑孑單身)으로 혼자 풀었단 말이지.

이런즉 이것은 바로 귀하지 않는고. 원죄를 풀고 연대 죄가 바로 죽음의 역사인데 죽음의 역사를 풀었다고 귀가 아프도록 말씀 들었고 또한 알고 있지 않는고. 이러한 귀한 분을 귀하게 받들지는 못하지만 어찌하여 옥황이 용녀의 함을 똑같이 하는고. 이악한 마귀(魔鬼) 같은 자들아 너희 하늘에 갈려면 어떤 자가 가겠는가를 한 번쯤 헤아려보란 말이지. 너희 그렇기 때문에 감히 갈 엄두도 내지 못하지. 누가 어떻게 무슨 죄를 짓고 누구는 어떠한 죄를 졌다고 낱낱이 필름에 감겨간단 말이지. 필름이 감아 감은 다름이 아니요 이 집에는 처음이자 마지막으로 말씀 듣고 믿으려고 하는 자들은 하나하나 감아가는 원인이 바로 있단 말이지. 재생할 수 있을까. 아니면 재생할 수 없을까. 어떤 자는 잘 믿으면 무언의 세계를 돌아갈 수가 있고 의인을 배신(背信)하고 음모(陰謀)하여 의심한 자는 모두 대 심판(審判) 때에 죽을 것이요 그 안에도 죽게 될 것이니라. 이것은 용서할 수 없기 때문이라.

너희 지금 어느 때인고. 하늘이 강림하시고 심판하는 이때지 않는가 말이야. 너희 정신과 마음이 모두 죽은 자라 알겠는고. 죽은 자가 죽음 걸고 살 수 있는 자가 되진 못할망정 함부로 스승을 무시하고 없앤 여기는 건방진 자들아 너희 본즉 한 사람도 살기가 매우 어렵겠구나? 알겠는고. 내 말이 틀렸는고. 분명히 너희 한 짓을 내가 알고 있지. 나는 사차원(四次元) 공간 안에 학문의 제도든지 모든 것을 눈을 한번 뜨면 다 알고 있지. 왜냐하면 내 전심전력(全心全力)을 다 쏟아 피골(皮骨)이 상집도록 준비하여 이루어놓은 무한정한 결백도가 어찌 절로 왔겠는가를 한 번쯤 헤아려 보란 말이지. 내 말씀 속에 무한한 내용이 들어있고 또 한 가지 무언무한정한 신출귀몰(神出鬼沒)자요 따라 천지간만물지중(天地間 萬物之衆)이 모두 내 마음이란 말이지. 이렇게 내 마음에 있다는 말씀의 뜻이란 말이야 알겠는고.

이러한 크고 찬란한 귀한 사랑이 공의(公義)라. 아무리 공의사랑을 가지고 공의 공급(供給)하여 공적(公的)의 무한함을 펼쳐가는 무한자라도 나에게 너무 비극(悲劇)을 주고 쌓이고 맺힌 한을 생각한다면 이 땅에 인간들을 일시에 치워버릴 수가 있지만 나(하나님)는 순리(順理)로서 이루어지기를 간절히 바라는 자란 말이지. 이렇기 때문에 이 땅에서 옥황이 후손중에 어떠한 자라도 정신 생활하여 맑고 깨끗하여 빈설 같은 정절(貞節)을 굳게 지켜 결백(潔白)한 자가 되어야 만이 진실(眞實) 되고 또한 불변 되어있는 모든 일들을 해나간단 말이지 전날에 선지자(先知者)들처럼 타락(墮落)하고 내 아들딸을 죄를 졌다고 외치고 힘차게 외쳤은즉 그 몸에는 악별성 (옥황상제 무리들)이 역사할 수 있는 조건(條件)이란 말이지.

이렇기 때문에 하늘은 악한 자와 선한 자를 분명히 구별하고 분별하고 분리하는 이때니라 이렇기 때문에 나는 성전을 모독하고 음모한자는 절대로 용서치 아니한단 말이지. 우리 집에 다니는 신도중에 몇 사람은 내가 용서치 아니할 것이요 우리 집에 다니면서도 말이 많은 자는 그대로 받을 것이니라. 이렇기 때문에 옥황이 용녀의 본능(本能)을 똑같이 나타내는 자들아 너희 어찌 그런 정신과 마음으로서 현명(賢明)하고 절도(節度) 있는 결백(潔白)하고 불변(不變)되어있는 자유의 전진자유의 평녹 댁도가 완벽한 무한정한데 갈 수 있겠는고. 이 자리에서 말씀 듣고도 금세 잊어버리는 정신들아 너희 어찌 살아있다고 하겠는고. 무한한 영광(榮光)도가 완벽하지만 너희 정신과 마음이 옳지 못하여 시기(猜忌)하고 질투(嫉妬)하고 욕심(慾心)내고 탐(貪)냄이 꽉 차 있는 자들아 너에 머리 터지도록 옳지 못함이 너희 뇌파(腦波)에 꽉 차 있은즉 어찌 그 옳지 못한 것을 다 버리고 가겠는가를 한 번쯤 헤아려보지 아니하려나.

내 말씀 속에 무한한 높고 깊고 헤아릴 수 없는 무한정한 내용이 모두 들어있음을 알렸다. 너희 우리 집은 조건도 확실히 조건이 될 수 있는 결백(潔白)과 진실(眞實)과 분명(分明)함이 조건(條件)이 됨이지. 다른 종교(宗教)에서 가르치는 것과 같지 않단 말이요, 따라 성경(聖經)과도 같지 않단 말이라. 예수는 어질고 착하고 그 사랑이 풍부(豊富)함은 바로 내 점지의 요소를 타고났기 때문이요, 이 땅에서 나타난 요소가 모두 죄악(罪惡)의 근본(根本)을 지니고 탄생(誕生)하였기 때문이라. 이렇게 인간은 도저히 용서받을 수가 없단 말이지. 이런즉 죽은 자가 다시 살 수 있는 운이 터졌고 또한 운세(運勢)가 완벽하게 열렸고 따라 열심히 의인(義人)을 받들고 모시고 또 한 가지 충성을 다하여 무한히 자기가 바로 공(功)을 닦으면 원죄와 타락 죄가 없을 것이니라. 알겠는고. 이 모든 것이 결백(潔白)이기 때문이요 신선(新鮮)하고 또한 완벽(完璧)함이기 때문이라.

첫째는 결백의 진실 됨이 완벽하고 무한정한 결롱 댁도라는 말씀은 바로 모든 신선도를 뜻함이요 신선한 곳은 모두 결정체(結晶體)로 이루어져 그 결백(潔白)이 아름답게 자태(姿態)를 나타내고 무한정(無限定)함이니라. 알겠는고. 이러함으로써 모든 것이 찬란하고 분명한 것을 말씀함이지. 이와 같이 아름다운 결롱 댁도 같이 모든 것이 신설과 빈설과 신설분과 빈설분과 신설도를 뜻함이란 말이야 알겠는고. 이 세상 인간은 동물과 결합하여 동물의 고집(固執)과 동물(動物)의 욕심(慾心)과 옳지 못함을 간직하고 나타난 이 못된 자들아 너희 어찌하여 처음이자 마지막으로 이 땅에 의인이 나타났다고 귀가 아프도록 말씀하였는데 그 무섭고도 두려운 죄를 지었은즉 어찌 너희 원죄와 타락의 죽음의 역사가 끝나겠는고. 이러한즉 우리 집에 한 사람도 오지 않아도 우리는 슬플 것도 없고 관계치 아니할 것이니라. 너희 어찌 천륜(天倫)을 초개(草芥)같이 버리려고 하는고. 너희 몇 사람 중에 너희 중심체를 의심하고 타락의 누명을 덮어씌운 자들아 너희 천주(天主)의 새 말씀을 듣고 또 한 가지 원죄와 타락 죄를 벗었다고 하였고 또 한 가지 너희 모든 업이 바뀌었다고 하였는데 어찌 이런 말씀이 나왔겠는가를 한 번쯤 생각지 아니하려나.

너희 정신과 마음이 온전치 못한 자들과 같겠는가를 한 번쯤 헤아려보란 말이지. 너희 잘못하였음은 마음으로라도 회개하여도 용서받기 어려운데 모든 진리를 듣고도 깨닫지 못하고 너희 멋대로 행하였은즉 나는 너희 중에 중심체(中心體)를 모독한 자들은 가만히 두지 않을 것이요, 우리 집에서 다니다가 그것 때문에 부끄러워서 아니 다닐지라도 나는 용서(容恕)치 아니할 것이니라. 내가 제일 맺히고 쌓이고 비통(悲痛)하고 원통(寃痛)함을 도로 나타냈기 때문이요, 순리로 모든 것이 되기 때문이라. 갖가지 모든 것이 불변의 절대란 말이지. 내가 사차원(四次元) 공간 안에 평청 평창 되어 있고 확정 확장 확대진문이 아름답게 체계 조리로 질서정연하게 정돈자유가 놀랍게 펴있는 학문의 제도가 모두 완벽하고 웅대(雄大) 웅장(雄壯)한 원안에 찬란한 생조 생동하는 자력이 평녹대하고 있다.

평녹대 라는 뜻은 바로 아름다운 생조 생동자력이 세내 조직파로 평청 평창되어 완벽하고 또한 자석전이 작용하고 자석의 힘의 자력의 힘과 자석의 힘이 일심일치가 되어 합류되어 있음이 서로 상통됨이요 따라 중력의 힘이 완벽함으로서 삼위일치로서 층과 층면을 이루어 서로 상통자유 됨을 생동체들도 나는 낱낱이 눈을 한번 뜨면 모두 안다는 참 말씀이지. 이 말씀을 왜 하겠는고. 너에게 옳지 못한 생각하기 때문에 내가 이러한 말씀도 하여주었지. 나는 인간의 죄를 상관치 아니하지만 성전을 모독한자들은 용서치 아니한단 말이지. 내가 최초에 정신에 요소와 마음의 요소와 음양의 요소가 삼위일치요 무한히 조화를 이룰 수 있는 능력이요 권능니라 왜 음양의 요소를 준비하였겠는고. 음양의 요소를 준비함은 사랑과 사랑이 조화를 이루기 위함이 정신과 마음에는 음양의 요소를 지니고 있음으로써 사랑이 무한하게 서로 상통되기 때문에 사랑에는 누구나 굴복하고 아무리 이 세상에 원죄와 타락의 죽음의 연대 죄를 졌다 할지라도 사랑을 하면 그 사랑에는 굴한단 말이야. 사랑도 이성에 사랑도 있겠지만 정의 사랑 정의도의 사랑 사랑도 수억 천만가지가 넘고 넘는 분별 된 사랑이 있단 말이지.

이것이 바로 살아갈 수 있는 의미와 이치를 합류함이니라. 또한 생명이 있는 곳에 힘이 있는 것 같이 생명이 살아있음으로써 무한한 힘의 핵심(核心)의 진가가 무한히 합류되어 일심일치란 말이지. 이와 같이 이룬 법도요 무한한 관도라는 뜻은 바로 법이 무한정함을 말씀함이요 법률은 거느리고 다스리며 아름다운 법도의 이행을 이행케 함이니라. 분리하고 분별하여 완벽한 분명을 뜻함이지 이와 같은 엄청난 일을 한 분이 바로 의인이라. 이 의인을 너희들은 귀함을 받들 듯이 너희 한번 받들어보지 아니하려나. 그럼으로써 나를 알게 되고 나를 앎으로써 의인을 반드시 알게 됨이니라.

얼마나 결백(潔白)하고 분명(分明)하고 무섭고 두려운 자가 이 땅에서 도둑같이 나타났기 때문에 자기 입으로서 내 속으로 자식을 낳지만 너희 나를 믿지 말라. 나에게는 백이 없다고 분명히 아주 절도 있는 말씀이 얼마나 귀한 말씀인고. 나는 그 말씀을 듣고 참으로 귀하구나 하고 깨달았지. 지상에 인간으로는 도저히 할 수 없는 말씀의 내용이로구나 하는 말씀은 하늘에는 불변(不變)으로 이루어졌기 때문에 아무리 거짓되게 하려 하여도 하늘은 그런 법(法)이 없다는 생각하고 중심체(中心體)가 너희들은 나를 믿지 말라. 나는 너희들에게 빽을 하는 자도 아니니라. 각자각기 가는 길이기 때문에 열심히 갈고닦으라. 빽이 없다고 강조(强調)하는 말씀이 참으로 귀하고 귀중(貴重)한 말씀이지.

너희들을 사랑함으로써 절도 있는 말씀하고 또 그 말씀의 빽이 없다는 그 이치와 의미를 알려주시며 항상 사불님을 잘 받들어 모시면 너희 나를 알게 될 것이니라. 이 말씀의 내용을 한번 들어 보라. 얼마나 귀하고 귀중한 것인가 말이지. 분별된 법을 뜻함이요 완벽함을 말씀함이 아니겠는고. 너희들은 이 세상 인간들에게 배워가지고 뽐내는 것밖에 더 있는고. 그렇지만 너희 중심체 천도문은 그렇지 않아. 자연(自然)을 보고 스스로 이치(理致)로 깨닫고 스스로 공부(工夫)하여 항상 탐구(探究)하는 마음과 몰두(沒頭)하는 것과 검토(檢討)하는 것과 관찰(觀察)함이 게으르지 않고 항상 세심(細心) 소심(小心)함을 너희 잘 알고 있어야 한단 말이지. 우리 집에 다니는 식구 중에 중심체를 모독한 자는 아무리 회개(悔改)하여도 나는 상관치 아니할 것이니라. 그 필름이 나는 낱낱이 담아갔고 그 오향을 찍어갔기 때문에 이것은 불변(不變)이란 말이지.

천지자유가 완벽하고 천문의 이치의 법도가 분명한 관도가 완벽한지라. 따라 법률(法律)이 분명히 완벽함으로서 법도가 완벽하고 법이 있는 곳에 뜻이 있고 뜻이 있는 곳에 완벽한 법회와 법도가 분명하고 관도와 법률이 완벽한지라 천지자유익지 완도라는 말씀은 공간 안에 돌아가고 돌아오면 율동(律動) 회전(回轉)함을 뜻함이니라. 이 모든 귀함이 아름답고 신선하고 절도 있는 무한정함이 무언무한하지. 이러한 길이 열렸기 때문에 잘 믿으면 그 몸에 명실(名實) 공이 이룰 것이니라. 못 믿으면 죽을 것이니라. 알겠는고. 내 말씀이 바로 천륜을 말씀함인즉 잘 듣고 회개하란 말이지. 천주가 살아 있고 천문이 열려 서로 문답하는 이때란 말이지.

이런즉 서로 교체(交替)하는 이때를 맞이하여 함부로 판단치 말라. 이악한 인간들아 너희가 죽은 자지 산 자인가 말이야. 천문의 찬란한 영광이 분명히 돌아왔도다. 이렇기 때문에 천문은 너희 생명이요 진리요 길이니라. 이는 능력과 권능 자가 완벽한즉 이적운속에서 이적(異蹟)을 행(行)하고 정(定)하고 통(通)할 것이니라. 이 말씀은 무한한 준도 댁도 원도가 주문도를 파악하면 힘을 움직일 수 있고 진문을 정하면 진이 딱딱 와서 확정(確定) 확장(擴張) 확대(擴大)하고 뜻대로 되고 뜻대로 이루어진 이 결백(潔白)의 찬란(燦爛)한 귀함을 어찌 알려고 하지 않는가 말이지 알겠는고. 과학의 근원도 발견되어있고 학문의근원도 발견되어있단 말이지. 근원(根源)을 발견한 자가 이 땅에 도둑같이 나타났은즉 이 얼마나 귀하고 귀중한가 말이지. 이럼으로써 사불님이 이 공간에 장소를 정하시고 강림한 참뜻을 알게 됨이 무지한 인간들이 잠자던 잠이 깨어나고 무한하신 사불님의 공로의 생애(生涯)가 낱낱이 발견하시는 발견자가 얼마나 귀하고 귀한가 말이지.

이 발견자가 없었다면 나는 2천 년 되면 이 공간을 싹 멸하고 영계도 아주 깨끗이 멸했을 것이니라. 그런데 나에게 기적같은 의인(義人)이 도두같이 나타나 도둑같이 생록별을 불러 그 정체를 순리로 발견하였고 또 한 가지 땅에 내려 죄악을 불러일으킨 득 죄인의 옥황이 용녀를 발견하였은즉 나를 믿는 자는 분명히 믿고 의지하고 서로 교통(交通)하여 정신과 마음이 완벽하게 확신(確信)하는 자는 복이 있나니 바로 원죄와 타락의 죽음의 역사가 끝났단 말이지. 이것이 바로 하늘에서 수 억 년 넘고 넘도록 바라던 살아있는 산 역사가 완벽하게 죽은 역사 속에서 산 역사를 발견한 발견자(發見者)가 바로 의인(義人)이란 말이지. 알겠는고. 이렇기 때문에 천지자유 익지 완도 진을 알게 됨이요 발견되어있는 천체가 근원에 준비하여 이루어놓은 것이 원인으로 발견되고 원인으로 발견됨이 결론으로 발견되고 결론이 바로 무한정한지라.

이렇기 때문에 1차 최초관이 무한한 창도관인데 창도관이 완벽하게 근원일치 일심작용 자유가 준비하여 놓은 일심일치란 말이지. 나는 정신 전 때에는 천살이라 천살은 바로 정신 전 때인데 정신 전 때에는 5가지 조목을 지니고 있었기 때문에 정신 전 때요 따라 정신 전 때가 바로 천살이라 천살 때에 5가지 조목을 나는 파악하였지. 이렇기 때문에 나는 나를 알았고 미래의 꿈과 소망이 완벽하고 목적과 목적관이 분명한지라. 이 5가지 조목에는 무언무한정하고 한없고 끝없는 내용을 지녔단 말이야. 이럼으로써 나는 이때서부터 바로 정신 전 때인데 정신 전 때를 말씀하면 천살이라고 한단 말이지. 정신 전 때에 천살은 근원의 최초 1차원관이지. 알겠는고.

이때서부터 5가지 조목을 낱낱이 알게 됨으로써 파악하였다고 함이니라. 이렇기 때문에 5가지 조목에 내용은 무언무한정하고 한없고 끝없으며 무한히 신출귀몰하고 무지 신비함이 완벽한지라. 이때서부터 나는 천살도를 하였지. 천살도를 하고본즉 정신의 요소와 마음의 요소와 음양의 요소가 삼위일치인데 무한히 조화를 이룰 수가 있었단 말이지. 이렇기 때문에 생명의 요소를 준비하였고 생명의 요소를 준비함으로써 힘의 요소를 준비하였지. 이때에 힘의 핵심의 진가를 생명에 붙였은즉 생명이 살아있고 생명이 분명하였더라. 이때서부터 정신의 요소와 마음의요소가 일심일치로써 완벽하였기 때문에 음양에 요소가 조화를 이룰 수가 있는 무한한 요소가 합류일치 되었은즉 한없고 끝없는 조화를 임의대로 자유자재할 수 있었지. 천도문아 이때서부터 힘은 힘대로 무한정하였고 확고한지라. 이럼으로써 생명이 있는 곳에는 힘이 있고 힘이 있는 곳에는 생명이 완벽한지라.

이렇기 때문에 나는 이때서부터 요소의 무한한 내용을 알기 위하여서 정신일도 하여 정신 문이 활짝 열렸지. 이럼으로써 마음에 활짝 열렸기 때문에 정신과 마음이 서로 주고받고 무한한 조화를 이룰 수 있는 음양에 요소가 완벽하고 불변 되어있기 때문에 천지간만물지중을 모두 음양 지 이치로 이룬 것이니라. 이렇기 때문에 생명과 힘이 존재할 수 있는 능력과 권능을 갖추었지. 나는 몸은 하나지만 주체와 대상이 합류되어 조화를 이룰 수 있는 힘의 중심체기 때문에 힘을 창조해낼 수 있는 능력이 완벽한지라. 이렇기 때문에 힘에 핵심의 진가를 생명에 겸비함으로서 힘의 핵심의 진가와 생명이 주고받음으로서 5가지 조목의 내용의 요소들을 모두 파악하여 무한정하게 이룰 수 있는 능력을 갖추어 권능을 베풀 수 있는 정신 문이 활짝 열렸기 때문에 내 정신과 마음과 음양의 요소를 지니고 생명을 지니고 힘을 지녔기 때문에 내가 가르고 쪼개어 나누어 분해하고 분별하여 분리진문을 딱딱 정하여서 일획도 더하고 덜함이 없음이니라.

이렇기 때문에 천살은 가장 현명하고 신선하며 청결하고 또한 아름답고 무언 무한한 결백이 완벽하기 때문에 정신 전 때에도 결백함이 불변되어있고 절대한 약속대로 딱딱 전개하고 자유 할 수 있는 능력의 권능 자가 바로 하나님 천도문체니라. 나는 정신 전 때에 5가지 조목의 내용을 다 알고 파악하였기 때문에 이 정신일도 하여 무한한 정신을 열었지 나는 이때서부터 천살도를 함으로서 5가지 조목에 내용에 요소가 무한정하고 신출귀몰하고 한없고 끝없는 무지 신비란 말이지. 이것이 바로 무언 무한한 무형실체 현재 현실이 아니겠는고. 이렇기 때문에 나는 이때서부터 힘을 창조(創造)해냈단 말이지.

핵심은 핵심(核心)대로 분리하고 힘은 힘대로 분리하였고 힘 자체에 중량을 좀 지닌 힘은 힘대로 하였고 웅대 웅장한 중량이 있는 힘은 그대로 순리대로 딱딱 이루었지. 천도문아! 이렇기 때문에 이때서부터 힘을 창조하였는데 힘이 살았다고 발사 발생하고 일어나고 터지며 평청 평창을 이루어 평농 댁도 원도가 모두 펼쳐나가는지라. 이때에 정신 전 때를 분명히 너희들은 하루바삐 알아야 된단 말이지 갖가지 모든 힘을 창조해놓았는데 힘이 살았기 때문에 발사하는 데로 힘 태가 둥글게 둥글게 원을 이루는지라. 원을 이루어 갖가지 힘 전이 겹겹이 싸고 싸서 세내 조녹 독대가 완벽하지. 세내 독대가 완벽함은 바로 천도에 이치를 말씀함이니라. 천도의 이치가 완벽하고 천문이 자유 되는 일심일치가 불변 되어 있음으로써 완벽이란 말이지. 이 모든 이치와 의미가 분명하고 확고하며 완벽한 뜻이란 말이지. 이때에 광경에서 광경이 일어나고 터지고 자유하고 자재하는 광경이 무한한지라.

이렇기 때문에 천지조화를 이룰 수 있는 준비의 내용을 이루었지. 이 모든 것이 완벽한 불변의 절대가 아니겠는가 말이지. 이런 것이 모두 변할 수가 없고 무언 무한정함이 완벽이란 말이야. 이 모든 웅대 웅장함도 무한정하고 웅대 웅장함이 확고부동한 힘 태가 완벽하고 힘의 근원에 원 파가 완벽한지라. 이때에 힘이 창조되는 때란 말이지. 힘을 창조하면 동시에 설치할 수 있는 설비를 모두 하여 설치함이니라. 힘이 창조됨에 동시에 힘 태가 완벽하게 불변 되어있고 통문 통설 통치 자유 할 수 있는 전류의 전력이 흐르고 돐이 완벽하고 무언 무한정함이니라. 이럼으로써 힘 태는 웅장하고 원은 웅대한지라. 이럼으로써 모든 통문 통설 통치 자유가 완벽하게 이루어짐이 바로 평녹 댁도 원도란 말이지.

이럼으로써 무한한 전태든지 원태든지 근원 근토 택토 낵토 원토든지 무한한 근원의 내용이 모두 힘 태에 실려 일어나고 터지는 광경이 무언무한하고 엄숙하고 두려운지라. 동시에 통문에는 통설하고 통치자유 익지 완도가 분명하였지. 천도문아 힘을 창조해내며 동시에 힘에 선도가 절록 댁도라는 말씀은 통문을 말씀함이요 절록댁도는 통문과 통선 하는 뜻을 말씀함이니라. 이럼으로써 생농 불롱 생농이든지 불롱 생냉 내롱토든지 무언무한정한지라. 이 모든 귀함이 완벽하고 불변의 절대가 불록톡 태 원토하는지라. 불로댁토 원토라는 말씀은 웅장 웅대한 힘 태의 원이 확고부동(確固不動)하고 무한한 내용을 증거 하는 말씀이라 천도문아 이때에 폭설 하는 것과 힘이 발사되어 발생되는 것과 발생에서 파산되는 것이 모두 광경에서 광경을 이루어 무한정하게 선도가 무한히 나타나는지라.

이때에 선도는 선도대로 준비하고 전선은 전선대로 준비하였고 근원의 무한정한 전자전이든지 근원의 분자전의 내용이든지 전자전의 내용이든지 분자전의 내용이든지 한없고 끝없음이니라. 이렇기 때문에 근원의 준비의 컴퓨터가 여기 말로는 컴퓨터라고 하지만 근원의 천도문체가 이루어놓음이 바로 불랭 톡태라고 하고 볼롱 낵토댁대라고 함이 이 땅에서는 컴퓨터라고 하는 말씀이라. 그렇지만 하늘은 불롱 톡태낵도 록대가 무한정하게 조화를 이루어 서로 상통되어 자유 익지 완도원도를 뜻함이지. 이렇기 때문에 힘이 발사되며 동시에 발생하여 파산됨이 모두 줄줄이 줄을 이어 힘 막이 차례로 질서가 정연하게 완벽하고 불변되어 있음이니라. 이럼으로써 둥근형에 내용과 각형의 내용과 각도의 내용과 네모형의 내용이 무언 무한정 함이니라. 천지자유 익지 완이 바로 내가 자유 작용하기 때문에 인간과는 아무 관계와 상관이 없단 말이지.

이는 가장 신선하고 현명(賢明)하며 청결하며 아름다운 불변의 절대가 약속대로 이루어짐이 바로 귀함이니라. 이모든 귀함이 절도 있고 완벽한 신선함이 모두 헤아릴 수 없고 상상할 수 없는 무언 무한정함이 불변의 절대의 약속이란 말이지. 이와 같이 각형이 모두 줄줄이 줄을 잇고 쌍쌍(雙雙)이 쌍을 지어 요소로서 무한히 체계 조리로 단정하고 불변의 절대로 그 좌우에 응시되어 일어나고 터지는 광경에서 광경을 이루어 준비되어있는 무한정함이 완벽한지라. 이 모든 것이 주의 참뜻이요 바로 내가 완벽하게 천도문아 생불이란 말이지 알겠는고. 근원일치가 모두 준비되어있는 상태(狀態)의 상황(狀況)이니라. 이 모든 것이 분별 자유 되어 분리 상태로 확정하여 놓은 준비가 얼마나 귀하고 귀중한가 말이지. 내 말씀이 영원하고 불변함이 완벽이란 말씀이니라.

준비하여 이루어놓은 무한정함이 모두 생동체는 생동체대로 웅장 웅대는 웅장 웅대하게 이루어짐이 완벽하고 평녹 댁도라는 말씀은 모두 평화롭고 완벽하게 준비된 상태가 아주 공의롭고 찬란하며 모든 것이 신설도에서 나타난 결백이기 때문에 모두 신설도로 이루어짐이 완벽하지. 천도문아 힘을 창조해낸 것이며 또한 분별 분리하여 일획도 일점도 더하고 덜함이 없음이며 또 한 가지 음양의 요소가 모두 아니 겸비된 곳이 없이 이루어놓은 준비가 너무너무 찬란한지라 내 말씀이 무한정하고 두 번 다시 없는 신출귀몰(神出鬼沒)이 아니겠는고. 내가 천살 때에는 정신 전 때라고 분명히 말씀하였지. 왜냐하면 5가지 조목으로서 이루어진 무한함이 천살인데 나는 천살 때에 5가지 조목을 모두 알고 파악하였은즉 이 얼마나 귀하고 귀중한 것인가 말이지.

5가지 조목에 내용은 너무너무 엄청나고 너무나 광대 광범하며 무언하고 무한하며 신출귀몰하고 무지 신비함이 아주 결백성을 띄우고 무한하기 때문에 아주 신선한 광명이 광영(光榮)을 이룰 수가 있고 또 한 가지 아주 고귀한지라. 알겠는고. 이렇기 때문에 나는 정신 전 때에 벌써 나는 나를 알았지. 왜냐하면 5가지 조목을 완벽하게 파악하였기 때문이요 알기 때문이라. 이때에 나는 나를 알았기 때문에 미래와 꿈이 확고하고 목적과 목적관이 분명하였고 무언 무한함이 완벽하였단 말이지. 이럼으로써 미래와 꿈은 모든 것이 없는 것이 없이 이룰 수 있는 창조(創造)든지 창설(創設)이든지 무한한 창극(蒼極)이든지 이런 것이 모두 살아 움직이고 완벽하게 이룰 것을 이미 알았기 때문이라.

나는 이때서부터 요소를 이루기 시작하여서 정신의 요소가 얼마나 귀한고. 정신의 요소는 참으로 기적(奇績) 같은 일이요 무언 무한히 펼쳐 나갈 명령의 중심이 아닌가 말이야. 5가지 조목의 제일 귀함이 바로 정신이란 말이지. 정신에 요소를 이룬 것이 참으로 귀한 것이지. 정신의 요소와 마음의 요소와 음양의 요소가 삼위일치로 이루어졌음이 무언 무한함이 아니겠는가 말이지. 이 모든 것이 한 가지 없어도 안 될 상황이니라. 동시에 생명의 요소와 힘의 요소를 이루었은즉 이 찬란한 귀함이 완벽하였지. 이것이 모두 천살에서 나타난 요소들이 아니겠는고. 천도문아 이 귀함이 이 지상에 나타났은즉 이 얼마나 귀한 것인가 말이야. 네 공로 탑이 헛되지 아니하지. 왜냐하면 이 세상 인간도 어느 한 사람도 알지 못 하였고 생각조차 하지 못한 무한한 진리 학문이 모두 아주 신선하고 아름다우며 현명하고 고귀하며 찬란한 결정체(結晶體)로서부터 이루어서 무언무한하게 이루었은즉 이 얼마나 즐겁고 기쁜 것인가 말이야 정신의 세계에 무한정함이 한없고 끝없음이니라. 마음에 요소도 무한정하지. 이렇기 때문에 정신의 명령을 받아 마음이 받아 감당할 수 있는 요소들이 완벽함으로서 음양의 요소가 없으면 안 될 상황이지. 음양의 요소는 가장 밝고 맑고 깨끗하고 신선한 사랑의 요소니라. 사랑이 없다면 무슨 재미로 살겠는가를 한 번쯤 생각하지 아니하려나.

이 찬란하고 이 귀하고 조화가 무언무한하단 말이지. 이때에 생명의 요소를 갖추었은즉 생명의 요소가 또한 살아있다는 것을 증거 함이니라. 이와 같이 무언 무한정하지 않는가 말이지. 이때에 힘의 요소를 갖추었은즉 힘의 요소의 핵심의 진가는 중량이 없는 아름답고 신선하고 찬란한 진가가 생명에 겸비되어 있은즉 생명이 있는 곳에는 가장 힘 중에도 핵심에 진가가 겸비되었은즉 생명과 힘이 존재할 수 있고 정신과 마음이 무한도 할 수 있고 음양의 요소가 무언무한하게 천지만물지중이 없으면 안 될 상황이니라. 이 모든 귀함이 얼마나 귀한고. 이것은 참으로 귀한 것이 아니겠는고. 이렇기 때문에 정신에 요소와 마음의 요소와 음양의 요소와 생명의 요소와 이와 같이 무한함으로서 힘의 요소의 핵심의 진가가 생명에 겸비(兼備)되어 있음이 완벽(完璧)함이니라.

정신의 요소가 갖춘 내용에는 중심이요 자유 할 수 있고 자재할 수 있는 무한도란 말이지 이때에 나는 무언무한하게 힘을 창조할 때에 동시에 힘이 창조될 때에 발사(發射)되며 발생(發生)되고 무한한 힘의 선도가 즉시 힘 태로 이루어졌고 힘의 전이든지 전조든지 진조든지 완조든지 무한하게 이루어진 광명에 이 모든 것이 광명으로 이루어짐이 밝은 가운데 더 밝음이 완벽하고 핵 중에 핵이 무한정한지라. 이 모든 것이 없으면 안 될 상황이란 말이지. 이렇기 때문에 핵 선도 원 파가 바로 분명히 불롱이요 무한한 불랭에서는 갖가지 없는 것이 없이 나타날 수 있는 무한정이란 말이야. 이렇기 때문에 불토가 완벽하고 불태가 분명함으로서 보이지 않는 무형의 실체가 바로 공기 바람인데 보이지 않는 공기 바람에서 아니 나오는 것이 없이 무한정(無限定)함이니라.

이럼으로써 동시에 토댁 택토 원태독이 분명하고 태독 택톡이 완벽하고 천대 댁톡 톡태가 분명하게 둥글게 둥글게 코일같이 감겨 무한한 힘과 무한한 조화를 이루었단 말이지. 생태든지 생문태든지 원태든지 정태든지 전도족재낵태든지 천지 자유익지 완태든지 모든 태독태토가 완벽함이 아니겠는가 말이지. 이것은 힘의 핵 선도에서 모두 코일같이 감겨 천연으로 이루어져 줄줄이 줄을 잇고 쌍쌍(雙雙)이 쌍을 지어 무한히 공급함이든지 공의로서 자유 함이든지 천지이치로서 이루어짐이 완벽하였지. 천도문아 알겠는고. 나에게는 천살 때에 벌써 한데 합류되어 있음이 모두 가르고 쪼개며 준비할 때에 모든 명예가 딱딱 붙어 나타남이 분명한지라 원 최초 원 파가 완벽하고 무한한 통문 통설함이 내 전심전력의 전류가 흐르고 돎이 완벽하고 모든 세내 조직 파든지 세부조직 파든지 무한한 선도든지 선이든지 전도선 이든지 천도선 이든지 선도가 무한정(無限定)하고 선이 무한정한지라. 불토에서 나타나는 보이지 않는 공기 음선과 양선에 무한정한 요소들이 무언 무한하였고 또 한 가지 불태 에서 나타나는 바람의 음양소가 무언 무한하게 요소로 이루어진 광명이 완벽하고 광경이 무한정한지라.

이 모든 것을 갖추어 일획도 일점도 더하고 덜함이 없는 무언 무한함이 완벽하단 말이지. 갖가지 둥근형에 이루어진 무한도가 분명하고 또 한 가지 각이 분명하고 각도가 완벽하고 삼각형(三角形)이 분명한지라. 모든 것이 질서와 정연과 조리와 단정함이 일획도 더하고 덜할 수 없는 찬란(燦爛)함이 완벽한지라. 모든 것이 이와 같이 분별 분리 확정 확장 확대 진문 술이 무한정하게 무형의 실체(實體)에서 현재 현실이 나타남이 무한도한즉 이 얼마나 고귀한가 말이지. 힘을 창조(創造)해낸즉 살아있기 때문에 힘의 선도든지 힘의 발사든지 발생이든지 파산이든지 폭설이든지 무한대하게 나타나는데 모든 파산에 따라 동시에 모두 갖추어 준비되어 나타나는지라. 무한히 소리가 진동하고 우레 같은지라. 이때에 생녹 진공이 세내 조직으로 무한히 원안에 모두 이루어졌기 때문에 폭설소리든지 파산소리든지 발생소리든지 발사소리든지 모두 침

묵으로 되어있고 무한히 이루어는 무한도가 완벽한지라.

이때에 나는 참으로 내가 힘 선도는 선도대로 무한히 힘을 낼 수 있게 이루었단 말이지. 모든 것은 분명하고 완벽함이니라. 도록 존조 진녹 자유 익도가 분명하다는 말씀은 모든 것을 갖추어놓음이 무한정한 내용을 지니고 찬란(燦爛)함이 완벽함으로서 무언 무한하다고 하는 말씀이지. 이 많은 체녹 댁도라는 말씀은 갖가지 체와 체내를 정하여서 외부와 내부를 갖추었다는 뜻이니라. 내 말씀이 얼마나 귀하고 귀중(貴重)한 말씀인가를 한 번쯤 헤아려보지 아니하려나. 아이들아 알겠는고. 천조가 완벽하고 천문의 무한정함이 불변이란 말이지. 이렇기 때문에 최초 1차원 전에는 천살이요 천살에서 천살도를 이룬즉 2차원관이 아닌고. 이렇기 때문에 원 파를 이루어 공간 같이 준비하여 갖추어서 갖가지 요소를 이루어 준비함이 삼차원(三次元)이란 말이지. 천도문아 알겠는고. 내가 차원에 무한한 관을 다 말씀한다면 엄청 많단 말이지 너희 한번 헤아려 보아라.

어찌 아무리 실체의 조물주(造物主)라도 정신을 하나를 갖추려도 얼마나 힘든고. 그런데 5가지조목(정신, 마음, 음양, 생명. 힘) 을 확정하여 확장되어있는 내용을 알고 파악하였고 또한 무한한 미래의 꿈과 소망이 완벽함으로서 목적과 목적관이 분명하다고 하였지. 이런 것을 모두 차원관으로 이루려면 30차원관이란 말이지. 30 차원관을 다 어찌 헤아리겠는고.

내가 진공을 수억 천 가지 넘고 넘는 진공들을 준비하여 갖추기까지 참으로 오랜 세월이 흘렀지. 사실대로 말씀하려면 진공에 상태까지 말하려면 사차원(四次元) 관이 진공이니라. 진공은 무한하고 참으로 힘이 무한정(無限定)하고 찬란(燦爛)하단 말이지. 이럼으로써 갖가지 컴퓨터라고 인간들은 말하지만 컴퓨터는 무한정하단 말이지 인간들이 참으로 좁고 짧지. 나는 힘을 갖추어 창조해 내기까지 아무리 천도문체라도 내 전심전력이 다 쏟아지고 피골(皮骨)이 상집(常執)도록 무한한 과목(科目)에서 나타난 분야(分野)가 모두 살아있고 오늘날 이 시간까지 변(變)치 않고 무한정(無限定)한지라.

천도문아 오늘도 너무 걱정 근심치 말란 말이지. 왜냐하면 내가 항상 네 곁에 응시(凝視)하였고 또 한 가지 너는 나를 믿고 의지함으로써 나는 네 안에 있고 너는 내 안에 있음이라. 지금 이때가 얼마나 귀하고 귀중한 때인가? 너무 너무 너희들에게는 귀한 영광도가 돌아왔단 말이지. 왜냐하면 이 땅에서 도둑같이 나타나서 도둑같이 생록별을 불러 설득시켜 순리로서 영원한 불변도가 완벽하게 돌아온 것은 원죄를 벗게 하심이요 땅에 죄악에 타락의 죽음의 역사가 끝남은 영계를 풀었기 때문에 내가 영계를 심판하고 옛 동산 무언의 세계가 다시 완공되었은즉 옛날 옛 동산이 다시 돌아왔음이라. 동시에 생록별을 심판(審判)하였기 때문에 욕새별도 심판되었기 때문에 원죄와 죽음의 역사가 끝남이지. 천도문아 너는 너를 초개(草芥)같이 알고 있지만 하늘에 무한한 선관들이나 신선들이나 동자들이나 천사(天使) 장들이나 선녀(仙女)들이나 천사들이나 모든 나에게 있는 자들이 얼마나 너를 귀(貴)하게 생각하는지 잘 알고 있으렷다.

지금 이때가 바로 소 환란 이때인데 소 환란 때는 준비하는 때란 말이지. 영원불변한 본향 천지락 내 보좌에 갈 수 있는 인재가 되기를 간절히 바라고 원하노라. 알고 있겠지. 천도문아 이 땅에 수많은 종교가 나하고 아무 관계와 상관이 없단 말이지. 왜냐하면 지금 이 땅에 의인이 준비하여 모든 것을 풀었기 때문이요 순리로서 이루어졌기 때문이요 첫째 내 아들딸이 죄가 없는 것을 자연의 섭리(攝理)를 보고 깨달아 확신(確信)하였기 때문에 이것이 참으로 귀함이니라. 이 땅에 수많은 의인들이 왔지만 의인(義人)이 될 수도 없지만 이 세상인간들은 의인(義人)이라고 하지. 그렇지만 생각조차 하지 않고 자기들을 위주 하여 모든 것을 갈고 닦았지만 그것은 자기가 한 것 만치 받다가 죽었은즉 끝남이지. 천도문아 지금 이 때도 역시 마찬가지니라.

너를 알고 의지하고 믿는 자는 복이 있나니 원죄와 타락 죄가 벗어질 것이지만 우리 집에 다니면서도 거짓말 잘하고 옳지 못한 행위를 내놓으면 나는 다 알고 있기 때문에 살기가 매우 어려울 것이니라. 왜냐하면 천살은 정신 전 때니라. 왜 정신 전 때라고 말씀하시는지 잘 알고 있으란 말이지. 천살은 가장 밝고 신선하며 현명(賢明)하고 청결(淸潔)함이요 또 한 가지 무언무한 함이요 헤아릴 수 없고 상상 할 수 없느니라. 이것은 바로 5가지 조목을 지니고 가지고 나는 천살로서 살 때에 정신 전 때인데 나는 5가지 조목을 알고 파악(把握)하였지. 이럼으로써 나는 나를 안다고 하였고 나에게는 미래와 꿈이 확고(確固)하고 목적(目的)과 목적관이 분명(分明)하고 모든 힘농 낵조 원조가 완벽함으로서 5가지 조목의 내용은 헤아릴 수 없고 상상 할 수가 없느니라. 그렇지만 나는 천살이기 때문에 무한정한 신설로에 무한정함이요 모든 핵심의 진가에 내용을 지니고 사는 나란 말이지. 이때에 나는 5가지 조목에 내용을 알고 파악하였기 때문에 나는 힘에 중심체가 완벽하다고 말씀하였지. 이때에 나는 천살도를 하여 정신의 요소와 마음의 요소와 음양의 요소와 이럼으로써 삼위일치요 삼위일치(三位一致)는 힘도 없고 생명도 없지만 무한한 조화를 이룰 수가 있고 족지 낵지 자유자재(초능력을 말함) 할 수 있는 능력이 나에게 정신으로 되어있단 말이지. 이때에 생명에 요소를 갖추었고 따라 힘의 요소를 갖추었기 때문에 정신에 요소와 마음에 요소가 일심일치로서 음양에 요소를 무한히 조화를 이룰 수가 있단 말이지.

천도문아 음양의 요소가 없다면 살 수 있는 재미가 없단 말이지. 이렇기 때문에 가장 귀하고 아름다운 것을 핵심으로 뽑아 내용이 이러 이러 하느니라. 이때에 생명이 있음으로써 모든 것이 살아 있고 또한 힘의 핵심의 진가는 중량이 없음이라. 이 핵심의 진가는 생명에 적응되어 합류 일치되기 때문에 일심일치가 완벽하고 무언무한 함이니라. 생명에 있는 곳에 힘이 있고 힘이 있는 곳에 생명이 있는 것 같이 이때에 나는 무언무한하게 생명이 살아있음으로써 힘의 무한정함을 창조해 낼 수 있는 능력이 1차원 최초가 바로 천살이니라. 왜 천살이라고 하는지 아는고. 천살은 가장 귀하고 아름다우며 헤아릴 수 없고 상상할 수 없음이니라. 천살이 없다면 나도 없고 모두 없는지라 이렇기 때문에 천살 때가 1차원 관 때니라. 이때서부터 천살도를 하여 5가지 조목에서 그 요소를 무한정 하게 내었지. 정신이 정신에 요소를 이루기까지 얼마나 힘들었는지 아는고. 정신의 요소와 마음의 요소와 음양의 요소를 이룸이 바로 하나님 천도문체란 말이지.

이 엄청난 내용이 무한하게 조화를 이룰 수 있다는 것이 얼마나 귀하고 귀중한 것인가를 너희 한번 생각해 보란 말이지. 이럼으로써 생명에 요소든지 힘의 요소든지 무한정함은 한 가지라도 없으면 안 될 상황이지. 이럼으로써 갖추어 이루어 놓음이 무언무한정 함이니라. 5가지 요소에서 무한정하고 무지신비 함이 바로 신출귀몰(神出鬼沒)함이 아니겠는고. 이때에 나는 힘을 창조해냈지. 힘을 창조해 낼 때에 발사하는 소리와 발생되는 소리와 파산(破散)되는 소리가 우레 같고 헤아릴 수 없는 광경이 이루어졌고 폭설소리가 또한 무한정 하게 우렛소리가 났지. 천도문아 알겠는고. 광경에서 광경이 이루어졌고 그 멋들어진 장관이 찬란(燦爛)한 영광도에 내용을 지니고 참으로 경쾌하고 상쾌하며 통쾌(痛快)함이 신출귀몰하였더라.

이때에 힘을 가르고 쪼개어 나누어 분해하고 분별함이 힘을 창조해내면 동시에 분해 분별하여 분리진문을 딱딱 정하여서 아름다운 선도를 냈고 또 한 가지 발사하여 가르고 쪼개어 힘 태를 둥글게 이룰 때에 겹겹이 힘 태가 이루어졌고 무언무한하게 이루어지고 또한 힘에 무한정한 전심전력의 전류가 흐르고 돎이 바로 통문하고 통설하는 소리도 엄청난지라. 나는 이와 같이 무한정하게 이루어 갖추었단 말이지. 이럼으로써 원 파가 나타남이 바로 원을 이루었단 말이야. 원을 이룰 때에 통문 통선하고 옥도 댁도한즉 원댁도가 이루어짐이니라. 원댁도란 말씀은 힘 태에 내용이 무한정한데 둥글게 이루어 웅대 웅장하게 이루심을 뜻함이라 이때에 천문태든지 생문태독원태든지 생동댁태든지 생동원문직도 완도태든지 천지자유 익지완도 원조 직조 낵조 자유 익조태든지 이와 같이 이룸으로서 둥글게 원을 이루어 둥근 형으로서 줄줄이 줄을 잇고 쌍쌍(雙雙)이 쌍을 지어 아름답게 이루어 차례로서 완벽하였지.

이때에 독태 독톡 태도인지 무한한 태독 독태든지 태농 낵도 원태독이든지 무한정하게 공급해낼 수 있는 공급선이 완벽하였기 때문에 이것은 천연으로 이루어졌고 항상(恒常) 새롭고 새롭게 공급(供給)받아 공의로서 자유 되게 이루어놓은 체계 조리가 질서정연한지라. 천도문아 알겠는고. 이 모든 태독 택톡택이 줄줄이 줄을 잇고 쌍쌍이 쌍을 진 것은 무한한 생불체의 요소를 지닌 것이 음양의 요소니라. 음양의 요소가 아니 붙은 데가 없이 모두 붙어 이루어짐이 합류되어 합리로 이루어짐이지. 이렇기 때문에 힘이 모두 발사 발생되어 두각을 나타낼 수 있는 무형의 실체가 완벽하게 이루어진 원 파가 완벽하였지. 이때에 나는 너무 너무 경쾌하고 상쾌하며 통쾌하였지. 왜냐하면 내 힘에 맞고 나의 푼수에 알맞게 이루어놓는 준비의 과정이니라.

이때서부터 근원 최초 원 파가 나타남이 참으로서 귀하고 귀중하였지. 한 가지라도 없으면 안 될 상황이니라. 왜냐하면 천살은 결백하고 그 내용이 모두 천살같이 결백함을 뜻함이 아니겠는고. 천살로써부터 5가지 조목에 내용이 모두 헤아릴 수 없고 상상할 수 없이 나타남이기 때문에 절도(節度) 있고 경쾌하며 아름다움은 바로 천살이요 그것을 결백이라고 함이요 불변에 절대는 아주 절도 있는 불변이기 때문에 변치 않는다는 말씀이니라. 이와 같이 일획도 일점도 더하고 덜함이 없이 완벽으로 이루어놓은 내용이 너무 너무 찬란하고 귀함이 아니겠는가 말이지. 결백이 완벽함으로서 불변이란 말이지. 나는 천살에 내용을 지니고 가지고 형상(形象)을 이루어 독재자가 되기까지 너무 너무 내 모든 전심전력(全心全力)을 다 쏟아 피골(皮骨)이 상집(常執)도록 연구(硏究)과목(科目)이 모두 완성되어 천연의 일치로서 법에 이행되고 법도에 완벽한 결백도란 말이지. 천도문아 이런 결백(潔白)이기 때문에 이 땅에서 욕심(慾心)이 없이 나에게 나타날 결백(潔白)을 수억(數億) 년 넘고 넘도록 나는 참고 기다렸느니라.

그런데 뜻하지 아니한 의인이 준비하여 결백(潔白)을 가지고 불변(不變)의 절대(絕對)로서 모든 것을 욕새별 생록별도 순리로 풀었고 영계로 순리(順理)로 풀었기 때문에 나에게 영광 도를 돌려주었고 또 한 가지 너는 나에게 기적이요 신기록이니라. 전날에 이 땅에 수많은 선지자(先知者)들이 많이 왔지만 그 몸에 여호와 내 친 셋째 아들인 나 대신 일하였지만 그 선지자(先知者)들 마음이 모두 오만하고 옳지 못한 명예(名譽)를 내려고 인간(人間)과 위주(爲主)하여 모든 것을 내놓기 때문이요 내 아들딸에게 죄(罪)를 덮어씌움이요 옳지 못하기 때문에 그 몸에 실릴 수가 없었다고 하였지. 여호와 하늘새가 날 보고하는 말씀을 들어 보라. 하나님이여 인간은 죽은 것들이지 산 것이 아니요 모두 곤충(昆蟲) 같사옵니다. 하나님이 저 인간들이 하늘에 무한한 영광도를 받기는 어렵고 또 한 가지 실릴 수가 없음입니다. 이와 같이 말씀할 때에 나는 너무 기가 막히고 나는 여호와를 보낼 때에 이미 풀지 못할 것을 알았기 때문에 강림(降臨)하지 아니 하였느니라 천도문아 알겠는고. 이 공간이 모두 내 것이지 인간 것은 전혀 아니니라. 알고 있겠지. 천도문아 너는 가장 나에게 심복(心腹)이요 나에게 없으면 안 될 상황이라. 왜냐하면 이 지구에 벌레 같은 인간들을 보라. 거짓말을 밥 먹듯 하고 남을 속이기를 일삼아 하는 것들이 어찌 나하고 가까울 수가 있으며 타락(墮落)하는 못 된 자들아 내가 너에 몸에 실릴 줄 알아 천만 에지. 나는 천살에 결백이기 때문에 결백(潔白)한 자에게 실림이요 또 한 가지 무언무한하게 나로써부터 공간이 사차원(四次元)으로 이루어진 뜻이 완벽하고 불변 되어 있는 불변도를 내가 하였지. 인간이 한 것이 아니니라.

천도문아 너는 잘 알고 있겠지. 이 세상 인간들을 보라. 그 오항이 고운가 아니면 찰색을 띄었는가. 모든 것을 보면 참으로 한심(寒心)한 인간들이라. 지금이때를 맞이하여 처음이자 마지막으로 강림(降臨)하신 뜻을 잘 알아야 하는데 대학교 대학원을 나왔어도 그러한 깊은 의미와 이치와 뜻을 알지 못하고 타락(墮落)에 습성(習性)이 되어 저이들 마음이 아주 더럽고 추하고 냄새나는 비굴(卑屈)한 인간들아 너희 어찌 그리도 알지 못하는고. 중심체(中心體)가 어디 절로 말씀 받는고. 어려서부터 정신생활이 오늘날 이 시간까지 하는데 어찌 그리도 모독함이 바로 내 아들딸이 진설과 빈설 같은 천살을 모독함과 같이 이 땅에서 귀한 자가 나타났으면 잘하여도 신통치 아니한 인간들아 내가 왜 신통치 않다고 하는지 아는가? 너희 전날에 잘못한 것들이 이 집에 와서 중심체가 결백함으로서 결백(潔白)한 진리(眞理)학문(學文)이 처음이자 마지막으로 나타났단 말이지 결백을 가르치는 자가 어찌 불신한 일을 하며 또 한 가지 모든 것을 이치와 의미를 깨달아 자기 판단(判斷)이 완벽한 자를 모독(冒瀆)함이 나는 너무 분통(憤痛)하단 말이야. 내가 사차원(四次元) 공간을 이루기까지 준비(準備)하여 이루었지. 어디 저절로 왔는고. 이와 같은 자를 어찌 함부로 모독하는고. 나를 또 모독(冒瀆)하려고 하는가.

그렇지만 이것은 너무 기가 막힌 일이란 말이지. 중심체가 너희에게 욕심부린 것이 있는고. 아니면 너희들을 헐뜯었는고. 무엇이 부족한고. 가르치려면 조금이라도 자극받지 않고 크겠는고. 한 번쯤 생각하여보란 말이지 내가 아무리 공적의 공의 사랑 자라 하지만 용서할 것이 있고 용서치 못할 것이 있단 말이지. 저질은 자는 죄를 지었은즉 사망이 이르렀고 사망이 이르렀은즉 형체도 없어질 것이니라. 내가 이 땅에 의인 하나만 만나도 내 마음이 족 하느니라. 너희 아무리 잘 믿고 나를 따른다 할지라도 우리 집에 식구들을 너희 따를 수 없단 말이지 이것이 하루아침에 된 일도 아니겠고 오랜 세월 속에서 갈고 닦으며 가르치신 공로가 완벽하게 나에 보좌에 공로(功勞) 탑(塔)이 빛 선으로 서 있고 지하성이든지 천지락이든지 나라마다 공로 탑이 섰단 말이야. 이렇다고 귀가 아프도록 말씀하여 주었지 않는고. 또 한 가지 이 죄 많은 인간들아 너희도 임금 곁에 모시는 자들이 있지 않는고. 어찌하여 너희 그리도 미개한 이악한 인간들아 가르쳐 본즉 살 연놈이 없는 것 같구나. 천도문아 이 좋지 못한 놈들을 모두 내쫓으란 말이지. 내가 요사이도 항상 분개하고 분함이 너무 너무 기가 막히도다. 내가 중심체 네가 인간을 상관치 마시옵고 항상 아무것도 알지 못하여 그랬나이다. 하며 항상 요새 일찍네 방에 가서 나를 항상 회포를 풀어주려고 애씀을 내가 왜 몰라 잘 알고 있지. 지금 시작도 아니 한 이때에 중심체를 모독해. 이것은 내가 알기 때문에 분통하다는 말씀이지 아니했다고 해도 알고 했다고 해도 안다. 왜냐하면 내 앞에 거짓말 필요 없다고 하였지.

이렇기 때문에 자기들 멋대로 하늘에 성전을 모독하였은즉 어느 땐가는 괴로울 날이 올 것이니라. 두고 보라. 창조(創造)하고 창설(創設)하지 아니한 이 공간(空間)이 어디 절로 있겠는가를 한 번쯤 헤아려보란 말이지. 이것은 바로 내 것이요 악별성이 해 먹고 싶은 대로하여 해 먹었기 때문에 이제는 진보(進步)도 못하고 퇴보(退步)도 못한단 말이야. 때맞춰 이 땅에 의인이 나타남이 나에게는 참으로 귀함이라. 왜냐하면 너희 참 부모님이 옥황이 용녀를 지금 이 시간에 영으로 있는 것을 마음 아프게 생각하고 항상 슬픈 모습으로 산단 말이지. 이럼으로써 내가 이 땅에 인간들을 상관치 아니하지만 내 아들딸을 내가 사랑함으로써 몇 사람 실리려고 함이지. 많이 살려도 필요가 없는 곤충(昆蟲)들이라. 왜냐하면 살 수 있는 자들이 못 되어 있기 때문이란 말이야 천도문아 알고 있겠지. 내 말씀이 네 귀에 들리는고. 네가 아무리 선포(宣布)하여 많이 살리고자 하지만 나도 네 말을 들을 말만 듣지 못할 말은 듣지 않는단 말이지. 너를 귀하고 귀중하지만 천도문아 알고 있겠지. 너희 참 부모님의 말씀도 들을 소리가 있고 못들을 소리가 있는 것 같이 항상 나에게는 완벽이요 천살이기 때문이라. 천살은 가장 결백하고 절도 있고 완벽하고 확고부동(確

固不動)함을 알고 있겠지.

모든 것은 순리로 풀고 순리로 하는 자기 때문이라. 이렇기 때문에 모든 것이 거짓됨이 없고 맑고 깨끗한 행동 절차를 항상 하여야 예가 바르고 법도를 이행하고 깨닫는 지혜가 깊고 넓은 광대 광범하고 또한 물리가 완벽하게 터진단 말이지. 이렇게 무언 무한정함이 완벽이란 말이지. 천지자유가 지금 희색이 만면하고 영광도가 돌아오는 이 때기 때문에 때는 임박(臨迫)하고 시간은 촉박(促迫)하고 시간과 분과 초를 딱딱 일획도 일점도 더하고 덜함이 없는 법과 뜻을 알아야지. 왜냐하면 죽은 역사를 처리하고 산 역사 속에 사는 자들이 되었으면 중심체를 잘 받들어 모셔도 신통치 않는데 그런데 나를 그렇게 나를 모독하다니 용서받을 수 없단 말이지 이제는 이 공간이 내 것이기 때문에 네가 가고 오는데 따라서 모든 것이 처리되는데 너를 믿는 자들에 마음에 따라 성별 되고 마음에 따라 성별 되지 못함이라.

돈이 왜 귀하겠는고. 마음이 바르고 양심이 올바르고 정신이 바르면 내가 왜 상관치 아니해. 자기 멋대로 모두 판단하고 너를 업신여기고 우습게 아는 자들이며 모두 웃기는 일이라. 하나님께서 기적(奇績)이라 하고 신기록(新記錄)을 세웠다 하였으면 벌써 알아야지. 어찌 그리도 미개한지 참으로 안타까운 일이지. 천도문아 나는 우리 집에 다니는 자들도 상관치 아니하고 또 한 가지 나는 너밖에 없단 말이지. 그러나 너희 참 부모님 양친께서 상관하심이니라. 또 너희 참 부모님께서 상관할 일이요 자기들(하나님 아들딸)이 전날에 스스로 나에게 의논도 없이 옥황이 용녀를 태양도 주고 물도 주었은즉 자기들 할 탓이라 알겠는가?

천도문아 너는 나를 알고 있고 나는 너를 알고 있은즉 아무리 인간들이 너를 의심한다 할지라도 내가 한번 정하고 택한 자는 용납지 못한단 말이야. 앞으로는 그런 자가 있으면 내가 말없이 치워 버릴 것인즉 걱정치 말라 요번에도 내가 몇 놈을 치워 버리겠지만 참으로 네가 기른 공도 있고 그런 것을 도무지 하지 아니하려고 하여 용서해 줌이니라. 알겠는고. 그러나 그 연놈들은 살지는 못할 것이니라. 내가 필름에 담아 갔기 때문 이 공간에서 편안히 살라고 하라 알겠는고. 이렇게 분명하여야 되고 하늘이 심판하는 이때인데 함부로 까불지 마라. 이제는 머지않아 무언무한 함이 완벽하였고 나에게 무한한 역술과 생술이 무한정한지라.

법을 어기고 법도를 이행치 아니하여도 좋지 못한데 함부로 행동을 취한 것들이 낯짝이 두꺼워 앉아 말씀 듣는 꼴도 보기 싫단 말이지. 천도문아 내가 무엇이 그리운고. 내가 모두 이루어놓고 내가 모두 갖출 것 갖추어 준비하여 이루었는데 인간이 나하고 무슨 상관이야. 천도문아 너를 만났으므로 인간들을 상관치 아니한단 말이지. 전날에도 상관치 아니하였는데 지금 심판하는 이때에 나는 심판(審判)이나 할 것이니

라. 우리 집에 온 자들을 천도문아 너는 중심 식구를 만들어 선지자(先知者)를 세우려고 애썼지만 우리 집에 있는 자들이 다 옳지 못한단 말이야. 앞으로 책(冊)이 수정 되어 나가면 분명히 모두 찾아올 것이니라. 알겠는고. 이런즉 천도문아 네가 결백함과 같이 우리 집에 돈을 가져오는 것도 싫어하고 결백(潔白)하게 하였지만 어떤 놈은 너를 욕심 많다고 하더라. 알겠는고. 그런 놈이 없는가 하면 너를 모독(冒瀆)함이 바로 나를 모독함인즉 참으로 기가 막힌 일이지. 이제 두고 보라. 때가 오면 대 환란(患亂) 때는 한번 경쾌(輕快)하고 상쾌(爽快)하고 통쾌(痛快)하게 천독대 대독원술도를 펴 일시에 모두 멸(滅)하게 할 것이니라 알겠는고.

이때에 누구 가 건드릴 자가 있겠는가를 한 번쯤 헤아려 보라. 곤충(昆蟲) 같은 인간들아 또 한 가지는 천도문 너로 말미암아 내 비극(悲劇)이 완벽하게 풀었기 때문에 나는 이때를 맞이하여 악한 인간들을 모두 없앨 것이니라. 바다에서는 불물이 터져 용암으로서 사면에 흐르고 돌 것이요 천문이 용서(容恕)치 아니할 것이니라. 알겠는고. 나는 너를 보면 볼수록 불쌍함이니라. 천도문아 너는 잠을 자라. 이제부터 무엇이 걱정인고. 너는 나를 괴롭힐까 봐 항상 나를 생각하여 네 모든 진리를 몰두(沒頭)함이 참으로 장한 일이란 말이지. 천도문아 내가 네 말을 왜 하는지 아는고. 그렇지 아니하면 내가 조용히 이미 벌써 다 필름에 감아 갔는데 천도문아 알겠는고. 죄를 진자가 괴롭지 듣는 자는 괜치 않다. 왜냐하면 내가 네 곁에 있고 너는 내 곁에 있은즉 걱정이 무엇이야. 천지가 뒤집어져도 너는 갈 길을 준비하여 닦았기 때문에 걱정치 말라. 내가 지금 이때를 맞이하여 얼마나 즐겁고 기쁜지 모른단 말이지 이러한즉 걱정 근심치 말라. 영계도 도둑같이 풀었고 욕새별 생록별도 도둑 같이 풀었은즉 또 도둑같이 너는 책을 내기 때문에 도둑같이 또 일을 함이니라. 무엇이든가 공을 참되고 결백하고 불변(不變)되게 드리면 그 공이 헛되지 않느니라.

천도문아 너무 걱정 근심치 말란 말이지. 왜냐하면 내가 항상 너의 집에 응시되어있고 너는 내 정신 속에 있고 나는 네 마음속에 있은즉 걱정치 말란 말이지. 알겠는고. 천문이 모두 내 것인데 무엇을 그리도 걱정이 많으냐? 천지자유가 완벽하고 사차원(四次元) 공간(空間) 궁창(穹蒼)의 궁극(窮極)의 목적(目的)이 모두 내 뜻이니라. 천문자유가 완벽하고 천지자유익지 완이 불변되어있고 무한정한 귀함이 모두 신출귀몰(神出鬼沒)하지 않는가 말이지. 이렇기 때문에 나는 천살이요 천살 때에는 정신 전 때인데 정신 전 때에는 5가지 조목을 지니고 가지고 살았지. 이때에 천살은 5가지 조목을 모두 알고 난 후에 파악하였단 말이지. 이때에 5가지 조목에 내용이 무한정(無限定)하고 무언 무한함이 헤아릴 수 없고 상상할 수가 없단 말이야. 왜냐하면 정신 전 때라도 나는 무언무한정한 신출귀몰함을 파악(把握)하였고 또한 없으면 안 될 상황이지. 이 5가지 조목에 내용에서 가장 귀함이 정신이 될 이치요 마음이니라.

이렇기 때문에 정신과 마음이 일심일치가 되어있어야 된단 말이지. 이때에 정신은 천지간만물지중을 모두 명령함으로써 그 명령을 받아 마음이 무한한 내용에 요소를 모두 알고 파악하여 무한정한 조화를 이루기 위하여서 음양의 요소에 내용을 지녀가지고 있고 또한 갖추었은즉 무한히 조화란 말이지. 조화에는 항상 경쾌하고 상쾌하며 통쾌하고 무언 무한한 영광 도를 이룰 수 있는 근원의 찬란함이요 따라 근도라는 말씀의 뜻은 천살 때에 무한히 발견되어 나타남을 근도라고 함이니라. 이때에는 천도문아 참으로 무언 무한한 내용이 만족하고 흡족하게 갖추는 때란 말이지. 이렇기 때문에 생명에 무한한 요소를 이루기 위하여서 5가지 조목을 갖추어 5가지 중에 무한한 내용이 한없고 끝이 없음이니라.

이때에 힘을 나타내기 위하여서 갖춘 것이 힘이 미래에 나타남이니라. 알겠는고. 천도문아 천살은 가장 밝고 신선하며 신선도를 띄어 그 아름답고 호화찬란(豪華燦爛)함이 무한히 원근도로 이루어진 찬란함이 완벽하였지. 이것이 바로 근원원도근이란 말이야. 이것이 무한히 냉농 닝농 원농 종농 독대가 완벽하고 원농족대라는 말씀은 한없고 끝없음을 뜻함이니라. 원농이든지 근농이든지 완냉농이든지 생농이든지 천농이든지 천농직조 낵농낵조 원농원조 근원근조가 완벽하고 자유익지 익근독대가 완벽한지라. 익근독대라는 뜻은 무한히 5가지 조목에 겸비되어있는 무한도를 말씀함이지. 이렇기 때문에 천살은 항상 원술과 진술과 근도에 요술을 지니고 근도에 요술을 무한정하게 논리정연하게 이룰 수 있고 갖출 수가 있단 말이지. 이모든 생농 생능 낵조 원조라는 것은 바로 천살 때에 갖추어놓은 내용인데 이 모든 내용에 근도가 한없고 끝없음이니라. 알겠는고. 나는 이때에 무한히 생불첵조 낵초 원초 근원댁도 완초를 이루었고 댁도완초에 무한정한 생명의 요소가 무언 무한하였고 생독댁도 무한도를 지녔지. 이렇기 때문에 생술이 완벽하고 생동술이 분명하고 이 모든 것이 생문이요 생문에 생술이요 생동의 생녹조가 모두 조를 딱딱 짜서 조에 따라 무한히 자유자재 원근도를 이루었고 또 한 가지 천도문아 나는 1차원 관 때에 정신 전 때인데 정신 전 때에는 무한히 근원(根源)에 가장 귀한 핵심이 5가지(정신, 마음, 음양, 생명, 힘의 요소) 조목이니라.

이렇지만 5가지 조목에 내용이 모두 찬란하고 신선하며 청결한 아름다운 결백도가 완벽하고 무언 무한한 생소 생녹소 진소 실록독대 완소가 무언 무한정하였지. 천도문아 나는 이때에 무한도 함이니라. 나에게 없는 것이 없이 이루어진 모든 내용이 한없고 끝이 없음임이니라 알겠는고. 나는 이때에 5가지 조목이 바로 내 귀한 내 몸과 같고 내 정신(精神)이지. 이렇기 때문에 생문생도가 완벽하고 생농 원도가 분명하고 생문생진이 완벽하고 천생문도가 분명하고 천직조낵조 완녹완조 전진자유 익조가 분명한지라. 나는 이때에 생태든지 생문태든지 생조태든지 생농태든지 생능태든지 천지자유 익조 익태든지 태독 태든지 도댁톡태든지 도백 익농 낵도 태든지 철래 록대태든지 철랙 직도 완도 태든지 천지조화를 모두 1차원 관이 지니고 가지고 있음으로써 나는 바로 천살인데 천살도를 이루기 전에 이미 무한히 갖추어진 5가지 조목에 내용을 어찌 다 헤아리겠고. 5가지 조목에 내용이 없다면 무형의 실체 현재 현실도 없을 것이요. 천문지리(天文地理) 진전의 운세(運勢)를 타고 기후(氣候)와 기녹 댁도를 타고 나타날 무한(無限)도도 없을 것이니라.

이렇기 때문에 무한히 생녹 독대원도가 완벽하고 무한한 정도가 불변되어있고 천지자유가 모두 5가지 조목에 내용이니라. 이렇기 때문에 5가지 조목에는 천도도 이룰 수 있고 천도전도 이룰 수 있고 천문도도 이룰 수 있고 천문도 이룰 수가 있고 천문의 자유익지완도 이룰 수가 있고 천지자유도도 이룰 수가 있단 말이지. 이렇기 때문에 대독 댁도든지 대녹 원도든지 근원자유 익도든지 무한히 작용 자유 할 수 있는 능력의 권능에 일심일치로서 자유하고 자재함이 완벽한지라 알겠는고. 이렇기 때문에 무한히 5조목에 내용이 완도든지 근도든지 정도든지 원도든지 전녹댁도든지 자유 작지 낵지 조화든지 모든 것이 완벽한 내용을 구체적으로 푼다면 이렇단 말이지. 원술 때에는 무한히 원술의 내용이 한없고 끝없이 조화를 이룰 수 있는 능력을 다 갖추었고 권능(權能)을 베풀기까지 원술(元述) 진술(陳述) 요술(妖術)을 모두 낸 셈이라.

이럼으로써 진전 전진자유 익조든지 전녹 댁도 완도든지

무언 무한한 학문의 내용도 이 1차원 관에서 나타남이요 생명이 죽고 삶도 모두 완벽하단 말이지. 자유와 자재문도 정도로 하여도 무한도란 말이지. 천도문아 알겠는고. 내 말씀이 바로 너희 무한한 생명이요 진리요 길이니라. 이는 능력을 갖추었기 때문에 권능을 베풀 수가 있는 무한정한 귀한 자란 말이지. 이렇게 천살 때에 나는 나를 알았기 때문에 미래에 꿈과 소망이 완벽하고 나에게 목적과 목적관이 분명하고 사차원(四次元) 공간을 이룰 수 있는 미래의 꿈이 확고부동(確固不動)하였지. 나에게는 이와 같은 내용이 모두 나에게 있단 말이지. 이렇기 때문에 목적과 목적관이 완벽하였고 불변되어있는 분명히 완벽이란 말이지. 내 1차원 관은 너무나 무언 무한정(無限定)하였지. 이때에는 나는 내용에 근도를 세세히 알게 된 원인이 바로 나란 말이야. 내 뜻과 너희 뜻이 일심일치가 되기까지 수 억 년 넘고 넘는 세월 속에서 지금 내 공간을 내가 찾게 됨이지. 천도문아 걱정치 말라. 모든 것이 완벽이요 불변이기 때문에 때와 장소가 정해져 있음이 확고부동(確固不動)하고 또 한 가지 이 집에 모든 영광도가 완벽한지라. 알겠는고. 좌우에 자재 원근도가 불변절대 한단 말이지. 나는 일차원(一次元) 관 때에 갖가지 태를 이루어 공급(供給)선을 이미 확정 확장 확대진문으로서 가르고 쪼개 나누어 분해 분별하였기 때문에 여한이 없단 말이지. 내가 1차원 관 때에 갖추어놓은 핵심(核心)의 진가가 5가지 조목이요.

그 외에 내용은 꽉 차 있는 상태의 상황이란 말이지. 5가지 조목은 가장 핵심의 진가가 완벽한데 이 5가지 조목이 없으면 절대로 안 되고 한 가지라도 없으면 안 될 상황이지. 이렇기 때문에 나는 이때서부터 생도가 근원에 생도가 완벽하고 근원독대가 바로 생도요 따라 원인의 생도도 있고 생도가 수억 천만가지 넘고 넘느니라. 알겠는고. 갖가지 모든 생도가 완벽하지. 이렇기 때문에 5가지 조목이 핵심(核心)의 진가인데 핵심의 진가(眞價)에 겸비(兼備)되어야 할 갖가지 생명에 요소에 무한도한 생도가 한없고 끝없음이요 생리 독대 낵족대가 바로 생리작용 이니라 생리작용이 모두 무한정하지. 이때에 나는 헤아릴 수 없는 생족 족독 택톡 원태독이 완벽하고 전진 전태독이 불변되어 있는지라. 이렇기 때문에 이 세상 인간들이 참으로 알지 못하는 미개자지. 그러나 천도문아 너는 그것을 상관치 아니하고 불변되어있는 조물주(造物主) 나를 믿고 의지하며 나에게 공(功)을 들여 충성(忠誠)을 다 바쳤기 때문에 감사(感謝)함이 말할 수 없단 말이지.

또 한 가지 기적(奇績)과 신기록(新記錄)을 이루었은즉 이 얼마나 즐겁고 기쁜가 말이지. 아이들아 알겠는고. 내가 지금 1차원 최초 관을 받다가 너무 너무 귀하고 귀중한 의인을 만났기 때문에 내 생애(生涯)의 공로를 내놓는지라 알겠는고. 천도문아 천살은 5가지 조목을 지니고 가지고 있느니라. 5가지 조목에 내용(정신. 마음, 음양. 생명 힘의 요소)을 모두 완벽하고 불변(不變) 되어있는 절대의 약속대로 내 몸을 지켜 모든 것을 완벽하게 이루기 때문이지. 갖출 것을 갖추어야 만이 될 것이 아니겠어. 이와 같이 무언무한정(無言 無限定) 하다는 참뜻이라 알겠는고. 천지 익농 낵조 전진자유가 완벽하고 천문의 일치가 불변되어있단 말이지 천도문아 알겠는가? 이 모든 것이 불변의 절대니라. 이렇고 또한 생불 체에 요소를 무언무한하게 이루어 빈설 같고 신설 같은 갖가지 빛 공에 간직하여 생불 체를 이룰 수 있는 요소들이 모두 간직되어있고 이때에 요소에 이루어진 요소들이 수천 억 개가 넘고 넘는 생불체란 말이지. 이때에 무한히 정신을 갈고닦아서 무한한 정신이 밝고 마음이 맑을 수가 있는 무한정함이 완벽함이니라. 천도문아 나는 5가지 조목의 내용이 너무 거창하고 거대하고 무한정한 요소를 이룰 수 있는 정도가 한없고 끝없음이니라. 이것이 바로 천농 낵조든지 천농 직조든지 완농 낵도든지 무한정함이니라. 모든 것은 불변의 절대가 약속대로 이루어짐이 완벽하지 않는가 말이지. 이럼으로써 나는 천살은 가장 현명(賢明)하고 신선하고 청결하고 단정하고 자유 할 수 있는 능력(能力)의 권능자인데 이렇기 때문에 5가지 조목을 갖추어 5가지가 지니고 있을 수 있는 무언 무한대(無限大)를 지니고 가지고 있단 말이지.

천문자유가 모두 완벽함으로서 1차원 관에 내용이 모두 생문 생태든지 생농 원태든지 갖가지 생태 원태든지 생농 생태든지 생리작용 익조원태든지 무한정하게 되어있는 이치와 의미란 말이지. 천지(天地)조화(造化)가 완벽하고 천문의 일치 일심이 완벽한지라. 갖가지 원술(元述)과 진술(眞術)과 천연

(天然)의 요술(妖術)과 갖가지 낵도 원도에 무한도가 완벽한 지라. 동녹직조 자유익조가 분명히 내가 이루어놓은 상태의 상황이니라. 이 모든 것이 없으면 안 될 상황이지. 이렇기 때문에 근원근도라고 하는 말씀이요 모든 것은 영원하고 불변함을 생각해본즉 이는 두 번도 없고 한번 있는 일이란 말이지. 원술과 진술과 천연의 요술이 모두 찬란(燦爛)함이니라. 이것이 없다면 어찌 진법을 펴고 진으로서 모두 조화를 이루겠는가를 한 번쯤 헤아려보지 아니하려나 알겠는고. 티 없고 맑고 청밀 되어있는 청도가 완벽하고 갖가지 모두 조를 딱딱 짜서 체계조리가 완벽함도 잘 알고 있고 천지 익지 자유자재원도 정독 댁도가 완벽한지라.

이럼으로써 하늘이 봐 줄 것이 있고 못 봐줄 것이 있다는 말씀은 바로 천살의 결백(潔白)에는 진실과 완벽과 확고(確固)한 부동(不動)이 사상이 박혔기 때문에 옳지 못한 것을 보고만 있는 성질이 아니니라. 알겠는고. 내가 주독 댁조도 내가 갖춘 것이요 본도의 근도도 내가 맞추어 놓은 것이요 내가 아무리 정신 전 때라고 하겠지만 정신 전 때에는 무한정한 영광의 새 뜻이라 알겠는고. 이렇기 때문에 미래가 있고 꿈이 있는 법이지. 어찌 모든 것은 갖추어야 만이 그 내용에 기준이 확고하게 서는 법이니라. 이럼으로써 무언 무한한 생명체(生命體)에 속한 모든 생명줄이 있고 생불(生佛)이니라. 천도문아 1차원 때는 나는 무한히 연구하여 연구과목이 모두 특수한 귀함을 지니고 가지고 있음이 참으로 아름다움이니라 알겠는고.

나는 이렇기 때문에 내 분수(分數)를 알고 내 힘을 아는 자기 때문에 나는 나를 알았지. 이 말씀이 완벽하다는 말씀이야. 5가지 조목이 갖추어놓은 무언무한대한 내용이 담겨져 있음이니라. 도백도독 원도 완도진도 전진자유 익도가 완벽하고 천조가 분명하고 천지 익지 자유선이 자재할 수 있는 능력을 갖추어야한단 말이지. 천도문아 너는 잘 알고 있지. 천댁도든지 천조댁도든지 원조 원맹 녹대든지 자유 익농 낵조 든지 무한한 내용이 근원에 뿌리니라 없으면 안 될 상황이지. 갖가지 없는 것 없이 무한대한 즉 걱정 근심치 말란 말이지. 이럼으로써 무언 무한도 된 모든 귀함이 완벽하게 무한하단 말이지. 이럼으로써 그 내용에는 생도든지 무한히 많은 생도를 어찌 다 헤아리며 생조도 어찌 다 헤아리겠는고. 또 한 가지 생리작용(生理作用)도 한없고 끝없음이니라. 이렇다면 무한한 죄없는 내 아들딸을 죄인이라고 인간들이 하였지만 인간들 세계는 죽은 자 들이기 때문이라 알겠는고.

그러나 나에게는 아주 순수(純粹)하고 소박(素朴)하고 천연(天然)의 이치(理致)와 의미(意味)를 지니고 생태든지 원태든지 생조 생녹태든지 생문생조든지 근원원조가 완벽한지라. 이것은 참으로 귀하고 귀중함이지. 천문에서 이루어지는 무한정(無限定)함이 모두 5가지 조목에서 체계 조리로 나타남이니라 이렇기 때문에 생명체(生命體) 요소도 탄생하고 모든 것을 탄생(誕生)시킬 수가 있는 바탕과 근원(根源)이 완벽(完璧)하지. 나는 천살 때에는 근원에 원천을 이루어서 지니고 가지고 살았지. 이때에는 갖가지 태반 택토 톡태 원토대를 지니고 있을 때지. 이때에 태반태독 원태 독태가 수 억 천만가지 넘고 넘는 갖가지 태독 택톡을지녔지. 천태독태든지 자유자재 익태든지 능녹 잭조 완농태든지 무한한 태독 태를 지니고 살 때란 말이지. 이럼으로써 생태든지 생조태든지 생동이 수억 천만 가지가 넘고 넘었지. 이럼으로써 천살 때에도 나는 참으로 귀중(貴重)하고 귀한 생명체(生命體) 요소를 갖추어 모든 것을 완벽하게 미래에 나타날 수 있는 능력(能力)의 권능(權能)자라.

이럼으로써 모든 것이 완벽하고 완전한 빛 공에 있었지. 이 빛공은 아주 완벽한 생불체에 빛 공이란 말이지. 생불체 속에서 무한히 연구하여 나타남이기 때문에 5가지 조목은 가장 내용에서 핵심(核心)이요 또한 무언 무한정(無限定) 할 수 있단 말이지. 이렇기 때문에 생술이 있고 천술이 있고 천지자유술이있고 생띠가 있고 청띠가 있고 완띠가 있고 힘 전들이 모두 무한정하게 전으로서 판을 이루어 빛 공에 찬란한 무한한 생명체와 또한 생물(生物)이든지 생물체(生物體)든지 생체(生體)든지 이렇게 주고받을 수 있고 없으면 안 된단 말이지. 이러한 것이 모두 간직되어있는 근원 최초 1차원 관에 속하여 있는 빛공 빛관 투명입체 공간에 갖가지 생불체 요소들이 빛 공에 간직되어 요소로 있어 살았단 말이지. 이때에 무한히 작용할 수 있는 생조든지 생리든지 자유천술이든지 인술 족재 낵조든지 천지자유 댁도 원도든지 무한히 자유 작용함이 완벽한지라.

이 모든 것이 불변이요 천체자유가 익초 생소한 새로운 별톡 댁초란 말이지. 이것이 별개이상 세계라고 하는 말씀이라. 나에게 원술(元述) 진술(眞術) 천연(天然)의 요술(妖術)이든지 갖가지 모든 주능 낭낵조 원능 근능도가 완벽함으로서 조화로 이룰 수가 있는 능력을 갖춘 것이 바로 최초 관이요 천살이니라. 천살에 무한정(無限定)한 결롱 백천 독택 천지락 독대가 완벽하고 갖가지 태가 모두 태반으로 이루어졌기 때문에 공급선이 무한정하게 공의 공적으로 한없고 끝없이 공급해낼 수 있는 태반태독원태란 말이지. 이러함으로써 천살이 정신 전 때에도 갖춘 것이 이와 같이 한없고 끝없는 내용을 지니고 찬란하였단 말이야 알겠는고. 모든 것이 이와 같이 불변(不變)되어있단 말씀이다.

▶ 이 지구가 탄생한 후 지상의 인간 조상 옥황이의 후손으로서 조물주 하나님께서 가장 큰일을 한 사람은 바로 그분이 천도 문님이시다. 라고 말씀을 하심은 어릴 적 7세 때부터 자연을 바라보며 공부를 하고 자연은 가장 순수하고 아름다우며 절기 따라 새싹이 돋아나고 잎 피고 무성히 자라고 열매 맺고 결실을 거두는 이 자연의 질서가 자연의 진리 속에 아름다운 가장 순수하고 순박한 진실의 진리체로 되어 있음을 깨

닫고 천도 문님께서는 자연의 진리체로 되어 있는 삼라만상을 보고 인간이 잘 못되어 있음을 깨닫고 모든 세상 종교인들이 왜? 생명의 양식을 공급해 주시고 우리의 일용할 양식을 공급해 주시는 하나님의 아들딸을 향하여 선악과를 뱀의 꼬임에 빠져 따먹고 죄를 저질렀다는 것을 공공연히 외치는 것을 볼 때 이것은 잘 못 되어 있다는 사실을 깨닫고 일평생 고민하면서 살아오게 된 자체가 참으로 남들이 생각을 못하는 것을 생각해 내신 것은 자연을 바라보아도 예사롭게 관찰하는 것이 아니라 무한한 자연의 학문이요 조물주 님이 이룩한 화학의 근원의 학문이요 고도 고차원의 과학의 학문으로 이루어진 자비 철학임을 스스로 깨닫고 일평생 산으로 밤에 훈련하여 기도를 하고 조물주 하나님의 슬픈 억울함을 찾기 위하여 목숨을 내놓고 눈물로 호소하며 고난의 길을 걸어오신 그 용기와 그 하늘을 생각하는 효심이 지극하다는 것을 느낄 수가 있습니다.

2017년 전에 예수가 이 땅에 왔지만 조물주 하나님이 무엇을 슬퍼하실까 괴로워하실까? 를 생각지도 못한 하나님의 아들따님이 죄를 절대로 질 수 없다는 것을 깨닫고 그러면 과연 그러한 죄목을 말한 자가 누구인지를 찾아 조물주 하나님의 억울하고 원통하고 하나님의 아들따님 참 부모님에게 죄를 덮어씌운 득죄 인을 찾기 위하여 일평생의 도를 갈고닦아 오신 그 귀하신 노정이 얼마나 귀한 노정인가를 생각할 때 그것을 바라보시는 하나님과 아들따님은 얼마나 노심 노차 하였을까를 생각해 보게 됩니다. 메시아라고 이 땅에 나타난 그전의 선지자나 예수나 성현도 성경에 나와 있는 말을 그대로 믿고 하나님의 귀한 아들딸을 뱀에 꼬여 선악과를 따먹고 죄를 졌다고 외쳤으니 자기 할 일을 다 하지 못한 것을 생각할 때 연약한 여인의 몸으로 이 엄청난 사실을 밝혀내고 죄를 뒤집어씌운 옥황 이와 하늘에서 낳아 두고 온 그의 아들 옥황상제의 죄를 자백 받아냈다는 사실을 생각하면 이것으로 하나님의 수억 년의 슬픈 역사의 억울한 사연을 찾게 되었음은 이 세상에 두 번 다시 없는 일이라 생각한다.

상세한 내용은 천도 문님과 조물주 하나님과의 주고받는 내용에서 앞에서 언급이 다 되어 있습니다만 천도 문님은 지금으로부터 반세기 전에 하나님의 강림을 맞이하셨고 수많은 천지 창조의 하늘의 비밀을 천도 문님의 정신에 실려 새로운 말씀을 선포하셨다는 사실이 이제는 때가 되어 세상에 선포해야 할 운세가 다가오고 있습니다. 오로지 자나 깨나 하나님을 생각하고 4대성현들이 하지 못한 뜻을 발견하신 천도 문님은 지성이면 감천이란 말씀대로 하나님이 천도 문님의 가정에 강림을 하셔 이 지구가 생겨난 후 처음으로 하나님의 강림을 맞이하여 하나님의 천지창조의 말씀과 하나님의 가정과 생애의 공로를 발견하신 고귀한 정성의 결과로 하나님이 천도 문님의 몸에 정신이 실려 강림하시는 "강림의 꽃"을 피웠습니다. 이것은 하늘의 영광이요 이 땅의 영광입니다.

그럼으로써 하나님은 천도 문님에게 항상 너는 나의 기적을 이루었고 신기록을 이룬 공로가 너무나 지대하여 하늘에 천지락 하나님의 공간에 천도 문님의 공로 탑이 세워져 하늘 분들도 천도 문님을 항상 고맙게 받들고 있다는 사실을 알아야 할 것입니다. 그 귀한 천도 문님이 책을 하늘 문자를 번역하여 책을 내어 말씀을 선포하고자 하셨으나 건강상 사반세기 전에 하늘나라에 승천하셔서 남기고 가신 말씀을 부족한 제자로서 저도 고령으로 고희를 지나고 보니 이 세상에 선포를 해야 할 사명이 있음을 통감하고 하늘의 학문의 문자를 번역을 할 수가 없어 원문 그대로 이 세상에 없는 하늘의 말씀을 발간하게 되었음을 이 세상에 선포하는 바입니다.

강림의 꽃

김영길 소설

초판 1쇄 : 2017년 2월 28일
지 은 이 : 김영길
펴 낸 이 : 김락호
디자인 편집 : 이은희
기 획 : 시사랑음악사랑
인 쇄 : 청룡
연 락 처 : 1899-1341
홈페이지 주소 : www.poemmusic.net
E-Mail : poemarts@hanmail.net

정가 : 15,000원

ISBN : 979-11-86373-62-0